OS BOÊMIOS

A marca FSC® é a garantia de que a madeira utilizada na fabricação do papel deste livro provém de florestas que foram gerenciadas de maneira ambientalmente correta, socialmente justa e economicamente viável, além de outras fontes de origem controlada.

MARQUÊS DE PELLEPORT

Os boêmios

Romance

Tradução
Rosa Freire d'Aguiar

Introdução
Robert Darnton

COMPANHIA DAS LETRAS

Copyright da introdução © 2010 by Robert Darnton
Todos os direitos reservados, incluindo direitos de reprodução do todo ou de parte.

Grafia atualizada segundo o Acordo Ortográfico da Língua Portuguesa de 1990, que entrou em vigor no Brasil em 2009.

Título original
Les Bohémiens

Capa
Victor Burton

Imagem de capa
Busto de menina — barão Pierre-Narcisse Guérin (1774-1833)/ RMN-Grand Palais (Museu do Louvre)/ Thierry Le Mage/ Other Images

Imagem de quarta capa
Le déjeuner en tête à tête — Nicolas Lawreince, o jovem (1737-1807)/ Museu do Louvre

Tradução da introdução e das notas
George Schlesinger

Preparação
Lígia Azevedo

Revisão
Ana Maria Barbosa
Jane Pessoa

Dados Internacionais de Catalogação na Publicação (CIP)
(Câmara Brasileira do Livro, SP, Brasil)

Pelleport, Marquês de, 1755?-1810?.
   Os boêmios / Marquês de Pelleport ; tradução Rosa Freire d'Aguiar ; introdução Robert Darnton — 1ª ed. — São Paulo : Companhia das Letras, 2015.

   Título original: Les Bohémiens.
   ISBN 978-85-359-2593-7

   1. Romance francês I. Darnton, Robert II. Título.

15-02805   CDD-843

Índice para catálogo sistemático:
1. Romances : Literatura francesa 843

[2015]
Todos os direitos desta edição reservados à
EDITORA SCHWARCZ S.A.
Rua Bandeira Paulista, 702, cj. 32
04532-002 — São Paulo — SP
Telefone: (11) 3707-3500
Fax: (11) 3707-3501
www.companhiadasletras.com.br
www.blogdacompanhia.com.br

Sumário

Introdução — Robert Darnton, 7
Personagens principais, 59

VOLUME I
1. O legislador Bissot renuncia à chicana pela filosofia, 67
2. Os dois irmãos se perdem nas planícies da Champanha, 73
3. Jantar melhor que o almoço, 81
4. Quem eram as pessoas que ceavam assim ao relento nas planícies da Champanha, 87
5. Despertar. O bando sai a caminho: aventuras que nada têm de extraordinário, 91
6. O canto do galo, 107
7. Depois disso, diga que não há assombrações, 128
8. O desfecho, 140
9. Aventuras noturnas, dignas da luz do sol e da pluma de um acadêmico, 142

VOLUME II

10. Terríveis efeitos das causas, 165
11. Rudes dissertações, 171
12. Paralelo entre monges mendicantes e proprietários, 183
13. Diversos projetos muito importantes para o bem público, 192
14. A hospitalidade, 200
15. A manhã dos cartuxos, 205
16. Panegírico do clero, 208
17. Um rato que só tem um buraco logo é pego, 214
18. Como Lungiet foi interrompido por um milagre, 217
19. Que não será longo, 221
20. História de um peregrino, 223
21. Continuação da história de um peregrino, 244

Notas, 269

Introdução

Enquanto o marquês de Sade rascunhava *Os 120 dias de Sodoma* na Bastilha, outro marquês libertino numa cela próxima escrevia uma novela — igualmente afrontosa, cheia de sexo e calúnia, e mais reveladora acerca do que tinha a dizer sobre as condições dos escritores e do escrever em si. No entanto, o vizinho de Sade, o marquês de Pelleport, hoje é completamente desconhecido, e seu romance, *Os boêmios*, quase desapareceu. Apenas uma meia dúzia de exemplares é encontrada em bibliotecas pelo mundo. A edição americana (2010), a primeira desde 1790, torna acessível uma importante obra da libertinagem do século XVIII e também abre uma janela para o mundo dos poetas de sótão, aventureiros literários, filósofos desvalidos e escritores medíocres. Mais de um século antes de *La Bohème*, mostra como a boêmia veio a existir.

A boêmia pertence à belle époque. Puccini a pôs em música e a fixou firmemente na Paris do fim do século XIX. Mas *La Bohème*, executada pela primeira vez em 1896, olhava para trás, para uma era anterior, para a Paris pré-Haussmann de *Scènes de la vie de Bohème* de Henry Murger, publicado pela primeira vez em 1848. Murger baseou-se em temas que ecoavam da Paris de *Ilusões perdidas*, de Balzac (primeira parte publicada em 1837), e a imaginação de Balzac se estendia até o Antigo Regime, onde tudo começou. Mas como começou? Os primeiros boêmios habitavam uma rica paisagem cultural, que jamais foi explorada.

No século XVIII o termo "bohémiens" geralmente se referia aos habitantes da Boêmia ou, por extensão, a ciganos (romenos), mas começara a adquirir um sentido figurado, que denotava desocupados que viviam conforme seus caprichos.[1] Muitos fingiam ser homens de letras.[2] Na verdade, em 1789, a França criara uma enorme população de autores indigentes — 672 deles somente poetas, segundo uma estimativa contemporânea.[3] A maioria deles vivia em Paris totalmente sem recursos, sobrevivendo da melhor maneira que podia por meio de trabalhos medíocres e migalhas de patronato. Embora em seu caminho cruzassem com beldades atraentes e fáceis, como Manon Lescaut, nada havia de romântico nem de operístico em sua vida. Viviam como o sobrinho de Rameau, não como Rameau. Seu mundo limitava-se a Grub Street.

É claro que Grub Street, tanto uma expressão como um local, refere-se a Londres. A rua em si, que corria através do bairro miserável, infestado de crimes, de Cripplegate, vinha atraindo escritores fracassados desde os tempos elisabetanos. No século XVIII, esses literatos haviam mudado para outros endereços, a maioria deles mais perto de livrarias, cafés e teatros do adro da igreja St. Paul, de Fleet Street, Drury Lane e Covent Garden. Mas o *Grub-Street Journal* (1730-7) perpetuou uma versão mítica do meio, e o mito continuou a se espalhar por meio de obras como *Dunciad*, de Alexander Pope, *Ópera dos mendigos*, de John Gay, *Moll Flanders*, de Daniel Defoe, *Tale of a Tub* [Conto de um tonel], de Jonathan Swift, e *Life of Mr. Richard Savage*, de Samuel

Johnson. Não existiria nada comparável em Paris? Certamente. Paris tinha uma população cada vez maior de escritores, mas estavam espalhados em sótãos por toda a cidade, não em algum bairro específico, e jamais dramatizavam ou satirizavam suas atribulações em obras que capturassem a imaginação da posteridade.[4] É verdade que *O sobrinho de Rameau*, de Diderot, *Pauvre Diable*, de Voltaire, e partes das *Confissões* de Rousseau evocavam a vida de Grub Street, Paris, e a cultura literária da cidade permeia obras menos conhecidas como *Tableau de Paris*, de Mercier.[5]

Todavia, antes de Balzac e Murger nenhum escritor trouxe "*la bohème*" à vida — ninguém a não ser o marquês de Pelleport. Seu romance, publicado em dois volumes em 1790, merece ser resgatado do esquecimento porque oferece um passeio pelo interior das zonas mais coloridas, porém menos familiares, da vida literária. E é também uma excelente leitura. Creio que mereça um lugar próximo, ou na prateleira exatamente abaixo, das obras-primas que o inspiraram: *Dom Quixote* e *Tristram Shandy* — e eu o colocaria várias prateleiras acima das obras de Sade. Mas os leitores julgarão por si próprios.

Porém, primeiro, uma advertência: ao recomendar *Os boêmios*, posso sucumbir a um caso de entusiasmo biográfico. Tropecei nesse livro quando estava tentando reconstituir a vida do seu autor, um dos personagens mais interessantes que já encontrei durante os muitos anos cavoucando arquivos. Anne Gédéon Lafitte, marquês de Pelleport, foi, de acordo com todo mundo que o conheceu, um velhaco, um tratante, um patife, um sujeito realmente canalha. Encantava e seduzia aonde quer que fosse, deixando uma trilha de sofrimento atrás de si. Tinha uma vida miserável, pois foi deserdado pela família e dependia da perspicácia e da pena para escapar da penúria. Foi um aventureiro que passou a maior parte da vida na estrada. Seu itinerário o levou pelas rotas que ligavam Grub Street, Paris, a Grub Street,

Londres, e seu romance oferece um relato picaresco de ambas. Assim, qualificado ou não como grande literatura, ele merece ser estudado como guia para um mundo que está à margem da trilha tão batida da história sociocultural.

Grub Street, Paris, tinha muitas saídas. Levavam a Bruxelas, Amsterdam, Berlim, Estocolmo, São Petersburgo e outras cidades com culturas próprias de Grub Street. Quando escritores parisienses descobriam sua carreira estagnada, seu aluguel atrasado ou uma *lettre de cachet* [carta de prisão ou de exílio] pairando sobre sua cabeça, pegavam a estrada e buscavam fortuna onde quer que pudessem explorar o fascínio por todas as coisas francesas. Eram tutores, tradutores, mascateavam panfletos, dirigiam peças, metiam-se no jornalismo, aventuravam-se no mundo das publicações e espalhavam a moda parisiense por toda parte, de boinas a livros.[6] A maior colônia de expatriados estava em Londres, que recebera de braços abertos refugiados desde a perseguição dos huguenotes e as aventuras do jovem Voltaire. A cidade também desenvolveu seu próprio estilo de jornalismo marrom, primeiro durante as guerras de panfletos do ministério Walpole, depois durante as batalhas parlamentares e de imprensa provocadas por John Wilkes.[7] Os refugiados franceses aprenderam truques da imprensa britânica, mas também aperfeiçoaram um gênero próprio: o libelo (*libelle*), um relato escandaloso da vida privada de grandes figuras da corte e da capital. O termo não é muito usado em francês moderno, mas pertencia ao vocabulário comum no comércio livreiro no Antigo Regime; e os autores de tais obras eram registrados nos arquivos da polícia como libelistas (*libellistes*).

Os libelistas de Londres aprenderam a sobreviver nas Grub Streets de ambas as capitais. A maioria adquirira treinamento básico como escritor sob encomenda no submundo literário de Paris, atravessando o Canal para fugir da Bastilha. Depois de sua chegada, conseguiam sustento lecionando, traduzindo e fornecendo para as prensas inglesas textos que tentavam satisfazer a demanda por literatura ilegal na França. Vários expatriados iam para o jornalismo, particularmente como colaboradores do *Courrier de l'Europe*, uma publicação quinzenal editada em Londres e reimpressa em Boulogne-sur-Mer, que fornecia os mais completos relatos sobre a Revolução Americana e a política britânica acessíveis aos leitores franceses durante as décadas de 1770 e 1780. Outros viviam de libelos. Graças à informação provida por informantes secretos em Paris e Versalhes, criavam livros e panfletos que caluniavam todo mundo, desde o rei e seus ministros até figuras públicas e atrizes. Seus trabalhos circulavam pelo comércio de livros clandestino na França e eram vendidos abertamente em Londres, especialmente numa livraria na St. James Street dirigida por um expatriado de Genebra chamado Boissière.[8]

O público leitor francês vinha desfrutando de revelações sobre a vida privada de figuras públicas por décadas sem voltar-se contra o governo, mas os libelos publicados depois de 1770 pareciam inusitadamente ameaçadores para as autoridades, porque surgiam numa época de aguda crise política. Depois de esmagar o Parlamento em 1771, o ministério liderado pelo chanceler René Nicolas Charles Augustin de Maupeau passou a governar com um poder tão arbitrário que muitos franceses acreditaram que a monarquia havia degenerado em despotismo. A calma retornou com a ascensão de Luís XVI em maio de 1774, mas intrigas e escândalos ministeriais atingiram o clímax com o Caso do Colar de Diamantes, de 1778, fazendo a opinião pública ferver às vésperas da Revolução. Ao longo de todo esse período, funcionários do governo aprenderam a ser cautelosos com a opinião pública — não que esperassem que alguém tomasse a Bastilha, mas porque uma calúnia bem colocada podia prejudicar relações dentro do delicado sistema de proteção e clientela no coração da política em Versalhes.

Um bocado de calúnia vinha de Londres. Um dos primeiros e mais famosos libelos, *Le Gazetier cuirassé* [O gazetista blindado], de 1771, foi escrito pelo libelista mais importante da colônia de expatriados, Charles Théveneau de Morande. Adotava o chanceler Maupeou como alvo principal e manchava reputações por toda a corte e toda a capital, a tal ponto que, quando Morande anunciou uma sequência, um ataque à madame Du Barry intitulado *Mémoires secrets d'une femme publique*, o governo recorreu a medidas extremas. Primeiro tentou raptar ou assassinar Morande. Quando o golpe falhou, decidiu comprar seu silêncio. Enviou Beaumarchais, que na época era mais ativo como agente secreto do que como dramaturgo, para negociar; e após uma série de intrigas barrocas dignas do Fígaro, Morande concordou em suprimir a edição inteira pela vultosa soma de 32 mil libras e uma anuidade de 4,8 mil libras. Os outros libelistas logo seguiram seu exemplo. Em vez de meramente escrever para satisfazer a demanda de literatura escandalosa na França, transformaram a produção de libelos numa operação de chantagem. Morande retirou-se de campo, assumindo uma carreira ainda mais lucrativa como espião para o governo francês, o que lhe deu a oportunidade de denunciar seus ex-colegas.

O principal sucessor de Morande foi Pelleport, um escritor igualmente inescrupuloso, mas muito mais talentoso. Usando Boissière como intermediário, convidou o governo francês a fazer ofertas para uma série de libelos, que prometeu destruir se o preço fosse certo. Os libelos incluíam *Les Passe-temps d'Antoinette*, um relato sobre a vida sexual da rainha; *Les Amours du vizir de Vergennes*, um ataque semelhante ao ministro das Relações Exteriores, e *Les Petits Soupers et les nuits de l'Hôtel Bouillon* [Jantares íntimos e noites no Hôtel Bouillon], revelações sobre orgias conduzidas pela princesa de Bouillon e seus criados com seu parceiro do momento, o marquês de Castries, ministro naval da França durante a guerra americana. Nenhum exemplar das duas primeiras obras sobreviveu, talvez porque Pelleport tenha apenas inventado os títulos, com intenção de compor os textos se o governo francês não se dispusesse a pagar o suficiente. Mas ele imprimiu uma edição de *Les Petits Soupers* e a usou como isca em negociações de chantagem com um inspetor de polícia de Paris chamado Receveur, que chegou a Londres em 1783 em missão secreta para erradicar os libelos e, se possível, seus autores. Com Receveur disfarçado de barão de Livermont e Pelleport escondendo-se atrás de Boissière, os lances chegaram a 150 luíses de ouro (3,6 mil libras, o equivalente a dez anos de salário de um trabalhador não qualificado). Mas Pelleport se manteve em 175 luíses (4,2 mil libras). Receveur não estava autorizado a chegar a esse valor; retornou a Paris, confuso com sua inabilidade para lidar com os ardis dos libelistas (eles o levaram a excursões frenéticas e despropositadas por pubs e livrarias) e os costumes dos ingleses (que falavam numa linguagem impossível e tinham noções estranhas, tais como habeas corpus, julgamento por júri e liberdade de imprensa). Pelleport foi adiante e comercializou *Les Petits Soupers*, dando-lhe uma continuação muito mais perniciosa, *Le Diable dans un bénitier* [O diabo na água benta], um libelo sobre a missão de suprimir libelos. Mesmo evitando nomes e informações comprometedoras, Pelleport celebrou os escritores expatriados como campões da liberdade, zombando de Receveur e seus superiores como agentes do despotismo que haviam tentado estabelecer um ramo secreto da polícia parisiense em Londres. O elenco de vilões incluía o tenente-general da polícia em Paris, os mais poderosos ministros em Versalhes, e seu principal agente disfarçado em Londres: Morande.

No entanto, Morande triunfou no final, porque conseguiu algumas provas de *Le Diable dans un bénitier* com correções na caligrafia de Pelleport. Ele as enviou às autoridades francesas como evidência de que tinha atuado como conselheiro secreto de Receveur: Pelleport havia se tornado chefe de operações dos libelistas em Londres. Se o governo conseguisse pôr as mãos nele, abandonando a política de concordar em pagar chantagem, poderia dar um fim a toda aquela indústria. Usando Samuel Swinton, proprietário do *Courrier de l'Europe*, como intermediário, a polícia atraiu Pelleport a Boulogne-sur-Mer e imediatamente o prendeu. Trancafiaram-no na Bastilha em 11 de julho de 1784, e no dia seguinte prenderam seu grande amigo, Jacques-Pierre Brissot de Warville, futuro líder dos girondinos durante a Revolução Francesa. Brissot havia se juntado aos expatriados em Londres, onde tentou fundar um clube filosófico (ou Lycée) e se sustentar por meio do jornalismo. Mas seus projetos ameaçaram ruir e, quando viajou para Paris para levantar dinheiro com alguns financiadores potenciais, a polícia o prendeu sob suspeita de colaborar com Pelleport.

Brissot permaneceu na Bastilha por quatro meses; Pelleport ficou quatro anos e três meses, uma pena inusitadamente longa. Os poucos documentos que sobreviveram daquele período nos arquivos da Bastilha sugerem que a polícia considerava Pelleport um peixe graúdo, fonte dos mais ultrajantes ataques à corte francesa, e a correspondência do ministro das Relações Exteriores existente nos arquivos confirma essa impressão. O conde de Vergennes, ministro das Relações Exteriores na época da prisão de Pelleport, interveio ativamente nas tentativas da polícia de Paris de reprimir os libelistas em Londres. Apesar das repetidas petições, Pelleport não tinha esperança de ser solto da Bastilha até depois da morte de Vergennes em 13 de fevereiro de 1787. Mesmo então, permaneceu confinado por mais um ano e meio

— até 3 de outubro de 1788 —, quando um novo ministro com jurisdição sobre a Bastilha, Laurent de Villedeuil, finalmente concordou com sua soltura. Nessa época, a campanha contra os libelistas não interessava mais a ninguém em Versalhes, e a atenção pública havia se voltado para os debates sobre a Assembleia dos Estados Gerais.[9]

Enquanto Brissot saiu para tornar-se um dos líderes da Revolução Francesa, Pelleport sumiu na obscuridade. Talvez devessem permitir que lá permanecesse. Apenas um erudito chegou a lhe dedicar um mínimo artigo. No *Bulletin du bibliophile* de 1851, Paul Lacroix, uma autoridade em literatura francesa do século XVIII, escreveu uma breve nota sobre *Os boêmios*, "um romance filosófico e satírico, que é completamente desconhecido e do qual quase toda cópia foi destruída pelo impressor". Lacroix descreve a obra como se segue:

> Eis um livro admirável, eis um livro abominável. Ele merece ser colocado junto aos romances de Voltaire e Diderot, pela espirituosidade, pela verve, pelo prodigioso talento que nos assombramos em nele encontrar. E também deveria ter um lugar junto às infâmias do marquês de Sade e às grosseiras obscenidades do abade Dulaurens [uma alusão às novelas devassas e muito populares de Dulaurens, tais como *Le Compère Mathieu*]. Tão logo essa singular obra atice a curiosidade dos amantes dos livros, com certeza será muito procurada.[10]

Apesar da predição de Lacroix, nenhum estudante de literatura francesa jamais se interessou por esse extraordinário romance, uma espécie de *"chef-d'oeuvre d'un inconnu"* [obra-prima de um desconhecido], mais espirituoso e malévolo do que o livro publicado sob esse título por Thémiseul de Saint-Hyacinthe em 1714. Como Saint-Hyacinthe, Pelleport satiriza o pedantismo, mas seus pedantes eram *philosophes*, e ele os agrupou com outros escritores fracassados sob uma categoria que constituiu um novo tema literário, proclamado pelo título do livro: *Os boêmios*. Os boêmios de Pelleport ainda não têm um substantivo abstrato — a boêmia — ligado a eles, mas não são meros ciganos ou vagabundos, como no sentido anterior da palavra. Pelleport joga com essa associação, porque os descreve como uma trupe de desocupados vagando pelo norte da França, vivendo às custas da terra — em sua maior parte, roubando galinhas dos camponeses. Porém seus boêmios são homens de letras marginais, os mesmos personagens de Grub Street que haviam colaborado com ele na colônia de expatriados franceses em Londres. Em vez de aparecer sob uma luz relativamente favorável, como em *Le Diable dans un bénitier*, são agora um bando de velhacos. Pronunciam intermináveis arengas filosóficas, uma mais absurda que a outra, berram e brigam feito estudantes, interrompendo apenas para engolir o que conseguem surrupiar furtivamente dos quintais ao longo do caminho. Pelleport disfarça seus nomes e até muda os disfarces, de modo que os personagens reaparecem sob diferentes pseudônimos à medida que a cena muda e o narrador conduz o leitor por uma sucessão de episódios extravagantes.

O narrador também interrompe a ação colocando-se fora da história e dirigindo-se diretamente ao leitor, às vezes com comentários sobre a ação, às vezes com digressões, às vezes com um diálogo no qual leitor e narrador trocam chistes, discordam, brigam e se entendem. As digressões são mais da metade do texto. São ensaios sobre temas de todos os tipos, o que quer que ocorra na imaginação do narrador — viagens, táticas militares, pobreza, mulheres e, em especial, as duras atribulações dos autores. O autor é o próprio narrador, uma voz anônima na primeira pessoa do singular. Sua última digressão se transforma numa autobiografia de pleno direito, que dá a ele a oportunidade de inserir-se na ação sob um disfarce próprio — ele é um poeta errante que acabou de ser solto da Bastilha — e dar um final para o livro, embora praticamente sem desfecho, juntando-se aos boêmios em troca de uma refeição em sua taverna favorita na cidade onde nasceu.

Cheio de vívida prosa, paródia, diálogos, duplos sentidos, humor, irreligiosidade, crítica social, incidentes escandalosos e obscenidade (mas sem linguagem vulgar), *Os boêmios* é um *tour de force*. Enquadra-se em diversos gêneros, pois pode ser lido como novela picaresca, *roman à cléf*, coleção de ensaios, tratado libertino e autobiografia, tudo ao mesmo tempo. Em tom e estilo evoca o *Dom Quixote*, que Pelleport cita como principal fonte de inspiração. Mas também é comparável a *Jacques le fataliste* (que Pelleport pode ter lido, porque foi publicado em 1796), *Cândido*, *Gil Blas*, *Le Compère Mathieu* e *Tristram Shandy*. Que tal obra não tenha absolutamente lugar nenhum na história literária parece impressionante, mas sua inexistência no corpus da literatura francesa pode ser explicada pelas circunstâncias de sua publicação. Ela surgiu em 1790, anonimamente, sem o nome do impressor, e sob um endereço que podia ter sido falso: "Paris, Rue des Poitevins, Hôtel Bouthillier".[11] Nessa época, os leitores franceses devoravam tanto material relacionado com a Revolução que tinham pouco apetite para qualquer outra coisa. O romance de Pelleport não contém nenhuma alusão à política ou a eventos correntes além de 1788. Tem lugar num mundo que parece firmemente fixado, não prestes a explodir num levante social. Pelleport deve ter composto a narrativa — um texto complexo, bem tecido, que ocupa 451 páginas no formato 13 × 19 cm — durante seu confinamento na Bastilha, onde teve tempo de sobra e suprimento adequado de material para escrever. Mas o livro já estava obsoleto quando surgiu impresso. Até onde sei, nenhum jornal o mencionou após sua publicação, e apenas meia dúzia de exemplares sobreviveu, em seis países diferentes.[12]

Quer *Os boêmios* seja ou não reconhecido pelas suas qualidades literárias, merece ser estudado como fonte acerca da vida em Grub Street durante a década de 1870. Fazê-lo, porém, requer alguma familiaridade com a carreira de Pelleport e sua relação com outros escritores fracassados em Londres, especialmente Brissot. Um relatório policial, que data de pouco antes de sua prisão em 1784, fornece alguma informação sobre as origens de Pelleport:

> Ele é filho de um cavalheiro da corte de Monsieur [irmão mais velho do rei]. Foi expulso de dois regimentos nos quais serviu, Beauce e Isle-de-France, na Índia, e foi preso quatro ou cinco vezes a pedido de sua família por atrocidades desonrosas. Passou dois anos vagando pela Suíça, onde se casou e veio a conhecer Brissot de Warville. Foi estudante na Escola Militar, não o melhor que por lá já passou. Tem dois irmãos que também receberam treinamento ali e que foram dispensados desonrosamente, como ele, dos regimentos nos quais estavam.[13]

Em suma, Pelleport era um desclassificado. Nascido numa família aristocrática, afundou nas fileiras dos libelistas após uma carreira fracassada no Exército e uma conduta suficientemente desonrosa para passar algum tempo na prisão a pedido de sua família.

Material adicional selecionado de outras fontes completa a figura. Segundo um sumário do dossiê de Pelleport nos arquivos da Bastilha publicado em *La Bastille dévoilée* [A Bastilha desvelada], de 1789, ele nasceu em Stenay, uma cidadezinha perto de Verdun. Quando migrou para a Suíça no final dos anos 1770, casou-se com uma camareira da esposa de Pierre-Alexandre Du-Peyrou, protetor de Rousseau em Neuchâtel. Estabeleceram-se na cidade de La Locle, na cordilheira do Jura, onde ela lhe deu pelo menos dois filhos, e ele conseguiu emprego de tutor na casa de um fabricante local. Em 1783, Pelleport deixara a família no intuito de buscar fortuna em Londres. Isso o levou aos libelos e aos quatro anos na Bastilha. Enquanto esteve preso, sua esposa, que fora sustentada por parentes na Suíça, foi a Paris para suplicar sua libertação. No entanto, nada conseguiu, e escapou da indigência mediante a intervenção do cavaleiro Pawlet, um irlandês envolvido em projetos educacionais em Paris, que conseguiu que ela e as crianças fossem sustentadas por um orfanato para filhos de oficiais militares. Quando finalmente foi solto, Pelleport juntou-se aos parentes em Stenay, depois voltou a Paris bem a tempo de presenciar seus ex-captores serem linchados pela multidão em 14 de julho. Tentou salvar L'Osme, o major da Bastilha que tratou a ele e a outros prisioneiros com delicadeza, e por pouco escapou com vida. Essa exposição à violência das ruas pode ter impedido Pelleport de aderir plenamente aos revolucionários. Como panfletário radical que fora silenciado pelo Estado, poderia ter assumido uma nova carreira como jornalista ou político. Brissot e muitos outros demonstraram que havia oportunidades sem fim para um autor de pena aguçada e reputação de mártir do despotismo. Mas Pelleport desapareceu de vista depois de 14 de julho. Aparentemente retirou-se para Stenay, deixando seus filhos no orfanato; quando produziu alguma coisa para o prelo durante os meses seguintes, foi uma novela bizarra, anônima, que não tinha nenhuma relevância para os grandes acontecimentos de 1789.[14]

Nenhuma relevância direta. Mas *Os boêmios* tinha um anti-herói, Jacques-Pierre Brissot, que aparece no primeiro capítulo como seu principal protagonista: "Bissot" (o "sot" sugerindo tolice), um filósofo pulguento com cérebro de galinha. Depois de ser ridicularizado ao longo do texto por seus absurdos dogmáticos, reaparece no final como um imbecil vendedor de roupas velhas em Londres, chamado "Bissoto de Guerreville" (um trocadilho com o nome completo de Brissot, Brissot de Warville). Tendo rascunhado o texto durante sua longa permanência na Bastilha, Pelleport pode tê-lo publicado em 1790 com a intenção de minar o crescente poder de Brissot como editor do *Le Patriote français* e grande herói da esquerda. Mas não há motivo para desconfiar que Pelleport tinha qualquer simpatia pela direita. O romance não tem nenhuma mensagem política aberta e condenava muitas das injustiças na França pré-1789. Pelleport provavelmente o publicou pelas mesmas razões que moveram outros autores — para vê-lo impresso e conseguir algum dinheiro. Mas por que guardava tanta hostilidade em relação a Brissot? Haviam sido amigos íntimos. No entanto, sua amizade se rompeu na Bastilha, e essa experiência, à medida que Pelleport a remoía durante seus longos anos de confinamento, pode ajudar a explicar as circunstâncias e mesmo parte da paixão por trás de *Os boêmios*.

Pelleport e Brissot não poderiam ter sido mais diferentes em termos de temperamento e passado pessoal. Pelleport era um marquês, Brissot o décimo terceiro filho de uma doceira. Pelleport era dissoluto, cínico e espirituoso; Brissot, sério, trabalhava duro e não tinha senso de humor. Enquanto Pelleport servia como oficial na Índia, Brissot dava duro como funcionário de um escritório de advocacia. Com ajuda de uma pequena herança, comprou um diploma barato de advogado da Universidade de Reims (que vendia seus diplomas depois de realizar exames meramente formais), mas abandonou o direito para se dedicar a escrever, esperando uma carreira como sucessor de Voltaire e D'Alembert. Embora tivesse acabado por produzir toda uma prateleira de tratados sobre assuntos como as injustiças do sistema judiciário criminal, começou rabiscando panfletos de segunda e levando a vida de Grub Street. Precisou fugir para Paris em 1777 para escapar de uma *lettre de cachet* que o mandaria para a Bastilha por caluniar uma dama conhecida pelo seu papel respeitável num salão. Em 1778, começou a trabalhar como jornalista, corrigindo provas da edição francesa do *Courrier de l'Europe*, editado em Boulogne-sur-Mer. Ali conheceu sua futura esposa, Félicité, e a mãe dela, Marie-Cathérine Dupont, cujo sobrenome de solteira era Clery, viúva de um mercador — duas pessoas que também figurariam com proeminência em *Os boêmios*. Quando Brissot retornou a Paris em 1779, madame Dupont o recomendou a um amigo da família, Edme Mentelle, professor de geografia na Escola Militar em Paris. Brissot tornou-se membro regular do círculo literário de Mentelle, esperando obter reconhecimento como *philosophe* potencial. Foi aqui que seu caminho se cruzou com o de Pelleport, ex-aluno de Mentelle, que também se propunha a deixar sua marca na República das Letras. Mas, enquanto a trajetória da carreira de Brissot parecia apontar para cima, Pelleport começou a decair nas fileiras literárias rumo a uma existência improvisada como literato de aluguel e aventureiro. Trocou Paris pela Suíça, onde esperava obter emprego na Société Typographique de Neuchâtel. Mas tudo que conseguiu foi um emprego de tutor na Le Locle próxima, e em pouco tempo viu-se sobrecarregado com uma família.[15]

Brissot enviou várias cartas a Pelleport durante a segunda metade de 1779. Sob a errônea impressão de que seu amigo conseguira um emprego na Société Typographique, propôs toda uma série de livros para serem impressos. Pelleport passou as propostas adiante ao editor, que acabou produzindo a maioria das obras de Brissot antes da Revolução Francesa, mantendo extensa correspondência com ele. Três das primeiras cartas no dossiê de Brissot em seus arquivos são endereçadas a Pelleport e escritas num tom familiar que seria impensável no século XVIII, exceto em trocas entre amigos íntimos. Brissot chama Pelleport de "meu caro amigo", "meu caro", "mio caro" e nunca usa a saudação formal costumeira, "seu mais humilde e obediente criado". Em 31 de agosto de 1779, ele encerra a carta da seguinte maneira: "M. Mentelle e sua esposa estão em excelente forma e lhe asseguram sua amizade. Esteja persuadido de que a minha haverá de durar tanto quanto minha vida. Adeus, eu o abraço e vou para a cama. Sempre seu". Numa carta posterior, não datada, mas de 1779, ele comenta: "A bela vizinha é sempre encantadora. Nos nossos rápidos encontros, com frequência recordamos você". Brissot referia-se a Félicité Dupont, que deixara Boulogne para seguir seus estudos sob Mentelle e logo se tornaria sua noiva.[16]

Cinco anos depois, Brissot e Pelleport ocupavam celas separadas na Bastilha. A evidência sobrevivente, embora incompleta, mostra como suas carreiras convergiram e como a Bastilha deixou sua marca nas vidas da Grub Street. Brissot conta seu lado da história num memorial, escrito provavelmente em 1785, que reduzia um complexo conjunto de circunstâncias a uma conclusão simples: ele era uma vítima inocente do despotismo, e Pelleport era um libelista dissoluto.[17] Ao justificar sua própria conduta, Brissot deixa implícito que conhecia Pelleport apenas superficialmente antes de se encontrarem em 1783 e que evitava os expatriados franceses em Londres, porque sua imoralidade o repugnava. Achava-o especialmente depravado: "Pelleport tinha sagacidade de sobra, modos corajosos, um desenfreado gosto pelo prazer e um escárnio profundo por todo tipo de moralidade".[18] Brissot reconhece que tentou ajudar Pelleport, esperando reuni-lo à família que abandonara na Suíça. No decorrer dessa atividade caridosa, Brissot ficara sabendo das especulações de Pelleport em libelos, mas recusou-se a ter qualquer coisa a ver com aquilo — e portanto ficou horrorizado quando seu interrogador na Bastilha lhe disse que fora preso por cumplicidade na publicação de *Le Diable dans un bénitier*.

Aqui Brissot não estava sendo totalmente sincero. Embora não tivesse ajudado a escrever o livro, havia cooperado na sua distribuição. Enquanto estava em Londres, recebera uma carta de seu agente em Ostend informando o recebimento de um lote de *Diables* que Brissot lhe enviara e mencionando ter passado 125 exemplares para um livreiro em Bruxelas e seis para um livreiro em Bourges.[19] Além disso, a polícia havia confiscado uma carta de Pelleport a um livreiro em Bar-le-Duc anunciando o embarque de seis *Diables* com diversas obras de Brissot[20] e tinha descoberto correspondência mais comprometedora entre Brissot e seu agente em Paris, um negociante chamado Larrivée. Essa correspondência mostrava que, além da comercialização dos libelos, as relações de Brissot com Pelleport envolviam uma sombria ligação nos negócios.[21]

Essa informação veio à tona no interrogatório de Brissot na Bastilha. Os registros policiais de interrogatórios são documentos dramáticos, escritos na forma de diálogos: perguntas e respostas transcritas por um escrivão, cada página rubricada pelo prisioneiro como testemunha de sua precisão. As perguntas mostram a polícia preparando ciladas para sua presa; as respostas documentam as tentativas dos prisioneiros de evitar as ciladas e reter informações comprometedoras. Brissot foi deixado "cozinhando" na cela por vários dias sem ser informado do motivo do seu encarceramento e sem saber que Pelleport também fora preso. Foi interrogado três vezes por Pierre Chénon, um veterano oficial de polícia — primeiro em 3 de agosto, depois em 21 de agosto (dessa vez por um dia inteiro, com um intervalo às duas horas para cear), e então por meio dia em 22 de agosto. Ele parece ter aguentado bastante bem. Quando acusado de colaborar em *Le Diable dans un bénitier*, provou que a evidência contra ele fora fabricada.[22] Chénon então tentou levá-lo a admitir alguma conexão com seis outros libelos:[23]

1. *La Naissance du dauphin* [O nascimento do delfim]
2. *Les Passe-temps d'Antoinette*
3. *Les Rois de France régénérés*
4. *Les Amours du vizir de Vergennes*
5. *Les Petits Soupers de l'Hôtel de Bouillon. Réflexions sur la Bastille*
7. *Le Gazette noire*
8. *Les Rois de France jugés au tribunal de la raison* [Os reis da França julgados diante do tribunal da razão]

Brissot negou ter qualquer coisa a ver com esses libelos, mas ao defender-se durante o primeiro interrogatório deixou escapar que Pelleport estivera implicado com algumas publicações dúbias e que seu próprio envolvimento com ele incluía alguns assuntos financeiros emaranhados. Pelleport vivia numa pensão em Chelsea e mal conseguia se sustentar dando aulas particulares de matemática e francês. Brissot disse que tentara ajudá-lo encontrando serviços de cópia de manuscritos e tradução de livros ingleses, e contribuindo com artigos para o *Courrier de l'Europe*. Mas Pelleport vivia voltando a procurá-lo, pedindo empréstimos. Brissot lhe dava o pouco dinheiro de que podia dispor. A certa altura, pagou sua fiança por ter sido preso como devedor, embora o próprio Brissot tivesse sido preso anteriormente pelo mesmo motivo. O que mais doía a Brissot era pensar na esposa e nos filhos de Pelleport (ele disse que eram cinco) abandonados na Suíça.

As respostas de Brissot o faziam parecer generoso e elevado, mas também deixavam a impressão de dois escritores miseráveis, lutando para manter a cabeça acima da água no duro ambiente literário de Londres. Ao conduzir o segundo interrogatório, Chénon havia reunido informações sobre as circunstâncias econômicas do caso. Cartas confiscadas de Larrivée e do irmão de Brissot mostravam que a situação de Pelleport tornara-se crítica durante os primeiros meses de 1784. Chénon informou Brissot de que "Pelleport, perseguido por seus credores em Londres e por comerciantes na França, com quem estivera negociando, caiu numa situação desesperadora e resolveu fugir de Londres com uma viúva inglesa chamada Alfraide". Ademais, depois que Brissot partira para a França, Pelleport planejou com um inimigo de Brissot, Swinton, e seu patrono financeiro, Desforges d'Hurecourt, produzir um novo jornal francês sobre assuntos britânicos. Pelleport o editaria, Swinton ajudaria a administrar seu lançamento e Desforges o financiaria retirando os fundos que investira no Lycée de Brissot. Mais ainda: essa conspiração seguia-se a uma tentativa por parte de Pelleport de buscar fundos para outra especulação com a sogra de Brissot, madame Dupont, em Boulogne-sur-Mer.

Este último episódio revelava muita coisa sobre a biografia de Pelleport. Segundo evidências reunidas pela polícia, seu pai morreu no fim de 1783, e ele viajou a Paris (secretamente, para evitar ser preso) na esperança de receber uma herança. Atuando como amigo de Brissot e seu agente em Paris, Larrivée deu a Pelleport uma recepção calorosa, mas depois mandou relatos de que ele se metera em encrencas com a madrasta.[24] Ela persuadira o pai de Pelleport quando estava morrendo a vender um escritório que possuía por 700 mil libras, e então transferiu todo o dinheiro para os dois filhos que tivera com ele. Ela empregou também várias manobras para prender o restante do patrimônio, dando um jeito de manter praticamente tudo longe das mãos dos três filhos que seu marido tivera com a primeira esposa. O marido havia colaborado nessa trama balzaquiana porque tinha brigado com o primeiro grupo de filhos — fez com que todos os três fossem presos em algum momento por *lettre de cachet* — e perdera contato com eles depois que saíram de casa para o serviço militar e aventuras na estrada. "Este, meu amigo, é o destino de certos mortais que se desgraçaram na juventude", conclui Larrivée em uma de suas cartas a Brissot.[25]

Infelizmente, Pelleport contava herdar 20 mil libras e as gastara antes de recebê-las especulando em champanhe em Reims. Um de seus projetos para ficar rico era uma delicatéssen estrangeira — ou uma distribuição de artigos de luxo franceses em Londres — que ele planejava estabelecer com Antoine Joseph de Serres de Latour, editor do *Courrier d'l'Europe*.[26] Latour percebeu que a especulação era furada a tempo de cair fora, mas Pelleport havia contraído 15 mil libras de dívidas em Reims, e os engradados de champanhe já estavam viajando para Boulogne-sur-Mer para serem exportados para a Inglaterra antes de ele ficar sabendo que não herdaria nada. Pelleport apareceu em Boulogne, sem um vintém, em algum momento no começo de 1784. O que deveria fazer? Não podia sequer pagar sua passagem para atravessar o Canal. De algum modo, persuadiu madame Dupont, sogra de Brissot, que continuara os negócios do marido como comerciante, a lhe emprestar 150 libras para o resto de sua viagem e a guardar a champanhe em seus armazéns até poder se desfazer dela com um atacadista londrino. O resultado foi um fiasco financeiro, que terminou em cartas de câmbio não pagas e muito ressentimento. Em junho de 1784, o irmão de Brissot, que cuidava de seus assuntos em Londres, escreveu-lhe em Paris, alertando que Pelleport era um "mentiroso" e um "impostor".[27]

Essa informação pode parecer trivial, mas é digna de menção, pois tudo aparece, finamente disfarçado de ficção, em *Os boêmios*. E mostra também como os interrogatórios na Bastilha podiam transformar amigos em inimigos. Chénon provavelmente acenou a evidência da duplicidade de Pelleport diante de Brissot no intuito de provocá-lo a denunciar seu ex-amigo. Da sua parte, Brissot estava convencido de que Pelleport o denunciara — uma premissa razoável em vista do fato de que tivera sossego em seus negócios em Paris até um dia depois da prisão de Pelleport.[28] A polícia frequentemente conseguia denúncias jogando um prisioneiro contra o outro, mediante a técnica da acareação. Quando capturavam dois suspeitos, eles os espremiam separadamente, depois os juntavam e liam as transcrições dos interrogatórios de ambos. Como cada prisioneiro em geral procurava jogar a culpa no outro, esse recurso detonava acusações mútuas, que levavam a prisões posteriores ou compreensão mais completa do caso. Se Pelleport e Brissot se entregaram mutuamente não é possível determinar, devido a lacunas nos arquivos.[29] Mas os documentos sobre Brissot contêm uma denúncia de Pelleport que ele redigiu na Bastilha no intuito de se eximir de culpa.

Intitulada "Mémoire pour le sieur Brissot de Warville", a denúncia começava com um esboço do caráter de Pelleport: "temperamento vigoroso", "humor muito agradável", mas "tem um amor violento por mulheres e prazer, que é sua perdição".[30] Em seguida, esboçava sua enviesada carreira no Exército, como um andarilho "reduzido a expedientes", e como pai e marido desnaturado na Suíça. Fornecia detalhes condenatórios acerca da atividade de Pelleport como redator de libelos em Londres — suas negociações de chantagem com *Le Passe-temps d'Antoinette*, sua autoria de *Le Diable dans un bénitier*, e até mesmo seus planos de produzir um jornal clandestino cheio de "anedotas picantes", inclusive ataques ao ministro das Finanças, Charles-Alexandre de Calonne. A esposa de Brissot, Félicité, considerava Pelleport um canalha tão grande que não permitia sua entrada na casa dela — conquistando assim seu ódio imorredouro (outro tema que apareceria em Os boêmios). Mas, explicam as memórias, Brissot continuou a ajudá-lo e chegou mesmo a pagar a fiança para tirá-lo da cadeia pouco antes de partir para Paris. Assim que Brissot partiu, Pelleport começou a conspirar contra ele em outros esquemas para ficar rico depressa, incluindo a especulação com champanhe, que se tornou um embuste tendo Latour como alvo. Segundo a última carta que Brissot recebera de Londres, Pelleport estava prestes a fugir para a América com uma "senhora chamada Alfred". "Esse é o monstro que acabou de ajudar a prender seu benfeitor", conclui o depoimento. Tudo sugere que Pelleport estava igualmente zangado. Deve ter percebido que Brissot fornecera evidências contra ele e ter se ressentido disso, pois permaneceu enclausurado na Bastilha por mais de quatro anos, enquanto Brissot foi solto após apenas alguns meses.[31]

É possível ter alguma ideia do estado de espírito de Pelleport durante seu longo encarceramento consultando alguns documentos originais de seu dossiê que sobreviveram nos arquivos da Bastilha. Ele recebeu permissão de dar passeios ocasionais dentro do pátio da prisão em 1784 e respirar o ar das torres uma vez por semana em 1788. Solicitou pacotes de livros, inclusive *La Siècle de Louis XIV* [O século de Luís XIV], de Voltaire, uma obra sobre táticas militares prussianas e um tratado sobre o cravo. Não há um registro completo do que ele leu, mas escreveu uma sinopse "dos episódios filosóficos" na *Histoire philosophique de l'établissement et du commerce des Européens dans les deux Indes* [História filosófica do estabelecimento e do comércio europeu nas duas Índias].³² Também escreveu cartas, principalmente para sua esposa. Como já foi mencionado, ela tentara em vão conseguir sua libertação e escapara da indigência apenas por meio da caridosa intervenção do cavaleiro Pawlet. Enquanto continuava rogando por Pelleport, fez uma petição ao governador da Bastilha para permitir que ela o visitasse. Os registros da Bastilha mostram que eles se encontraram três vezes em 1784, nove vezes em 1785, duas vezes em 1787 e duas vezes em 1788.³³ A permissão para esses encontros de uma hora foi revogada em 1786, evidentemente porque Pelleport se comportara mal de alguma maneira. A julgar por um bilhete para um amigo chamado Lambert, que os guardas interceptaram, ele havia tentado escapar: "Joguei a corda ontem à noite a cada vez que você veio, mas aparentemente ela não alcançou o chão. Estou contando com Pierre para deixar a porta aberta para mim durante a noite... Tenha paciência, meu caro Lambert, e espere por mim. Quero estar em Londres tanto quanto você".³⁴ Qualquer que tenha sido a razão para a proibição das visitas da esposa, no final de 1786 Pelleport rogou que elas continuassem, citando o histórico familiar de sua família ("que serviu ao Estado e ao nosso rei por seis séculos") e sua própria miséria ("três anos de expiação e a mais horrível dor").³⁵

Depois que as visitas foram retomadas, as relações de Pelleport com a esposa se deterioraram. De algum modo ela conseguiu persuadir as autoridades a lhe conceder uma magra pensão de 25 libras por mês do orçamento da Bastilha, mas achava difícil sobreviver. "Minha situação é atroz", lamentava-se numa carta ao prefeito da Bastilha, o cavaleiro L'Osme, que tratava Pelleport com gentileza e era o principal intermediário nos contatos com o mundo exterior.³⁶ Da sua parte, Pelleport queixava-se em cartas à administração que sua esposa recusava-se a ir a Versalhes para fazer pressão a seu favor. Ele suspeitava que ela estivesse conspirando com seus inimigos para mantê-lo na cadeia, e talvez tivesse se tornado amante de seu benfeitor, o cavaleiro Pawlet:

> Ainda não cheguei a uma decisão quanto a que curso tomar, se esperar uma oportunidade para exigir justiça pelo abuso de autoridade por parte do sr. Breteuil [Louis Charles Auguste le Tonnelier, barão de Breteuil, então encarregado da Bastilha na função de ministro da Casa Real] ou se pôr um fim rápido à minha vida. [...] Tudo que peço é que não seja arrancado com violência desta cela de masmorra, que provavelmente será minha tumba... eu jamais poderia acreditar que o senhor cavaleiro Pawlet provocaria minha desonra e a perda da minha liberdade e da minha vida como preço que cobra ao seu butim à minha família. [...] A sorte de um homem é por certo infeliz quando, como um vil brinquedo de tudo que lhe é próximo, ele parece um mastro de pau, em torno do qual giram crianças espertas, ora para um lado, ora para o outro, golpeando-o com um chicote.[37]

Os prisioneiros da Bastilha frequentemente enchiam suas cartas de lamentações na esperança de amaciar a resistência de seus captores às súplicas de libertação, mas não há motivo para duvidar do desespero expresso por Pelleport. Quando as semanas se transformaram em meses, e os meses em anos, ele teve razões para acreditar que jamais seria solto.

Pelleport preenchia grande parte do tempo escrevendo. Desde o começo de seu encarceramento, foi-lhe dado pena, tinta e papel.[38] O resultado mais importante desse tratamento liberal foi *Os boêmios*, mas Pelleport também fez algumas poesias, uma válvula de escape para seus sentimentos, conforme explicou em uma de suas cartas: "A sina dos prisioneiros da Bastilha é um pouco como a dos indianos infelizes e miseráveis escravos africanos. [...] é melhor dançar ao som das suas correntes do que remoer em vão seu destino".[39] O verso que sobrevive em seu dossiê mostra-o ventilando seu ressentimento em breves e satíricas *pièces fugitives* dirigidas a Bernard-René de Launay, governador da Bastilha:

> Avis au Journal de Paris *sur un songe que j'ai eu*
>
> Laun... vient à expirer! quoi! passant, tu frémis.
> Ce n'est point une calomnie.
> Pour son honneur, moi, je m'en réjouis.
> C'est la meilleure action de sa vie.
>
> Madrigal sur ce qu'on s'est plaint que l'auteur était méchant
>
> Laun... s'est plaint que j'ai l'esprit méchant.
> D'un coeur si bon le reproche est touchant.[40]*

Pelleport espalhou versos similares por todos os seus escritos publicados. A maior parte tinha o mesmo tom — mordaz, sardônico, desiludido.[41]

Uma nota de niilismo acompanhava a zombaria que Pelleport fazia do mundo. A documentação que cerca sua prisão não fornece acesso a suas reflexões mais íntimas, mas o pouco que se consegue saber é que eram sombrias. Ele meditava sobre a denúncia que barrou seu caminho para a liberdade enquanto

---

* Aviso ao *Journal de Paris* sobre um sonho que tive// Laun acabou de expirar! O quê? Tu que passas tremes?/ Não se trata de calúnia./ Por sua honra eu me regozijo./ É o melhor ato de sua vida.// Madrigal com a queixa de que o autor é perverso.// Laun se queixou de que tenho mente perversa./ É uma censura tocante de um coração tão bom. (N. T.)

a maioria dos outros, como Brissot, em geral eram soltos após alguns meses. Ele tinha contas a ajustar, não só com Brissot, mas com quase todo mundo que havia conhecido em Londres — especialmente Morande, "um libelista e caluniador por profissão".[42] "Teria sido mil vezes melhor para mim cair nas mãos de selvagens no Canadá do que nas de caluniadores", escreveu para L'Osme. "Muito melhor, senhor, perecer de um golpe de uma machadinha do que sucumbir aos dardos envenenados dos insetos peçonhentos que me reduziram a um estado de desejar a morte toda vez que contemplo o que resta da minha existência na sombra escura da minha tumba."[43] Em seu desespero, Pelleport parece ter abandonado toda a crença em princípios mais elevados. Esse, ao menos, é o testemunho de outro libelista londrino capturado pela polícia em 1785, Jean-Claude Fini, conhecido como Hypolite Chamoran. Fini descreveu Pelleport não só como autor dos piores libelos produzidos em Londres, mas também como um "patife", um "monstro" e um "discípulo de Diágoras [filósofo ateu do século V a.C.], que, quando lhe perguntam sobre a causa primeira que rege o universo, replica com um sorriso irônico e faz o símbolo de um zero, que denomina sua profissão de fé".[44]

Em quem acreditar? Como filtrar fragmentos da Bastilha visando formar um quadro de uma vida que ali se estilhaçou? Se puderem ser admitidas evidências indiretas, é possível recorrer a uma fonte final, a vida e a obra de um homem que nunca testemunhou sobre Pelleport, mas compartilhou com ele a Bastilha: o marquês de Sade.

O encarceramento de Sade na Bastilha, de 29 de fevereiro de 1784 a 2 de julho de 1789 coincidiu quase exatamente com o de Pelleport, que foi de 11 de julho de 1784 a 3 de outubro de 1788. Teriam esses quatro anos de coabitação produzido algum intercâmbio intelectual? Impossível dizer. Os dois homens tinham muita coisa em comum. Ambos eram marqueses da velha nobreza feudal, ambos foram presos a pedido de suas famílias por má conduta na juventude, ambos escreveram romances obscenos — ao mesmo tempo e num raio bem próximo um do outro. Seus nomes aparecem em estreita proximidade nos registros da Bastilha.[45]

A vida cotidiana na Bastilha era com certeza bastante dura, mas é facilmente mal compreendida em virtude dos mitos que obscurecem a reputação do lugar — o pesadelo dos revolucionários de uma casa de horrores, de um lado, e o quadro revisionista em cores pastéis de um hotel de uma estrela, de outro. As noções modernas de encarceramento não correspondem às práticas do século XVIII. A Bastilha era uma fortaleza convertida, usada para confinamento de prisioneiros especiais que geralmente eram detidos por *lettre de cachet* e mantidos sem julgamento por prazo indefinido. Para uma pequena minoria que permaneceu confinada por vários anos, como Pelleport e Sade, o fardo psicológico podia ser terrível, mas eles não eram cortados de todo contato com o mundo exterior nem mesmo do contato com outros prisioneiros. Não dividiam celas — quase metade das 42 na fortaleza estavam vazias nos anos 1780 —, mas às vezes, por permissão especial, tinham autorização para se misturar. Os mais privilegiados ocasionalmente jantavam juntos. Por algum tempo, em 1788, chegaram a jogar cartas, xadrez e até mesmo bilhar. Tinham ampla oportunidade de ler e escrever, pelo menos quando as regras foram relaxadas no fim do século XVIII. Recebiam suprimentos de livros, papel e utensílios de escrita. Alguns inventavam maneiras de trocar anotações.[46]

A Bastilha tinha uma extensa biblioteca; e, embora não contivesse muita ficção, os prisioneiros às vezes escreviam sua própria. Teriam algum conhecimento das atividades literárias uns dos outros? A evidência sobrevivente não fornece uma resposta a essa pergunta. Pode-se apenas afirmar que o encarceramento e o lazer forçado por ele pesavam fortemente em alguns dos prisioneiros, levando-os a refletir sobre sua vida e a expressar seus pensamentos por escrito. A despeito de suas grossas paredes e da melancolia geral, ou talvez justamente por causa disso, a Bastilha funcionava como uma estufa de produção de literatura. Foi lá que Voltaire começou *La Henriade*, que La Beaumelle completou sua tradução de Tácito, e que Sade rascunhou *Os 120 dias de Sodoma*, *Aline e Valcour* e a primeira versão de *Justine*. Enquanto esse estranho vizinho ventilava suas paixões por meio da caneta, Pelleport esboçava uma obra que expressava uma gama similar de emoções, mas com um estilo mais aguçado e maior talento literário.

Esta é minha avaliação. Outros poderão achar *Justine* muito superior a *Os boêmios*. Mas o livro de Pelleport merece ao menos ser conhecido. Tendo descrito as circunstâncias de sua produção, eu gostaria portanto de discutir o texto.

O livro abre com Bissot acordando numa cama miserável num sótão em Reims. Ele acabou de comprar seu diploma de advogado, mas essa extravagância consumiu suas economias, trezentas libras, e ele se vê profundamente endividado. O que fazer? A melhor solução que enxerga é tornar-se filósofo em vez de advogado — isto é, fugir da cidade antes que os oficiais de justiça possam mandá-lo para a cadeia por dívidas. Ele justifica essa resolução proferindo um "discurso filosófico"[47] para seu irmão, que lhe serve de parceiro e vem dormindo ao seu lado. É a primeira das muitas arengas filosóficas espalhadas pelo livro, e dá a Pelleport uma oportunidade de parodiar o rousseauanismo vulgar de Brissot enquanto escorrega algumas referências ofensivas sobre suas origens como filho de uma doceira em Chartres.

Numa linguagem absurdamente bombástica, Bissot deplora as desigualdades do sistema social, que descamba para uma invectiva contra a tirania dos credores baseada em sua *Théorie des lois criminelles* [Teoria das leis criminais]. Como esta e muitas outras alusões deixam claro, Pelleport tinha um conhecimento meticuloso dos escritos iniciais de Brissot, bem como de seu histórico e da sua família. O irmão mais novo no romance, Tifarès, corresponde a Pierre-Louis Brissot de Thivars, o irmão mais novo de Brissot que era conhecido como Thivars e que se juntou a ele em Londres, em 1783, para prover assistência em vários projetos.[48] Foi nessa função que ele advertiu Brissot acerca da duplicidade de Pelleport em junho de 1784. Pelleport descreve Tifarès como um simplório magrelo e supersticioso, interessado em pouco mais do que a próxima refeição. Quando Bissot, continuando seu discurso, anuncia que precisam abandonar Reims para retornar à natureza e alimentar-se de raízes e bolotas de carvalho, Tifarès protesta, dizendo que preferia encontrar emprego como ajudante de cozinha. Finalmente, porém, ele concorda. Veste seis camisas — seu modo de transportar todo o guarda-roupa — e os dois partem, Bissot-Brissot e Tifarès-Thivars, uma versão moderna de Dom Quixote e Sancho Pança.

Próxima cena: uma estrada primitiva na Champanha. Falando com sua própria voz, o narrador-autor declama contra a labuta e a exploração dos camponeses. Ele então deposita seus heróis numa estalagem decrépita, onde gastam seus últimos centavos numa refeição asquerosa — ocasião para outra arenga filosófica, uma paródia de *Recherches philosophiques sur le droit de la proprieté* [Pesquisas filosóficas sobre o direito de propriedade] — e continua, resignado a dormir num fosso. Depois que a noite cai, surge de repente um salteador do meio da escuridão, apontando um rifle. Acaba sendo que ele é Mordanes (Morande, cujo nome era frequentemente escrito com um s no final), o guarda e principal larápio de um bando de nômades, que estão reunidos em torno de uma fogueira, assando o furto do dia. Em vez de estripar os dois estranhos, os "boêmios" convidam-nos a juntar-se ao banquete. Enquanto Tifarès instintivamente vai girar o espeto, Bissot trata seus anfitriões com o "discurso de recepção"[49] que proferira na Académie de Châlons-sur-Marne. O verdadeiro discurso, feito em Châlons em 15 de dezembro de 1780, referia-se a propostas para a reforma da lei criminal. A paródia de Pelleport mistura esses ingredientes com uma declamação contra despotismo, intolerância religiosa e diversos males sociais, tudo servido na retórica pomposa de academias provincianas. Dirigir-se a uma trupe de gatunos como nobre selvagens — "sábios habitantes das florestas, ilustres selvagens"[50] — e aí mudar de marcha e tratá-los como acadêmicos provincianos de moral ilibada é empilhar absurdo sobre absurdo, especialmente quando o propósito de tudo isso é obter uma refeição gratuita. Em meio ao emaranhado de sua oratória, Bissot vislumbra um desfecho ainda mais feliz. Se puder ser admitido à companhia como um neófito na Academia, também ele poderá viver assaltando camponeses. E o mesmo valia para Tifarès, que oferece seus serviços de depenar galinhas "segundo os métodos da *Enciclopédia*".[51] Os boêmios reconhecem os recém-chegados como homens da sua própria maneira de ser e permitem que se juntem à trupe.

Nesse ponto, Pelleport suspende a narrativa para fornecer informações sobre o passado dos boêmios. Ao descrevê-los, deixa escapar pistas suficientes — referências a publicações, nomes obviamente disfarçados como anagramas — para que o leitor perceba que o romance inteiro é um *roman à cléf*, que exigirá uma contínua decodificação. O jogo de adivinhar começa quando o presidente da trupe, o padre Séchant, apresenta seus principais membros aos recém-chegados. Séchant e seu companheiro, o padre Séché — seus nomes evocam a aridez de sua filosofia —, são versões caricatas de dois dos libelistas londrinos, o abade de Séchamp e o barão de Saint-Flocel. Segundo um relatório da polícia publicado numa seleção de documentos da Bastilha em 1790, Séchamp era um ex-capelão do príncipe de Zweibrücken que fugira para Londres depois de ser implicado num golpe para fraudar fundos de um mercador de Nantes. Participou das operações de chantagem de Pelleport enquanto tentava lançar uma publicação fisiocrático-filantrópica intitulada *Journal des Princes*, cuja intenção era boicotar o periódico um tanto similar publicado por Brissot, *Correspondence universelle sur ce qui intéresse le bonheur de l'homme et de la société* [Correspondência universal sobre aquilo que interessa à felicidade do homem e da sociedade]. Saint-Flocel juntou-se a ele no empreendimento, tendo ganhado experiência como jornalista no *Journal de Bouillon*.[52] Brissot descreve Saint-Flocel em suas memórias como um "economista excessivamente dogmático", e a polícia o registrou em seus arquivos como um aventureiro que mudava de nome e emprego para escapar de punições por contravenções variadas.[53] O terceiro boêmio importante é Lungiet, a contraparte burlesca de Simon-Nicolas-Henri Linguet, o famoso jornalista que se juntara à colônia de expatriados franceses depois de ser solto da Bastilha em 1782.[54] Pelleport não podia esperar que todo leitor identificasse cada personagem do livro, mas deixou claro que os boêmios que vagavam pela Champanha eram na verdade franceses estabelecidos em Londres e que sua principal atividade, assaltar celeiros, correspondia ao difamatório jornalismo dos libelistas.

Pelleport não dá nome aos outros membros da trupe, mas sugere que havia pelo menos uma dúzia deles. Os agentes secretos da polícia parisiense preenchiam relatórios sobre todas as pessoas que pudessem identificar entre os refugiados franceses em Londres e chegaram a 39 ao todo — uma extraordinária galeria de malfeitores, composta de escritores de baixo nível e pessoas que abusavam da confiança alheia.[55] Pelleport provavelmente conhecia todos eles. Com toda a certeza possuía material extravagante de sobra em que se basear; porém não tentou retratar a população inteira de escritores franceses na decadente Grub Street londrina, porque uma boa dose de sua sátira visava a variações da filosofia francesa. Portanto, dividiu os boêmios em três seitas filosóficas: "a seita econômico-naturálico-monotônica",[56] liderada por Séché, a "seita despótico-contraditório-paradoxal-ladradora",[57] liderada por Lungiet, e a seita dos filósofos "comúnico-luxúrico-trambiqueiros",[58] liderada por Mordanes. A primeira representava a fisiocracia e a doutrina da lei natural; a segunda, o despotismo esclarecido tingido de doutrinas sociais reacionárias; a terceira, o autointeresse predatório. Junto com o rousseauanismo utópico de Bissot, os boêmios cobriam grande parte do espectro ideológico.

Havia também agregadas de campanha. Pelleport cita apenas duas, uma combinação mãe-filha: Voragine e Félicité. Félicité Dupont era a "bela vizinha" do círculo de Mentelle em Paris que Brissot mencionara em suas primeiras cartas a Pelleport. Casaram-se em 1782 e estabeleceram-se em Londres, no número 1 da Brompton Road, perto do escritório do *Courrier de l'Europe*, onde Pelleport, colaborador frequente do *Courrier*, os visitava regularmente, até que Félicité proibiu sua entrada na casa. A mãe de Félicité, Marie-Catherine Dupont, era viúva de um comerciante de Boulogne-sur-Mer que se enredara com Pelleport no litígio sobre as notas de câmbio não pagas e sua especulação com a carga de champanhe de Reims, quando ele, como Bissot em seu livro, contraíra enormes dívidas. Ela figura com proeminência em *Os boêmios* como companheira de Séchant e parceira sexual de qualquer um que consiga, pois Pelleport a retrata como uma bruxa medonha faminta por sexo. (Voragine parece ser um anagrama obsceno, que pode ser decodificado de várias maneiras, todas elas indecentes.)

Tendo apresentado os principais boêmios, o narrador sai da história e informa que a trupe contém um último filósofo, o maior de todos. Ele desafia o leitor a adivinhar a identidade desse personagem decifrando o "sentido oculto"[59] da descrição que se segue. O filósofo não pertence a nenhuma seita, não é adepto de nenhuma religião, combina sensações sem distorção em seu sensório comum, carrega seus fardos sem se queixar, aprecia comida e bebida, e é um grande amante. Quem poderia ser? Após uma excursão satírica pela filosofia contemporânea, na qual ele desbanca qualquer tipo de pretensão intelectual com uma verve digna de Voltaire, o narrador volta a dirigir-se ao leitor: "Oh!, percebo muito bem, meu caro leitor, que você se impacienta, e não adivinha quem era o herói cujo retrato fiel eu tracei. Mas você, jovem aldeã, alerta e fogosa, que o amor mais de uma vez deitou sob o vigoroso Colin, se lesse esta obra exclamaria com a ênfase do prazer: 'Ah! É Colin, é nosso burro'".[60]

A virtuosidade estilística nessa seção do livro é típica da técnica de Pelleport. Ele desenvolve uma linha narrativa que leva o leitor numa direção, aí a interrompe com uma digressão que modifica a perspectiva e retorna à ação — ou às vezes a uma digressão dentro da digressão — de uma forma que vem a questionar tudo. Pelleport emprega um perverso método shandiano, provocando e brincando com o leitor, para depois administrar choques e surpresas. O filosofar sardônico, que passa por uma dúzia de escolas de pensamento, termina num panegírico ao jumento que carrega a bagagem da trupe. E, para a tirada final, surge um segundo leitor putativo, uma moça de aldeia não tão inocente que redobra o efeito da brincadeira louvando a perícia sexual do jumento — provavelmente uma alusão ao jumento de

Joana d'Arc em *La Pucelle* [*d'Orléans*; A donzela de Orléans] de Voltaire. Da filosofia à zoofilia, Pelleport faz um truque com uma destreza que supera de longe os rabiscos de seu vizinho na cela próxima, o marquês de Sade.

O subtexto libertino aparece já na primeira sentença do livro, onde Bissot é descrito acordando ao raiar do dia, quando "as moças de vida fácil fechavam as pálpebras [...] as mulheres de escol e todas as que aspiram à nobreza ainda tinham seis horas de sono; e as devotas acordadas pelo som lúgubre dos sinos apressavam-se para a primeira missa".[61] Um trecho similar introduz o cântico de louvor ao jumento no começo do capítulo v, mas aqui o narrador assume outro tom. Ele celebra o sexo numa passagem lírica, falando com sua própria voz sem um traço de ironia:

> Sim, lembro-me desse tempo feliz em que, deitado nos braços de Julie em cima de um colchão sem cortinado, o primeiro raio da aurora me tirava dos braços do sono. Um beijo carinhosamente saboreado devolvia minha amante à vida: seu coração abria-se ao desejo antes que seus olhos se abrissem para a luz. Eu me unia a Julie; Julie me apertava em seus braços de alabastro, saudávamos o princípio da vida por essa união que é inteiramente devida a seu fogo divino, e nos inebriávamos de prazer, para nos dispor ao trabalho.[62]

É uma cena de Grub Street. O pobre autor acorda ao lado de sua amante num sótão e, depois de fazer amor, seus pensamentos se voltam para a tirania dos ricos, dos poderosos, e ele reclama:

> Ó vocês que envenenam com histórias sinistras os curtos instantes que podemos dedicar ao prazer, creiam-me, nossa prece era

mais agradável ao Ser dos seres do que o mau latim com que lhe atordoam os ouvidos. E vocês, que em seus corações de bronze alojam a sórdida avareza, homens engordados com o bem de seus semelhantes, que a finança enriqueceu com a pobreza das nações, vocês todos que a tirania tingiu com o sangue dos humanos, carcereiros bárbaros que vigiam as portas e adormecem sobre os ferrolhos, acorram, venham ver o filósofo Mordanes se levantar, e que a inveja corroa os restos ressecados de seus corações fétidos e corrompidos.[63]

O capítulo prossegue então com a aventura seguinte de Mordanes e o grotesco elogio ao burro, mas a paixão de seu parágrafo de abertura provê um desconcertante início para as passagens burlescas que se seguem. O próprio narrador atravessou a narrativa com um *cri de coeur* que podia ter vindo de uma cela da Bastilha, como se fosse o prisioneiro investindo contra seus carcereiros e dando pleno desafogo à sua ira e aos seus anseios. O leitor naturalmente pergunta: Quem é a pessoa que está se dirigindo a mim dessa estranha maneira e onde ele se encontra em meio às filosofias que ridiculariza?

Após o elogio ao jumento, o narrador responde a essas perguntas identificando-se. Ele não dá seu nome, mas fornece informação suficiente para explicar seu desencanto com os valores dominantes de seu tempo — e todos os comentários se encaixam na biografia de Pelleport. Nasceu numa posição social privilegiada, diz ele, mas experiências precoces o ensinaram a desprezá-la. A julgar por alguns comentários desdenhosos acerca de burgueses ricos que compram sua entrada na nobreza, ele pertence à antiga nobreza da espada.[64] A certa altura insinua uma carreira militar abortada como "um jovem fidalgo [...] sem fortuna".[65] Em outro ponto, descreve sua tentativa de conseguir uma indicação por meio de um amigo da família na corte. O amigo recomendou-o a um ministro como "o marquês de... é um excelente fidalgo, seus ancestrais marchavam sob a bandeira dos meus na primeira cruzada".[66] No final, desgostoso com essas tentativas de se inserir no mundo da patronagem e do prestígio, decide tornar-se um aventureiro:

> Um raio de sol da justiça penetrou em meu coração, fez eclodir a liberdade. [...] os entraves sociais caíram a meus pés. Disse adeus à fortuna, minha existência começou. Oh!, como os primeiros luíses de ouro, produzidos por um trabalho frutuoso, redobraram em mim o amor-próprio, essa fonte de todas as virtudes dos homens! Disse: vou percorrer a terra, e as barreiras da servidão recuaram diante de mim. Em vão o déspota e seus guardas zelam sobre as fronteiras de seu império. Semelhante ao castor, despojei-me diante do caçador.[67]

Onde ele achou sua inspiração? Jean-Jacques Rousseau:

> E tu — cidadão virtuoso da desprezível Genebra —, tu que ousaste ter esperança de ver a igualdade restabelecida nesta terra, tu que ousaste mostrar aos homens os segredos de seus tiranos: recebe o incenso que estou prestes a queimar em teu altar. Guia meus passos e meus sentimentos para longe dos céus empíricos.[68]

Uma paráfrase da declamação de Rousseau contra a propriedade no *Discurso sobre a origem da desigualdade* segue-se à sua profissão de fé, mas então é seguida por mais obscenidade e sátira social. O rousseauanismo do narrador acaba revelando-se estranhamente rabelaisiano, a milhas de distância do transbordante entusiasmo de Bissot. Como todos os outros filósofos, Bissot proclama princípios elevados e vive saqueando camponeses. O narrador compara essa hipocrisia de maneira desfavorável com a antifilosofia do burro, o "nadismo", como ele a chama, que consiste em rejeitar todos os sistemas de pensamento ao mesmo tempo satisfazendo o próprio apetite.[69] A busca do prazer, não tolhida por restrições sociais, se ergue em meio a toda a prédica como único valor digno de ser almejado. Sob esse aspecto, apesar de pretensiosos e hipócritas, os boêmios representam algo positivo. Seu presidente, Séchant, os descreve como "um grupo de pessoas a quem não falta apetite nem alegria" ao apresentá-los a Bissot. Eles se dedicam a "A franca, a amável liberdade [...]. Foi ela que nos reuniu, de todos os cantos da Europa: somos seus sacerdotes, e todo o seu culto resume-se a não nos incomodarmos uns aos outros".[70] Os boêmios compartilham uma atitude, não uma filosofia. Eles assumem uma posição em relação ao mundo que já tem aparência boêmia.

Mesmo como filósofos, os boêmios parecem inofensivos — todos exceto um: Mordanes. Ele é o único membro da trupe que parece realmente maldoso. Comete todos os assaltos, enquanto os outros ficam jogando platitudes entre si sem infligir danos. Sua principal atividade, roubar animais dos terreiros dos camponeses, serve como metáfora para a ocupação de Morande: destruir a reputação de suas vítimas por meio de libelos. E ele adora provocar dor simplesmente pela dor. A mais reveladora de suas atrocidades tem lugar quando golpeia até a morte duas galinhas copulando. O narrador relata esse incidente após um longo trecho lírico celebrando o sexo. Desejo é a energia vital que corre por toda a natureza, proclama ele, e o amor livre é o mais nobre princípio na ordem natural: "goze, goze e evite causar o menor distúrbio aos gozos dos outros".[71] Como ilustração dessa regra de ouro hedonista, ele celebra a prazerosa luxúria de algumas galinhas num terreiro onde Mordanes está perambulando, e invoca "o canto desse galo que chama as galinhas, escolhe a mais apaixonada e lhe faz uma carícia sincera, alegre, forte, firme, tal como faríamos, você e eu, nas nossas galinhazinhas, e nem se demasiada decência, virtude, modéstia, e demasiada outra coisa talvez, não nos deixasse de crista arriada".[72] Mas, no meio do ato amoroso das galinhas, "o bárbaro Mordanes" as mata com um golpe brutal. Ele está dando a Tifarès uma aula na arte de despojar camponeses. Tomado primeiramente pela pena, o sentimento básico da sociabilidade segundo Rousseau, Tifarès se encolhe de horror, depois pensa melhor e esmaga os crânios de quatro patos num laguinho próximo. Ele mudou sua lealdade de Bissot para Mordanes e aprendeu a ser assassino.[73]

A expressão do próprio Mordanes do instinto sexual universal é o estupro. E ele faz de Félicité seu alvo. Quando os boêmios reassumem sua marcha através da Champanha, Bissot se junta a Félicité, exatamente como fizera Brissot, com Pelleport como testemunha, em Paris. Eles se acasalam e copulam jubilosamente. Alguns dias depois, quando Félicité está sentada sozinha contemplando sua esperada maternidade, Mordanes salta sobre ela, derruba-a no chão e está prestes a penetrá-la quando a moça concebe um truque. Mudando subitamente de postura, faz com que ele erre o alvo e a sodomize — é sua maneira de proteger a reivindicação de paternidade de Bissot. É também a maneira de Pelleport ferir seu ex-amigo: violentar a esposa é humilhar o marido. Pelleport vai mais longe: deixa implícito que Félicité teve prazer, pois Bissot não é lá um grande amante, revela, e a energia violenta do estuprador libera uma carga libidinal nela. A moça chega a ter satisfação com seu truque ginástico. O capítulo ostenta um slogan cínico: "Um rato que só tem um buraco logo é pego".[74]

A corrente sexual que flui através da narrativa aparece como força fundamental da natureza, que o narrador compara a eletricidade, fricção, fogo e flogístico.[75] Embora neutra em si, ela é implacavelmente falocrática em seus efeitos sobre a sociedade.

Enquanto elabora um discurso sobre a lei natural, Séché chega ao ponto de argumentar que os homens possuem as mulheres como uma forma de propriedade que pode ser comprada, vendida, comercializada, alugada e herdada.[76] Seguramente, esse episódio burlesco lê-se mais como uma sátira contra a subjugação das mulheres do que como argumento a seu favor. O narrador apresenta constantemente as mulheres como objetos do desejo masculino, todavia também atribui a elas uma agressiva energia sexual; pois o mesmo *élan vital* corre por todas as formas de vida: as mulheres são a favor da tomada e se oferecem aos homens. Enquanto Félicité está sendo estuprada, sua mãe, a insaciável Voragine, sobrepuja Tifarès. Ela copula com muitos dos outros boêmios, até mesmo, sugere o narrador, com o jumento. Séchant, que é incapaz de satisfazer seu "furor uterino", sonha que ela encara todo um bando de capuchinhos.[77]

Os monges entram na narrativa como se viessem de algum submundo libidinal. Ostensivamente em peregrinação, vagam pelos campos da mesma maneira que os boêmios, que deparam com eles no meio da noite. De início os boêmios os tomam por criaturas satânicas comemorando o sabá das bruxas, mas logo percebem que são espíritos semelhantes dados aos debochés. As duas trupes juntam forças e se reúnem para um banquete em volta do fogo. Empanturram-se de comida e bebida até o estupor, acordam e começam a copular — em duplas e trios, depois pilhas de corpos amontoados e ligados em quase todas as combinações celebradas na literatura libertina do século XVIII, inclusive em Sade. A perversão polimorfa degenera numa briga. Punhos voam, narizes se quebram, sangue jorra por todo lado com muco e fluidos corporais descarregados de numerosos orifícios. O jumento salta para dentro da bagunça, zurrando e dando coices em delírio. É um tumulto dionisíaco, digno das melhores refregas descritas por Rabelais e Cervantes.[78] Com o raiar do dia, os brigões param para o desjejum. Desfrutam juntos mais uma pesada refeição, depois seus caminhos se separam. Todos tiveram ótimos momentos.

A orgia leva o volume I a um clímax. O volume II leva a trupe através de mais aventuras interrompidas por mais palestras filosóficas burlescas, mas sua maior parte é dedicada a uma autobiografia disfarçada de Pelleport. Pelleport havia alinhavado uma grande dose de informação sobre sua vida no primeiro volume, especialmente numa longa digressão sobre um monge fictício, o reverendo padre Rose-Croix, que rouba um cálice de prata de seu convento em Colônia, vai para Roma e acaba aparecendo em Genebra durante o levante revolucionário de 1782. Nesse ponto suas viagens coincidem com o itinerário que Pelleport provavelmente seguiu: Genebra, Lausanne, Neuchâtel, Le Locle. Detalhes sobre pessoas e fatos em cada escala do caminho sugerem uma familiaridade de primeira mão com o território. Ao alcançar Le Locle, a identidade do monge funde-se com a de Pelleport, que permanece sem nome mas pode ser reconhecido por muitas referências. Ele vira poeta, autor de uma sátira antimonástica em verso, o "Bulevar dos cartuxos",[79] e torna-se tutor do filho de um mercador local, Jean Diedey.[80] O texto inclui um relato familiarizado da vida na casa de Diedey, com descrições bem informadas dos costumes locais, da indústria relojoeira e da região rural nos arredores. O monge então desaparece da narrativa, mas outra digressão, sete páginas adiante, descreve uma viagem a Pondichéry num navio comandado por certo capitão Astruc em 1774, que provavelmente corresponde à experiência de Pelleport como jovem soldado na Índia. Qualquer um que leia Os boêmios informado dos principais fatos da vida de seu autor provavelmente há de concordar: há uma autobiografia oculta no texto.

Pelleport interrompe constantemente sua narrativa com digressões que contêm fragmentos da sua própria história de vida. Eles podem ser identificados e juntados de modo a formar uma segunda narrativa, e nas últimas cem páginas do livro as duas histórias se interceptam: Pelleport, na pessoa de um poeta errante anônimo, junta-se aos boêmios quando estão acampados nas cercanias de sua cidade natal, Stenay. Ele lhes relata suas aventuras; e enquanto escutam reaparecem no conto sob novos nomes num novo contexto — Grub Street, Londres. A intersecção e a imposição das narrativas criam uma estrutura complexa, mas Pelleport costura as duas histórias com mão segura e um delicado toque: o último segmento do livro leva a alcoviteirice inicial a um novo extremo, como que para dizer que a comédia humana é uma farsa, uma piada sem graça.[81]

O poeta entra no texto quando os boêmios estão montando acampamento e preparando o jantar. Ele acabou de ser solto da Bastilha e está prestes a reunir-se a seus irmãos em Stenay, mas fez uma pausa para compor uma canção. Dedilhando uma viola, canta versos que, conforme depois explica, representam sua verdadeira filosofia:

Voler de belle en belle
A l'amour c'est se montrer fidèle;
Voler de belle en belle,
Aux Dieux c'est ressembler.[82]*

Séchant reconhece um espírito afim e exclama: um autor! Tomado de surpresa, o poeta entra em pânico. Tenta negar qualquer conexão com a literatura, porque receia que os estrangeiros possam ser um destacamento de polícia. De modo algum, eles lhe asseguram: também são autores; o jumento anda carregado com os tratados que eles estão escrevendo. Convidam-no para

---

* Voar de bela em bela/ Para o amor é se mostrar fiel/ Voar de bela em bela/ É com os deuses se parecer. (N. T.)

cear e, enquanto Tifarès gira o espeto, o poeta conta a história de sua vida, que fornece como explicação para o porquê de tamanho susto: "pertenço de certa maneira à república das letras; mas é uma confissão bem perigosa de se fazer nestes tempos... [...] e para lhes dar uma prova, vou lhes contar minha história literária".[83]

Ele nasceu em Stenay, um território infértil, como qualquer lugar da França, para o florescimento da literatura. Seu falecido pai, um oficial militar às antigas, da nobreza feudal, mal sabia ler ou escrever. Nenhum dos seus dois irmãos teve muita educação. Suas duas irmãs foram despachadas para conventos. Mas sua mãe tinha uma camareira de Paris que adorava romances e leu *Dom Quixote* para ele. Foi sua perdição. Em pouco tempo aprendeu a ler sozinho e memorizou todas as aventuras do homem de La Mancha. Depois de retornar da Guerra dos Sete Anos — especialmente da Batalha de Minden, que Pelleport descrevera antes numa elaborada digressão sobre táticas militares —, seu pai ficou horrorizado ao descobrir um erudito brotando na família. Mas o menino aprendera a cavalgar, atirar, dançar e perseguir garotas suficientemente bem para conquistar o velho, que concordou em deixar que tivesse um tutor. Eles não se deram bem, até que o tutor abandonou todas as tentativas de doutrinar qualquer cristianismo e passaram a concentrar-se nos mitos gregos. Aí, porém, a mãe do menino morreu, e ele foi mandado para um internato. Ficou muito amigo de um de seus professores, um abade que lhe ensinou os clássicos num espírito de puro paganismo e que acabou sendo expulso do corpo docente por alimentar suspeitas simpatias por revolucionários romanos. (Colegas enciumados persuadiram o idiota que dirigia a escola de que Bruto e Cássio eram rebeldes que conspiravam contra o rei, em algum sótão de Paris).[84] Na sua partida, o professor deu ao jovem poeta nascente cópias de Ovídio, Virgílio e Horácio. Essa referência e muitas outras — invocações aos deuses, imitações de metáforas de Homero — são testemunho da familiaridade de Pelleport com os clássicos. Seu relato da educação do poeta inclui também referências favoráveis a ciência e matemática, e mostra o quanto o rapaz se transformara num *bel esprit* da província: estabeleceu-se como astrólogo amador, usando suas predições para caçoar dos notáveis locais, inclusive a nova esposa do pai, que se tornara sua maior inimiga. Ela convocou uma reunião de família, que condenou o poeta como libertino, e exerceu sua influência sobre um funcionário público local para prender o rapaz por *lettre de cachet*. Avisado por uma namorada, fugiu para Liège, onde escreveu alguns trabalhos sob encomenda para um almanaque, e depois para Londres, onde arranjou um emprego no *Courrier de l'Europe*.

A essa altura o poeta havia embarcado numa carreira literária. Escrevia artigos para o *Courrier* sobre toda sorte de assuntos e dava-se muito bem com seu editor, Antoine Joseph de Serres de La Tour, porém não com o responsável pela publicação, Samuel Swinton, devido a comentários impertinentes que ofendiam alguns assinantes. Mas renunciou ao jornal em virtude da morte do pai e viajou a Stenay na expectativa de obter alguma herança. Sua madrasta pôs fim a essas esperanças manipulando os procedimentos legais. Assim, o poeta teve de voltar a Londres, a pé e sem um centavo. Conseguiu chegar até Boulogne-sur-Mer. Impossibilitado de pagar sua passagem para atravessar o Canal, viu-se numa igreja após a missa do galo de 1783 — e ocorreu um milagre.

Aqui a narrativa toma um rumo diferente. Entre a infância do poeta em Stenay e seu jornalismo em Londres, o leitor bem informado poderia preencher as partes que faltam da biografia de Pelleport inserindo episódios mencionados em outras digressões: estudos na Escola Militar em Paris,[85] serviço num regimento na Índia, e alguns anos de vida de casado na Suíça. Mas Pelleport ainda não fornecera um relato completo de sua experiência em Londres — nada além de caricaturas de expatriados franceses apresentados como boêmios. Na última seção do livro, ele dá novos nomes a esses escritores e os recoloca nos sótãos e cafés londrinos. E também muda para uma clave diferente: o relato do poeta, que havia incluído algumas sérias críticas sociais,[86] vira uma farsa obscena organizada em torno da noção de gigantismo genital e a suposta avidez das mulheres por pênis enormes.

Depois da missa, o poeta é abordado por um mendigo, a única pessoa que resta na igreja, e dá ao pobre-diabo a última moeda que tem na bolsa. É um ato de humanitarismo secular, não de caridade cristã, como o irreligioso texto faz questão de deixar claro.[87] Mas provoca um milagre. O mendigo se transforma no glorioso são Labre, que recompensa o poeta dando-lhe um cinto milagroso feito de uma corda com nós. Ele instrui o poeta a esconder o cinto sob as roupas, deixando uma ponta que possa agarrar por meio da corrente do relógio. Sempre que precisar de ajuda, deve puxar a corda, passando de um nó a outro conforme a seriedade da situação. Seu nariz crescerá três polegadas a cada puxão. Conforme descobriu o próprio santo enquanto percorria a terra como um pobre monge itinerante, as mulheres acham o nariz grande irresistível e providenciam todo socorro necessário — ou mais, dependendo do número de nós puxados.

Enquanto Pelleport tecia fantasias na Bastilha, os católicos de Boulogne celebravam Benoît Joseph Labre (Benedito José Labre) como seu maior filho nativo, embora tivesse realmente nascido na cidadezinha próxima de Amettes em 1748. Desde tenra infância ele abraçou a mais austera forma de catolicismo. Morreu em Roma, em 16 de abril de 1783, e vivera como santo, mortificando sua carne em peregrinações e realizando milagres — 136 curas certificadas, segundo uma hagiografia publicada em italiano em 1783 e em francês em 1784. A canonização só veio em 1881, mas a reputação de Labre para a santidade forneceu a Pelleport um material perfeito para uma sátira sacrílega que transportaria seu herói através do Canal.[88]

A ímpia narrativa começa já em Boulogne e toma a sogra de Brissot, Voragine na primeira parte do livro, como alvo principal. Ela reaparece como Catau des Arches, viúva de um comerciante e faminta por sexo, que avidamente cede 240 libras para brincar com o nariz do poeta tão logo ele puxa o cinto de são Labre e o sacode na frente dela. Com a bolsa reabastecida, ele reduz o nariz ao tamanho normal soltando os nós do cinto e embarca para Londres, mas não sem antes coletar tributos de várias outras mulheres, que proporcionam pretexto para algumas bem colocadas farpas sobre a hipocrisia e o caráter pretensioso da sociedade provinciana.[89]

Londres, em contraste, aparece como um fervilhante mundo de aventureiros, saltimbancos, filósofos, cientistas, políticos, agitadores, editores e jornalistas. Seus nomes passam aos turbilhões: Fox; Pitt, o jovem; Lord North; Paul-Henri Maty, editor da *New Review*; David Williams, o deísta radical; Joseph Priestley, defensor do Iluminismo e da ciência; Jean-Paul Marat, então lutando para fazer nome como cientista; James Graham, inventor da cama de fertilidade elétrica; e um sortimento de personagens extravagantes, provavelmente conhecidos de Pelleport dissimulados sob nomes inidentificáveis — um charlatão germânico chamado Müller; um curandeiro inglês chamado Remben; certo J. P. D.; Ashley, um balonista; Katerfiette, um cientista; e Piélatin, um violinista. Em meio a todos eles, o poeta encontra uma "trupe de infelizes franceses famintos"[90] — a colônia de refugiados franceses. Entre eles inclui-se Brissot, que agora aparece como Brissoto de Guerreville, genro da viúva Des Arches, que vive como negociante de roupas de segunda mão — isto é, como escritor mercenário que junta num trabalho obras de outros autores.[91] O poeta menciona os jornalistas ligados ao *Courrier de l'Europe* e alguns outros, mas reserva a maior parte do seu escárnio para Morande, que retoma sua traição como "o caluniador Thonevet" (alusão ao nome completo de Morande, Théveneau de Morande).[92] Thonevet difama o poeta, tenta chantageá-lo e o denuncia a um agente secreto da polícia parisiense, exatamente como em *Le Diable dans un bénitier*. Mas nenhuma intriga, por mais repugnante que seja, consegue derrubar o poeta, graças ao seu maravilhoso nariz.

Em breve toda Londres está falando dele, apostando nele, celebrando-o em prosa, poesia e tratados científicos. O poeta provoca um debate tão furioso no Parlamento que o governo cai e são realizadas novas eleições. "Como gosto de Fox e da liberdade",[93] o poeta concorda em reservar seu nariz para as esposas e filhas dos candidatos comprometidos com os whigs. Enquanto faz campanha para Fox em Covent Garden, no entanto, o desastre ocorre. Um batedor de carteiras escorrega sua mão pela corrente de relógio vital e some com o cordão mágico. O poeta se desespera. Reduzido ao status de um escritor com nariz comum, retorna a Boulogne no intuito de publicar um livro com a gráfica que Swinton usava para a edição do *Courrier de l'Europe* comercializada na França. Esse foi o movimento em falso que custou a Pelleport sua liberdade. Nesse caso, o poeta joga a culpa pela catástrofe abertamente em Thonevet. Por pura maldade, Thonevet compõe diversos libelos, atribuindo-os ao poeta, e, com o auxílio da viúva Des Arches, o denuncia para as autoridades francesas, que o conduzem à Bastilha. Entrementes, Bissoto vem tentando juntar um novo suprimento de andrajos em Paris. A polícia suspeita que ele colabora nos libelos; assim, encarceram-no também — porém não na Bastilha, mas na prisão mais asquerosa de Bicêtre, onde ele logo morre e, portanto, desaparece da narrativa. Após uma longa e miserável permanência na Bastilha, o poeta é por fim libertado. Enquanto vai se afastando, ouve um pregoeiro anunciar um apelo do arcebispo em busca de testemunhas dos milagres de Labre, para confirmar sua autenticidade, de modo que Roma possa dar início ao processo de canonização. Como seguidor mais devoto do santo, o poeta decide ir ele mesmo a Roma, logo depois de visitar seus irmãos em Stenay. E é assim que seu caminho vem a se cruzar com o dos boêmios. Ele lhes recomenda uma taverna, prometendo juntar-se a eles para jantar depois de uma reunião com os irmãos. Os boêmios carregam o jumento, continuam andando e chegam à taverna. O sol se põe. O jantar está no fogo...

O romance termina aí, com um floreio maravilhosamente aberto, inconclusivo. Antes de se separar dos boêmios, no entanto, o poeta oferece uma reflexão que fornece um tipo de conclusão para sua história:

> [...] vejam quantos males me causou a triste experiência que fiz da literatura, e como devo estar repugnado dela. Assim, nada, juro-lhes, apavora-me como ouvir ser tratado de autor; parece-me sempre ter em meu encalço um bando desses aguazis que os poderosos colocaram na esquina das ruas e das barreiras para impedir que a razão se introduza de contrabando.[94]

Os boêmios é, entre outras coisas, um livro sobre literatura: literatura entendida no sentido amplo como um sistema de dinheiro, poder e prestígio. Falando por intermédio de seu narrador, Pelleport encara o sistema da perspectiva de Grub Street. Ele anseia por um patrono, de maneira que possa ficar rico sem ser eu obrigado a construir um liceu-museu, nem museu-liceu, nem acadêmico-músico-liceu, sem escrever correspondência, jornal, mercúrio, correio, gazeta, gazetinha, cartazes, pequenos cartazes, anais, gazetas-bibliotecas, espírito dos ditos jornais, das ditas gazetas etc., e todas essas outras vigarices literárias tão fortemente em voga em nossa época.[95]

Mas ele não tem patrono, e então precisa recair em todas essas práticas tão típicas de Grub Street — e mais uma: a composição de libelos. Em um de seus muitos apartes ao leitor, ele pergunta:

> Alguma vez você já foi publicado em vida, meu querido leitor?[96] Algumas vezes, pressionado por seu padeiro e pelo taberneiro vizinho, percorreu com sapatos sem sola os mercados onde os adeleiros de textos traficam pensamentos daqueles que a desgraça reduziu a sonhar para viver?[97]

Ele volta-se então para o leitor e o acusa (acusa o leitor homem, não a mulher, a julgar pelo contexto) de viver no luxo, graças a manobras dúbias dentro dos negócios ou da burocracia, enquanto o pobre autor padece de fome. Muito bem, então, leitor, diz ele, deixe-me contar-lhe como é viver como um autor que carece de recursos independentes. Você entra no escritório de um editor importante, Charles-Joseph Panckoucke, agarrado no seu portfólio. Estaria o senhor interessado em alguns versos sobre um grande homem recentemente falecido ou talvez um romance em dois volumes (ou seja, *Os boêmios*)? Não vai vender, retruca Panckoucke, e lhe aponta a porta. Ele não consegue achar tempo para falar com gente como você; precisa colocar sua correspondência em dia. Então você carrega seus manuscritos para um editor de segunda linha, Nicholas-Augustin Delalain. A filha dele o cumprimenta educadamente na livraria; mas quando fica sabendo que você é um autor, não um freguês, encaminha você para a mãe dela, com o objetivo de poupar papai e evitar que perca seu tempo. Mamãe nem sequer olha seus poemas; ela já rejeitou três dúzias de fornadas de verso esta manhã. E quando você oferece seu "romance filosófico" (mais uma vez, *Os boêmios*), ela fica furiosa e o escorraça porta afora.[98] A única esperança que resta é um negociante no fundo das camadas comerciais, Edme-Marie-Pierre Desauges, especialista em obras encomendadas e literatura proibida, que já cumpriu duas penas na Bastilha. Ele acha você excelente, exatamente o tipo de coisa que pode vender por meio de seus contatos na Holanda. Você volta ao seu sótão, radiante de alegria. Seu senhorio, o padeiro e o fornecedor de vinhos concordam em ampliar seu crédito. Você escreve, adicionando os últimos toques ao manuscrito, até tarde da noite. Quando finalmente desaba na cama, ouve-se uma batida na porta. Entra um inspetor de polícia acompanhado pelo temível agente sob disfarce, Receveur, o anti-herói, junto com Morande, de *Le Diable dans um bénitier*, e você vai direto para a Bastilha. Enquanto apodrece na prisão, Desauges, que mandou copiar seu manuscrito depois de denunciar você à polícia, imprime seu livro e o vende pelo submundo. Sua fome beira o insuportável; sua saúde decai; e, quando finalmente você é solto, não tem escolha a não ser dirigir-se ao asilo dos pobres (Hôtel-Dieu) e morrer.[99] O quadro é exagerado, como uma das caricaturas de Hogarth que Pelleport provavelmente viu em Londres, mas cada detalhe, inclusive o nome dos livreiros, corresponde à realidade de Grub Street, Paris.

Numa digressão similar, o narrador provoca uma rixa com o leitor. Sei que você está cansado de digressões, diz ele. Você quer voltar à narrativa. Você quer ação, mas não lhe darei, porque você precisa aprender alguma coisa sobre o que entrou no livro que tem em mãos. Precisa adquirir algum conhecimento sobre o mercado literário. Pois bem, aqui vai outra digressão. Livros têm leitores de sobra, mas não compradores. A proporção é de aproximadamente dez para um. Uma pessoa pode estar disposta a gastar alguns trocados num livro, mas dezenas ou mais pegam emprestado ou roubam ou passam adiante em círculos cada vez maiores: de senhores a lacaios, damas a camareiras, pais a filhos, vizinhos a vizinhos, e livreiros a sócios de clubes do livro (*cabinets littéraires*) — tudo às custas do autor. A situação é irremediável, a menos que o rei soltasse um édito que transformasse as condições básicas da literatura. Por exemplo, ele poderia emitir um *arrêt du conseil d'état* com um longo preâmbulo sobre a importância dos autores e uma série de artigos, a começar com os seguintes dois:

> I. Nenhum particular, de qualquer nível e condição que seja, poderá no futuro pegar emprestado nem alugar livros senão na sua família, e esse privilégio só se estenderá em linha direta até a terceira geração, e em linha colateral até o sobrinho, à moda da Bretanha, em outras palavras, oriundo do germano; sob pena de quinhentas libras de multa em proveito do autor do dito livro.
> II. Proíbe Sua Majestade a todos os lacaios, camareiras, cocheiros, ajudantes de cozinha, cozinheiros e cozinheiras, emprestarem entre si os livros de seus senhores respectivos, e com mais forte razão levá-los sem nada dizer, de uma casa a outra, e isso sob pena de um ano de seu salário; e os que não puderem pagar essa multa serão marcados na orelha esquerda com três letras, EPL, emprestador de livros, e açoitados em seguida na porta dos principais livreiros da cidade.

Sugerindo tal medida, o narrador-autor (pode-se assumir que

ambos falem ao longo do romance com a mesma voz) propõe uma solução temporária. Este mesmo livro, que você está lendo agora, deve ser vendido apenas em encadernação fina a preço elevado, o que deve ser mantido em benefício do autor. O editor, portanto, é proibido de vendê-lo em folhas, cartolinas ou capa mole. A digressão termina com um comentário proferido diretamente ao leitor, que é criticado por exigir que o narrador-autor continue com a história:

> Sua impaciência redobra, querido leitor, mas antes de satisfazê-la era justo que eu me ocupasse dos meus interesses, cada um por si; não, não vou, mártir de um ridículo desinteresse, descuidar de meus próprios negócios. Falo um pouco de mim, admito; mas qual é o autor que se esquece de si em seus livros?[100]

De fato, é claro, o autor inseriu-se na narrativa ao longo de todo o livro. As digressões reforçam essa tendência mostrando como sua autobiografia influi sobre a condição da literatura em geral — e como o leitor é cúmplice em perpetuar essa condição.

Será que os leitores de fato reagiram da maneira apresentada pelo texto? Provavelmente não, porque *Os boêmios* teve pouquíssimos leitores — quase nenhum, a julgar pelo número de exemplares que sobreviveram e à ausência de resenhas e referências em fontes contemporâneas. Sua publicação foi um não evento situado no coração do período mais cheio de eventos da história da França. Mesmo que uns poucos exemplares tenham chegado às mãos de leitores, dificilmente teriam provocado muita reação. Os franceses em 1790 estavam criando um admirável mundo novo e fazendo-o com mortal seriedade. Não tinham motivo para estar interessados num relato satírico de vida numa república de letras que não mais existia. O romance de Pelleport estava obsoleto já antes de ser publicado. O próprio autor estava fora de sintonia com seu tempo. Enquanto seus contemporâneos se lançavam de maneira apaixonada na Revolução, ele se manteve à parte, olhando o mundo de uma perspectiva que combinava desencanto com zombaria — ou "nadismo". Todavia, exibiu um talento prodigioso ao evocar a vida em Grub Street sob o Antigo Regime. Visto do século XXI, seu romance parece extraordinariamente moderno, e seus boêmios aparecem como a primeira incorporação plena da boêmia.

Robert Darnton

Personagens principais

Os boêmios, "uma dúzia" de homens filósofos e mulheres boêmias:

Bissot, um ex-advogado quebrado

Tifarès, seu irmão mais novo, cozinheiro

Séchant, padre, presidente e discípulo de padre Séché, defende a liberdade e a não interferência

Séche, padre, líder da seita *econômico-naturálico-monotônica*, defende a lei e o direito naturais

Lungiet, líder da seita *despótico-contraditório-paradoxal-ladradora*, apelidado de Sérapion, defende a teocracia e a servidão

Mordanes, líder dos *comúnico-luxúrico-trambiqueiros*, estrategista e organizador das incursões por comida e dinheiro

Voragine, governanta do grupo e cozinheira experiente

Félicité, filha de Voragine

Colin, o burro, que carrega os manuscritos não publicados, devoto do nadismo

Rose-Croix, reverendo padre e boa pessoa que viaja como frade franciscano

Os capuchinhos, sessenta mendicantes franciscanos que peregrinam para a Notre-Dame de Avioth: padre superior, cozinheiro, noviços

Os cartuxos, ordem proprietária religiosa na Champanha: d. Hachette, o procurador, dom coadjutor, dom prior

O peregrino, ex-autor, de origem familiar em Stenay: pai, mãe, madrasta, irmãos Louis-Joseph e Claude-Agapith

Catau des Arches, viúva em Boulogne, com a filha mais nova, a srta. Des Arches; srta. Carabine, acompanhante inglesa

Bissoto de Guerreville, vendedor de roupas de segunda mão, genro de Catau des Arches, com sua esposa Nancy e seu irmão

OS BOÊMIOS

Cupido mihi pacis! At ille,
quid me commorit (melius non tangere, clamo),
flebit, et insignis tota cantabitur urbe.*
Horácio, *Sátiras*, II, 1

---

*"Eu, que sou um amante da paz! Porém, se alguém me exaspera ('Melhor não me tocar', eu grito!) deve chorar por isso, e seu nome deve ser motivo de riso por toda a cidade." (N. E.)

VOLUME I

1. O legislador Bissot renuncia à chicana pela filosofia

O sol ia abandonar a cama de Anfritite, a aurora fugia a passos largos: as moças de vida fácil fechavam as pálpebras, e as burguesas da cidade de Reims se esgoelavam para fazer suas criadas se levantarem, tendo em vista que o uso das sinetas é desconhecido na Champanha; as mulheres de escol e todas as que aspiram à nobreza ainda tinham seis horas de sono; e as devotas acordadas pelo som lúgubre dos sinos apressavam-se para a primeira missa: foi quando o medo dos oficiais de justiça e o primeiro raio do astro do dia despertaram sobressaltado o advogado Bissot,[1] que dormia num sótão ao lado de seu irmão Tifarès,[2] companheiro fiel de sua fortuna e êmulo de seus trabalhos filosóficos. Depois de alguns inúteis ensaios para tirar dos braços de Morfeu o feliz Tifarès, o advogado, arrancando-lhe o cobertor e levantando-o sobre seu catre, expôs aos olhares do sol o corpo seco da desafortunada criatura. Diante desse aspecto medonho, o louro Apolo imaginou-se enganado, e seus cavalos, em vez de seguirem o trópico de verão, arrastaram-no para a porta de um desses porões onde os antigos egípcios guardavam as múmias de seus avós; e como estava um tanto mal-humorado por ter se levantado tão de manhãzinha, Apolo sentiu um maligno prazer em lançar seus raios nos punhos diáfanos que Tifarès, sentado sobre o traseiro na mesma posição que costumava ter no ventre de sua mãe, enfiava nas vastas e cavas órbitas onde se escondiam seus olhinhos. Não era preciso mais nada para acordá-lo além dos esforços conjuntos de um deus e de um mortal, de tal forma ele sentia pelo sono um amor puro e terno; e só depois de ter recebido suas últimas carícias foi que, puxando de sob um lençol sujo e rasgado uma perna preta e seca, e apresentando-a na boca de uma meia larga demais, ele prestou em seu ilustre irmão uma cuidadosa atenção e ouviu, não sem desprazer, o discurso filosófico que você vai ler.[3]

— Oh! como os habitantes do Ganges mostraram sabedoria, obrigando os filhos a abraçar a profissão dos pais! Quisesse Deus que aprouvesse aos companheiros de Clóvis adotar instituições semelhantes, hoje não haveria entre nós tantas classes roedoras e inúteis![4] Não se veria o lavrador diligente queimar ao sol seu couro escamoso para poupar a pele suave e fresca do prelado vagabundo e voluptuoso; o marujo não percorreria os mares para vestir com musselinas da Índia a cortesã lúbrica e brejeira; o soldado não se mostraria macilento, morto de fome, mal e mal vestido, dormindo numa mesma cama com um camarada como única companhia, enquanto o financista larápio e entediado dorme por trás de cortinas de adamascado sobre o seio da jovem Lison, com quem não sabe o que fazer; e eu, em vez de adquirir o ridículo capelo dos advogados pipilantes ao preço dos cem mais belos escudos que vi em minha vida,[5] teria comprado perdizes de pernas escarlates, as teria lardeado, envolto em tirinhas de toucinho, coberto de massa, enquanto você teria aquecido o forno e peneirado a farinha para uma nova fornada. Em pouco tempo, estendendo nosso comércio a mais de dez léguas em torno da cidade de Chartres, teriam nos incluído entre os grandes negociantes; teríamos nosso lugar entre os ilustres aristocratas do Terceiro Estado,* e eu não seria acordado tão cedinho pelo temor importuno de meus credores, que se dispõem a se agarrar a nossos hécticos cadáveres depois de nos terem despojado do último de nossos escudinhos. E vós, legisladores ineptos, que não pudestes ler a teoria das leis civis de meu confrade Lungiet e minha teoria das leis criminais?[6] Vós provavelmente não teríeis dado ao credor um poder ilimitado sobre seu devedor, teríes feito melhor enquadrar vossas decisões segundo os princípios do direito natural e da lei de Talião, e teríeis mostrado mais discernimento; mas todos tivestes cabeça de vento e coração de ferro, e se por uma fuga rápida não salvarmos o saber e a filosofia contra um novo ultraje, uma sombria e fria prisão breve nos há de servir de refúgio. Era este, então, ó Apolo!, o gabinete que tinhas me destinado no museu?... É melhor fugirmos para o meio das florestas e, vivendo de bolotas, raízes e frutos silvestres, esquecermos as sociedades que só foram estabelecidas pelos ricos para o maior prejuízo do pobre, a fim de passarmos o resto de nossos dias entre os lobos, a uivar contra o infortúnio da posteridade de Noé.[7]

Diante dessas tristes palavras, tudo o que o lamentável Tifarès tinha de cabelos ou parecendo cabelos se arrepiou como os pelos de seda de um velho javali que não arreda pé, e depois de enfiar metade da perna dentro da meia, ele ergueu para Bissot suas duas mãos suplicantes e disse com voz entrecortada por frequentes soluços.

— Ó vós, que a natureza formou para vos tornar um dos mais belos ornamentos da sociedade, então é assim que, perdendo coragem, ireis por uma covardia sem igual privar vossos

---

* O Terceiro Estado era formado por todos os franceses que não pertenciam nem ao clero nem à nobreza. (N. T.)

contemporâneos e sua posteridade de tudo o que tinham o direito de esperar de vossos raros talentos? Eu poderia facilmente vos provar que a permanência nas florestas, úmida e insalubre, ataca o homem até nas fontes da geração; que suas águas glaciais entopem as glândulas e causam obstruções; que os frutos silvestres são amargos e difíceis de digerir. Em seguida eu falaria do dente apavorante dos lobos famintos, dos duendes que tornam um divertimento arrastar para os charcos e precipícios os viajantes extraviados. Mas de que adiantariam semelhantes discursos, para vós que sois sóbrios como um filósofo grego e não credes nos espíritos assim como o finado Moisés,[8] de materialista memória? Vossa alma é inacessível à dor; mas vosso coração poderia estar fechado à piedade? Ah! dignai-vos a escutar essa virtude, ou melhor, essa disposição natural do homem e dos animais e que talvez valha por si só cem vezes todos os tratados de moral. Vede, só tenho pele e ossos: sereis mais inexoráveis que o lobo de La Fontaine?[9] Ainda se eu estivesse saindo de uma esbórnia ou da cozinha do senhor nosso bispo seria compreensível, mas o ordinário de um escrevente de procurador que é recebido como advogado em Reims jamais engordou ninguém. Se pelo menos eu pudesse, como a moça selvagem ou como o menino de Hanover, agarrar as lebres na corrida...* Mas que digo, as florestas não estão povoadas de couteiros, que escoltam a caça até no campo do pobre para que ali ela engorde à vontade? E nós não seríamos de imediato arrastados até a mesa de mármore dos

---

* Em 1776, um tratado publicado em Londres sobre a exploração da madeira nos Pirineus menciona uma moça selvagem de quinze ou dezesseis anos que foi encontrada muito tempo antes em estado selvagem, em Issaux, nos Pirineus. Peter de Hannover, também conhecido como o selvagem de Hamelin, foi descoberto em 1724, correndo nu por uma floresta. Não falava, parecia ter cerca de treze anos e virou uma celebridade na época. (N. T.)

tribunais e de lá enviados às galés, onde o sucessor de Messer,* Jourdain-Launey,¹⁰ de bastilhana memória, teria o prazer de nos desancar até perdermos o fôlego? Ousaríamos nós, ao menos, apanhar a bolota ao pé da faia? E a lei não nos proíbe de pegar as bolotas? Não duvidais, se persistis em semelhante projeto, a pálida fome percursora da morte ávida breve me terá reduzido ao fundo do poço. Pelos deuses! Quem me confessará? Quem me ministrará o sagrado viático, e com os santos óleos quem me ungirá? Como então serei privado da água benta, dos *requiescat in pace* das almas boas? E que direi, por favor, chegando ao purgatório? Nua, descabelada, esquelética, mal ungida, faminta, pensai que minha alma ali seria vista com bons olhos? Ou expulsa, aterrorizada, perseguida, ela não iria rolando de pernas para o ar, e não ia cair como uma bomba dentro do caldeirão de Lúcifer? Bani, bani essas tristes fantasias; e já que a questão de honra nos impede de retornar ao cartório do dr. La Gripardière, nosso procurador; já que vossa nova dignidade vos agrega à mais respeitável das ordens, a essa ordem sem a qual os juízes não teriam mais razão que todo mundo e não decidiriam os processos senão pela lei e pelo bom senso, a essa ordem que hoje brilha à frente do Terceiro Estado como os bodes dos rebanhos, fujamos para climas longínquos, juntai-vos a algum procurador de província, a quem mostrareis os truques daqueles de Paris, e eu, sob as aparências de um sargento, hei de me servir na marmita pública, enquanto vivereis do lombo de vossa procuradora. E se a sorte bárbara me recusasse o emprego que ambiciono, não fazemos os

---

* Jourdain pai começou como comitre de galés e, depois, casando-se com uma filha bastarda do secretário de Estado de Argenson, chegou ao alto posto de governador da Bastilha. [Salvo quando há indicação em contrário, as notas de rodapé, indicadas por asterisco, são do Marquês de Pelleport e constam da edição original de 1790, que serviu a esta tradução.]

melhores pasteizinhos de toda a cristandade? Ah!, melhor dos irmãos!, deixai-vos tocar por minhas lágrimas, tendes pena de meu corpo e de minha alma, imitai os deuses, sede sensível às preces, essas filhas de Júpiter que lhe levam em tantos tons diferentes os desejos dos mortais, como diz muito bem Homero, o decano dos poetas e o pai dos filósofos. Mas me dou conta de que dais a essas boas moças uma favorável audiência. Apresso-me, e dentro de poucas horas teremos dado adeus eterno às colinas da Champanha.

Ao dizer essas palavras, Tifarès dá um pulo, veste uma depois da outra as seis camisas que compunham todo o seu guarda-roupa e, fazendo um sinal gracioso ao irmão mais velho, arrasta-o para a Porta Cerès,[11] que acabava de se abrir. Era assim que Dom Quixote, atrapalhado sobre o caminho a pegar, dirigia-se ao fiel Rocinante.[12] Que a imaginação de tantos graves autores corra sobre os passos de uma pluma sem cérebro, e que tantos hábeis ministros sejam guiados por um funcionário ignaro e grosseiro! Sob a conduta de seu bom irmão, o advogado Bissot logo chegou à estrada que vai direto para Rhetel-Mazarin, e que é cortada pelas planícies desertas da Champanha piolhenta: os campanários góticos da catedral vão desaparecer diante de seus olhos, enquanto, virando-se pela última vez para aquela cidade bárbara, ele grita como Isabel da Hungria: *sic fata volunt.*[13]

2. Os dois irmãos se perdem nas planícies da Champanha

Depois de ter satisfeito, com essas palavras latinas, a regra estabelecida em tempos imemoriais pelos grandes homens de todos os países e de todas as eras, que jamais começaram uma empreitada sem ter previamente pronunciado uma sentença digna da importância da empresa e própria para figurar no início de sua história, nossos dois viajantes se enfiaram na solidão de Pont-Favergé, seguindo caminhos que não são feitos nem para gente a cavalo nem para gente de carruagem nem mesmo para os mais modestos andarilhos.[1]

Os forasteiros e os cidadãos que veem o reino pela portinhola de seu cabriolé não conseguiriam se maravilhar o bastante com a beleza de nossas estradas largas e longas: essas belas avenidas de nossos sujos albergues persuadem o resto da Europa de que não há uma das dezessete grandes partes de que essa região do globo é composta que ofereça comunicações tão fáceis. Mas esse aparato faustuoso não se impõe ao filósofo que percorre a pé os grandes espaços fechados por essas vias de desolação: elas são, não há que duvidar, muito cômodas para o transporte de canhões e soldados. As mercadorias, uma vez que conseguiram pegar um dos fios desse vasto labirinto, chegam bastante comodamente à porta do rico,* mas o suor e as lágrimas que custaram aos infelizes lavradores dão a essa boa gente tamanha aversão por tudo o que se chama caminho que essas pessoas já não conseguiriam se decidir a cuidar das veredas lamacentas que levam a suas tristes choupanas.² Depois de ter arruinado suas carroças, seus animais, sua saúde, para embelezar o passeio do rico, o lavrador é obrigado a destruí-los de novo antes de chegar ao caminho que ele construiu: e sobre essa estrada tão fácil vê uma parte das quantias que pagou escorrer da capital para as fronteiras, sem que possa esperar conduzir até sua choupana o menor vaso capilar desses canais ruidosos e rápidos. Estas eram as reflexões que inspiravam a nossos filósofos as más estradas secundárias da miserável Champanha.

O sol já tinha efetuado um pouco mais de metade de sua corrida quando chegaram a Pont-Favergé; uma trouxa de urze suspensa na parede, pois a madeira era tão rara nesses cantões como a pintura e ainda não fez na Champanha progressos bastante consideráveis, os levou a perceber que era mais que hora de almoçar. O casebre no qual estava pendurada essa isca não era cimentado nem assoalhado, umas velhas paredes cobertas de fumaça mais serviam de eira ao pouco de trigo-sarraceno que alimentava seus sóbrios habitantes do que de teto para a cozinha, em torno da qual cinco ou seis catres ordinários bem mais pareciam ter sido construídos para matar quem ali se deitava do que

---

* Tudo isso era verdade há alguns anos; mas graças às salutares instituições chamadas, não sei muito bem por quê, assembleias provinciais, apenas são praticáveis partes das grandes estradas que se ligam às metrópoles das províncias. A duas ou três léguas de cada uma dessas cidades privilegiadas, as estradas não são mais que atoleiros.

para lhe proporcionar repouso; alguns pratos rústicos e lascados, um púcaro com tampa de carvalho, uma grande arca própria para guardar pão e um saleiro que, mal ou bem, era preciso encher de sal, graças às sábias leis de Filipe, o sálico, pelas quais o camponês pode dispensar o pão, por bom que lhe pareça, mas não o dinheiro para comprar sal,[3] era toda a suntuosa mobília da taberna que o destino construíra para receber o maior filósofo da França e seu assíduo admirador. Os donos dessa brilhante taberna, a casa do burgo mais ricamente mobiliada, estavam ocupados no campo. Haviam deixado como única guardiã uma velha surda que um ataque de apoplexia deixara paralítica em todo o lado esquerdo, e cujos anos faziam cambalear a cabeça calva como o pêndulo de uma manivela de espeto. Essa mulher parecia ter sido posta ali de propósito para preparar à abstinência os filósofos que ficariam tentados a se retirar para as solidões da região. Tinha cerca de setenta anos, pelo menos, a julgar por sua cara; pois os curas daquela terra, como só conheciam a santa escritura e as garatujas do Palácio, são inimigos jurados de qualquer outra escrita e não mantêm com grande exatidão seus livros de batismo e de morte. A boa mãe contava sua idade pelo número de vezes que havia comido carne, pois, exceto no dia da festa do lugar, os mais ricos da aldeia viviam como pitagóricos, com a diferença das favas. Felizmente para nossos viajantes, era véspera do mercado no burgo de Machaut, e os ovos da semana já estavam preparados, de modo que eles juntaram uma dúzia à sopa de sal que é o alimento fundamental desses trogloditas. Um grande copo de um vinhozinho vagabundo, um pedaço de pão preto e de queijo: digna produção de uma terra que fora, durante a dispersão das línguas, destinada unicamente às andorinhas e em que os animais e os homens que a ocuparam estão condenados, em virtude do pacto que Deus fez com Noé, a um eterno marasmo.[4] Essa foi a suculenta refeição pela qual nossos viajantes pagaram vinte e quatro soldos, de tal forma os alimentos ruins são caros quando são raros. No entanto, saíram bem contentes de seu almoço, e Bissot, terminando uma côdea dura, não se cansava de admirar a sobriedade desses bons aldeões.

— Venham — ele exclamava —, ricos sibaritas, habitantes efeminados de nossas capitais, venham ver a que preço o pobre paga o seu luxo e os seus prazeres: acorram e provem essa sopa ao sal, comparem-na com esses holocaustos que se põem sobre os altares, e que os senhores chamam de mesas... Ah! tremam, vejo esses selvagens grosseiros, cansados enfim de só trabalharem para enriquecê-los, se reunirem como faziam seus bárbaros ancestrais e se precipitarem sobre essas propriedades que os senhores possuem, como dizem, por direito natural. Semelhantes às harpias da fábula, eles se jogam sobre suas mesas e sobre seus cofres, e para rechaçá-los os senhores só fazem inúteis esforços.[5] Uma epidemia de fome, uma guerra que apaga do livro dos vivos seus satélites mercenários: é hora desse acontecimento. A propriedade do outro só é sagrada para quem já possui alguma coisa! Ó governos! admiráveis máquinas para os ricos! Como puderam durar tanto tempo? Já não me espanto que o sr. De Serres de la Tour enriqueça fazendo os confeitos La Mecque, e que Mesmer magnetize a metade do globo.[6] Vivemos num século em que todo homem que tem com que pagar um teatro ou cavaletes tem a garantia de brevemente embolsar o dinheiro da multidão. Padres, monges, soldados, oficiais de justiça, grandes e pequenos senhores, façam todos causa comum: mas prestem atenção, o pulso se eleva, a febre aumenta, as grossas veias se entopem, a crise talvez não esteja muito longe, e um dia poderão se arrepender de ter feito subir toda a linfa à cabeça do corpo político.

Enquanto se entregava a esses profundos raciocínios, o sol se punha no horizonte; seu disco não era mais que uma imagem enganosa, e o crepúsculo expulso por espessas trevas fugia da aurora, da qual só estava separado por um arco bastante curto: a noite já negra aparecia aos olhos do tímido Tifarès em seus lúgubres aparatos; seu carro puxado pelas corujas tinha como rodas as almas do purgatório dobradas em forma de cicloide, grandes morcegos com nariz em forma de ferradura o abanavam com o movimento de suas asas. Dois vampiros montados em cima de lobisomens conduziam o carro, e três ogros cavalgando xofrangos corriam na frente, gritando huu-huu, para manter a equipagem protegida da luz. O Espanto, que fazia parte do triste cortejo, bastou avistar o coração empedernido da tímida criatura que ali foi se alojar com tanto desvelo quanto um ordenança dos marechais da França que não jantou há três semanas às custas de nenhum fidalgo, e põe-se em posição de sentido em nome do rei e de nossos senhores marechais diante de algum provincial com quem tenta comprar briga. O coitado habitante de Chartres agarrou o braço do irmão e, prendendo a respiração o melhor que pôde, começou a andar como um pobre cujos pés descalços e esfolados servem de cúpula para o colmo na qual o ceifeiro ainda não separou a palha e as espigas. Sem os imensos trilhos das rodas dos carros Bissot não saberia se estava nos campos ou na estrada; quanto a Tifarès, estava bem longe de pensar em outras vias além daquelas da salvação, recitava orações e, por uma precaução um tanto inútil, fechara completamente os olhos, o que não o impedia de ver fantasmas de todo tipo.

Nossos viajantes estavam rendidos, e já não imaginavam outra decisão além daquela de se deitar num sulco e ali passar a noite. Bissot já começava a se dar conta dos inconvenientes da pura natureza. Os selvagens, dizia consigo mesmo, não encontram a toalha posta no canto da colina onde a noite os flagra. E se a caça for ruim, ou se, embrenhados num cantão estéril, os frutos acabarem faltando?... Mas pouco importa, tenho que manter meu plano, e a fome e o frescor da noite não me farão desistir.

É assim que um ministro sistemático mergulha um Estado na confusão e na anarquia, para sustentar suas opiniões: em vão ele se dá conta de que os laços sociais se afrouxam, de que as partes se desagregam, sua arrogância o faz preferir pôr fogo nos quatro cantos de uma província à vergonha de se retratar, e ele é consequente em sua loucura, até que o medo de perder um lugar pelo qual tanto suspirou o afasta insensivelmente de seu caminho. No entanto, não sei muito bem se Bissot teria resistido com igual constância, pois nisso, como em muitas outras coisas, todos os filósofos que conheci se parecem com os senhores nossos pregadores, uns e outros deram ensejo, pelo enorme disparate de seus sermões e de sua conduta, a esse provérbio, égide dos tolos e dos ignorantes: *a prática vale mais que a teoria*. Os conselhos dos moralistas são duros e assustadores, mas seus costumes sempre me pareceram dos mais cômodos. Felizmente, para a glória de nosso legislador errante, a voz de um cão veio socorrê-lo em sua filosofia, apoiá-lo em seus princípios; reanimou sua coragem e apoiou seus planos com a esperança de encontrar uma ceia e um catre que, conquanto fossem tão ruins como os de Pont-Favergé, ainda seriam preferíveis às bolotas e ao colmo. Essa voz que fortaleceu Bissot em sua cavalgadura filosófica não produziu o mesmo efeito em Tifarès, cujo estômago, tão vazio quanto seu cérebro, o predispunha ao pavor. Mal bateu em seus ouvidos, ele se preparou para dar no pé. Os latidos do cão parecem-lhe sair do fundo do Érebo; convencido de que são os gritos do Cérbero de Lúcifer, ou pelo menos os do porteiro do purgatório, põe-se a rezar, e é só ameaçando deixá-lo sozinho que seu irmão o arrasta para o lado de onde ouvira a voz em que baseava sua esperança, e que só parecia sair das entranhas da terra porque vinha do fundo de um valão atapetado por uma relva bastante fresca e banhada por um riacho cujo murmúrio não demoraram a ouvir.

Tinham dado apenas cinquenta passos, seguindo o curso

desse riacho, quando o mastim tricéfalo fez-se ouvir cada vez mais: mas de tão perto que, de repente, Tifarès não mais o considerou um espírito de cachorro, mas de fato um animal raivoso: assim, pôs-se o quanto antes a recitar a oração do finado sr. Saint Hubert,[7] o que não impediu o cão de ameaçar de maneira cruel suas nádegas descarnadas, e ainda bem que naquele dia ele vestira seis camisas.

Mas o que você pensou, ó flor dos confeiteiros de Chartres, quando numa curva da colina sentiu encostar em seu estômago a ponta de um fuzil, e uma voz assustadora repetiu cinco ou seis vezes em seus ouvidos: "Alto lá... quem está aí? Pela morte... se mexer, eu te mato"? Ó Tifarès!, o pavor deixou-o eloquente, e caindo sobre esses joelhos tão endurecidos como os de João, o Evangelista, você exclamará com voz lamentável: "Senhor, tende piedade de nós, e o senhor, seu ladrão, dê-nos ao menos o tempo de nos reconhecer; ainda não estamos maduros para a eternidade: conceda a vida a dois pobres sábios que o amor da filosofia e o temor dos oficiais de justiça jogaram nestes desertos horrorosos. Aqui estão sete libras e dois soldos, é toda a nossa fortuna, e que Deus faça cair em suas mãos a caixa de um arrecadador das talhas!* Meu irmão é um dos mais ilustres advogados que jamais obtiveram a licença em Reims, desde que lá se vendem licenciaturas, e se o senhor tiver algum processo, ele o servirá com zelo e fidelidade: portanto, escute nossas preces e não nos mate".

— É o que teremos de ver — recomeçou a voz —; siga meus passos, e daqui a pouco saberei se seu relato é verídico.

Tifarès não precisou ouvir duas vezes, e seguindo os passos do invisível fuzileiro não demorou a avistar várias pessoas que riam e

---

* A talha era um tributo pago pelos vassalos para a defesa do feudo pelos senhores. Era pago com parte da produção. (N. T.)

cantavam em volta de uma grande fogueira, em cuja claridade o guia deles parecia um gigante de imensa estatura.

Finalmente, chegaram junto daquele grupo.

— Aqui estão — disse a seus companheiros a temível sentinela — uns cavalheiros que me fizeram a graça de me confundir com um ladrão: estão perdidos, e como não há aldeia a mais de três léguas daqui, provavelmente vão gostar muito de passar a noite em boa companhia.

— E de fazer uma boa ceia — acrescentou o chefe do bando, mandando-os tomarem assento perto do fogo. E foi assim que viram que, na vida, não há tão triste posição a ponto de destruir a esperança de se fazer uma boa refeição antes de morrer.

3. Jantar melhor que o almoço

Tifarès, encorajado com essa boa acolhida, abriu enfim seus olhinhos que o pavor fechara tão hermeticamente como a bolsa de um enciclopedista, ou o cofre-forte de uma devota. Sua alegria igualou sua surpresa ao ver duas pernas de carneiro que giravam enfiadas num longo espeto de madeira, ao lado de várias perdizes cuja vida fora concluída por um fatal cordão e de um ganso cuja carne tão machucada como as costas do finado sr. Des Brugnières[1] mostrava muito bem que acabara debaixo de paulada. Os cheirosos corpúsculos exalados pelos cadáveres dessas inocentes criaturas não demoraram a se instalar na laringe de Tifarès; atraído pela virtude magnética do espeto, ele se ajoelhou na beira do fogo e, juntando os tições incandescentes, disse:

— Permitam-me — exclamou com ênfase — que eu abane um ar inflamável nesse fogo, a fim de aumentar sua intensidade.[2]

Por seu discurso, por sua habilidade, logo perceberam que era algum aprendiz de filósofo, e provavelmente lhe teriam feito várias perguntas se seu ilustre irmão, tossindo, cuspindo e se assoando com ares de orador que quer levar o auditório a prestar atenção, não tivesse atraído sobre si a de toda a assembleia; portanto, sentaram a seu redor e, enquanto Tifarès girava o espeto e regava o assado, ele fez nestes termos seu discurso de recepção.[3]

Senhores,
Se o amor pela filosofia e o desprezo por toda espécie de negócios bastam para merecer ser aceito entre os senhores, ouso me gabar de ter algum título a esse respeito: acabo de abandonar a chicana e a esperança de fazer com ela uma brilhante fortuna à custa dos infelizes para procurar na solidão dos campos a felicidade e a sabedoria. A voz que me chamava no deserto não era uma voz enganadora. Não, senhores, a felicidade que tenho de encontrá-los, de encontrar, mesmo antes de estar armado como filósofo, as aventuras segundo as que meu coração deseja, é prova disso; pois não duvido que os senhores são provavelmente desses ilustres fugitivos que os excessos do despotismo, a desproporção entre os crimes e as penas, a embrulhada das leis civis, a crueldade dos códigos criminais, a intolerância dos padres, a inveja dos literatos com diploma, tiraram das casas e levaram a ir acampar, ora num canto de bosque, ora na curva de uma colina.

Eu poderia, senhores, fazer aqui o elogio desse estado de liberdade que lhes aprouve escolher e mostrar como para o homem é preferível à vida que ele leva nas cidades mais ricas e mais bem construídas. Não me seria difícil tornar a dizer sobre esse assunto tudo o que disse com tanta eloquência o ilustre cidadão de Genebra, e o que depois dele repetiram tão banalmente não sei quantos escrevinhadores que a fome mantém às ordens dele.[4] Tudo isso seria aqui tão mais conveniente na medida em que, não tendo a honra de suceder a nenhum membro que conheço, é-me muito difícil iniciar por uma oração fúnebre. Ah! Deus queira que eu preencha o lugar de algum grande homem, ou pelo menos de um homem que tenha cultivado uma arte útil!

Na falta de louvores a ele, me estenderei sobre a própria ciência; farei aos senhores uma pequena descrição digna de figurar, caso necessário, ao lado dos artigos da *Enciclopédia*. Se estivesse perfeitamente instruído, senhores, sobre as virtudes e as qualidades de seu ilustre presidente, com que avidez não detalharia em dez ou doze páginas tudo o que se poderia pôr em quatro palavras; pois não se enganem, não sou desses discursadores obscuros, que obrigam a pensar ao serem lidos, e cujas frases, semelhantes às do Evangelho e ao som dos sinos, significam tudo, de tal forma nada dizem. Deem-me o mais magro apotegma, a sentença mais vazia de sentido, e sobre esse pequeno texto hei de lhes fazer um volume. Não creiam que, agarrando-me servilmente a meu assunto, com os olhos fixos permanentemente numa verdade, eu a disseque à maneira dos geômetras: não é este meu estilo; voo com uma liberdade atrevida, e ora no sótão, ora no porão, a química, a física, a história, a gramática e a lógica, tudo o que essas ciências têm de mais secreto e de mais maravilhoso encontra-se numa de minhas páginas.

Não digo nada de seu fundador, senhores, porque ainda não tenho a honra de conhecê-lo, mas ele nada perderá por esperar; não penso que a sociedade dos senhores seja bem antiga, pois nenhum dos milhares de jornais que se imprimem periodicamente em todas as partes do globo já falou dela, que eu saiba. Portanto, é justo louvar aquele que os reuniu, e louvá-lo ao menos durante dois ou três séculos. Com efeito, o que são, senhores, dois ou três anos para louvar um grande homem? Perto de dois séculos não se passaram desde que a Academia Francesa celebra esse cardeal cefalótomo, ministro sem previdência, esse literateiro sem talentos, esse tirano hipócrita, que ignorou tudo, exceto a arte funesta de dominar um príncipe fraco, preguiçoso e imbecil?[5] Cada mutação traz três novos elogios, e se a mais sábia, a mais útil das sociedades durar somente tanto quanto uma ordem mendicante, não há por que duvidar que ainda se louve, daqui a vinte ou trinta séculos, o odioso e incapaz Richelieu. Sábios habitantes das florestas, ilustres selvagens, evitarei prodigalizar em sua presença louvores a algum monarca: não somente nenhum os protege como todos se apressariam em persegui-los; não são sábios como os senhores que podem se gabar de uma proteção que não se concilia senão com a ignorância e a baixeza. Bem longe disso, senhores, espero que do seio de sua instituição saiam essas luzes inflamadas que, derretendo como cera mole as orgulhosas pretensões dos déspotas e os tirânicos regulamentos dos ricos, lembrarão enfim ao homem seus direitos primitivos e a nobreza de sua natureza. Sim, senhores, é de seu seio que sairão esses oradores veementes, esses profundos políticos que aparecerão um dia à frente da ordem do Terceiro Estado,[6] como os carneiros de Israel na vanguarda do rebanho.

Quanto a mim, senhores, vou andando em seus rastros, incessantemente alerta em recolher suas luzes, em comunicá-las a seus contemporâneos e à posteridade; glorioso com uma adoção que desejo, que peço com solicitude, será para mim uma honra ser seu eco, e, sem aspirar à originalidade, repetir em outros termos tudo o que terão ensinado ao mundo. Tais são, senhores, os votos que pronuncio entrando em seu ilustre corpo, e que observarei com tanto escrúpulo quanto uma religiosa, trancada atrás de vinte grades, guarda o da castidade.

— Sim, senhores — exclamou Tifarès, que regava o assado com admirável destreza —, admitam-nos em sua agradável companhia, não pensem sobretudo que somos liquens corrosivos e inúteis. Além desses talentos como filósofo, nosso ilustre irmão é também excelente advogado, e se tiverem alguma causa pendente em senescalia, bailiado, tribunal de primeira instância, Parlamento ou outra corte, meu dito irmão a seguirá com zelo; e quanto a mim, senhores, fui quinze meses ajudante de cozinha do monsenhor nosso bispo, ninguém entende melhor que eu da arte de depenar uma ave, sei cobrir de toucinho, lavar, relavar, rechear com toucinho grosso e médio, segundo os métodos da *Enciclopédia*; faço um ensopado de galinhas, e quanto à confeitaria!... Sabem, senhores, que foi Bernier Bissotin, nosso antepassado, que inventou os pastéis de Chartres, que esse grande Henrique IV achou tão bons na época da guerra civil; e que de pai para filho seu talento passou por nossa família até este seu pequeno servidor, como testemunha o epitáfio dele, relatado pelo sr. Désaccords, em suas miscelâneas do espírito humano?[7]

Aqui jaz Putifar Bissotaine,
Que em seu tempo teve dificuldade perene
Em fazer tortas e bolinhos,
Deus lhe perdoe seus errinhos.

"Recebam-nos pois sem hesitar, senhores, e todos se empenhem em tirar de meu irmão seus tristes projetos de viver de bolotas, folhagens secas e frutos amargos. Esses alimentos frios e indigestos não convêm nem um pouco a estômagos delicados; e, viva Deus!, faço mais caso de uma fatia de perna de carneiro e de uma coxa de ganso do que de quatro refeições do maior Epicteto de toda a Grécia."[8]

O presidente não ficou atrás, como se pode muito bem imaginar, e discursos tão bonitos bem que mereciam uma réplica; mas, por uma infelicidade que eu seria incapaz de deplorar demasiado, só se encontram fragmentos dela nas memórias que me servem de material. E neles Félicité[9] se limita a nos dizer: que depois de ter sido admitido por aclamação, Tifarès estreou no grupo estendendo sobre a relva uma toalha e guardanapos cujas marcas formavam um abecedário completo, e pratos que nem todos saíam da mesma fábrica; ele se aproximou de um barrilzinho cheio de vinho bastante bom e tirou do espeto as carnes, para grande admiração de toda a assembleia, e em seguida jantou como um ajudante de cozinha que, da cozinha de um bispo, foi perder a gordura na de um reles advogado e almoçou numa aldeia miserável da Champanha. Bissot não fez por menos: entregou-se como um acadêmico que depara com uma boa mesa e aproveita da situação em que o puseram o incenso e o rega-bofe. A ceia foi muito alegre, e as carnes foram seguidas por algumas frutas da estação, pois nada falta àqueles que, por sua situação, vivem às expensas do próximo; e depois de alguns copázios, o presidente da assembleia disse aos nossos filósofos o que vocês lerão no capítulo seguinte.

4. Quem eram as pessoas que ceavam assim ao relento nas planícies da Champanha

— Não está muito espantado, senhor,[1] de encontrar a essas horas numa região tão deserta um grupo de pessoas a quem não falta apetite nem alegria? Não é, creia-me, nem sob o teto dourado do *fermier général** nem no gabinete do cortesão nem atrás do balcão do comerciante que se deve procurar a saúde e o bom humor. A franca, a amável liberdade, no mais das vezes acampa *sub Jove*,[2] não possui nada de seu, esquece suas roupas, e depois de ter corrido o dia todo sem camisa, enverga as vestimentas rasgadas de um pobre, ou o sujo saiote de uma prostituta, de preferência à samarra de um cavaleiro ou ao roquete de um prelado. Foi ela que nos reuniu, de todos os cantos da Europa: somos seus sacerdotes, e todo o seu culto resume-se a não nos incomodarmos uns aos outros. É bom fazê-lo conhecer em particular cada um dos membros de nosso colégio; começarei pelo cavalheiro que vê sentado à minha direita.

* Financista que no Antigo Regime era o responsável pela arrecadação dos impostos. (N. T.)

Após essas palavras, uma figura pálida, de fronte calva, rosto entre triste e alegre e que não parecia inimigo das mulheres nem do bom vinho, marcou com profunda reverência que aprovava o elogio que o presidente ia fazer dele. É assim que um dos quadragésimos, ainda noviço no comércio dos elogios, fareja as florzinhas cheirosas que saem em buquês da boca bajuladora do *perpétuo secretário** e as recolhe com uma modéstia que é apenas afetada. "O cavalheiro é o grande filósofo Séché,[3] chefe da seita *econômico-naturálico-monotônica*, ilustre autor do *Journal des Princes*." Diante dessas palavras, Tifarès, que fora criado em Chartres num sagrado respeito pela filosofia, levantou-se e abriu a boca, mas a terrível estrela lhe fez um sinal, e sua voz rouca expirou sobre seus lábios de amora. Depois da pausa necessária para fitar um homem que morre de vontade de interromper um outro que, com ar ameaçador, lhe fecha a boca, o orador retomou seu discurso: "Mas talvez o senhor não conheça a seita *econômico-naturálico-monotônica*. É a quintessência de tudo o que a razão jamais enfiou de bom na cabeça dos filósofos que passam suas horas vagas a governar os Estados; é uma mistura de pão de liberdade, farinha de direito natural, batata, esparguta, epidemia de fome, mercados de grãos, leis, paternidade, população e produto líquido. Todas essas drogas, artisticamente misturadas numa obra de maneira a que retornem alternadamente à tona, e unidas *secundum artem*,[4] dão um produto... um produto... Sim, quer dizer, há vinte e dois anos que compilamos, extraímos, lemos, acumulamos, e já temos os manuscritos... Se não fosse tão tarde eu os mostraria, eles enchem um dos cestos de nosso burro; mas por ora bastará que lhe diga que, finalmente, descobrimos as três palavras; o estribilho mágico com o auxílio do qual fa-

---

* O quadragésimo era um dos quarenta membros da Academia Francesa, que é dirigida por um secretário perpétuo. (N. T.)

zemos a felicidade do gênero humano, regulamos os governos, levamos os reis a moderar por si mesmos seus poderes; os ministros, a prestar contas públicas e exatas de sua administração; os financistas, a restituir; os prelados, a partilhar sua renda com os pobres, qual irmãos; os eclesiásticos, a trocar a controvérsia pela moral; o juiz, a fazer justiça, pública e gratuitamente, para seus concidadãos; o advogado, a só falar por aqueles que têm razão; o soldado, a ser cidadão; o oficial, a ser modesto, o burguês, orgulhoso e defendendo os direitos humanos; a mulher, a se tornar boa dona de casa; a moça, a não ser vaidosa. Em uma palavra, só com essas três palavras..."

— E a varinha de Jacob?[5] — exclamou um homem muito feio que tinha jeito de rir só de malícia, e bebia à esquerda do orador. Este ficou um instante de boca aberta, olhos fixos, como um lacaio atordoado que, acreditando estar aberta uma porta bem fechada, vai dar com o nariz nela e fica aparvalhado com a própria tolice, mas retomou seu discurso.

— O senhor que acaba de me interromper é o famoso filósofo Lungiet,[6] chefe da seita *despótico-contraditório-paradoxal-ladradora*, e o mais eloquente dos Cíceros de nossa ordem dos advogados. Invejosos de sua glória e de seus êxitos, seus confrades o riscaram do quadro. Depois de ter zanzado de uma região a outra, jogou-se em nossos braços e o admitimos *em nossa ordem*; nós o associamos a uma empreitada, para a qual o senhor não será inútil, como logo comprovará; a senhora é minha governanta, é a mãe dos filósofos, um anjo de doçura, a primeira preparadora de *hochepots** do universo cristão; chama-se sra. OB; mas a chamamos *Voragine*.[7] A srta. *Félicité* é filha da senhora, embora um pouco moreninha, e promete um dia ser útil à filosofia; seu nariz grande, seus grandes olhos, sua boca bem aberta

---

* Espécie de cozido com muitos tipos de carnes e legumes. (N. T.)

e cheia de dentes saudáveis e brancos são instrumentos adequados que concorrem para a perfeição da grande obra. Quanto ao bravo que a encontrou, é o capitão Mordanes,[8] valoroso e temível como o finado Sacrogorgon;[9] ágil, sociável, engenhoso, de olhos de milhafre, ouvidos atentos, chefe dos filósofos *comúnico-luxúrico-trambiqueiros*.[10] Essa seita ensina que os bens, as mulheres, os pais, as mães, as irmãs, os irmãos e sobretudo as bolsas são comuns neste mundo. É ele que zela pela segurança da companhia, é o intendente do pequeno exército. E eu, eu me chamo padre Séchant, vigário filosófico do padre Séché, e vou com ele pelo mundo para a propagação de sua doutrina.

Tifarès, ainda sem muita certeza de que o padre Séchant esgotara seu discurso, levantou-se, apesar do irmão, que temia mais uma ingenuidade, e, tomando a palavra tão habilmente quanto um criado de casa de jogo agarra uma bola, agradeceu, nos termos mais eloquentes, ao padre de Worms,[11] e concluiu, com um brilhante epílogo, a tudo o que se dissera nesse dia memorável. Ainda falava quando todos já tinham se acomodado com um cobertor e se ajeitado o melhor possível em torno da fogueira. Breve fez o mesmo, e Morfeu estava bem longe de abandonar seu mais dileto preferido.

5. Despertar. O bando sai a caminho: aventuras que nada têm de extraordinário

Como custa dormir numa boa cama!, pois quantos sacrifícios não fazemos com essas cortinas de seda, esses postigos dourados que escondem de nossos olhos os mais suaves raios do astro do dia. Ó liberdade! É este o preço que pagamos para aniquilar, por todos os pérfidos requintes da indolência, nossas mais excelentes faculdades. Sim, lembro-me desse tempo feliz em que, deitado nos braços de Julie em cima de um colchão sem cortinado, o primeiro raio da aurora me tirava dos braços do sono. Um beijo carinhosamente saboreado devolvia minha amante à vida: seu coração abria-se ao desejo antes que seus olhos se abrissem para a luz. Eu me unia a Julie; Julie me apertava em seus braços de alabastro, saudávamos o princípio da vida por essa união que é inteiramente devida a seu fogo divino, e nos inebriávamos de prazer, para nos dispor ao trabalho. Oh!, vocês que envenenam com histórias sinistras os curtos instantes que podemos dedicar ao prazer, creiam-me, nossa prece era mais agradável ao Ser dos seres do que o mau latim com que lhe atordoam os ouvidos. E vocês, que em seus corações de bronze alojam a sórdida avareza, homens engordados com o bem de seus semelhantes, que a finança enriqueceu com a pobreza das nações, vocês todos que a tirania tingiu com o sangue dos humanos, carcereiros bárbaros que vigiam as portas e adormecem sobre os ferrolhos, acorram, venham ver o filósofo Mordanes se levantar, e que a inveja corroa os restos ressecados de seus corações fétidos e corrompidos.[1]

A aurora entreabria a grande cortina que afasta os raios do dia dos olhos dos animais adormecidos, e ainda se distinguia suavemente a luz que aparecia ao longe, quando Mordanes se aproximou do inacordável Tifarès, cujos raros talentos ele havia intuído, e a quem destinava um importante emprego no grupo. No entanto, meu querido leitor,[2] é bom que você conheça, antes de mais nada, aquele de seus membros que figurava com mais brilho no quadro da ordem, e sobre quem, se não me engano, o padre Séchant nada disse, ou só disse uma palavra, de passagem, palavra à qual você provavelmente só prestou leve atenção, pois tudo indica que você não é desses leitores atentos que vão, pesando as sílabas, procurar o sentido oculto de todos os trechos e que, com o auxílio de Aristóteles, descobrem a Trindade no Evangelho. Porém esse membro não era feito para ser esquecido, embora ainda não fosse de nenhuma seita e embora a indiferença filosófica constituísse sua principal característica. Dotado de um número suficiente de ideias, mas só formando com elas combinações limitadas, nunca era visto atribuindo arrogantemente a algum ser de sua criação as propriedades que recolhera aqui e ali nas obras da natureza. Não era uma dessas criaturas plagiárias cuja imaginação fraca e desordenada é apenas suficiente para juntar uma cabeça de cavalo e um rabo de peixe, e que em seguida se prosternam diante das quimeras que produziram;[3] sua indiferença o preservava desses erros ridículos, e seu *sensorium* estava perfeitamente disposto a receber impressões saudáveis; no entanto, talvez o vigor natural de todas as suas partes tivesse imprimido, ao menos um pouco, demasiada rigidez às fibras de seu cérebro, e sua memória sofresse por isso. Vai ver que era por essa razão que nunca o ouviam citar ninguém, e que não perceberam no decorrer de sua vida nenhuma marca de respeito por Aristóteles e pelos outros filósofos que pensaram, há cerca de dois mil anos, para as gerações futuras. Seu físico igualava sua moral em matéria de saúde e força; pouco ou nada sensível às delicadezas da mesa, mas dotado de excelente estômago, os alimentos mais simples eram os seus: para ele a terra equivalia aos melhores leitos, e ele se deliciava em cima da relva, ali rolando como decerto não faríamos nos mais macios leitos de penas. Ardente no amor, tinha a certeza de despertar desejos prontamente tanto quanto de estar sempre pronto a satisfazê-los; a natureza o dotara de uma força nos quadris à qual respondiam a solidez e o volume de seus órgãos: jamais se unia àquela que o desejo submetera a seu domínio sem que os frutos se sucedessem às flores. Em suma, tinha as qualidades de um carmelita, os pulmões de um pregador, a atitude e o penteado de um prelado e a vestimenta de um homem da lei. Sua religião era... eu não saberia muito bem o que dizer; mas sei de boa fonte que não era sociniano, nem maniqueísta, nem adamista, nem pré-adamista, nem maronita, nem morávio, nem quacre, nem calvinista, nem presbiteriano, nem católico, nem deísta, ou teísta, nem ateu, nem jansenista, nem molinista, nem maometano, nem pagão, nem guebro, nem baneane, nem martinista etc. Garantiram-me, contudo, que se declarara pelo nadismo, mas eu não me atreveria a assegurar, porque me impus como lei jamais decidir a religião de alguém. No entanto, na qualidade de historiador, é bom dizer a verdade, não duvido que o jesuíta Garasse[4] o tivesse tratado de biltre e de ateísta; que o finado sr. D'Alembert o fizesse passar por sociniano; os jesuítas, por jansenista; os Arnaud, por molinista; os ministros de Neuchâtel, por *não eternitário*; não duvido que o tivessem queimado em Lisboa porque ele jamais comia toucinho; que nas assembleias o dr. Antoine-Louis Séguier, advogado do dito senhor rei, ao tomar a palavra não tivesse feito contra ele um belo requisitório e o perseguido como filósofo ou economista, o que é pior. Porém, ainda não era de nenhuma academia e só tinha de doutor o barrete. Mas é bem mais perigoso na terra não ser de nenhum partido do que abraçar um ruim, pois então *manus omnium contra eum.** Oh!, percebo muito bem, meu caro leitor, que você se impacienta, e não adivinha quem era o herói cujo retrato fiel eu tracei. Mas você, jovem aldeã, alerta e fogosa, que o amor mais de uma vez deitou sob o vigoroso Colin, se lesse esta obra exclamaria com a ênfase do prazer: "Ah! É Colin, é nosso burro".

— Um burro!

— Sim, senhor, sim, senhora, sim, senhorita, é um jovem burro de quatro anos que carregava as bagagens do grupo e para cuja toalete o destino formara Tifarès.

— O destino! — O senhor, filósofo, está rindo, mas creia-me, apesar de tudo o que o senhor e seus semelhantes escreveram contra o destino, há um destino, uma sequência de acontecimentos necessários, resultando invencivelmente do choque e da junção das coisas deste mundo. Esse destino tem um grande livro no qual estão escritos os fatos muito tempo antes que ocorram: ele faz uso de um preparado que se chama tinta de previsão. Para o senhor, para mim, ali só lemos a história dos tempos passados, mas o mago, o astrólogo, aproximam o papel do fogo do gênio, e o futuro aparece diante de seus olhos. Ora, estava escrito nesse livro que, dos dois irmãos, um seria um grande filósofo e o outro cuidaria de um burro; e o capitão Mordanes tivera, justamente, gênio suficiente para ler a página de Tifarès, de modo que, em

---

* A mão de todos se voltará contra ele. (N. T.)

virtude de uma parada do destino, acordou o irmão de Bissot, pôs-lhe uma almofaça na mão e o levou até o jumento.

Acaso conhece o prazer que se saboreia recolhendo os frutos de um trabalho útil? Sabe como é doce poder dizer a si mesmo: este dinheiro é o produto de meu talento, de meu gênio, o fruto de meus serões? Como tal pensamento eleva o homem acima de si mesmo! Ele o assenta, por assim dizer, ao lado de seu criador. Eu tinha nascido na abundância,[5] a sorte me destinara a retirar minha parte da servidão pública, impondo-me como tarefa apertar-lhe o nó tanto quanto estivesse em meu poder. Eu via com olhos orgulhosos os homens se empenharem em entreter minha indolência. Um raio de sol da justiça penetrou em meu coração, fez eclodir a liberdade. A liberdade que o homem forte partilha com a águia das nuvens e o leão do deserto. Rugi como ele contra o sentimento da escravidão, e os entraves sociais caíram a meus pés. Disse adeus à fortuna, minha existência começou. Oh!, como os primeiros luíses de ouro, produzidos por um trabalho frutuoso, redobraram em mim o amor-próprio, essa fonte de todas as virtudes dos homens! Disse: vou percorrer a terra, e as barreiras da servidão recuaram diante de mim. Em vão o déspota e seus guardas zelam sobre as fronteiras de seu império. Semelhante ao castor, despojei-me diante do caçador. Buscarei as cidades livres; direi a seus habitantes: trago-lhes meus braços, minha indústria, minha saúde, minha coragem. Vi o pescoço pelado do cão[6] e fugi dos restos que sua alma servil me louvava. E você, que ousou desejar ver a igualdade restabelecida na terra, virtuoso cidadão da desprezível Genebra, você, que ousou revelar aos homens o segredo de seus tiranos, receba o incenso que vou queimar em seu altar e guie do alto do empíreo meus passos e meus sentimentos. Sim, o primeiro que ousou dizer "isto será meu" e ousou plantar em volta de um campo essas paliçadas que fazem dos pobres os escravos de cinco ou seis ricos, este aí sem dúvida merecia ser enterrado junto com a ideia de propriedade.[7] Você o disse, mas eles fingiram não escutar: a propriedade é o carcereiro sinistro que à noite passa os ferrolhos atrás dos quais o homem poderoso tranca seus escravos; é ela que os abre antes da aurora, quando a voz do intendente convoca para os trabalhos mais pesados os pobres filhos da terra; é o meirinho que executa a sentença, *in sudore vultus tui vesceris pane, donec revertaris in terram de qua sumptus est*;[8] é o querubim que toma conta da porta do paraíso.

Mas talvez a alma de barro de Tifarès fosse pouco adequada para essas reflexões, talvez sua vaidade o fizesse olhar o trabalho como uma tarefa: a servidão avilta a espécie nas fontes da geração, e já no sêmen[9] o átomo é o escravo de um átomo mais poderoso. Talvez seja por isso que bastou nossos burgueses fazerem fortuna para comprar um dos quatro mil setecentos e cinquenta cargos que conferem nobreza e renunciar à profissão que os enriqueceu. Tifarès seria mais filósofo que um banqueiro que fez fortuna, ou que um *fermier général* que envasou num tonel o sangue de seus concidadãos? O temor que sentia pelo terrível Mordanes lhe fez as vezes de filosofia? Não sei de nada, não sou dessas pessoas que vão sondando os corações e os costados; basta-me lhe dizer que Tifarès fez, com bastante inteligência, a limpeza do modesto corcel. Mordanes pareceu satisfeito e ensinou-lhe a albardar seu companheiro de viagem

— Ensinou-lhe?

— Pois é!, ensinou-lhe: acham que é tão fácil albardar um burro? Tentem: vocês que, alimentados de raízes gregas, são alheios aos trabalhos do campo... Sim, virem, revirem, na realidade vocês manejam essa albarda como a verdade: tentem então encontrar seu verdadeiro sentido. Vejam esse burriqueiro, como apesar das calças e do capuz ele ri da falta de jeito de vocês. Parece-me ver o imperador da China traçando um sulco.[10] E o senhor, que trocou o aguilhão com que apressava o passo tardio dos bois que alimentavam seu pai contra a pluma estéril da filosofia, geômetra de coração árido, retorne à aldeia que o viu nascer; aproxime-se do primo pastor e do tio lavrador; largue a arrogância e o egoísmo; tente ainda conduzir a charrua da qual não devia ter se afastado; jogue sobre a multidão embasbacada um desses olhares de soslaio que sua alma ávida por elogios ensinou seus olhos a lançar para mendigar aplausos. Acaso não está vendo nos lábios deles o sorriso do escárnio, tão mordaz na aldeia quanto nas suas salas de academias? Vaiados nos campos como na cidade, por todo lado as vaias os perseguem, por todo lado vocês trabalham errado e só recolhem vaias.

Logo de início Tifarès se saiu bem, e aturou apenas umas gargalhadas de nossas beldades boêmias e um sorriso do malicioso Mordanes. "Vai dar certo, o rapaz tem qualidades" e outros estímulos do gênero, tais como os que dá a um jovem fidalgo que acaba de entrar para o serviço sem fortuna, a um velho porta-bandeira que conseguiu se dar bem na base de baixezas e delações, que, nada tendo a esperar desse novo militar, já gostaria de ver o lugar dele ocupado por um filho de financista cuja bolsa bem nutrida seja aberta a todos os velhacos do regimento e tenha joelhos dispostos a se dobrar diante da sombra do coronel.[11] Enquanto Tifarès executava seu nobre serviço, a trupe ambulante se levantara e fizera, nas ondas claras e puras de um riacho, uma ablução geral. Jamais consegui descobrir se eles se viravam para o lado do Oriente, segundo o uso imemorial de todos os povos ocidentais, mas duvido, pois, como o dia prometia ser belo, o sol que se levantava muito radioso lhes teria inevitavelmente batido nos olhos. No entanto, como tenho uma dissertação muito erudita sobre a água benta, e como há vários anos ela espera um lugar em alguma de minhas obras, creio, meu caro leitor, que você não achará ruim se aqui eu lhe conceder um cantinho.

Tenho outra sobre a água lustral, três sobre as águas do Nilo, cinco sobre as do Ganges, dezenove sobre a *Eau de Luce,* vinte e sete sobre a *Eau des Carmes,*[12] que conto sucessivamente inserir em cada uma das cinquenta e quatro obras que espero, com a ajuda de Deus e de meus confrades autores, entregar daqui até o novo e próximo ano, por pouco que em um ou outro se trate de água, de neve, de gelo, de chuva, de dilúvio, de nuvem, ou mesmo de barômetro, já que, como tudo isso tem uma relação evidente e imediata com o elemento fluido, fornece um pretexto contra o qual espero que nenhum jornalista pensará em reclamar, nem mesmo aqueles que ninguém lê, pois a que estariam reduzidos os autores se não ousassem fazer entrar em suas obras certos materiais de reserva, mais ou menos como essas pessoas que constroem por empreitada e jamais deixam de reutilizar as peças de madeira da antiga casa? Quem compra a nova não vai tirar o reboco das paredes, levantar as tábuas do soalho; quase todos os leitores fazem o mesmo, e esses eruditos, que sondam os sepulcros caiados de novo, não são prudentes; nunca ninguém habitaria sob um teto se soubesse com exatidão o que é que o sustenta. Mas isso equivale à minha dissertação sobre a água benta, portanto, dessa vez, meu querido leitor, retomo meu assunto, e Deus queira que os padeiros, os fracassados, tantos sábios beneditinos, e tantos outros que não eram beneditinos nem sábios, tivessem imitado meu comedimento, e que tivéssemos nos livrado apenas com o temor.[13]

Depois desse ato de religião ou de limpeza, o bando saiu a caminho. O capitão Mordanes, com um fuzil de dois canos no ombro, levando a tiracolo um sabre que todo oficial dos dragões teria reconhecido como originário da manufatura de Charleville, vestindo uma casaca muito curta, de um verde forte que começava a puxar bastante para o branco e calçando polainas que mais de uma vez tinham sido engraxadas com cera brilhante, avançava com o chapéu cobrindo a orelha: qualquer brigadeiro da gendarmaria o teria facilmente reconhecido como sendo um desertor, mas seu andar altivo e cadenciado impunha-se ao resto do bando; ele se pavoneava, mostrava-se bravo diante da covardia alheia, e ninguém se atrevia a arriscar um julgamento desfavorável a respeito do filho do procurador de Arnay-le-Duc.[14] Seu cachorro o precedia, indo e vindo como um hussardo saqueador e leve que vai na frente dos larápios para descobrir a galinha e o presunto. O jumento seguia com ar modesto e passo seguro, sem prestar muita atenção à bazófia da vanguarda. É assim que esses tolos a quem chamamos *gente de bom senso*, não sendo distraídos por nenhum conhecimento agradável, vão direto para a fortuna pelo curto caminho da economia, não se jactando de outra coisa senão de evitar excessos. Tifarès andava atrás dele, encorajava-o com a mão e a voz, fazia tanto barulho quanto um carroceiro francês; o advogado Bissot ia em seguida, brigando ao extremo com os dois outros filósofos, segundo o uso imemorial de todos os filósofos desde Anaxágoras,[15] de disputante memória, até Bissot inclusive. Séchand dava o braço às duas donzelas, sorrindo para uma, dando uma olhadela para a outra, apertando os dedos da mãe e fazendo cócegas na palma da mão da filha. É assim que um velho bode, outrora amante querido das cabras do rebanho, hoje alquebrado pelo gozo ainda mais que pela velhice, faz esforços inúteis para se levantar sobre seus jarretes trêmulos, e ainda goza em reminiscência, enquanto as lascivas pécoras respondem às suas provocações, e que um fluido imundo e quente molha a língua do velho senhor.

Duas ou três léguas são logo percorridas quando se sonha, quando se disputa, ou quando se faz amor.

— Nunca percorreu a pé uma estrada?
— Quem, eu?
— Hã, não, senhorita: de tanto lavar na água de farelo seus

pés delicados e de comprimi-los dentro de escarpins apertados demais, a senhorita destruiu as bases sólidas sobre as quais a natureza estabeleceu o arcabouço do seu corpo; tampouco isso é para o senhor, padre, com sua barriga de mulher grávida, que não pode rezar missa porque seus braços não alcançam a Santa Mesa; isso é para meu leitor, que, não tendo cargo nem emprego nem comércio, não tem fortuna suficiente para percorrer pela posta de um extremo a outro da Europa sem ver outra coisa senão as grandes estradas e os canalhas dos mestres de posta; é para o meu leitor, que detesta os coches públicos, cujos enormes solavancos desarranjam o cérebro, que escondem, tudo junto e misturado, tolos e descarados tagarelas de todos os cantos do reino, monges, que afetam desagradavelmente o olfato, raparigas, que fazem circular a sífilis de Lille a Perpignan e de Brest a Lyon, e jovens oficiais, que aproveitam a ocasião para dar uma mordida num bom pedaço, nobrezinhos de meia-tigela, cujos pais compraram um dos quatro mil setecentos e cinquenta cargos que isentam do imposto da talha nessa situação, e que em virtude dessa boca-rica[16] tratam o cocheiro de velhaco, os cavalos de palhaços, insultam as mulheres, enfim fazem tal algazarra que não foi à toa que Deus enviou à terra os solavancos, os estardaçalhos agudos dos postilhões e outras barulheiras em uso nas grandes estradas.

— Meu Deus, cavalheiro, sua espada perfurou minha bata de cambraia.

— Meu gentil-homem, a ponta acaba de entrar na minha tíbia!

— Se quiser podemos suspendê-la nas correias de couro, que sustentam as cortinas de tela encerada, pois não há nada a temer dos ladrões desde que alargaram os caminhos e puseram de légua em légua um regimento de cavaleiros.

— Retirar minha espada! Não, por minha honra: não faz

muito tempo que a carrego: minha querida espada, a única marca de nobreza... por minha morte, senhor procurador, se insinuar...

Deixar-me num canto, recusar-me a satisfação de acabar de civilizar, com cinco ou seis boas bofetadas, a face pia do pequeno novo-rico e lhe quebrar sobre o dorso sua inútil velha espada é o que apenas pode vencer meu humor bilioso, é a prudência que me grita que não sou encarregado de ensinar a viver às pessoas que viajam na comodidade das antigas diligências. Quem, porém, seria capaz de aguentar isso? Não veem esse jovem oficial que pega por baixo da saia os peitos de uma jovem senhorita que a senhora sua mãe acaba de buscar no convento? Não ouvem esse monge que, sem respeito pela quantidade, resmunga entre os dentes, com voz arrastada, ridículos salmos traduzidos em mau latim, e que chama essa longa verborreia de seu breviário? E esse comerciante gordo que vai à feira de Reims e imita dormitando a digestão de Polifemo?[17]

— Cocheiro, oh, ei!, cocheiro, pare um instante: cocheiro! Conhece Polifemo?

— Não, senhor, ele não está na minha carta de viatura: talvez venha no próximo ordinário, ou então pela carripana.

— Ha! Ha! Abra, abra: ande logo, o senhor poderá dar meu lugar a quem quiser, está pago, vou pegar minhas tralhas no escritório. Ufa! Que arca de Noé.

— Arca de Noé é o senhor, está entendendo? Minha espada, minha espada. Mas veja só esse aí com sua arca de Noé.

— Com certeza é algum não conformista, talvez o marquês de V..., pois nem ao menos me olhou.

— Não, não, é um padre que mandam para o seminário.

— Ai, meu Deus, não! É um louco que quebrou sua corrente há dois dias, não disse uma palavra, e não riu quando o senhor oficial contava histórias à minha filha.

— Mais parece algum geômetra ou um filósofo, que não tem mais religião do que Voltaire.[18]

Enfim, o nobre e o cidadão, o oficial e o monge, a mãe, sua filha, todos, até o cocheiro, que teme perder sua *gorjeta*, me perseguem em meu refúgio, assim como um bando de crianças perdidas insulta a retaguarda de um general prudente e sensato, que cede a uma força superior.

Graças a Deus, livrei-me deles. O cocheiro xinga, os cavalos partem, e eis-me sozinho; já não vejo a caixa fatal, senão de longe, e quando, a duras penas, ela chega ao topo de uma colina, o caminho se desdobra diante de meus olhos como um imenso galão; o ar é puro, e logo os pensamentos mais agradáveis me envolvem.

É então que desfruto de todos os prazeres da vida: o campo tem para mim mil encantos, planejo me retirar para lá. Uma casa pequena, mas bem ornamentada, e onde a limpeza supre a magnificência, já está construída. Nas redondezas, encontro sem dificuldade tanta sociedade quanto me for preciso. Para um camponês, o senhor da paróquia é um homem bastante instruído; um fundo de natural senso comum substitui o conhecimento que lhe falta; reuniu em torno de si os bons livros que não são em número suficiente para encher várias salas do castelo; não esquece que é homem, embora seja de antiga nobreza; e sua esposa, mulher de qualidade, não é insolente nem altiva. O filho mais velho, rapaz de quinze a dezesseis anos, chega do colégio, gosta da caça e da música, convida-me, participo de todas as suas diversões; e como ele é comportado e seus costumes ainda são puros, não tenho escrúpulo em acompanhá-lo. O cura não é tão mau erudito para um padre, e sua paróquia lhe basta para prestar a seus vizinhos cortesias que humilham os que só podem recebê-las: esse honesto eclesiástico não é intolerante nem bêbado, nunca se soube que tenha conspurcado nenhum de seus paroquianos, é verdade que jamais se conheceu o irmão que deu à luz sua sobrinha; mas há famílias cujos membros se dispersam, e vê-se facilmente que é uma moça bem-educada. De vez em quando reúno em casa esses bons vizinhos e faço-lhes um ponche. O ponche é a alma da sociedade: quando pessoas honestas estão sentadas em volta de uma jarra que está bem cheia... Sim, mas minha fortuna é muito limitada... pois bem, irei para a capital, é lá que se acolhem, que se recompensam os talentos... Sim, mas que talentos?... Ei, e não tenho mil? Acaso não conheço vinte ignorantes, que partiram como eu dos confins de uma província e chegaram a Paris com um escudo, e hoje possuem vários milhares?[19] Os senhores A, B, C, D, E, nas finanças... Os senhores F, G, H, I, na magistratura... Os senhores K, L, M, N, na igreja... Os senhores O, P, Q, R, na administração... Os senhores S, T, U, V, X, no exército... são pessoas de nada e que saberiam escrever se tivessem conseguido aprender a ler: todos esses senhores nadam em dinheiro. Irei para a corte, tentarei ser conhecido da camareira ou da chapeleira de alguma duquesa; abordarei o lacaio de um ministro; falarei com o porteiro de um cardeal; solicitarei o sineiro que toca para a missa à qual assistem os que têm interesse em parecer devotos; a moça discreta, que acolhe os hipócritas; o rico comerciante, que faz longos e grandes créditos; se tudo isso me faltar, pois bem, escreverei, louvarei a Academia Francesa, que louva todo mundo, exaltarei a faculdade, ou a Sociedade Real de Medicina, tomarei partido por Robert ou por Pilâtre: tentarei obter de Blanchard um lugar a seu lado em seu carro volante;[20] aplaudirei as novas peças de teatro, e os discursos acadêmicos, farei um jornal, construirei um liceu, um museu, um pórtico, jardins ingleses, que sei eu? Os recursos filosóficos não são imensos? E combinando somente entre elas todas as ideias simples dos filósofos antigos e modernos, pegando-as duas a duas, três a três etc., se for preciso que alguém... Aliás, o príncipe é o protetor dos talentos, procura-os, descobre-os sob as sarças da pobreza, transporta-os sobre as asas até os degraus de seu trono. Não terei eu lido tudo isso cem vezes? Se por acaso houvesse um deles em um país que não tivesse adotado esse sábio sistema, não se diria de todos os príncipes, e em todas as línguas, o elogio que este aí não merece?

Enfim, precisarei mesmo fazer fortuna, pois... Além do mais, as mulheres são uma fonte para comer seu próprio dinheiro ou o alheio, quando o têm: ainda estou na flor da idade, e alguma viúva rica que gosta de reunir os dois princípios de que são compostos os seres de figura humana encontraria em mim um corpo e uma alma, e neste século, a bem da verdade, essa união não é de desprezar.

— E a loteria, ou as loterias?

— Mas delas direi o mesmo das mulheres: isso não é para um provinciano; maldito sejam os jogos em que só se pode ganhar o que se joga. Voltemos à corte, é meu negócio.

— Ah, marquês! Estou encantado em encontrá-lo. Bebi muito com o falecido senhor seu pai; conheci muito sua finada madrasta: era uma grande mulher! Sim, mas como tem passado?

— Muito bem.

— Mas o que faz mesmo o senhor?

— Infelizmente, é a ruína de minha fortuna.

— Entendo, vem solicitar uma pensão?

— Não, pois ainda não fiz nada para merecê-la, mas algum emprego no qual eu possa utilmente, para mim e para a pátria, empregar o pouco de talento...

— É muito bom pensar nisso, mas desfaça-se dessa palavra *pátria*, ela envelheceu. Venha, vou apresentá-lo ao ministro, espero ser a qualquer momento nomeado para uma embaixada e o tomarei como meu secretário: conhece as línguas mortas?

— Um pouco.

— As vivas?

— Duas ou três razoavelmente.
— O direito público?
— Um pouco.
— Um pouco, um pouco; não é assim que se responde quando se quer fazer fortuna; assume-se um ar de segurança, a tudo se diz "sim, senhor". Um ministro lhe pergunta: "sabe chinês?", e é preciso responder "sim, senhor". É assim que se abre caminho: e deixe, eu ia dizer a modéstia, mas essa palavra também passou de moda, e não mais a ouvimos proferir senão como imperativo. Siga-me, mas sobretudo tenha muito cuidado ao exibir desde o primeiro instante todo o seu mérito: um ministro não tem tempo de ir procurar no fundo da caixa as melhores joias, é preciso que o próprio comerciante se dê ao trabalho de exibi-las... Senhor, este é o marquês de... é um excelente fidalgo, seus ancestrais marchavam sob a bandeira dos meus na primeira cruzada,[21] e desposávamos as mulheres deles desde o reino de Filipe Augusto. Aliás, é um rapaz de mérito, sabe latim como um professor, entende grego, fala alemão, italiano, inglês, a ponto de ser confundido nesses países com um nacional; o direito público lhe é tão familiar como para Grotius e para Puffendorf;[22] enfim, monsenhor, se o achar bom, o empregarei em minha embaixada.

— Senhor duque, com certeza ficarei encantado de fazer tudo o que puder lhe agradar; mas Cruchon, meu primeiro auxiliar, contava lhe propor um parente de sua mulher, rapaz de grande mérito, e creio que fará bem em pegá-lo; quanto ao cavalheiro, encarrego-me de sua fortuna.

— Senhor, minha gratidão...
— Espere para me agradecer quando eu tiver feito algo pelo senhor, e faça-me brevemente encontrar uma ocasião.
— Senhor, ficaria felicíssimo se eu pudesse encontrar uma oportunidade de lhe provar que sou o mais humilde servidor de seus servidores...

— Vamos, em consideração ao senhor embaixador eu me encarrego de sua sorte.

— Eis como, passeando, minha fortuna está feita, repentinamente, sem ser eu obrigado a construir um liceu-museu, nem museu-liceu, nem acadêmico-músico-liceu,[23] sem escrever correspondência, jornal, mercúrio, correio, gazeta, gazetinha, cartazes, pequenos cartazes, anais, gazetas-bibliotecas, espírito dos ditos jornais, das ditas gazetas etc., e todas essas outras vigarices literárias tão fortemente em voga em nossa época.

— Mas há bastante tempo que o senhor nos entretém com sua pequena pessoa. Acaso gostaria de voltar a seus heróis?

— Palavra de honra, eu os havia esquecido. Espere um instante... O que mesmo?

— Que eu veja onde os deixei, pois não lembro mais, assim como não prevejo aonde devo conduzi-los, mas há encantos nessa situação: e se um autor fizesse seu plano antes de sua obra, de que serviriam os extratos dos jornalistas? Ah, bom!, eis-me aqui.

— Diacho! Isso é bem complicado, retornar por todo esse labirinto de coches, de corte, de ministro, de Polifemo.

— Bem, bem, nada é tão fácil.

6. O canto do galo

Agradeça-me, meu leitor, por tê-lo finalmente tirado desse maldito coche.

— Ufa: você ainda vai...

— Está com medo? Não, não, não o farei entrar nele nem tão cedo; não sou desses que sacodem o mundo até a extinção do calor natural. Quinhentas ou seiscentas dúzias de solavancos são suficientes para uma vez; aliás, se teme as digressões, feche meu livro. Escrevo como a fortuna me trata: meu estilo é fraco e minha composição é variegada.

A comparação veio muito a propósito para rememorar minha trupe polierudita: a orelha levantada de meu querido burro mal tocou os processos membranosos de meu nervo óptico, e os espíritos animais de que estão impregnados refluíram para os lados de meu cérebro; e tendo, em seu caminho retrógrado, chocado-se com as bolhas infinitamente fluidas que em virtude da força da inércia esperavam nos sínus tortuosos de meus lobos a comunicação do movimento, o interior de minha cabeça se predispôs, como quando se vê um composto filosófico. De imediato minha alma, que dormia em algum dos sínus das redondezas de meu nariz, despertada em sobressalto, viu claramente no espelho de meu cérebro... Ei! Bonnet, Bonnet,[1]* socorro, socorro, estou me embrulhando nos novelozinhos de fibras... Enfim, para lhe falar como cristão, como se eu quisesse ser entendido, para lhe falar como se fala, lhe direi então que a miscelânea me lembrou do pelo do burro cinza malhado, e o burro me lembrou dos meus filósofos, o que se compreende, creio? Bem que eu poderia dizer isso assim, de uma só vez, mas que belo mérito é dizer de modo simples uma coisa comum! Vale muito mais entortar um pouco o pensamento, dar-lhe certo ar de obscuridade, de profundidade; isso faz maravilhas num livro. Portanto, pareceu-me de repente ver meus filósofos avançando, gesticulando, e falando para... para mostrar seu saber e sua eloquência. É a segunda resposta do catecismo dos sábios. P: Quem o criou e o pôs no mundo? R: Ninguém. P: Por que ninguém o criou nem o pôs no mundo? R: Para falar. P: Para que falar? R: Para mostrar minha eloquência e fazer com que me admirem. P: Ha! Ha! Muito bem, bravo! Bravo! — Eu poderia escrever um capítulo, se quisesse, só sobre esse assunto. Um capítulo, um livro, um volume, uma enciclopédia, uma biblioteca, pensando bem, e se eu não ouvisse o canto desse galo que chama as galinhas, escolhe a mais apaixonada e lhe faz uma carícia sincera, alegre, forte, firme, tal como faríamos, você e eu, nas nossas galinhazinhas, e nem se demasiada decência, virtude, modéstia, e demasiada outra coisa talvez, não nos deixasse de crista arriada. Aliás, esse galo bem poderia ter deixado de se apaixonar tanto e de soltar uma voz tão esganiçada. Não gosto dessas pessoas que estufam o peito e, levantando a grimpa, sobem mais alto que seu próprio estrume para cantar os favores de suas beldades. Mas infelizmente,

---

* Bonnet: autor de um sistema sobre as almas.

meus queridos franceses, todos vocês são uns verdadeiros galos nessa matéria! E foi daí que lhes veio o nome de *galli*. Não sei que analogia o eterno geômetra pôs entre a garganta de vocês e seus preciosos amuletos, vocês mal acabaram e já a necessidade de cantar os atormenta: há até mesmo entre vocês certos capões que jamais gozam e cantam sempre: são testemunhas todos esses poetas de estridente falsete, que proclamam os favores de *Iris*, de *Filis* e de outras belas em *is*. Mas esses eunucos do Parnasso não são os únicos: vejam esse vigarista que acaba de tirar um bom proveito dos restos de algum capuchinho; ele se jacta, puxa o jabô postiço; tem um confidente, tal como um herói de tragédia, conta-lhe bem mais do que fez. Não escapa nem mesmo esse padreco, que amarrota seu cabeção para fazer crer que acaba de dar uma boa bolinagem: tomara que possa ser punido como o galo sem-vergonha cuja história vou lhe contar.

Mordanes ouviu lá no fim da aldeia a voz indiscreta do marido das galinhas. Logo segurou pelo braço o ilustre Tifarès e, chamando seu cachorro, deixou o burro e seus acólitos passarem à frente e se emboscou na esquina da primeira casa.

— Maldito seja — disse a seu companheiro — o campônio que inventou as *galinetes*.

— *Galinetes?* — disse Tifarès — Nunca li essa palavra no dicionário dos quarenta.*

— Nem eu, pois não sei ler, mas se a gente chama de gateira um buraco por onde passam os gatos, pode muito bem chamar de *galinete* aquele por onde as galinhas fogem quando avistam de longe as pessoas que caçam nos estercos de uma aldeia. Aliás, teremos a liberdade de pôr em nota (como o sr. Brissot de Warville tem costume de usar): "palavra inventada com felicidade pelo autor".

* Dicionário da Academia Francesa. (N. T.)

Tifarès viu com surpresa que quando lá de longe as galinhas e os galos avistavam o augusto jumento, corriam em massa para a *galinete*. Fez até sérias reflexões sobre a previdência desses galináceos, que farejam os boêmios e o pássaro a uma légua ao redor. Depois disso, sr. Sorbonicador, diga que os bichos não têm julgamento: eles têm mais que o senhor e eu. Observe por favor esse raciocínio: *os filósofos ambulantes, chamados pelo povo de boêmios, matam as galinhas quando conseguem apanhá-las*, princípio maior, que nos vem por tradição como tantas outras belas coisas, ou que é fruto de uma série de experiências. Ora, eis os boêmios; essa operação menor do espírito encerra a primeira e a terceira, supõe um tipo geral, um modelo de boêmio, portanto... admita que só falta às nossas galinhas a última operação e enuncie a correta consequência que elas tiram tão acertadamente das premissas. Vamos, senhor do Códex, coragem, acabe, convenha que a lógica formal não é necessária para a descoberta da verdade e que seus universais... Mas esqueçamos, senhor, já não se fala dessa velha filosofia, tanto quanto não se fala de religião, é de péssimo gosto. E danem-se seus augúrios: se já não nos dignamos a rir das galinhas sagradas, breve o senhor não terá mais farelo a lhes dar. A esse propósito, convém que lhe conte uma pequena história.

Era uma vez um homem da Normandia[2] que a curiosidade conduzira até a beira do rio Mosa: como não levara de sua terra todo o dinheiro que ali se dissipa em chicana, chegou a Colônia bem mal em matéria de fundos, e foi alojado com os franciscanos, a pretexto de uma peregrinação ao túmulo desses três reis magos que uma estrela guiou do Oriente a Jerusalém, há pouco mais de mil setecentos e oitenta e oito anos,[3] e que em seu retorno, querendo enganar os espiões de Herodes (de infanticida memória), enfiaram-se pelo caminho da Germânia, para retornar à Babilônia pela Sibéria e por Kamchatka; mas como tinham dado todo seu ouro, prata e mirra ao carpinteiro José e à sua mulher Maria, a fome e o frio os fizeram morrer *in colonia romana*, de tal forma em todos os tempos houve caridade nesse bom país. Esse triste fim tornou os bons magos muito compassivos diante dos pesares dos pobres viajantes; e quando vêm alguns com ar de bonomia, sempre lhes perguntam que má estrela os levou às terras daqueles maus flamengos. O ar paterno do normando, seus cabelos lisos e curtos bateram no olho do rei Melquior, o mais negro e mais sábio dos três.

— Amigo — ele lhe disse a meia-voz —, só há você na igreja?

— Não, vossa santa majestade.

— Bem, então vou fazer um milagre; pois hoje em dia não é bom que haja tantas testemunhas quando se quer fazer um, isso prejudica o êxito da coisa; atualmente um santo é muito feliz quando o mais belo milagre só o leva ao pelourinho ou à prisão de Bicêtre. Então não há ninguém?

— Não, vossa santidade.

— Ora, pegue o cálice de prata e vá embora.

— *Bone Deus*!

— Dê no pé; você quer morrer de fome e de frio como nós, estúpido?

— É para já! Mas o senhor poderia ter razão.

E o bom homem embolsou o copo, saiu pela porta do claustro, encontrou o hábito do frei Eustache, que estava rachando lenha, enfarpelou-se com ele, passou ao longo do dormitório, encontrou aberta a cela do custódio, apanhou o sinete do convento, o embolsou, e zás, ei-lo no caminho do jubileu; pois tinha ouvido dizer que a porta santa estava aberta. Cruzou o quanto antes o Mosa e viu-se na terra de Juliers.[4] Ben-Samson-Carra-David-Antonis-Tibe, filho de um francês refugiado pela boa causa, neto de um judeu que havia abjurado por interesse no tempo em que se pagavam as abjurações, e bisneto de um maometano que se tornara judeu por amor à usura, Antoine Tibe aceitou pela metade do peso o Santo Graal e o derreteu em lingotes para fazer fivelas para sua loja inglesa. Com o auxílio de uma carta de obediência, que ele selou com o sinete do convento e com o dinheiro em espécie do israelita, o novo padre chegou a Roma sem dificuldade, depois, porém, de ter visitado Notre-Dame de Lorette.[5] Eu ia me esquecendo de lhe render uma justiça que lhe é devida: é que, a conselho de Melquior, ele tocou com a chave do tabernáculo o cálice e a patena antes de embolsá-los, de maneira que se cometeria um grande erro em acusá-lo de ter roubado os vasos sagrados. Foi dele que os comissários de sua majestade imperial e real pegaram esse costume, e jamais deixam de fazê-lo antes de furtar uma igreja, profanar os vasos e os ornamentos, como devem fazer em tal caso todos os bons e sábios cristãos.

A primeira coisa que o reverendíssimo padre pediu ao chegar a Roma foi uma audiência a sua santidade, mas o bispo de Roma estava indisposto; sofrera uma entorse nos músculos erectores de — Ei!, arre, você é um espírito perigoso; pense que se trata do chefe da Igreja, que carrega três coroas, e não ria; nos músculos erectores... senhorita, o papa tinha setenta anos; vá lá para os jovens cardeais, mas um papa! — Nos músculos erectores do dedo indicador; dando a santa bênção a um grupo de fidalgos ingleses, que viajavam por ociosidade e a pediam por curiosidade.

Esse acidente privou o reverendíssimo padre da honra de ver sua santidade, e tudo o que conseguiu foi ser apresentado ao cardeal-amante, a quem vendeu um excelente preservativo contra as fístulas cristalizadas. Após o que indagou sobre um albergue: era natural que fosse procurar um entre os conventuais, mas um miserável, um Cícero dos pobres, a quem ele deu um *paolo*,[6] lhe contou que esses reverendos padres costumavam apunhalar aqueles da ordem que tinham a audácia de se arrepender e o atrevimento de pedir perdão. Encaminhou-se para os dominicanos; mas viu sair de lá um homem vestindo um sambenito, o que o obrigou a dirigir seus passos para os beneditinos; todos, até os frades, estavam ocupados em fazer velhos *diplomas* para novos príncipes italianos, de modo que não conseguiu que lhe abrissem a porta; foi, portanto, forçado a se jogar para os lados dos mínimos, e como só viu na porta deles um tonel de azeite, arriscou-se a entrar. *Minima de malis, os mínimos de Malines, e que diabo eles iam fazer em Roma?*[7] — Ei, padre Ange-Marie, o senhor não entendeu; pergunte ao sábio d. Barthélemi, da congregação de Saint-Vaast,[8] ele lhe explicará esse latim aí.

Os mínimos receberam muito bem o reverendo padre, mas nesse dia só o fizeram comer azeite. No dia seguinte o levaram aos pés do grande penitenciário, que, por reminiscência de um velho costume, lhe bateu com sua varinha nos ombros, recitando o salmo *miserere*, e só o fizeram comer azeite; no dia seguinte ele descansou, e lhe deram azeite mais uma vez; no dia seguinte os mínimos o puseram na porta, desejando-lhe boa viagem, e não lhe deram mais azeite. No dia seguinte ele viu uma moça que urinava na esquina de uma rua, o que lhe inspirou desejos, que se pôs claustralmente a satisfazer debaixo de sua roupa; no dia seguinte os esbirros do papa o encontraram pedindo esmola, e, tendo logo reunido cem dos mais valentes dos seus, posaram de valentões a ponto de ousar conduzir o reverendo padre até a via Ápia, e lá, depois de terem recebido sua santa bênção e lhe dado dois *paoli* para beber, o puseram no contrapé do caminho de Aníbal, que ele seguiu sem dificuldades até a cidade de Genebra.

Nessa época os habitantes da cidade de Genebra eram muito educados uns com os outros, chamavam-se mutuamente de magnífico senhor, excelência, e davam à sua cidade o título de república. Ah!, era um prazer ouvi-los. Tinham redigido um projeto de tratado perpétuo de aliança ofensiva e defensiva com a Inglaterra, então ocupada com a guerra contra a França e a América, e contavam fazer em benefício dela uma manobra diversionista que com certeza nos teria posto em maus lençóis.[9] Felizmente para nós, nessa mesma época havia em Genebra três espécies de magníficos senhores, ou três variedades de senhores da mesma espécie.[10] Os cidadãos, gente que teve a vantagem inapreciável de nascer na circunvalação da república, pessoas que outrora tinham estado em conversas com João Calvino, pretendiam ser donos dos outros e decidir sozinhos sobre a paz e a guerra, enviar embaixadas, cunhar moeda e ter outros direitos de soberania, sobretudo o de controlar a balança de... de seu próprio balcão? Pois é, não! Da Europa. Os burgueses, nascidos também na cidade do Léman, provavam a toda a Europa que em breve a França e a Inglaterra precisariam da mediação deles; e os nativos, nascidos também em Genebra, mas que não tinham comprado a burguesia, não viam muito por que deviam se limitar a ver passar o tempo que seus augustos compatriotas empregavam em coisas tão bonitas.

Essas três magníficas espécies de relojoeiros tinham se alistado sob duas bandeiras: numa se via uma imensa peruca de prata, em campo de areia, e esta palavra em letras hebraicas, NEGATIVOS; na outra, um *fanfarrão* pequenininho, em campo de cobre, defendendo uma ponte de madeira, e, como divisa, RE-PRESENTANTES. Pareciam ter esquecido na cidade que o papa é o Anticristo, não se falava mais de presença real, as volumosas bíblias, os enormes comentários apodreciam ignorados nos depósitos das livrarias, ou só serviam no varejo, e por folha, para usos... Infelizmente! Onde vão parar os restos da religião! Cada partido teria beijado o chinelo do papa, contanto que sua santidade tivesse enviado uns soldados contra o outro: e Belona, a cavalo sobre Clavière, já teria embocado a trombeta de caça que devia levantar a pavimentação da cidade, assassinar uma velha e produzir façanhas dignas de ser um dia cantadas por nosso ilustre Bissot.

Mas não antecipemos os acontecimentos que farão para sempre a glória dos magníficos senhores e contentemo-nos em dizer que o objeto da contenda era um código que os representantes exigiam e que os negativos recusavam. Estes preferiam governar aqueles *ad libitum*, e o sr. De Vergennes[11] era da opinião deles e do partido deles. Os primeiros pretendiam que se fizessem leis que fossem as únicas a que tivessem de se submeter. Os pregadores ficavam com os negativos, porque os viam bem apoiados: "Canalha cristã, cristãos abjetos, diziam eles no púlpito da verdade, olhem as nações vizinhas, vejam seus códigos: acaso ignoram que são peças de gabinete? Não temos leis, dizem vocês? E a Bíblia e o Levítico? Esses livros augustos não encerram toda a moral cristã nestas três palavras: *paguem o dízimo*? E quando tiverem mais leis do que fizeram todos os soberanos da terra, de que elas servirão, por favor? Os que as têm as seguem? Ora, imbecis, saibam que as leis não obrigam senão os governados, e que os governantes não lhes dão a menor importância. Façam leis, não façam, nossos magníficos negativos serão sempre seus senhores, porque são os mais ricos". De seu lado, meu amigo o coronel Tissot[12] escrevera à república da Holanda pedindo-lhe que lhe enviasse quatro caporais, armados de chicotes e bordões, para chamar às falas essa cidade desordenada, e o barometurgo De Luc[13] acorrera da Inglaterra para oferecer sua mediação, que ninguém quis porque ele não tinha pago previamente o saldo de sua bancarrota: essa pretensão tornou inútil sua viagem.

Enquanto se negociava, e todos se armavam na cidade de Calvino, o reverendíssimo padre de Rose-Croix[14] descia os Alpes: na casa de um cura savoiardo, que recebia as notícias verdadeiras e falsas publicadas em Yverdun pelo capuchinho apóstata e renegado Telichi,[15] que mandou refazer a *Enciclopédia*, ele ficara sabendo da morte do imortal J. Jacques, que acabava de terminar seus dias longe de sua ridícula pátria. Enquanto passeava, o reverendo padre pôs-se a jogar flores sobre o túmulo desse grande homem, e compôs seu TÚMULO DE J. JACQUES, que se propôs a mandar imprimir em Genebra, com Pellet,[16] que ainda não tinha sido enviado para a Bastilha e se fazia menos de rogado que se faz hoje.

Alguma vez você já foi publicado em vida, meu querido leitor?[17] Algumas vezes, pressionado por seu padeiro e pelo taberneiro vizinho, percorreu com sapatos sem sola os mercados onde os adeleiros de textos traficam pensamentos daqueles que a desgraça reduziu a sonhar para viver? Não, tendo sido, primeiro, lacaio de um cobrador de impostos, você estreou no mundo por um emprego de fiscal de vinhos que se chamava rato de adegas e que era então mais miserável que um rato de igreja, mas de tanto receber com uma das mãos a metade da bebida não cobrada, e com a outra a metade do não suficientemente taxado, acabou figurando num escritório, e seu nome se espalhou nas letras: *Funcionários e guardas, deixem passar!* Enfim, você pôs o produto dos felizes roubos de sua tenra idade ao abrigo dos temores da forca: você tem uma amante, ela lê romances, e você encontrou em sua penteadeira essa verdadeira história, abriu-a na página, seus olhos pararam na minha pergunta: feliz acaso que me proporciona a honra de lhe ensinar o que ganha para diverti-lo um infeliz autor.

— Sr. Panckoucke,[18] aqui estão uns versos sobre a morte de um grande homem.

— Tenho fazedores de *libera* contratados.

— Tenho na minha pasta um romance moral em dois volumes.[19]

— Há muito pouco a ganhar com uma obra dessas: aliás, os sábios que reveem minha enciclopédia por ordem de matérias me fazem dessas bagatelas, de quebra.

— Tenho ainda...

— Deus lhe ajude, meu amigo, hoje é dia de correio, não posso prolongar a audiência. Veja os pequenos livreiros, os comerciantes, eles se acomodarão com suas misérias; não olho uma obra que não pesa pelo menos três quintais, e só pago por ela o preço módico da manteiga: não podemos assistir a todos.

O desventurado sai do palácio do Mercúrio enciclopedista: eu estava errado, pensou, esse homem é muito rico para ser insolente. "Vejamos P...,[20] ele imprime o *Almanach des muses*, quem o impedirá de enfiar meus versos aí dentro? Daí talvez eu chegue à honra do pequeno formato: porão meu nome no *Pequeno almanaque dos grandes homens*." Ele entra, acreditam que vai fazer uma comprinha; um ar de afabilidade espalha-se nos rostos: a jovem Fanchette acorre, faz uma tão profunda reverência quanto se pode fazer a um homem que não tem carruagem na porta.

— O que posso fazer para servi-lo? Temos de tudo, e do melhor: os romances de Marmontel, os *Bonnets* de Mercier, dramas; não precisaria de peças de teatro, de tragédias de Durozoy?...[21]

— Senhorita, não preciso de nada disso, venho propor um manuscrito...

— Mamãe, fale com este senhor, é um autor; fale com ele, pois vai acabar agarrando o papai.

Uma mulher de rosto repugnante avança, e a espertinha dá, esgueirando-se atrás da mãe, um beijo no bufão que entra e faz o gesto de corno para o pobre autor.

— O que é, vejamos, o seu manuscrito?

— São versos, senhora.

— Versos, só vemos isso; hoje de manhã recusei três dúzias que me trouxe o lacaio de um senhor, que lhe dá quadras para gastar, e um poema como salário.

— Também tenho prosa: um romance filosófico.

— Coitado, vem consumar nossa ruína? Um romance filosófico! Fora daqui, já-já, ou te mato com pancadas de *Los Incas*.

O pobre-diabo escapa por um triz da fúria da megera, mas a fome o ameaça.

— Vejamos — diz D...,[22] —, ele é corajoso, esteve duas vezes na Bastilha. Vou vender-lhe meu proibido. — Entra e, com ar de mistério, diz: — Venho abrir-lhe minha pasta, senhor: sei que tem grande clientela. Aqui...

O pérfido livreiro o recebe, visita todos os recantos de sua maleta:

— Muito bem, ótimo: excelente; vou vê-lo; dê-me seu endereço: isso vai vender bem; vou fazê-lo escrever aos livreiros da Holanda.

O autor retorna para sua água-furtada com ar de príncipe. Seu senhorio, que o espera na passagem, gaba-se de ser brevemente pago; o taberneiro traz uma garrafa de vinho com essa esperança; o padeiro pesa um pouco melhor o pão vendido a fiado, sempre o mais leve e o mais duro de seu comércio; dois dias se passam, chega D..., e a Esperança, virgem louca e enganosa, enganchada em suas costas encurvadas, sorri, ao entrar, para o grupo imbecil. Levará pessoas, embora não ouse comprometer-se agora. Mas o autor escreve, lima, trabalha, dá meia-noite e ele está apenas entre dois lençóis brancos que lhe proporcionou a visita de D... quando alguém bate; abre, é da parte do rei. Um comissário acompanha Henry e Receveur:[23] forçam sua escrivaninha, acorrentam-no... ali, vendido à polícia, apanham seus manuscritos, arrastam-no para a Bastilha; Launay pula de alegria vendo aumentar o número de suas infelizes vítimas, e o escritor, enquanto geme por seus infortúnios, amaldiçoa seus pais, que não o fizeram aprender uma boa profissão. D..., que mandou copiar os manuscritos, imprime-os, vende-os por baixo do pano, e o famélico só recupera a liberdade para ir, como o finado Sélius, morrer no Hôtel-Dieu, no leito de um tira-dentes.[24]

Alma honesta, a quem a esperança de ser útil a seus semelhantes leva a deixar por escrito seus pensamentos! Jovem imprudente, que se deixa encantar pelos sorrisos enganadores da vaidade, eis a sorte que o espera! Ah!, se ainda é tempo, se seus braços não estão moles por um ócio enraizado, queime seus primeiros ensaios, pegue uma enxada, ou, curvando seu corpo sobre uma charrua útil, retorne aos campos, torne-se útil para o honesto fazendeiro, ambicione os sufrágios de seus semelhantes e despreze generosamente os elogios que dispensam com parcimônia a seus confrades os literatos invejosos, e as pensões com que o dono do charco paga o silêncio das rãs.[25] O que ganhará ao escrever? A pálida fome, inquietos e rabugentos credores o perseguirão à porfia: sua juventude murchará na esperança de um bem-estar imaginário e na febre do desejo; logo os gelos da idade coagularão dentro de seu cérebro esgotado, restos de seus espíritos. É então que a lembrança do passado o corrói, o momento presente o esmaga, e o quadro do futuro o desespera.

Bastou o reverendo padre chegar a Genebra[26] que as crianças o seguiram por causa de seu hábito; os livreiros o despacharam por causa de seu aspecto; e seu hospedeiro o pôs na rua por falta de pagamento. Afinal, rejeitado, morto de fome, ele ia terminar seus dias no Ródano quando encontrou por acaso um representante amador de poesia, gabando-se de adorar as belas-artes e anunciando-se como protetor dos homens de letras.

Um protetor! Ah, é mais uma praga: não é nada em comparação com um livreiro, que por muito tempo o insulta e o ultraja. Mas se as patifarias dos outros livreiros, seus semelhantes, chegam um dia a espalhar sua reputação, então o livreiro se humaniza, rasteja, corteja-o, ao passo que um protetor jamais se humaniza.

Primeiro, precisa ler suas obras e submetê-las ao próprio julgamento, pois esses palermas da literatura são atormentados pela mania de julgar, e é apenas para decidir se o protegem.

— Este verso não me agrada; esta frase é áspera; a ideia é corrente: nada nova, sobretudo falta-lhe atrevimento; a expressão não é justa; o senhor se engana; sr. A., que também protejo, demonstrou o contrário. Prepare-se muito bem para sustentar sua opinião, pois ele não lhe deixará passar esse ponto de vista: é um homem que tem princípios firmes, aos quais tudo deve obedecer. Aliás, se o senhor não pensa o mesmo, não há grande mal nisso. As diatribes literárias me divertem: gosto de ver dois autores com os olhos em chamas, batendo-se os flancos com suas plumas, glosando com veemência, a garganta inchada pela abundância de palavras, prontos para se lançar um sobre o outro. Aplaudo a cada bicada, e essas cenas tragicômicas me parecem excelentes, sobretudo num país onde não há brigas de galos. Troque esta passagem, vá por mim, sabe que entendo disso; o resto está bem. Venha ler sua tragédia na casa da duquesa, e o farão cear junto com as camareiras dela.

Os versos do reverendo padre eram, quando nada, razoáveis, mas foi preciso enfiar ali dentro muito do gosto do protetor: com a ajuda dessa concessão conseguiu uma velha batina, a cobertura de uma instituição e imprimiram-se as estrofes. O protetor as vendia a seus amigos em proveito do protegido:

— Pegue, ele dizia, é de um pobre-diabo, os versos não são maus, eu os corrigi, esse pobre homem me dá pena: esta estrofe é quase inteiramente minha. Ele não tinha nem calças, dava para ver... O que acha dos versos?

Mas não foi só isso, os protetores não esquecem o sólido e jamais deixam de tirar de seus protegidos o melhor proveito possível: o representante introduziu nosso homem num café e lhe ordenou apoiar o partido. O magnífico síndico da guarda foi informado, convocou-o e o mandou falar, no futuro, pelos negativos, ou então abandonar, em vinte e quatro horas, os vastos Estados do domínio da ilustre república.

— Vinte e quatro horas? — retrucou o franciscano. — O senhor é muito pródigo com o tempo, bastam-me vinte e quatro segundos. — E em poucos minutos estava na fronteira.

O protetor teve a generosidade, para ajudá-lo em sua fuga, de lhe entregar todos os exemplares de sua obra, até mesmo sem descontar as despesas de impressão, de modo que essas estrofes tornaram-se a moeda com a qual o reverendo padre pagava a seus hospedeiros; e como os taberneiros suíços não são mais amantes da bela literatura que os da França ou da Alemanha, o franciscano dava preferência aos padres ou aos senhores castelães. Almoçava com um, jantava com outro, mais ou menos como o bom menestrel Colin Muzet ia às casas de nossos bons antepassados, de fortalezas em monastérios e de monastérios em fortalezas.[27]

De tanto seguir as margens do lago, chegou a Lausanne e, virando à esquerda, escalou o Jura; depois de quatro a cinco horas de marcha descobriu o lago de Neuchâtel e entrou na pequena cidade de Yverdun. Não deixou de levar suas estrofes ao coronel Roguin[28] e à sua esposa, que tinham dado asilo a esse pobre Jean-Jacques, quando os magníficos senhores Bernois e Genèvois o proscreveram de suas terras. O coronel pagou magnificamente, para o país, os ciprestes que enfeitaram o túmulo de seu antigo amigo, e a senhora coronela acrescentou algumas moedas de sua própria bolsa, leu as estrofes e mandou dar de beber ao franciscano, que saiu encantado e rendendo graças à poesia que lhe proporcionava dinheiro, à visão de uma bela dama e bom vinho; portanto, pôs-se a compor de novo e chegando a Neuchâtel já tinha escrito metade de seu "Bulevar dos cartuxos".[29]

Foi alojar-se no albergue de La Couronne, que nessa época ainda era do senhor advogado Converd, a quem o rei da Prússia ainda não tinha feito embaixador; mas que já se distinguia na qualidade de advogado e taberneiro, a ponto de ser fácil prever que um dia subiria no corpo diplomático. Ficou algum tempo no La Couronne e talvez ainda lá estivesse se senhores da Venerável Classe não tivessem comunicado aos magníficos *ministraux*[30] que a fé corria o maior risco desde que o advogado Converd dava, desprezando Calvino, abrigo a um franciscano. Também foi preciso sair de Neuchâtel em virtude de um decreto de seus hospitaleiros magistrados. A terra se negava a dar asilo ao pobre padre: foi assim que, outrora, Leto não conseguiu encontrar um hospital, nem uma parteira para o parto, porque Juno fizera Mercúrio roubar sua bolsa; mas o vale do Lockle foi outro Delos.[31]

Você sabe, meu caro leitor, que os largos cumes do Jura são trilhados em diferentes sentidos por vales muito agradáveis: existe um, sobretudo, que há quarenta anos estava apenas habitado por algumas dúzias de camponeses selvagens, vivendo de pão de aveia e de queijo, e que hoje é povoado por milhares de ricos relojoeiros: esse vale se chama *Lockle*; e desde *La Chaux du Milieu*, no começo do Erguel, isto é, num espaço de cerca de seis léguas, está hoje coberto por belas casas que anunciam a riqueza de seus felizes habitantes: cem mil relógios saem anualmente de suas mãos. A bondade do coração, os encantos do temperamento natural, as doçuras de um luxo moderado, as sementes da sã filosofia, a tolerância religiosa e sobretudo o amor à humanidade diferenciam esses felizes colonos dos homens grosseiros, ignorantes e infortunados que são seus vizinhos na direção da França, e dos homens hábeis e de fé duvidosa que povoam as margens graciosas do lago de Neuchâtel. Os habitantes do Lockle não amontoaram casa contra casa: cada um deles construiu no centro de sua pequena herdade. É lá que, bastante perto de seus vizinhos para visitá-los quando lhes dá na veneta, bastante longe porém para não ser incomodados, cada um vive feliz com sua família; ali encontramos os costumes da idade de ouro: mulheres castas, fiéis e fecundas; moças belas, robustas, amorosas e confiantes; no coração dos dois sexos, a doce piedade, essa mãe de todas as virtudes; no coração dos homens, o amor sagrado à liberdade; e esse nobre orgulho que só de se olhar já é suficiente para pôr em fuga os ministros da servidão.

Entre esses homens felizes e sábios, distinguia-se então o engenhoso Jean Diedey:[32] seu amor pelas ciências, e sobretudo pela química, não se limitava a pesquisas de uma vã e estéril curiosidade. Penetrara nos secretos da óptica, e suas oficinas revelavam bons telescópios; extraíra das gomas os segredos dos mais belos vernizes, e o cobre saíra de suas mãos resplandecendo com o brilho das cores da China. Mas Diedey não se limitava ao progresso das artes e à cultura das ciências; a moral não lhe era alheia: bom pai, de nada descuidava para dar aos filhos a melhor educação; bom marido, deixava com a mulher, em quem ainda brilhavam restos de beleza, o cuidado e a direção do lar. Nunca um homem saiu de sua casa sem ter feito uma libação aos Penates e provado de seu bom vinho; nunca uma mocinha cruzou a soleira de sua porta sem ter obtido uma suave olhadela do patrão. O bom Diedey era sacerdote de Baco e de Vênus, e servia seus altares com mais cuidado e semblante mais alegre que aquele com que o ministro do local servia o do deus Jeová. Contente de ser a proprietária dentro e fora, sua esposa via sem inveja os prazeres do marido, e uma filha de catorze anos prometia ser um dia o retrato da mãe.

Foi com esse honesto cidadão que o reverendo padre encontrou um agradável asilo; foi nele que o bom Diedey se escorou para cuidar da educação de seu filho. Nesse tranquilo asilo o reverendo padre escreveu o "Bulevar dos cartuxos",[33] pequeno poema que contém pinturas bastante exatas dos costumes de cada ordem religiosa; mas a lembrança do azeite que lhe proporcionaram os mínimos romanos e a pouca importância e utilidade dessa ordem, que não é proprietária nem mendicante, o impediram de falar dos filhos de Francisco de Paula.

Nos arredores só se falava do reverendo padre e de suas poesias. Um dia, o cura de Morteau banqueteava os beneditinos, um franciscano, um recoleto, e muitos mínimos; a conversa foi parar no poema que acabava de nascer na fronteira. O beneditino, cuja ordem era magnificamente louvada por sua ciência, sorriu e não disse uma palavra; o franciscano, cujo gosto dominante pelo jogo, pela mesa e pelas mulheres fora famoso, ria às gargalhadas; o recoleto, a cujo exterior humilde o autor se afeiçoara, abandonava de bom grado seu casacão para defender a elegância de sua pessoa; só os mínimos deitavam fogo pelos olhos contra o autor e contra a obra. Todos se espantavam com isso, quando, terminando sua diatribe, o franciscano exclamou num tom irritado:

— Finalmente, ele não diz uma palavra sobre nós.

Concluo desse exemplo que Platão é um mentiroso quando diz "Preferiria que não se falasse de Platão", a que se dissesse que é um furioso, um insensato, um patife. Filósofos ou mínimos, gostamos que falem de nós, foi isso que fez arder o templo de Éfeso.[34]

Mas, enquanto fizemos a viagem a Roma, assistimos à penitência de um monge, vimos um milagre deslumbrante e participamos dos distúrbios da cidade de Calvino, nossos heróis estavam à espreita, prontos para aproveitar o instante em que as galinhas, tão bobas como nossa boba espécie, esqueceriam a justa desconfiança resultante do conhecimento dos homens, para só pensar em se alimentar e em fazer amor, de tal maneira essas duas necessidades sempre vencem os temores mais bem fundados. O galo, impelido por uma e por outra, reaparece cercado por seu harém, e dispõe-se a fazer felizes suas numerosas odaliscas a despeito de todos aqueles que escreveram contra a poligamia.

Quantas matérias não confundiram os padres que por tanto tempo enganaram os homens em nome da divindade, e os filósofos que os enganam hoje, em seu próprio e privado nome! O galo, senhor em seu esterco, ali é quem basta para os ardorosos desejos de vinte messalinas emplumadas;[35] o touro não faz nos prados o voto temerário de só trepar com uma vaca; o corcel, erguido sobre seus jarretes vigorosos, ainda não sabe se cairá sobre a morena ou a loura, e só larga suas ancas carnudas para se lançar sobre a branca; a perdiz, que partilha na primavera, com um galo tímido, o cuidado de fazer eclodir sua ninhada, no inverno volta à comunidade, e exerce na primavera seguinte o direito de escolher um novo macho. Só o homem imaginou a constância, essa virtude dos impotentes. É em vão que, chamado pelos olhos úmidos, a boca entreaberta, o fôlego entrecortado de uma beldade jovem e viçosa, ele gostaria de aproveitar os instantes em que sua companheira, enfraquecida pela gravidez, opõe a seus desejos a montanha que foi erguida entre ela e ele pela natureza sábia e previdente; é preciso deixar o campo fértil em repouso e espalhar uma semente infecunda naquele em que já se veem amarelar as espigas. A virgem abandonada desbotará como uma rosa que alguém se esqueceu de colher, ou então submeterá, no horror do claustro, seus jovens e nascentes atrativos aos inúteis esforços de uma religiosa desventurada. Incapaz de criar, o homem, esse ser orgulhoso, compraz-se detendo em sua marcha o autor da natureza e desfigurando suas obras. Ah, mas como? Então é preciso sufocar sob um cordão fatal os órgãos da fecundidade, ou espalhar seus germes sobre os soalhos de um monastério? Então será que, menos adequados ao amor do que tantas outras criaturas, desconfiamos de nossas forças, ou uma fêmea, demasiado ávida de prazeres, não pode nos ver levar a outra aqueles que ela saboreou e que a degradação marcada de seus órgãos a torna incapaz de saborear de novo? Ah!, a estação das frutas não é mais a do cultivo das flores.

Ó você, que ousa envenenar com ridículas pinturas dos repugnantes suplícios de seu inferno quimérico a alma de minha jovem amante no instante em que, precipitando-me nos braços dela, quebrarei essas barreiras de rosas com que a natureza pôs debilmente, e por uma só vez, alguns obstáculos aos desejos, possa você, às voltas com o furor claustral de um asqueroso capuchinho, passar seus dias sem ter nem mesmo o consolo de devolver ao jovem noviço o que terá recebido de seu superior! E você, para quem o amor tem encantos, respeite para sempre os prazeres desse amor: goze, goze e evite causar o menor distúrbio aos gozos dos outros.[36] Esse pardal acaricia sua companheira: pare, tema fazer, junto com ele, voarem os amores volúveis; esses pombinhos... Ah!, prenda a respiração, um sopro pode transformar em terror os prazeres com que se inebriam, lembre-se de Tirésias,[37] e, se seu sexo lhe é caro, não perturbe o instante que os une. O bárbaro Mordanes não fez reflexões semelhantes, mas com mão firme matou o galo e a galinha amorosa no meio de seus prazeres; Tifarès gemeu por causa disso, ouviram-no suspirar quando apanhou a presa de seu ávido patrão; mas logo esse sentimento de piedade[38] deu lugar à emulação. Essa espécie de vaidade que leva o ladrão a se esforçar para igualar seu capitão, o bacharel a desatinar como um doutor, o *frater* de Saint-Côme a matar como um médico da faculdade,[39] o amanuense a roubar como um procurador, logo substituiu a piedade: a alma embasbacada de Tifarès tornou-se num instante sanguinária; patos inocentes brincavam num pântano estreito bem perto da aldeia, quatro deles foram vítimas imoladas em dois tempos por Tifarès. Um voo incerto mal salva o resto do bando. Mordanes, encantado com esse ensaio, beija o neófito e logo prevê seu grande futuro.

— Ora veja — diz ele —, um dia você será digno de seu mestre, mas agarrar uma raposa não é tudo, é preciso fugir como uma lebre.

"Breve o sol terá cumprido um terço de seu trajeto, os camponeses vão voltar dos campos para passar, ao abrigo de seus raios, as horas mais quentes do dia: apressemo-nos para nos juntar aos nossos companheiros, é lá que, louvado em público, você vai saborear os primeiros frutos da vitória."

7. Depois disso, diga que não há assombrações

Já esteve alguma vez em Saint-Malo? Na verdade, ignoro, e dessa vez minha ignorância é prova de minha boa-fé; pois eu não arriscaria lhe contar uma história como esses viajantes que mentem com mais atrevimento ainda na medida em que sabem muito bem que seus ouvintes nunca se aproximaram nem cem léguas das terras que eles descrevem. Pois bem! Tal como você me vê, cruzei duas vezes a linha,[1] e só dependeria de mim ir ouvir o diabo gritar na ilha de Ceilão, como é certíssimo que lá o ouviu George Knox, durante sua longa temporada nessa ilha. Nada teria me impedido de ir ver em Madagascar os bruxos que imitavam os milagres de são Francisco Xavier, nem o original do pacto que fizera com o diabo o barão de Beniowski,[2] mas na época eu só tinha, como todo mundo sabe, curiosidade por botânica e história natural. E preferiria percorrer dez léguas para ver dois maquis do que dez mil para ver Lúcifer e sua corte infernal. E se você duvida da verdade de tudo o que acabo de lhe relatar, vá a Saint-Malo, informe-se sobre o comandante Patrice Astruc,[3] sobrinho de Chenard de la Girondais, que trouxera das terras austrais os ossos de um gigante patagônio e que foi, como relata o reverendíssimo bibliotecário do rei da Prússia, d. Pernetty, beneditino que largou a batina, obrigado a jogá-los no mar para aplacar uma terrível tempestade. Para que você possa reconhecer mais facilmente o dito comandante Astruc, vou lhe fazer uma descrição geometrozoográfica dele: não é um patagônio esse comandante Astruc, longe disso, é um anão da melhor espécie, que em 1774 media quatro pés, duas polegadas e seis linhas de altura, medido com corrente de agrimensor, com o pé recém-aferido por um correspondente da Academia Real de Ciências.[4] A pele era de um pardo embranquecido, os cabelos ausentes, substituídos normalmente por uma peruca ou um gorro de veludo bordado a ouro. A abertura dos olhos, de uma comissura à outra, seis linhas; a da boca, seis polegadas; outrora fora guarnecida por vinte e dois dentes, agora só se viam três; o incisivo esquerdo no maxilar superior, o molar, do mesmo lado, e o siso no ângulo direito do maxilar inferior. Altura da cabeça, entre a base do queixo e o vértice, vulgarmente chamada comprimento do rosto, duas polegadas e oito linhas; da apófise mastoide do temporal direito ao outro osso de mesmo nome, nove polegadas. Depois, tendo traçado uma tangente pelo alto da cabeça despojada das orelhas e do nariz, e baixado a perpendicular P-Q a essa tangente pela extremidade inferior do etmoide, através da capacidade do crânio, você terá o pequeno eixo do esferoide achatado pelos polos que encerram o cérebro, o cerebelo e a medula alongada do dito comandante; e por uma espantosa conformidade entre a teoria e a experiência, achará que esse pequeno eixo está para o grande como 277: 278. O que lhe teriam ensinado a priori a teoria da lua, de d. Barthélémy, beneditino da Academia de Bordeaux, e a quadratura do círculo do sr. D'Osembrai, é que, considerando em sua face anterior o nariz do dito capitão, você descobrirá facilmente que é uma curva da quarta ordem, da espécie dos lemniscatas, parecida com um oito de algarismo cortado por seu duplo ponto quadrável, cujo elemento é ydx-xdxr [aa-xx], e que suas orelhas formam porções de espiral logarítmica, cujo polo é o buraco auditivo.[5]

Eis provavelmente uma descrição exata o suficiente para que você reconheça de imediato o comandante Astruc: apresente-lhe, pois, meus cumprimentos, e pergunte-lhe se não é verdade que cruzei a linha em seu barco; informe-se também se não é verdade que, estando ancorado em Pondichéry, seu irmão veio expressamente de Saint-Malo para lhe informar da desgraça que lhe acontecera, duas horas antes de se afogar no ancoradouro. Talvez você só acredite na metade do que lhe contar o pequeno comandante; talvez, resoluto pirroniano, materialista extremado, não acredite em rigorosamente nada; talvez, inclinando-se à sátira, você ria; mas ele lhe mostrará seu diário e a certidão de óbito do irmão. O que você terá para responder? O acaso? Ah! Você é fatalista? Pois bem, senhor incrédulo, leia o que aconteceu com Mordanes e seus companheiros, nos desertos da Champanha, leia e creia; ou melhor, digno filho da Igreja, creia primeiro e leia depois, é mais seguro para ser salvo. Mas, antes de mais nada, não percamos de vista o que diz o padre Des Fontaines,[6] de sodomítica memória, que a narração deve sempre ser simples, "porque quem relata um fato deve ter ares de testemunha e adotar esse tom".

O que seria do depoimento de uma testemunha que parecesse estudado, afetado, brilhante? Não seria ridículo? E o seria menos se fosse empolado? E o seria menos se fosse figurado e carregado dos ornamentos da eloquência? O retórico seria olhado como um impostor. Divertir-se em semear a mancheias sentenças e moralidades numa narração "é ir diretamente contra a finalidade daquele que narra, que é tornar crível seu relato".

Pois bem! Decidamo-nos, então, e temendo que essa maldita tentação volte a tomar conta de mim, copiemos o relato de uma testemunha ocular, e primeiro esclareçamos nossos materiais. *Triunfo de Tifarès*, para o fogo, isso cheira demais a vontade de descrever cerimônias; *Alegria da tropa com o rapto de um vitelo*, pintura de costumes, para o fogo, como eu disse. *Discursos filosóficos de Lungiet, que demonstra que os príncipes da Europa, tendo liberado seus escravos contra o direito das gentes, estes não podem legitimamente se opor a que os filósofos roubem suas galinhas*. Pobre dissertação: para o fogo, para o fogo, mais uma vez. *Aventura das assombrações*... Isso é bom, escutemos a testemunha. Que simplicidade em seu relato: como tudo é ingênuo! Os doze apóstolos não eram mais simples, até parece que estávamos ali; os cabelos da cabeça me arrepiam; um suor frio; ó céus!... Encostaram em mim: será você?

— Não. Pois bem! Então copie este artigo das memórias de Félicité, enquanto minha imaginação tomará um instante de folga.[7]

Andávamos a esmo, o sol ia se pôr, e pensávamos em escolher um lugar apropriado para pernoitar e confortável para a cozinha, quando encontramos dois camponeses que, vindo a nós, pararam e olharam em cima do burro o vitelo branco cuja cabeça estava marcada com uma estrela vermelha:

— Pai — disse o mais moço a seu companheiro —, Deus me perdoe, e a boa Santa Virgem, esse é nosso branco Godin: é ele, conheço-o como se o tivesse feito... Tenho cá comigo que esses honestos senhores...

— Cale a boca — disse o velhote —; tem mais de um vitelo branco neste mundo; nosso cura não é o único que se veste de preto em sua diocese. Salve, senhores: apressem-se, ainda têm uns bons quarenta e cinco minutos de caminho até a próxima aldeia, onde encontrarão um bom albergue, o Image Saint-Nicolas, que não tem igual na França.

— Pelo finado são João, pai, aquele é o nosso vitelo, isso é tão verdade quanto eu sou cristão.

— Tente pelo menos ficar quieto e não insultar viajantes armados.

"O velhote reconhecia muito bem seu vitelo, mas o aspecto do terrível Mordanes e a velhice que torna as pessoas tímidas lhe aconselhavam disfarçar. Ele talvez nem achasse má ideia ouvir, antes de qualquer reclamação ulterior, o conselho de seus vizinhos, e não duvidava que seria fácil nos pegar na próxima aldeia, onde supunha que passaríamos a noite. Mas o experiente Mordanes ouvira as palavras do rapaz, e assim, mal o sol se escondeu no horizonte e ficamos fora do alcance da vista dos camponeses, ele pensou em nossa segurança. Havia um caminho à esquerda indo para um pequeno bosque, foi o que pegamos, decididos a segui-lo por ao menos quatro horas. 'Esses camponeses', dizia Mordanes, 'chegarão daqui a pouco em casa, não procurarão em torno da aldeia o vitelo perdido; a comunidade se porá em nosso encalço, armada de forcados e porretes; o jogo não será igual, portanto afastemo-nos; a prudência é a guardiã da coragem, e se fôssemos destripados por campônios a história não diria uma só palavra a nosso respeito.' Esse discurso era muito sensato para que alguém se divertisse em respondê-lo. Na ausência da lua, as estrelas brilhavam como cortesãos longe da glória do príncipe; e enxergávamos bastante, sem poder, porém, sermos vistos; andávamos em silêncio, Bissot me dava o braço, e de vez em quando me roubava uns beijos. Lungiet andava na nossa frente, conduzindo minha mãe e também lhe fazendo carícias tão meigas como é possível fazer andando.

"Seguíamos à beira de um bosque fazia mais de duas horas, e Mordanes, julgando que estávamos afastados o suficiente da pátria de nosso vitelo, ia escolher um campo quando de repente o burro, dando um passo lateral, jogou no chão Tifarès, que o segurava pelo cabresto. Mordanes, que conhecia o animal e sabia que ele não era assustadiço, logo se pôs na defensiva, mas nada avistando enxotou de novo o burro na esperança de encontrar um riacho ou alguma fonte cujo murmúrio ele acreditava ouvir. O animal só avançava tremendo, a jumenta de Balaão se defendeu menos quando o anjo do Senhor apareceu a seus olhos armado de um gládio flamejante e soltou sua língua eloquente.[8] Na verdade, nosso burro não falou, mas nem por isso deixou de demonstrar seu pavor com tanta veemência que se transmitiu aos corações mais duros. Mal ele cruzou o canto do bosque, foi impossível fazê-lo ir adiante, o bicho retesou as pernas, de nada adiantou Mordanes bater nele, nem Tifarès puxar o cabresto, o burro permanecia imóvel: mas qual não foi, ó infeliz Tifarès, seu próprio terror quando a corda arrebentou e você, dando meia-volta à direita, avistou a uns quarenta passos uma fogueira em torno da qual uma legião de fantasmas de cócoras produzia um murmúrio aterrador, aumentado pelo tremor de um estandarte preto semeado de caveiras e ossadas, que um ventinho fresco balançava fortemente. Na mesma hora você caiu de joelhos, seu rosto comprido alongou uma vara, seus olhinhos redondos se arregalaram, sua boca embasbacou, seu estômago se contraiu, seu grande pescoço descarnado se esticou. Ei! Como, tímida criatura, você não teria pressentido o pavor, já que nem Mordanes, o intrépido Mordanes, nem ele ficou isento? Os cabelos dele, arrepiados, levantaram-lhe o chapéu, e o cachorro foi se meter entre suas pernas. Minha mãe imaginava estar se aproximando de um sabá e prometia a si mesma travar conhecimento com Lúcifer; quanto a mim, menos atrevida, corri para me jogar nos braços de Bissot, agarrei-o por onde pude, pois quando a gente morre de medo, se agarra em todos os galhos. Levamos muito tempo até eu poder tirar de minhas mãos a serpente, o mais esperto de todos os bichos, e desse momento dependeu o destino do resto de minha vida. Meu gesto impediu meu amante de analisar a aventura. Lungiet gritava que com toda certeza eram doentes que o bem-aventurado Pâris[9] curava, que com toda certeza era um milagre, pois os milagres sempre foram feitos com muitas contorções e caretas. O padre Séché não sabia o que pensar, e eu nunca soube direito o que o padre Séchand disse a respeito.

"No entanto, envergonhado de ter demonstrado fraqueza, nosso chefe, que gostava de ouvir ser chamado de 'o audacioso Mordanes', armou os dois gatilhos de sua espingarda e avançou tão atrevidamente quanto pode fazê-lo um poltrão que quer bancar o intrépido. Mal deu quatro passos, sentiu-se agarrado pelas pernas; com isso, a coragem lhe faltou de vez, e o tom em que ele gritou 'Quem está aí?' gelou o coração do resto da companhia. 'Ai! Sr. Espírito, não me coma', alguém exclamou com voz fraca e apagada, que a muito custo reconhecemos como sendo a de Tifarès, que o pavor jogara no chão. 'Que a peste o esmague, seu medroso de uma figa', gritou-lhe, recompondo-se, o ferrabrás constrangido,[10] e tendo avançado ainda mais uns passos parou para considerar aquelas espantosas criaturas, cuja cabeça comprida, murmúrios e longos gemidos lhe pareciam incompreensíveis. Enquanto observava o inimigo, Séchand fez para nosso bando apavorado uma arenga digna dos oradores da antiguidade. 'De todas as paixões de que o corpo humano é joguete, o medo, meus caros amigos, é sem dúvida a mais ridícula e a menos sensata, já que, aumentando o perigo, retira qualquer meio de evitá-lo. Quantos exércitos foram despedaçados numa fuga desordenada, embora só tivessem sofrido tênues fracassos, embora até mesmo tivessem levado a vitória se houvessem ousado olhar de frente para o inimigo! Eu poderia lhes contar mil exemplos, tirados de todas as nações e em todas as épocas. Quantos exércitos foram vistos em presença, no pôr do sol, e se afastando durante a noite com passo batido, deixando seus acampamentos surpresos de se encontrarem, na manhã seguinte, abandonados daquela forma. A sábia antiguidade nomeava esses pavores terrores *pânicos*, de Pã, deus das florestas, que se deliciava em inspirá-los. Evitarei contestar essa origem; tampouco pretendo apoiá-la, e o que digo a respeito não tem importância; mas, se ousasse arriscar meu sentimento, diria que o que nos alarma não é outra coisa senão um grupo de sátiros e de egipãs que se divertem inocentemente com ninfas. Sentimos até mesmo um cheiro de bode, que deve espantar vocês menos ainda na medida que seres dessa espécie costumam naturalmente exalar o mesmo cheiro que o marido de nossa cabra, já que metade de seu corpo é semelhante a esses fogosos animais. Mas, sejam o que forem essas conjecturas, importa verificá-las, e é a decisão que nos é ditada pela honra e pela prudência. Com efeito, se essas criaturas singulares são deuses, semideuses, quartos, ou somente oitavos de deuses, faríamos para escapar-lhes esforços supérfluos: é melhor aplacá-los por meio de orações. Se, ao contrário, são espíritos malignos, criados pelo mau princípio para atormentar os humanos, não me esqueci do exorcismo, e prometo-lhes brevemente pô-los em fuga; aliás, nosso chefe está na frente, seria vergonhoso abandoná-lo. O que a posteridade diria de nós? O que pensariam disso nossos contemporâneos? O que disso não diriam o *Courrier de l'Europe* e as gazetas da Holanda?[11] Em todos os tempos as legiões que abandonaram seus chefes foram severamente punidas: os romanos as dizimavam e as atiravam da rocha Tarpeia; os gauleses lhes cortavam o nariz e as orelhas, e afogavam os desertores num atoleiro; os turcos os estrangulavam; os holandeses os esfolavam vivos, na Europa; na Ásia e na África são empalados. Os franceses os fuzilam, os alemães os matam, os ingleses os açoitam, os espanhóis os excomungam, os russos os enviam para a Sibéria depois de lhes terem aplicado o cnute, e os historiadores de todas as nações os vilipendiam. É pela grandeza do perigo que se conhece a da coragem. Ó meus amigos! A sorte está lançada, o recanto deste bosque é o Rubicão.[12] Séché, Bissot, alinhem-se a meu lado, formaremos um batalhão cuja primeira linha será Mordanes, Lungiet e Tifarès formarão a retaguarda, e nossas mulheres ficarão com as equipagens. É assim que fazem os generais mais prudentes, a fim de que, se o batalhão vier a ceder, possa se juntar atrás da segunda linha, passando por seus intervalos, e voltar em seguida ao combate.' Ah, o poder de uma bela arenga! Mal Séchand acabou seu discurso, os menos intrépidos sentiram renascer sua coragem, o próprio Tifarès, o tímido Tifarès ousou se alinhar à esquerda de Lungiet, e Voragine, a magra e negra Voragine, exclamou num tom inspirado: 'Não, não ficarei na retaguarda, minhas saias serão seus estandartes: acaso não tenho unhas pontudas, dentes afiados? Ó d'Éon!,[13] amazona ilustre, glória de nosso sexo, você que foi vista figurando entre dragões e embaixadores, uns após outros, inspire-me e permita que hoje eu a invoque. E vocês, amigos, que consigam banir os restos de um vergonhoso terror, sigamos o herói que avança à nossa frente como o áries que precede o rebanho'. 'Quanto a mim', exclamei, 'ficarei no burro; mas ó minha mãe! Se, sucumbindo sob uma tropa ímpia, você tivesse de ser hoje violada, não creia que a abandonarei; não, antes irei correndo partilhar de suas fadigas e salvá-la da metade.' Então, o bando que escutara calado as arengas dos generais deu um grito terrível e saiu marchando; os ecos repetiram e multiplicaram à porfia esses sons aterrorizantes. Mordanes, encorajado pela presença de seus soldados, logo avançou a metade da distância que ainda o separava do exército inimigo e exclamou num tom assustado: 'Quem está aí, quem está aí, quem está aí?'. Esses gritos redobrados suspenderam um instante os murmúrios do campo inimigo, no qual o espanto espalhou o distúrbio e a confusão. Ali você logo teria visto se erguerem sobre as patas traseiras uns trinta animais, cujo pelo ruivo, orelhas retas e altas, barbas longas e cerradas, rabo comprido, branco e nodoso, pareciam, ao clarão escuro do fogo, pertencer a macacos da melhor espécie. Mordanes sentiu seu coração fraquejar, e Séchand já não duvidou que fossem o Fauno e seus sátiros brincando na relva. No entanto, o rumor das bandeiras que o vento balançava o intrigava tanto mais que ele nunca tinha lido que os sátiros marchassem com uma auriflama. Mas enquanto buscava na cabeça algum trecho de autor antigo, Mordanes, reanimado pelo desejo de parecer intrépido, fez ouvir estas palavras aterradoras: 'Oh! Vocês que celebram nestes desertos suas ridículas cerimônias, bruxos, diabos, gênios, sátiros, ladrões, ou quem possam ser... Quem são? Respondam imediatamente, ou atirarei no meio do bando'."

— Sim, vamos abrir fogo sobre todos — gritou Voragine com voz esganiçada. Espavoridos com essas ameaças, e com a súbita aparição desses homens armados num lugar onde pensavam se entregar em segurança a suas cerimônias noturnas, os sátiros se agitaram de modo estranho. Vários que ainda não tínhamos visto, e que estavam deitados perto do fogo, se levantaram, seu número aumentava a todo instante, pareciam estar saindo do seio da terra.

— Mas, puxa, essa narração é tão seca! Você está nos desfiando seu rosário... Ora essa! Sem a menor reflexão, sem nenhuma comparação.

— É tudo muito nu! Escreva: foi assim que Cadmo, tendo matado a serpente Píton, para obedecer ao oráculo e tendo jogado os dentes no chão, viu-se, conforme relata Ovídio... (*Metamorfoses* I).[14]

— A peste da citação! Autor, diabo, ou seja lá quem você for! Deixe-nos enfim saber quem eram esses fantasmas, dos quais seus heróis tiveram tanto medo.

— Eu ia lhe dizer, mas você me cortou a palavra; tenho o temperamento de Cardenio, não suporto que me interrompam. Se algum imprudente se dá ares de importância, logo meus olhos se perdem, meu cenho se franze, meu queixo cai sobre meu estômago, penso na rainha Madásima, a pena me cai das mãos; e para me recuperar preciso de no mínimo cinco ou seis capítulos.[15] Vejamos, o que direi no próximo? A física oferece um belo campo para as digressões... Nada impede que eu lhe explique a natureza do movimento, as causas da refração da luz e as da gravidade do ar. Poderia lhe provar esta última propriedade com o barômetro, a seringa de clister, a fonte de Héron, o aeróstato de Montgolfier.[16] Ainda não falei neste livro, no qual espero falar de tudo, da viagem aeromarítima de Blanchard, do gás inflamável; naturalmente tudo isso teria me jogado numa belíssima digressão sobre a química. Todas as nossas elegantes de segunda categoria, que só sonham com gás e ar mefítico, teriam me compreendido perfeitamente. Portanto, nada impede que eu lhe ensine a formação do gás por meio do ácido vitriólico e da limalha de ferro; ou de que maneira o gás que estica as fibras de suas entranhas é, assim, a causa da sua nutrição, do desenvolvimento de todas as suas partes; ou que eu o faça compreender como o autor da natureza, servindo-se na matriz de um fole cheio desse ar elástico e leve, incha pouco a pouco esse hidróstato, antes flácido e endurecido, e anima o embrião, que antes nadava no líquido seminal e breve será um desses ridículos balões que se movem de ricochete na superfície de outro balão, que por sua vez, fazendo piruetas sobre o próprio eixo, como um pião, gira em torno de outro balão; de modo que o gás inflamável é o princípio universal, e que tudo no mundo não passa de um balão.

"Porém, creio que é mais conveniente explicar a você, primeiro, a teoria de Newton. E ensinar-lhe todos os favores que a mecânica deve a Galileu e a seu discípulo Toricelli... Mas, antes de mais nada, leia os dois volumes in-quarto do barometurgo Deluc,[17] cidadão de Genebra, leitor de Sua Majestade Charlotte de Mecklembourg Strélitz, rainha da Inglaterra, mulher do graciosíssimo rei Jorge III, mãe de…"

— Ah, danado! Ó maldito autor!…

— Ei! Acha que estou pulando de galho em galho? Pois bem, então, para lhe provar que sei me fixar no tema, não abandonarei mais um autor sem tê-lo esgotado: e vou fazê-lo conhecer a fundo os trinta e sete volumes das cartas de Deluc à rainha Charlotte; é aí que você verá que o sr. De Buffon é um ignorante, que a Bíblia, Moisés e o Dilúvio…[18] Ai! Ai! Ai! Ele está me estrangulando… Ufa, cortou-me a respiração!

8. O desfecho

Ah! Você jogou meu livro no fogo! Melhor assim, com os diabos, melhor assim: mandei imprimir dez mil exemplares. Queimar meu livro! Que horror! Se pudessem me meter na Bastilha, minha reputação estaria feita. Pois bem, então, já que você me tratou como criança mimada, vou retomar o fio de minha narração e desenrolá-la até o miolo: e, primeiro, é bom que eu lhe diga o que responderam a Mordanes aqueles cuja vida dependia de um pequeno gesto do flexor de seu dedo indicador.

— Quem quer que sejam — exclamou um deles —, não ousem atirar, disso dependerá a salvação de suas almas, e seriam excomungados ipso facto. Nós todos somos padres, ou pelo menos capuchinhos indignos: vamos em peregrinação a Notre-Dame de Avioth,[1] para cumprir a promessa feita outrora por um de nossos superiores, que tinha vontade de ser cardeal. Fizemos a viagem de pés descalços e dormimos ao relento; como devemos rezar a missa amanhã muito cedinho na aldeia da qual só estamos a duas léguas, recitamos nossos ofícios e nossos jovens irmãos dormem junto ao fogo, esperando as matinas. Portanto, se são cristãos, abstenham-se de nos fazer qualquer mal e, em vez disso, deem-nos algum dinheiro em honra do bem-aventurado são Francisco e venham se aquecer junto ao nosso fogo.

— De muito bom grado — retrucou Mordanes —, também vamos em peregrinação a Notre-Dame de Luxembourg, para o cumprimento de uma promessa que fizemos num grande perigo... Mas é preciso confessar que os senhores quase nos mataram de pavor. Vamos, porém, nos aproximar e partilharemos de bom grado com os senhores algumas provisões, sem as quais evitamos empreender uma peregrinação. Tifarès, vá buscar o burrico. Sentemo-nos, senhores, e façamos a festa com esses bons padres da Igreja.

Tifarès voa para perto do burro.

— Senhorita, senhorita, são capuchinhos.

— Portanto não são espíritos? Será que estão estuprando minha mãe?

— Não, ainda não.

E dá-lhe de puxar o burro, que, em vez de ficar sozinho, avançou, pelo sim pelo não. Num instante foi descarregado, e logo depois estaria entrando em contato com os capuchinhos. Um riacho o convidava a matar a sede, o capim abundante e macio o chamava; e depois de ter se espojado bem, começou a jantar, enquanto Tifarès e o cozinheiro dos capuchinhos reacenderam o fogo para preparar o jantar de seus patrões.

9. Aventuras noturnas, dignas da luz do sol e da pluma de um acadêmico

Se algum dia eu fizer um poema épico, ou mesmo se me acontecer, um dia desses, de ter bastante imaginação para escrever um romance, sem ser obrigado por esterilidade a pegar emprestado aqui e acolá aventuras de meus colegas, prometo deixar dormir tranquilamente meus heróis, desde o pôr do sol até o raiar da aurora, e isso todas as noites. Acaso os dias não são longos o suficiente para se esgrimirem a torto e a direito? Com um braço e uma perna por minuto, e isso com certeza não é muito para um bravo que passou uma boa noite, há material para *obtroncar*, mesmo em tempo do solstício do inverno, um exército de cinquenta mil homens. Vem-me o desejo de derramar a mancheias mortalidade sobre a terra, desperto meu Aquiles antes de despontar o dia, envio-o para matar, sem descanso, até as nove horas; às nove, ele repousa, toma seu chá *com torradas bem untadas de manteiga*, conforme muito elegantemente o analista do século XVIII nos ensina que se usa na Inglaterra.[1] Bebido o chá, percorridas as gazetas, ficaremos estraçalhando até as três horas. Para um homem que faz muito exercício, bastam duas horas para jantar e digerir; e de cinco horas até a noite, nos dias bonitos, ainda há tempo para nos imortalizarmos derrubando cabeças. Admirem o quanto minha imaginação é brilhante e florida, não vou fazer meu herói matar com um só instrumento, como um médico da terrível faculdade: vario o gênero de suas façanhas e não temo mostrá-las à luz do dia.

É verdade que essa delicadeza me priva de um grande recurso e que as surpresas noturnas são de grande auxílio para um autor. No entanto, é preciso convir que têm não sei quê de odiosas, que mais lembra o ladrão de beira de estrada do que o guerreiro; e quando nós mesmos fazemos nossos heróis, devemos ao menos fazê-los como pessoas honestas. Acaso não há nesta terra suficientes velhacos, palermas, traidores, caluniadores e covardes para que não seja preciso, ainda por cima, encher os livros com eles? Aliás, acaso se deseja absolutamente uma surpresa? Com nossos modernos generais nada é mais fácil que arranjá-la em pleno meio-dia; ela se torna mais verossímil ainda. No fundo, é um gênero fácil esse das surpresas: com duas penadas, ponho um exército em debandada. Escute bem.

Os dois exércitos que deviam decidir sobre a sorte dos brussos e dos galos* estavam a apenas uma légua um do outro, o sol atingira o quarto de seu percurso, e o feroz Marte, sedento de carnificina, acabava de despir sua armadura celeste, obra que o cornudo Vulcão, que trabalha dia e noite para os amantes e os bastardos de sua celeste esposa, forjara pessoalmente nos antros da Sicília. Armado com sua lança, que ele sacudia com ar ameaçador, e com um escudo, à maneira dos negros, o deus da guerra esperava batendo o pé e salivando de impaciência o instante de se banhar à vontade no sangue humano. Qual um vigoroso francisca-

---

* No original, "les Bruces et les Galles", ou seja, os prussianos e os franceses. (N. T.)

no que, paralisado pelos encantos femininos ainda novinhos em folha e muito estreitos de uma jovem freira, ofega, sua, agita-se e freme de paixão. Ora ele conduz com a mão a própria lança, tão grossa como um cedro-do-líbano, ora a empurra com toda a força de seu quadril: a cama treme sob esses golpes vigorosos; só o sangue que escorre do hímen perfurado e se une a uma torrente de sêmen consegue acalmar o ardor lúbrico do audacioso franciscano, que nele se banha várias vezes, e dali só sai queimando de desejo de mergulhar mais uma vez. No entanto, Apolo, que jamais gostou de seu feroz colega, sentia um prazer perverso em aumentar seu ardor queimando-o com seus raios, ao passo que o destino punha avidamente os óculos, no gabinete de Júpiter, para ler o nome dos humanos que, naquele dia, deviam contribuir para o divertimento do Olimpo, estropiando-se ou exterminando-se à porfia.

A Surpresa, que acabava de fazer uma afronta à Preguiça e de espalhar armadilhas diante do Estouvamento, viu, não sem se sentir tocada, o deus da guerra pronto para morrer de uma sede sufocante. Ela sempre se deu muito bem com ele, e até mesmo, volta e meia, no Olimpo se diziam maledicências a esse respeito. Portanto, aproxima-se na ponta dos pés e, envolvendo-o com seu manto cor de muralha, lhe fala nos seguintes termos, ou praticamente:

— Ó Marte! Que queime sua sede de sangue, e que quebrem sob seus dentes de bronze os fracos ou os inconsiderados filhos da terra! Não, não tolerarei que você morra vítima da fome cruel, como um poeta gascão. Apanhe sua túnica divina, enxugue o suor que escorre de sua fronte, e daqui a pouco saberá que a Surpresa e seu esposo, o Mistério, não precisarão do auxílio de nenhum Deus para despovoar um planeta. Preparei para você, daqui a pouco, um banho de sangue.

Disse isso e voou para o acampamento dos brussianos,[2] cujo rei por muito tempo fizera tremer os reis seus colegas, que ele superava em ciência e em coragem: consumado na arte de destruir, Júpiter lhe confiara mais de uma vez seu trovão, e os próprios ciclopes o haviam instruído sobre como manejar o raio. De tanto rir e combater, ele se tornara o decano dos príncipes e dos generais. Todos disputavam seus auxílios e, fixando os olhos nos dele, pareciam lhe pedir de um jeito inquieto a permissão para fazer a guerra; o próprio jovem e audacioso cã dos hermanos[3] dobrava-se perante seu gênio; e temia arriscar sua fortuna nascente contra os talentos do velho guerreiro. Tranquilo, via-os disputar e só se apresentava para partilhar seus despojos. É assim que um leão, cuja idade gelou os sentidos e afrouxou o ardor impetuoso, deixa jovens e vigorosos mastins caçar os bichos de seus bosques, e só aparece na hora do encarne, para pegar a melhor parte. O velho leão do norte,[4] acampado na vertente de uma colina, tinha a direita de seu acampamento coberta por um bosque; a esquerda tinha pela frente pântanos profundos. Inúmeros canhões de bronze estavam prontos para lançar a chama e o ferro, para proteger seu centro com um fogo cruzado. Era nessa posição que ele esperava que o acaso, esse cego que preside aos conselhos dos deuses e dos homens, lhe trouxesse alguma ocasião favorável. A ordem e o silêncio reinavam em seu campo; pouco alimentados, pouco vestidos, seus soldados pálidos sob as armas esperavam com confiança as ordens de seu general: parecidos com os trípodes do Olimpo que, dotados de movimento e inteligência, só se abalam, porém, diante da palavra de Júpiter.

Borcas,[5] que comandava o exército dos galos, ainda estava bem longe desse costume da guerra, que leva a colher os louros; tampouco se observava nele esse gênio inato, esse ardor impetuoso que conduz à vitória e às conquistas. Criado numa corte frívola e brilhante, a amizade do príncipe e o favor dos sultões o levaram como por milagre à frente do exército. Seus soldados, inimigos da disciplina, pareciam procurar no meio dos acampamentos a independência e o prazer. Os oficiais generais que comandavam abaixo dele pareciam arrastar atrás de si o luxo da capital, e, como desconfiavam da capacidade do chefe, cada um deles ordenava a seu bel-prazer, procurando criar, entre os subalternos, suas próprias criaturas e cúmplices, interessados em acobertar seus erros e suas desobediências. A desordem reinava no campo dos galos, e risos imoderados se faziam ouvir em torno do altar desse deus volúvel: de dia, moças de vida fácil ali dançavam ao som dos pífaros e tambores, e durante a noite essas pobres coitadas transmitiam aos soldados males horrorosos, que logo os punham fora de combate. Um espírito de vertigem presidia aos conselhos de Borcas, e sua tenda aberta a todos os prazeres só era fechada para a disciplina.

Na do velho Pederastos[6] só se via a Prudência, de olhos abertos, ouvido atento, semblante contido. Mantinha espiões no exército inimigo, a quem pagava bem e que só lhe davam informações fiéis. Tinham livre acesso a ele, a toda hora, e encontravam sua bolsa e seus ouvidos continuamente abertos. A Surpresa assume a forma do mais hábil dentre eles, e esgueirando-se de repente por baixo da lona, fala nos seguintes termos ao filho de William:[7]

— Ó Pederastos, então a velhice congelou essa coragem que por tanto tempo provocou o terror de seus vizinhos? O que está esperando ao abrigo destas tímidas muralhas? Então não conhece mais os fracos e desprezíveis inimigos que hoje tem para combater? Indignos filhos dos heróis que venceu na juventude, uma paz de vinte anos amoleceu-lhes os membros delicados e espantou-lhes a coragem. Exclusivamente ocupados com suas ridículas toaletes, as qualidades de um criado de quarto são as únicas observadas em seus soldados, e o talento dos oficiais limita-se a julgar uma fivela ou a descobrir uma mancha num gibão. Esta já não é uma nação temível, formada nos combates por quinze séculos de guerras sangrentas, que tinha à frente de suas legiões bravos e veneráveis anciãos. Essa nobreza, que outrora a levava aos combates, languesce em suas terras, onde ignorada, obscura e desprezada, apenas ocupa empregos subalternos.[8] Os filhos dos publicanos compraram com dinheiro do Estado os primeiros cargos da guerra, e a honra nacional, transplantada para esta terra ingrata, aqui não deitará suas longas raízes. Deixe, pois, de precauções supérfluas, ouse apresentar-se, e seus inimigos se dispersarão como a poeira diante do sopro do vento do norte.

Esse discurso reanimou no coração de Pederastos os restos desse fogo outrora tão brilhante. Ele seleciona a elite de seu exército e a confia a seu irmão:[9] na idade em que o homem deixa de ganhar mas ainda não começa a perder, esse príncipe tem a confiança dos soldados, é o amor do exército e o terror do inimigo; a prudência o precede, sondando com uma vara o solo sobre o qual vai pousar os pés, e a atividade o segue a passos céleres.

— Vá — diz-lhe seu senhor —, não perca um instante: não o esperam, nossos inimigos estão entregues a uma alucinada alegria; ensanguente seus prazeres, e que bebam o próprio sangue junto com o vinho que os embriaga.

Ele fala e o príncipe parte, contorna o bosque que cobria a ala direita de seu exército e que os batedores ocupavam havia muito tempo, assediando tanto os guardas inimigos que acabaram lhe inspirando uma desprezível segurança. O sol alcançava o meio de sua corrida diária; os cavalos ofegantes exigiam um instante de repouso. Ele os detém para observar mais à vontade as façanhas do príncipe dos brussianos. Conduzido pela Surpresa, chega ao flanco esquerdo do inimigo; confundem-no com um dos destacamentos desses batedores que infestavam os bosques, desdenham pegar em armas. Borcas, à mesa com seus principais generais, mais ocupados em lhe fazer a corte que em velar sobre suas brigadas, ignorava o que acontecia à esquerda de seu campo. Marte dá o sinal e o incêndio já consome as tendas da ala esquerda. Enquanto isso, Pederastos, coordenando seus movimentos com os do irmão, fizera avançar sua cavalaria contra o centro: ele a segue, junto com o resto de seu exército, e, aproveitando sua superioridade na arte dos desenvolvimentos que foi o primeiro a ensinar aos homens, apresenta num instante suas linhas ameaçadoras, que ele forma corajosamente à medida que seus soldados saem em campo aberto.

Os galos, atacados ao mesmo tempo de frente e de flanco, não ousam encarar seus inimigos, abandonam as tendas, bagagens e canhões que o príncipe dos brussianos faz girar contra eles. Borcas, lamentando os restos de seu festim, escapa por um triz, e esse exército outrora tão brilhante e tão alegre se desbarata, funde-se como partículas de neve sob os raios do sol de Marte.

Isto, sim, é uma surpresa! Aqui, ao meio-dia, ninguém espera por isso. Que diferença com essas surpresas noturnas que ninguém viu! Como me apressei para o desfecho! Como evitei as digressões! Como fui lacônico! Quem teria me impedido, por exemplo, de descrever as armas, as vestimentas, os cavalos dos dois exércitos? De informar a vocês a genealogia dos chefes e tantos outros detalhes que não escapam durante o dia a um historiador clarividente, mas que, de noite, não são vistos por ninguém? Portanto, não sou de jeito nenhum favorável aos negócios noturnos, e se não fosse a verdade da história que me obriga a pintar os homens tais como eles são, e a contar as coisas como elas se passaram, jamais teria rasgado a obscura cortina que escondeu tantas ações surpreendentes dos olhos dos profanos mortais.

Capuchinhos, boêmios e filósofos logo se conheceram. Mordanes, que nunca pensava no dia seguinte, porque todos os dias traziam suas rendas, era generoso como esses príncipes que dão de coração aberto a seus ricos cortesãos o bem de seus pobres súditos. Exibe suas gordas e numerosas provisões; os padres se amontoam a seu redor, um reacende o fogo, outro vai pegar água no riacho vizinho de águas límpidas e prateadas, um terceiro despoja o vitelo. Tifarès e o cozinheiro dos capuchinhos prepararam as costeletas; uma parte vai para a frigideira, e os carvões recebem a outra; jogam na marmita a cabeça, as tripas e os pés, enquanto o frade mendicante faz girar os patos, a galinha e seu galo, enfiados no mesmo espeto junto com o rabo do vitelo. É assim que, nas bodas de um burguês, os noivos e os convidados se desdobram à porfia para preparar o banquete. Finalmente, todos se põem à mesa, e os capuchinhos jantam uma segunda vez, com o maior apetite do mundo. Os mendicantes, como os filósofos, têm um apetite intermitente, que só nasce com a facilidade de satisfazê-lo. Todos se deliciam: o padre superior manda trazer um barrilzinho, que continha o vinho da sacristia, e o esvaziam esperando que a providência abasteça por conta própria aquele de seus sacrifícios. Logo um jarro de aguardente substitui o vasilhame que soa a vazio. As damas cantam, os mendicantes fazem coro, sem cantar fanhosos, pois neles a ruminação da libertinagem nada tem do sussurro da devoção, e os bons padres têm mais de um tom. Enquanto isso a conversa se anima, Lungiet ri duas ou três vezes, e seu riso, fruto da alegria, já não tem quase nada daquele da malícia. As damas, cujos joelhos os jovens pregadores apertavam, e que a carne suculenta e o vinho licoroso deixavam animadas, se extasiavam enquanto comiam, e mais de um noviço já tinha molhado a cueca.

Até então tudo ia bem, disse Félicité, que foi a primeira a publicar essa instrutiva história. E sem dúvida tudo teria ido bem se o Amor, saindo de perto de dois jovens amantes que tinham se casado naquela manhã e percorrendo a noite como é seu costume, não tivesse passado por lá.[10] Já era tarde, ele pensava assistir à primeira noite que uma corista da ópera vendia a um jovem provinciano, o qual a tomava por uma deusa. Cupido não se apressava, certo de se encontrar, na casa da beldade, com a Avareza, a Tolice e a Saciedade, más companhias, mesmo para o Amor. O cheiro das iguarias e do vinho elevou-se até a celeste narina do viajante emplumado. Ele logo ergue a cabeça para ver por baixo de sua venda, como faz essa querida Sally, que não passa de uma tapeadora, quando brincamos juntos de cabra-cega.[11]

O Amor avistou no meio do bando uma gorda divertida que não lhe era desconhecida: era aquela vigorosa camponesa meio viçosa, meio murcha, que passa sua vida a correr os conventos de Vênus e os dos monges. Um peito descoberto e flácido, olhos semicerrados, uma boca entreaberta para acolher uma língua voluptuosa, encantos sensuais semiescondidos, amolecidos de tanto ser esfregados, e munidos de um lábio ameaçador, um duplo órgão que lhe permite satisfazer ao mesmo tempo dois amantes e oferecer um refúgio àquele que não teme excessivamente a vizinhança do inimigo: assim era a deusa impura que surgiu diante dos olhos do Amor. Foi ela que imaginou os instrumentos com os quais nossas religiosas se consolam de um voto indiscreto, é ela que guia a mão hábil das frescas criadinhas de nossas jovens senhoritas; foi ela que forjou a cânula de Pinto e a colher de ouro do marquês de Villette;[12] é ela que recebe sob suas saias as inúmeras oferendas dos safadinhos colegiais, e que lhes inspira esse erro, do qual mais tarde a própria Vênus costuma ter muito trabalho para tirá-los. Essa parente do Amor é a descarada Luxúria.[13] Ela animava o jantar, e o burro, despertado por seus dardos picantes, franzia os beiços e parecia, no obscuro clarão do fogo, estar montado sobre cinco patas.

O Amor se deita sobre o seio de sua prima e, esquecendo as delicadas lições de sua mãe, prefere uma sem-vergonha à ninfa modesta e sensível que queima de impaciência em seu leito de rosas. Foi assim que, negligenciando às vezes minha meiga, minha amável amiga, aconteceu-me, e enrubesço, subir à casa de Rosalie, ou de Durancy, e lá esperar, sentado à mesa com Laboureau e as companheiras de nossas impuras, que o champanhe e a lubricidade reanimassem meus sentidos entediados pelo gozo.

O Amor, por mais deus que seja, senta-se à mesa com os mendicantes, e a Luxúria pega em seu seio os mais violentos desejos e vê chegar com impaciência o momento de satisfazê-los.

No entanto, a claridade atrasava esse feliz instante. Não é que por temperamento o Amor seja excessivamente modesto, mas temia a orgulhosa Psiquê, cujo olhar ciumento abarca um imenso horizonte. Portanto, resolve envolver na sombra os prazeres que promete a si mesmo saborear. O Sono, que sempre anda em seu séquito, adivinha seu pensamento e se aproxima. O Amor lhe ordena fechar os olhos do frade cozinheiro e tornar pesados os do resto do bando.

O Sono obedece, sacode suas asas, compostas dessas folhas que as tipografias gostariam, em vão, de subtrair das mordidas do tempo nos sótãos dos livreiros. Assim que a pesada poeira entra nos olhos do bando, os velhos capuchinhos roncam como se estivessem no sermão, e até os jovens bocejam, esticam os braços, e cada um escolhe tateando um lugar apropriado ao descanso. O Amor logo derruba sua prima Luxúria; o universo em silêncio está atento a seus abraços, a terra dá pulos sob seus trancos precipitados: um fluido ígneo penetra no mais profundo dos flancos da deusa impura; por sua vez, ela molha o Amor, que o arquejo do prazer, essa respiração entrecortada que nossos médicos ignorantes chamam de vapores histéricos, atraía e repelia alternadamente. O pequeno deus, suspenso por suas asas, em nada incomodava os movimentos de sua amante. Já vinte vezes havia gozado com o prazer mais ardente quando uma nuvem úmida saída dos flancos da Luxúria, vindo encontrar as asas agitadas do

Amor, o precipita enfim em seus braços, sem movimento e com a cabeça inclinada.

O Amor fica dando voltas por um instante; a insaciável deusa aproveita, levanta-se cambaleando e expulsa o sono de uma parte do bando.

Séché e Voragine, deitados bem pertinho do venerável padre superior, foram os primeiros a sentir os dardos da deusa. Mas o peito de Séché era muito fraco para lhe resistir; e um instante bastou para afundá-lo de novo num indolente repouso. Com Voragine não era assim. Fazia muito tempo que Mordanes mantinha com ela uma relação semissecreta: nem bem ouviu seu fraco companheiro roncar, ela, arrastando-se de quatro, esgueirou-se para os lados onde tinha visto o vigoroso Mordanes. Este, premido pelos mesmos desejos, rastejava ao mesmo tempo na direção de Voragine: o barulho que um e outro faziam bastou para assustá-los, e se cruzaram sem se reconhecer e sem se deter. A Luxúria não viu sem sorrir o equívoco de seus mais queridos favoritos e, para compensá-los, conduziu a voraz Voragine até o inocente Tifarès: Voragine o apalpa, o reconhece, pega a mão dele e a coloca num vasto campo, onde ela tem todo o tempo para se exercitar à vontade: as suas não ficam ociosas, ajudam de modo feliz os efeitos dos miasmas da Luxúria. Logo, logo ela deixou Tifarès em condições de se perder na imensidão, e suas peles curtidas, seus ossos pontudos se entrelaçam, esfregam-se e pegam fogo. É assim que, durante uma forte geada, se os ventos impetuosos agitam os galhos ressecados de dois carvalhos coroados pelos anos, a chama rompe as cápsulas lenhosas, as faíscas surgem com a explosão e o viajante perdido treme ao ver pegar fogo a floresta que lhe serve de asilo. Assim Voragine e Tifarès espalhavam faíscas fosfóricas. Atraído por esse fenômeno, frei Gabriel, que não ficara insensível aos olhares fixos, aos olhinhos redondos de Tifarès, aproxima-se do foco de eletricidade: num instante se certifica daquilo que está acontecendo diante de sua barba. Cheio de desejo e ciúme, lança-se sobre as costas de Tifarès e o faz perder a doce joia que ele reservava para os confeiteiros e confeiteiras de Chartres. Desculpe, leitor, se fixei seus olhares nesse grupo impudente, desviemo-los para um objeto mais sedutor. O que você fazia enquanto isso, ó divino Mordanes? Seu fogo, apagado por buscas inúteis, se perdia em fumaça? Provavelmente teria sido assim se a Luxúria não tivesse ido socorrê-lo e não tivesse conduzido sua mão vagabunda pela abertura do capuz do padre superior. A barba branca e cerrada do padre, glória da ordem, contribuía para o equívoco. O bom homem deixava entreaberta uma boca que os anos tinham desdentado por completo. Mordanes confundiu a barba sagrada com a floresta gordurosa de sua companheira, afastou o capuz e obliterou a epiglote do venerável superior.

De que espanto o senhor não foi tomado, digno e respeitável ancião, quando se sentiu despertado em sobressalto por esse profano atentado? O senhor quis gritar, mas, ai!, o enorme morrião só deixava ao seu maxilar a liberdade de um leve tremor; e toda vez que seu inimigo avançava no campo, o senhor pensava estar livre; ledo engano, o aríete assustador só recuava para melhor atacar. Algumas raízes, tênues restos de uma antiga dentadura, picotando o impudico, aumentavam seu ardor. Por fim, uma torrente de licor insípido, lançado como uma bomba de incêndio, penetra na sua sagrada laringe: o senhor quer pronunciar a palavra *excommunicatur*, sua voz expira em seus lábios, e seu único recurso é agarrar o reservatório vacilante dessa piscina polucional. Então Mordanes, já acalmado pela ejaculação, lhe dá uns instantes de folga, e o senhor lhe diz num tom paternal: "Ai, meu filho! Já bateu meia-noite, como quer agora que eu possa, amanhã, cantar a missa solene?". Mordanes, surpreso de ouvir assim o órgão de sua querida Voragine falar, ficou tentado a gritar "Milagre!", mas como tinha bebido além da conta considerou tudo isso um gracejo de capuchinho, virou-se e caiu no sono.

Enquanto a dama Luxúria se divertia com esses quiproquós, o Amor, de seu lado, fazia maravilhas: tinha cravado seu dardo no coração da jovem Félicité e sacudido sua tocha sobre Bissot, cujos altos destinos previa. Deitado aos pés da moça boêmia, o filósofo sentira crescer suas forças e suas faculdades; aproxima-se, um beijo lascivo é o sinal de um combate amoroso. Sua mão, molemente rejeitada, afasta o lenço e penetra até os botõezinhos de rosa, que, no alto das tetas de ébano, estavam duros e orgânicos. De imediato, presságio garantido da derrota, eles endurecem sob os dedos amorosos que os bolinam. Bissot agarra esse precioso instante e se lança entre os braços de sua beldade. Primeiro um leve obstáculo se opõe a seus ardentes desejos; os esforços que faz para afastá-lo redobram seu fogo; Félicité, excitada por ligeiras dores e tentando-lhes procurar o remédio, auxilia enfim seus esforços. Os dois se empenham com vontade, o hímen se rompe, e já formam um só e mesmo corpo. Amor! Amor! Você mesmo guiava o filósofo e, apoiando sob o cu contristado de sua amante umas pedrinhas ligeiramente pontudas, deu-lhe desde essa primeira tentativa um manejo que tantas outras só adquirem após uma longa experiência. Félicité deixa de ser donzela, um ovo que escapou atravessa as trompas de Falópio, e Voragine se torna a avó de um pequeno filósofo.

O Amor, satisfeito, parecia ter esquecido suas asas, a própria Luxúria parecia exausta com os trabalhos dessa célebre noite, e todos se gabavam de passar em paz os restos da jornada; mas a sorte dos mortais desafortunados é tal que basta um deus estar cansado de atormentá-los para que cinco ou seis divindades inimigas de seu repouso o acordem e lhe roubem esse instante de trégua.

O Ciúme (naquela noite todo o Olimpo estava nas alturas

da Champanha), o Ciúme, digo, que procurava o Amor por toda parte, pois não o larga, por desgraça chegou a descobri-lo no meio da horda tonsurada, barbuda, encapuzada. Logo sua imaginação trabalha, ele exagera os prazeres de que puderam gozar sessenta capuchinhos e uma dúzia de boêmios: combina-os dois a dois, três a três, quatro a quatro, enfia-os em círculo, em batalhão quadrado, em ângulo, em falange; em suma, a deusa os une de mais maneiras do que Kalio formou com sua tática de ordens de batalha diferentes.[14] Não esquece, em seu cálculo, nem o burro nem o engordurado ajudante de cozinha: Voragine, tão ardorosa como Pasífae e acostumada com as investidas de Mordanes, terá encontrado, sem Dédalo, o meio de submeter ao burro seus vastos e descarnados encantos femininos.[15] "Ainda se eu tivesse chegado a tempo!", a deusa dizia baixinho. "Vejam, só há prazer para os capuchinhos: esses bons padres têm aí um destacamento de huris, e eu, deusa desafortunada, errante entre os túmulos, corroída pelas serpentes das cruéis Eumênides, estou incessantemente no rastro do Amor, e esse ingrato, mal me avista, levanta voo e foge de mim: meus esforços para retê-lo parecem só lhe inspirar pavor!" É assim que essa deusa exagera os prazeres dos outros e aumenta seus próprios tormentos. "Venha", disse ela à Cizânia, que carregava sua lanterna e seu punhal,[16] "vamos, que ao menos eu me vingue: está vendo o Amor e a Luxúria embriagados de prazer e da fumaça dos holocaustos? Todos os deuses terão vítimas à farta, e seremos as únicas divindades que os homens negligenciarão. Não, por todos os deuses, juro pelos bigodes de Juno." Pois o Ciúme, quando resolve fazê-lo, jura como um carroceiro atolado; primeiro, doce e tímida, a deusa recorre às lágrimas, breve se sucedem as zangas, tornando-a insuportável, por fim se entrega a furores, cujas consequências seria impossível prever.

Portanto, examina atentamente todos os corações, nenhum

lhe parece mais adequado para lhe servir de guarida que o do padre Séchand: mais de uma vez já tinha advertido o bom padre contra as intrigas de Voragine e Mordanes, inclusive levara-o a fazer observações a Séché, que havia algumas semanas procurava, no direito natural, as razões capazes de convencer Mordanes a respeitar Voragine, sua propriedade exclusiva. Atacar o medonho seria um método perigoso e talvez insuficiente, escrever um pequeno livro era mais fácil: optou por esta última decisão e publicou, pouco depois, um livrinho traduzido, não faz muito, em inglês e intitulado *Counts-monopole*,[17] impresso por F. Becket, livreiro, descendente do famoso arcebispo da Cantuária.[18]

Na primeira parte demonstrava pela lei *primo occupanti* a maneira como um homem pode adquirir a propriedade de uma mulher, e pela chamada lei *Da conservação das propriedades* só podia perdê-la depois de ter renunciado a ela expressamente, fosse por um contrato, como os que alugam, emprestam ou vendem suas mulheres ou suas amantes, fosse por uma doação entre vivos ou, enfim, por um testamento. Mostrava em seguida que o costume de todas as nações civilizadas era não se desfazer dessa espécie de bem móvel, senão em troca de dinheiro ou de mercadorias: que em todos os tempos certos empreendedores acumulavam certa quantidade delas, alugavam-nas, como assim se pratica em relação a liteiras, fiacres, riquixás etc., marcavam-nas com seus sinais, com suas librés, daí a necessidade dos inspetores de polícia, das mitras episcopais, das dispensas a graus de parentesco proibidos, da necessidade de pagar ao papa para casar com a prima etc. Que todos os governos tinham se associado a esses empreendedores por meio de privilégios exclusivos; que os maiores senhores não tinham desdenhado de fazer, seja à socapa, seja abertamente, esses tráficos vantajosos, que é possível exercer sem perder a nobreza, como provam o marechal de Richelieu e o sr. De Bertin;[19] e que isso era tão bom negócio que, de cem mil, não se perde uma só virgindade sem que haja ao mesmo tempo dinheiro desembolsado; donde ele conclui que é uma propriedade real, que dela não se pode privar quem a possui sem violar o primeiro princípio do direito natural, *a propriedade dos bens*. Essa primeira parte tem apenas cinquenta folhas impressas, incluindo o prefácio e o discurso preliminar.

A segunda mostra que o rapto de sedução é contrário à segurança das pessoas: da pessoa dos proprietários, porque é muito comum que os raptores de profissão, dotados do dom de *enfeitiçar* as mulheres, lhes transmitam certas qualidades maléficas que, desprezando abertamente o direito natural, passam em seguida para o verdadeiro proprietário da mulher, porque ela não pertence mais a si mesma nesses momentos, se não estiver com seu marido ou seu amante habitual, pois *ab assuetis non fit passio*.* Essa segunda parte tem cerca de sessenta folhas, incluindo o título de vinte e cinco páginas.

Por fim, a liberdade das ações não é menos lesada, já que, como a natureza fez essa viatura com um só lugar, seu proprietário natural pode querer usá-la no instante em que o usurpador a ocupa, e então é preciso que espere ou monte atrás, como os lacaios de um cardeal, o que às vezes pode prejudicar a liberdade de suas ações; donde é fácil concluir que o rapto de persuasão é contrário a esses três princípios do direito natural: segurança, liberdade e propriedade; e, por conseguinte, que o filósofo Mordanes deve cuidadosamente evitá-lo, abstendo-se do uso ilícito do *crater*[20] de Voragine. C. Q. D.**

Esse trecho, por mais disforme que seja, bastará para dar uma ideia da excelente obra do filósofo Séché: fomos obrigados

---

* O que é habitual não causa paixão. (N. T.)
** Conforme queríamos demonstrar. (N. T.)

a fazê-lo a partir da tradução inglesa, considerando que o original se perdeu. Eu lhe direi até mesmo, em confidência, que Sua Majestade Imperial e Real é veementemente suspeita de ter sido a causa eventual de tudo isso. Garante-se que, informada de que nosso filósofo ia imprimir em Londres uma obra intitulada *Observações sobre as reformas do imperador etc.*,[21] e temendo o efeito que não deixaria de produzir entre seus súditos esse excelente tratado sobre a propriedade dos monges, encarregou seu embaixador de mandá-la suprimir. O ministro não achou meio mais rápido e mais econômico do que mandar roubá-la do autor. Infelizmente, encarregou para a tarefa um oficial prussiano, que não sabia ler e confundiu um manuscrito com outro, de modo que enviou a Viena o *Counts-monopole*, que um inglês, a quem o haviam confiado para lê-lo, traduziu às pressas. Garantem-me que o imperador deu de presente o original ao rei da Prússia, a fim de inseri-lo nas memórias da Academia de Berlim, mas que uma dama de honra da rainha, sua mulher, tendo-o encontrado por acaso, queimou-o por estar repleto de princípios heréticos e perigosos. De modo que fui obrigado a me ater à tradução, que é, dizem, infiel como a mulher de um velho ricaço. Eis como tantos bons livros se perdem pela maldade das potências da terra e pela infidelidade dos tradutores.

Mal se instalou no coração de Séchand, o Ciúme enviou-lhe um desses sonhos enganosos que os deuses enviam aos homens quando querem zombar deles. Assumiu, aos olhos do capelão, a figura amarelenta de Voragine: ela estava encostada em seus joelhos e suas mãos, e Mordanes, liderando uma fila de capuchinhos, tentava por vigorosos mas inúteis embates acalmar seu furor uterino. Dez dos mais vigorosos vinham substituí-lo, um após outro: "Chega, já chega", exclamou o bom padre, "pare, ó insaciável Voragine, ou se for preciso todo um batalhão para satisfazer seus desejos, que ao menos não marche sob a bandeira do mais digno dos filósofos". O Ciúme logo correu para repetir com voz de trovão essas palavras nos ouvidos de Séché. O filósofo se vira, estica o braço, quer agarrar Voragine, põe a mão na barba do venerável padre superior. Essa barba ainda estava molhada dos atentados de Mordanes; o cheiro do fluido imundo convence facilmente Séché da infidelidade de Voragine. Logo ele se sente no dever de punir a volúvel e, por um erro imperdoável, agarra a barba do bom padre, passa-a nos olhos e se põe a arrancá-la, pelo por pelo. Com isso, o padre superior perdeu de vez a paciência e começa a espernear de um modo terrível; a ponta de sua sandália vai bater como um aríete nos ossos do nariz aquilino do pobre Séchand; este, ainda excitado pelo furor em que sua visão o afundara, precipita-se para cima do capuchinho e para cima de Séché. Infelizmente, põe sua rótula direita no meio do estômago do divino Mordanes, que dormia sem pensar em nada. Mordanes, acordando sobressaltado, cai em cima dos combatentes, a confusão aumenta, ressoam os ecos dos rudes golpes dos combatentes; por fim, de tanto arrancar, o depilador Séché já desbastou a metade da barba sagrada; o superior exclama que os diabos o estão matando para estuprá-lo. O custódio, ao ouvir sua voz, quer acorrer, seus pés resvalam sobre o corpo de Tifarès, ele cai na horizontal e seu nariz vai se alojar num lugar que Voragine deixara descoberto para refrescá-lo. É assim que um rato guloso e bobo, que vê uma ostra entreaberta na praia, mete seu focinho, atraído pela esperança de uma vitualha, e a ostra aperta sua concha e o galante acaba preso. Tal qual o custódio perplexo se vê preso entre os irritados lábios vaginais da depravada Voragine. Gritos estridentes logo testemunham a surpresa da boêmia, os capuchinhos se levantam, caem um em cima do outro e se estapeiam à porfia. A Discórdia está no auge da alegria, o Ciúme corre para lá e para cá, para cobrir as nudezes, temendo que certas mãos vagabundas e indiscretas saboreiem algum prazer. Por fim, são Vicente, padroeiro de Saragoça, que se diverte em jogar terrores vãos sobre a terra,[22] desde que o deus Pã não se mete mais nisso, agarra uma orelha do burro e, gritando ali dentro com uma voz terrível, lhe inspira um funesto terror. O asno se atira no meio da multidão, esmaga o pé de um, anda sobre os dedos de outro, cai enfim deitado, enroscado com os reverendos.

Meu livro terminaria aqui, como uma tragédia do divino Shakespeare,[23] com a morte de todos os meus heróis, se a aurora não tivesse felizmente aberto as portas do sol. A Discórdia vê apenas sua luz tênue e já voa para ir assistir ao despertar de dois irmãos; o Ciúme corre para fazer trabalhar às pressas um serralheiro a quem encomendara uma dúzia de cadeados; o Amor, receando a língua de trapo do sol, não espera que ele o flagre sobre o seio da Luxúria, e essa deusa vai tranquilamente dormir na cueca do mais moço dos capuchinhos. São Vicente, que viu perfeitamente bem que para ele não havia mais nada a fazer ali, voa para o paraíso a fim de tomar seu chocolate com santo Inácio, e a paz vai ocupar no meio do bando o lugar de tantas maléficas divindades. É assim que águas agitadas num vaso de bronze por um fogo violento se acalmam tão logo as chamas param de remexer os seus elementos.

Lungiet, mal viu a calma restabelecida, fez sinal com os olhos e a mão e dirigiu a toda a trupe um belíssimo discurso improvisado. "Esses acontecimentos", gritou com voz estridente, "não são novos: o mesmo aconteceu na hospedaria onde Dom Quixote e Sancho, depois de terem fabricado o bálsamo de Ferrabrás, foram espancados por um mouro encantado, atraído pela incontinência de Maritornes;[24] idêntica balbúrdia aconteceu também numa hospedaria da cidade de Le Mans, onde se hospedavam comediantes do interior, quando o hospedeiro confundiu com sua mulher uma cabra que amamentava uns cachorrinhos; portanto não é espantoso que capuchinhos, que também têm barba, ocasionem igualmente distúrbios durante a noite. Seja como for, é sempre costume que certas pessoas, de espírito saudável e sensato, se intrometam para conciliar os combatentes; e embora esse papel não convenha a um advogado, vou assumi-lo, convidando todos a almoçar os restos de nossa ceia de ontem."

Essa arenga foi do gosto de todo o grupo, que começou a comer com o melhor apetite e trocou mil amáveis cumprimentos temperados com outros tantos copos de vinho; os padres não queriam aceitar a próxima separação. "Notre-Dame de Avioth vale bem", diziam, "Notre-Dame de Liesse;[25] venham conosco a Grandpré, lá verão o antigo castelo dos condes de Joyeuse, e iremos todos jantar na cozinha dos premonstratenses."[26] Mordanes recusou-se a mudar seu caminho: finalmente se separaram, não sem derramar algumas lágrimas. Uns maledicentes disseram, mas não acredito em nada disso, que o custódio tinha perdido na gandaia cinco ou seis luíses,[27] e que Mordanes os encontrou na manga do bom padre; e que era o que o incitara a não ceder e a, de repente, virar à esquerda. Exorto-o, meu querido leitor, a imitar meu pirronismo, e a pôr na sua cabeça que o provável nem sempre é verdade.

VOLUME II

10. Terríveis efeitos das causas

— Que país! Que campos! Pobres habitantes! Veja nas redondezas desse triste lugarejo esses bichos magros e famintos; essas camponesas, verdadeiros remédios contra o amor,[1] repugnantes de sujeira, prostradas de fadigas; essas moscas que devoram a magra carcaça dos homens e dos animais! Pois bem: um padre famélico e publicanos ávidos ainda se aferram sobre o pouco de substância que resta a esses coitados aldeões.

Era nesses termos que o ilustre Séché falava para o bando, entre os rastros que levam à abadia do Mont-Dieu:[2] seu discurso pareceu tão fortemente irreplicável para seus disputantes colegas que, somente dessa vez, nenhum pensou em responder. Mas o demônio da diatribe, o mais negro, o mais ruidoso e mais enfadonho de todo o inferno, esse filho brigão da controvérsia, irritado com o bom entendimento que, para grande vergonha da filosofia, reinava entre nossos viajantes, resolveu soprar nos ouvidos de Félicité: "Qual é a causa de tantos males?". A pequena repetiu essas palavras, como um papagaio a quem se ensinou a dizer *dominus vobiscum*.[3] Mal ela pronunciou a frase funesta, os elementos filosóficos se agitaram e se misturaram; sombrios e negros vapores vindos de todas as partes do corpo de nossos sábios sobem para o cérebro, seus espíritos animais se transportam em massa à raiz da língua, e todos exclamam ao mesmo tempo: Lungiet, É A LIBERDADE; Séché, É A VIOLAÇÃO DO DIREITO NATURAL; Bissot, É CULPA DA LEI DE TALIÃO;[4] Mordanes, É A GENDARMARIA. Séchant ficou de boca entreaberta, porque, sempre sendo da opinião do orador, era-lhe difícil, não tanto ser ao mesmo tempo de tantas opiniões diferentes (nada é tão comum no mundo), mas repetir ao mesmo tempo tantas frases. Isso foi o que levou o digno padre a ter a atitude de uma velha beata, pronta para receber seu criador: parece querer tornar sua boca proporcional à imensidão daquele que ali vai entrar, e a escancara tanto quanto o santo sepulcro de Jerusalém. Enquanto isso, Voragine, ainda plena com os acontecimentos da noite, segurava Tifarès pelo braço e fazia esforços inúteis para beliscar suas bochechas secas. A perda de substância colara totalmente seu pergaminho amarelo e oleoso nos ossos de sua face, e bastaria uma incisão crucial para pôr a descoberto, sem um golpe de escalpelo a mais, as apófises, as epífises, os buracos e as cavidades dos vinte e um ossos de sua cabeça. Félicité os seguia com dificuldade, porque a presença dos reverendos padres capuchinhos limitara sua toalete a um *lavabo* manual,[5] e a essência de filósofo que Bissot despejara no seu copo, da qual uma parte se espalhara pelos seus lábios, misturada à poeira levantada pelos ventos, formara em torno de alguns pelinhos suaves uns corpúsculos globulosos e incômodos que esfolavam a pobre menina.

— Onde?

— Onde? Você é muito curioso; só contei essa anedota *ad usum*[6] de nossas senhoritas que saem do convento, onde jamais lhes permitiram lavar senão as mãos; de modo que, entrando no mundo, e ignorando o que acontece com uma moça quando sai dele, expõem-se a trair a si mesmas, por falta de alguma precaução elementar. Portanto, é bom ensinar-lhes que as mamães são às vezes de uma curiosidade, as lavadeiras de uma indiscrição... Assim, as inglesas, as mulheres mais filósofas e mais precavidas deste nosso mundo, jamais deixam de fazê-lo: um lenço colocado de propósito salva as manchas difíceis de negar, a menos que a vontade de obter um divórcio as incite a multiplicá-las para se livrar, diante de milorde, o arcebispo da Cantuária, de um marido enfadonho e incômodo.[7]

O digno sucessor do mártir Becket,[8] que só quer se pronunciar com provas incontestáveis, ordena de imediato às camareiras, às lavadeiras:

— Susannah, promete sobre o Santo Evangelho e sobre a danação de sua alma que dirá a verdade?

— Sim, milorde, e que Deus me ajude.

— Susannah, acaso viu *some spots, on your MM Linen*?

— *Yes, milord, yes.*

— E quais eram as espécies de manchas?

— *Futuum, milord.*

— *Futuum*: você sabe latim, Susannah?[9]

Quanto a você, curiosinha, que não sabe latim nem inglês, adivinhe, e acredite em mim. Um lenço, nesse momento, e um copo de água depois resolvem o problema, e não deixam a Susannah nenhuma ocasião de falar latim.

Impedida por aquela fricção incômoda, Félicité não prestou muita atenção no terrível tumulto causado pela palavra mágica.

— Qual palavra mágica?

— Na verdade, nada me agrada tanto quanto um leitor como você. Logo se vê, meu querido Piélatin, que você não é de nenhuma academia, nem mesmo da academia de Châlons.[10] Essa palavra, que você deve evitar pronunciar diante dos filósofos, se tem o mínimo de cuidado com os próprios tímpanos e não está disposto a renunciar à música, é a palavra *causa*. É essa palavra que desde todos os tempos os bruxos empregaram para unir a raça disputante no sabá filosófico. Será que você nunca viu um sábio boticário expor ao calor o ouro que precipitou, depois de tê-lo dissolvido, na água régia?[11] A matéria, aquecida, ribomba, bate nas beiras do vaso que a contém, e os espectadores embasbacados acreditam que o químico vai lançar raios. Tal qual, e ainda mais ativa, essa palavra *causa*, pronunciada ao ouvido de um filósofo, dispõe as matérias científicas à fermentação cáustica. O ar, batido e batido de novo em todos os sentidos, ressoa sob os golpes redobrados de suas respectivas línguas, e os ecos não bastam para repetir os inúmeros oráculos que suas bocas espumosas vomitam.

Todos os que conhecem um pouco as pessoas hábeis sabem muito bem que cada seita tem duas ou três palavras favoritas, às quais todo o seu saber se refere: são selas para qualquer cavalo, o pó de pirlimpimpim das Academias. As mais moderadas têm apenas uma, vêm em seguida as que têm duas, depois os mágicos trinitários.[12] Por mais complicada que seja uma tese, essas pessoas sabem desemaranhá-las e enrolá-las em seus novelos. Essas fórmulas são o leito de Busíris.[13] A verdade é muito longa: crac, esses cavalheiros a aparam para você, pela cabeça e pelos pés; ela é muito curta: então a põem no cabrestante; e vira que vira, ela tem que esticar! Meu vizinho sai todos os dias com o ombro adornado por um pedaço de pano cortado do gorro de Momo,[14] e forrado com pele de gato: é um sábio, um teólogo; dizem até que foi jesuíta no tempo em que havia jesuítas.[15]

— Doutor, doutor, vem-me um escrúpulo, o senhor não poderia acalmá-lo?

— Hã, sem dúvida, meu querido filho; a fé...

É essa sua vara de Jacó,[16] se eu creio não duvidarei mais. Oh! O hábil homem! "Mas esse médico, esse aí é um homem! Como raciocinava durante aquela consulta na qual, a conselho dele, deu-se emético a essa pobre mãe de família, que sua alma esteja diante de Deus! Ela morreu uma hora depois.

— Doutor, o senhor não saberia me explicar?

— Sem dúvida, eu sei tudo, explico tudo com o flogístico. É ele a causa da sua doença; é ele que fornece os diagnósticos, os prognósticos etc.; é também ele que domina em matéria médica, em cura, na crise natural; e vou lhe dar uma receita.[17]

— Basta. Estou me sentindo bem, e seu emético ou flogístico, pois com os senhores tudo rima com *tico*, não me tente.

Os filósofos, enciclopédicos ou economistas, dignos sucessores dos sabichões de nomes terminados em *us*, na faculdade de embaralhar as matérias herdaram deles essa mania de explicar tudo com sentenças pequenas. Para este, é o movimento, para aquele, o direito natural, este outro recorre ao despotismo; e se você pergunta:

— Janneton, por que deixou queimar o ensopado, se sabia muito bem que esses senhores vinham jantar?

— Ai, senhor! Não sei.

— Você não sabe. E, depois, é o charivari; é o despotismo.

— Ah, não, senhor, é o flogístico.

— Veja só essa ignorante, é o gás...

Enfim, esses diversos sentimentos defendidos calorosamente... Pergunte aos jornalecos da Champanha miserável. É uma terra que, por si só, jamais produz sábios, e onde se veem mais grous e abetardas do que filósofos. Você andará corajosamente quinze ou vinte léguas sem encontrar um homem que saiba ler nem um cura que compreenda seu missal. Nunca se pronuncia nessa boa terra as palavras *Calvino, Lutero, Jansenio*. Ali nunca se falou de vazio, a não ser na época da arrecadação dos impostos, nem de cheio, se não depois da passagem das tropas, porque algumas mocinhas sentem enjoos e hidropisias de nove meses. Assim, os jornalecos dessa terra não têm essa loquacidade de língua que distingue os dos arredores de Paris, e sofreram uma terrível extinção de voz depois de nossos ambulantes; e a teriam mesmo perdido por completo se uma longa experiência não tivesse ensinado a Voragine que é impossível para esses sábios falar um depois do outro sem se interromper, e todos juntos e se ouvindo. Portanto, como mulher precavida, como verdadeira apreciadora, havia muito tempo que ela fizera uma provisão de certas mordaças que sempre carregava penduradas na cintura, à guisa de chaveiro. Assim que percebia que a matéria se tornava um pouco importante e merecia ampla discussão, tirava na sorte, com raminhos de palha, os candidatos da arte oratória, e amordaçava aqueles a quem a sorte não se mostrava favorável. Nessa ocasião, o destino se decidiu por Lungiet; e tendo Séché e Bissot sido bem e devidamente amarrados, o ilustre advogado começou nos seguintes termos um discurso que bem merece um capítulo à parte.

11. Rudes dissertações[1]

— Falo por essa parte desafortunada da espécie humana, que vive na abstinência e na nudez, contra os ricos e os grandes que têm boa mesa e cobrem-se de magníficas vestimentas; a existência, a vida, a felicidade de meus defendidos só interessam a mim, só eu sou predestinado a defendê-los. Pela segunda vez em minha vida hesitei e senti-me prestes a não ter coragem. Se quisessem apenas minha vida, minha liberdade, eu não teria hesitado um minuto; mas é minha reputação, minha honra, que meus invejosos e meus inimigos atacam, e hesitei um instante. Como!, disse a mim mesmo, acusam-me de ser o apóstolo da escravidão, porque declamo contra a liberdade. Querem que eu seja o panegirista dos padres, porque os incenso a torto e a direito, o inimigo do pão, porque mesmo devorando os dons de Ceres não paro de qualificá-los de iguaria indigesta e fastidiosa. Injustiças tão horríveis inspiram-me o desejo de abandonar as causas de todos eles. No entanto, olho ao redor e não vejo nenhum outro disposto a assumir a causa do indigente oprimido pela liberdade; portanto a isso me devoto, e serei o Cúrcio[2] que tapará esse abismo de iniquidades. Falarei pelos aldeões que exigem a servidão contra os ricos que os forçaram a adquirir a liberdade.

Durante esse belo exórdio, Voragine, percebendo que a mordaça de Séché tinha se mexido um pouco por causa dos esforços e das caretas que ele fizera para arrebentá-la, aproveitou do instante em que o orador se assoou e cuspiu para apertar as correias, e depois de dar uma olhadela na outra boca, fez um sinal ao orador, que assim retomou o fio de seu discurso.

— A liberdade que hoje aflige a Europa não é um mal tão antigo como se poderia crer. Foi só no meio do século XII que os três irmãos Garlande e o monge Suger, ministros de Luís, o Gordo, começaram a introduzi-la no reino.[3] Antes dessa época fatal os homens vegetavam pacificamente numa doce servidão; desde então, preocupações e sofrimentos de toda espécie não pararam de afligir os infelizes gauleses. Assim como a árvore numa latada, forçada pelas benfazejas cavilhas e pelas cordas salutares a produzir, para a mesa de seu dono ou para o altar dos deuses, frutos apetitosos e suaves, nem bem se livra de suas correntes deixa brotar aqui e ali ramos estéreis que não dão nem um fruto que se possa comer, também os povos tirados de suas correntes já não são úteis para ninguém. O povo é uma criança mimada que precisa do açoite e da verga: graças à cega bondade das famílias para as quais Deus criou o gênero humano, nossa espécie estaria totalmente degradada se ainda não restassem algumas dessas árvores brilhantes por obra de uma salutar coerção; sim, nossa mãe, a Santa Igreja, penetrada pelo mais terno amor por seus filhos, soube muito bem mantê-los em uma dependência conveniente. Os monges de Saint-Claude ainda têm servos; na Polônia e na Rússia eles pululam, e Deus os conservou em quase todas as regiões da antiga Ásia.[4] Foi assim que, durante o cativeiro da Babilônia, aquele ser previdente nutriu às margens do Eufrates os judeus destinados a reconstruir o templo, e que o sr.

De Saint Germain guardou alguns soldados de cavalaria ligeira, alguns gendarmes da guarda e alguns coelhos, temendo que a raça viesse a se perder totalmente.[5] Um dia, com toda certeza, eles se multiplicarão e os coelhos bravos povoarão à vontade os palacetes dos vermelhos.[6]* Um dia, com toda a certeza, a servidão retornará, com passo cansado e lento, a seu trono pacífico, e voltará a afundar os humanos nas doçuras da tranquila despreocupação.

"Como era doce, como era bela em seu berço! Clóvis, esse filósofo tão manso, esse cristão tão repleto de amor ao próximo que deveu a um santo e a uma santa as graças do alto, esse filho do céu que recebeu para seu batismo um frasco de óleo da Provença, e para a guerra um estandarte de seda de Lyon; esse grande homem, digo, passa o Reno à frente de uma corte tão brilhante quanto ligeira.[7] Breve ele põe em fuga tanto os gauleses como os romanos; e os faz partilhar o jugo feliz que impõe à própria família. A liberdade, rejeitada mais além do rio Loire, lá só encontra por alguns instantes asilo garantido, e logo, fugindo igualmente das regiões germânicas e do país dos borguinhões, a Gália alcança a honra de ser escrava dos francos. Romanos, godos, borguinhões, todos correm ao encontro do jugo, pois nossos sábios ancestrais não mantinham, como os romanos, seus escravos trancados em suas casas para ali os fazerem trabalhar cada um numa tarefa mais ou menos pesada; o encerramento, como diz muito bem Salomão, é maléfico, e o bafo do homem é, tanto física como moralmente, mortal para seu semelhante.[8] Nossos

---

* Ó! O sr. De Brienne pôs ordem nisso: nós o vimos dar aos oficiais das guardas francesas a caixinha postal com as ordens de prisão ou de exílio; e temendo que os vermelhos pregassem contra essas doces indulgências, ele as extirpou até a raiz. Era um grande homem, esse sr. De Brienne; se Leão X tivesse tratado da mesma maneira os franciscanos, Martinho Lutero não teria feito tanto barulho no mundo.

conquistadores, quase tão sábios como o rei judeu, atribuíam a cada escravo seu solar particular, no qual viviam misturados o vilão, a fêmea e os pequenos. Toda a servidão dessas boas pessoas consistia em dar a escolher para seu senhor entre suas frutas e seus rebanhos; suas peles, seus tecidos também eram apresentados, e o vassalo guardava o que não podia convir aos donzéis. Foi assim que o feliz povo gaulês passou os dois séculos afortunados durante os quais os netos de Clóvis dormiram despreocupados sobre seu trono. Essa época feliz foi, considerando tudo, a idade de prata, e aquela que a seguiu, a verdadeira idade de ouro.

"Pepino, pai de Carlos, o Grande, que os senhores chamam de Carlos Magno, acabava de se apoderar, com a ajuda dos padres e de seus bravos, da monarquia universal. São Pedro, colocando-o acima dos franceses, dera-lhe os gauleses como absoluta propriedade, como o prova, aliás, a correspondência desse santo suíço do paraíso, a de seu sucessor Estêvão e os profundos escritos do sr. Gin,[9] antigo membro do Parlamento do sr. De Maupeou. Carlos desfrutara, correndo sem cessar, dos Pirineus às fontes do Danúbio, desse colosso de poder, quando o pobre Luís, o Piedoso, açoitado pelos padres, insultado por seus filhos, roubado por seus sucessores, deixou a descendentes tão pouco hábeis como ele o cuidado de dar a senhores, como feudos, os vastos Estados que herdara de seu pai.[10] É sob essa raça de santos e heróis que se deve colocar o bom, o feliz tempo, o verdadeiro século de ouro da monarquia. Bons tempos!, era o verdadeiro carnaval do pobre povo. Mas paremos um instante os olhos nessa época afortunada.

"Vejo escravos tranquilos, bebendo, comendo, unindo-se às suas companheiras, sem medo dos oficiais de justiça, dos funcionários, dos subdelegados, dos intendentes. Atento a evitar-lhes todo cansaço infrutífero, o senhor se apressa em salvá-los do cansaço da primeira noite de núpcias. Todos os senhores sabem que trabalho de cão, que ofício de arrombador de portas é essa bizarra cerimônia. Pois bem! Para um vilão, uma virgindade era uma ave tão rara quanto o é para um habitante de Paris ou de Londres, *rara avis*.[11] Que esforço! Que trabalho para um senhor, que volta e meia casava num ano mais de duzentos de seus vassalos! Não era justo mantê-lo forte, gordo e com saúde? Era um cuidado que seus atentos despenseiros não negligenciavam! Que modos livres e francos empregavam naqueles tempos de verdade! Toda semana eram vistos entrando no casebre do vilão, despendurando seus presuntos, pegando seus chouriços, recolhendo seus ovos, despenando suas galinhas, degolando seus vitelos e seus carneiros; e, quais novos Geriões,[12] caçando na cidadela os bois gordos que se recusavam a ir para os campos cultivados. O chefe de mesa do monsenhor não podia decentemente carregar sobre seus nobres ombros uma colheita tão pesada; portanto, escolhia nos haras do vilão o cavalo de quatro anos mais bonito e o conduzia para o cercado do castelo do temível barão. Quem ousaria criticar uma operação tão cheia de justiça? Não é evidente que o poder legislativo e o executivo são coproprietários de todos os bens? Ora, o senhor barão fazia leis em seu conselho, com seu capelão e seu bailio, mandava-as executar sem apelo por seus criados, como fazem ainda em nossos dias a maioria dos príncipes da Europa; portanto, reunia os dois poderes; portanto, era proprietário dos homens e coproprietário dos bens.

"Nessa época não se conhecia o luxo assim como não se conhecia a preguiça. Um casebre composto de algumas estacas unidas pelo alto, como as cabanas de nossos carvoeiros, recebia como única abertura uma luz fugaz. A fumaça e as exalações da família opunham uma corrente perpétua ao ar exterior e à luz: algumas ripas tapavam, durante a ausência do sol, a abertura da chaminé. O dia se passava nos campos a respirar o ar livre, e se alguém descuidava de seu cultivo, o pai comum enviava seu censor, que, munido de um chicote de uma braça, deitava o vilão de bruços e, forçando-o a descobrir as partes escondidas por um trapo esburacado, assestava-lhe nos músculos carnudos das nádegas algumas centenas de chicotadas. Nada era mais simples do que esse modo de proceder, nada mais expeditivo, nenhum direito era mais claro. Moisés, cuja suavidade não se ousará provavelmente pôr em dúvida, Moisés não diz: '*qui percusserit servum suum vel ancillam virga et mortui fuerint in manibus ejus... reus erit, sin autem uno die supervixerit non subjacebit poenae: quia pecunia illius est*'. Êxodo, 21,20. 'Se alguém ferir seu criado ou sua criada com uma vara, e eles morrerem nas suas mãos, ele será culpado. Mas se sobreviverem um dia ou dois a seus maus-tratos, ele será absolvido, porque é seu dinheiro.' Portanto, as flagelações pertencem, devidamente, ao direito divino.

"Mas eis os dias de corveia, as semanas de serviço pessoal. Não estão vendo todos se apressarem e ir para o castelo? Um arrasta as pedras, outro cava em volta do caminho, outro arrasta a enorme baronesa, outro leva a virgem à igreja, outro segura o estribo para o senhor, outro guia o rocim do senhor seu filho.

"Eu disse em outra parte, mas consideremos que não tenha dito, que os escravos não iam à guerra e que seus senhores lutavam por eles. É preciso convir que me enganei. Naquele momento eu não estava com minha biblioteca e citava de memória; pois desde então li, na lei dos visigodos, essas palavras notáveis: 'Quando o romano e o bárbaro forem convocados para algumas expedições, serão obrigados a levar consigo para o campo a décima parte de seu servos bem armados'.[13] Bem mais: também encontro nas cartas de Luís, o Gordo, que eles os mandavam combater em campo fechado, notadamente os monges e as igrejas, tais como os padres da abadia Saint-Maur-des-Fossés e a igreja de Chartres.[14] Mas como todos esses velhos decretos não são mais citados em audiência, sou digno de todo o perdão por tê-los ignorado. Nada disso impede que cada um deseje ser escravo e peça aos senhores para fazer a gentileza de recebê-los em seus rebanhos, a fim de pertencer a alguém e não ser um homem sem eira nem beira. Que terno amor eles não lhe demonstravam em troca desse favor! Monsenhor não podia se sentir ligeiramente incomodado sem que disso resultasse uma ampla escoriação no sofrimento de todos esses vilões. O senhor marquês da Alabardeira recusava-se a reconhecer a superioridade do senhor conde do Picadinho,* e logo este armava todos os seus servos, ia no encalço dos vassalos de seu vizinho, apanhava seus cavalos, seus bois, seus burros; massacrava quem se defendia, levava quem não resistia; violava os jovens, matava as velhas, queimava os cereais de espigas amarelando, mandava transformar em pasto e pisotear os prados prontos para ser ceifados. Mas no ano seguinte, o senhor barão tinha sua vez; uma bela noite, chegava com os cavaleiros seus paladinos, caía sobre a vilanagem, ceifava os trigos ainda verdes e só deixava em torno do torreão a fome presente e vindoura. Enquanto isso, a miséria trazia enfim a paz. Mas eis que o senhor duque Iradocoração convoca seus vassalos para ir guerrear contra o rei seu senhor, que quer uma retratação. O senhor barão se arma às pressas, leva sob sua bandeira a décima parte do que lhe resta de servos e alinha-se sob o estandarte do suserano. Mas, enquanto nossos senhores dão duro, chegam às suas terras as grandes companhias *filii belial guerratores variorum*,[15] que acariciam as moças e as mulheres e vivem à discrição nos feudos dos combatentes. Teriam eles assim mutuamente se mortificado, estripado, estropiado para senhores indiferentes? Não, sem dúvida; por isso o senhor barão não se mostrava ingrato. Seus servos eram toda a sua fortuna, e ele não deixava de ter na

---

* Em toda essa passagem Pelleport inventa nomes engraçados para caracterizar o clima das rixas feudais. No original, "marquis de la Hauberaldière"; "comte de la Hacherie"; "duc Révoltencoeur". (N. T.)

manga algum hábil feiticeiro que lhe fornecia, a ele e aos seus, um excelente bálsamo de Ferrabrás.[16] Assim, a população era bem mais numerosa, o comércio, bem mais florescente que nos nossos dias de iniquidade.

"E não creiam que os filhos dos que morriam na guerra ficassem órfãos e abandonados. O senhor os criava, para que lhe servissem um dia: e mesmo se, premido por uma excitação muito ardente, um vilão do senhor de Bandeville viesse a fazer filhos com uma vilã da dama de Douxcon, o senhor e a dama sua vizinha os dividiam entre si como se fossem animais, assim como os senhores poderão ver na carta conservada em Guines-la-Putain, que diz, em termos categóricos e formais: *si villaneus Domini nostri urbis erectionum, facit filios aut filias servae, aut servis dominoe dulci conis, partiantur sicut catulos.*[17]

"Depois de lhes ter apresentado um quadro fiel dos prazeres desses séculos de felicidade, traçar aquele de nossos tempos desafortunados seria excitar suas lágrimas. Hei de pintar-lhes os pobres-diabos que, pelo preço de uma jornada do mais duro trabalho, não conseguiriam obter sua subsistência elementar? Infelizes que um intendente força, a contragosto, a jogar um jogo de azar em que, assim como nas outras loterias, há uma perda garantida? Lavradores, mais a lamentar ainda, que o granizo, a seca e a geada privam da recompensa de um ano de trabalho? Hei de mostrá-los levados à força por uma grande estrada, eles e seus animais, comendo a erva poeirenta e malsã que cobre as valetas? Velhos implorando em vão a entrada num hospital; velhas, mais horrorosas, mais repugnantes ainda do que essas fêmeas porteiras às quais os aldeões dão com tanto descaramento o nome de mulheres? Esses são, porém, os efeitos da liberdade, dessa liberdade que querem nos louvar com tanto atrevimento. Portanto, sem me deter de nenhuma maneira nas defesas de meu confrade, cuja boca espumante me anuncia uma viva réplica, concluo com o desejo de que príncipes, reis e outros soberanos do mundo ordenem que nossos pobres defendidos sejam enviados ao encontro dos ricos a fim de serem recebidos na doce condição de escravos; e que os defendidos por mestre Séché o sejam igualmente constrangidos a isso, até mesmo por corpo, a fim de que tudo vá da melhor maneira possível neste nosso mundo. E, não obstante qualquer oposição passada ou vindoura, dará tudo certo."

Ignoro se Lungiet teria parado aí, de tal forma a matéria oferecia boas coisas para dizer; mas o pobre Séché que, durante esse longo discurso, não deixara de mexer em todas as direções seu mastigatório, conseguiu enfim romper a testeira. De imediato todas as palavras saem em profusão e, por seu afluxo, seguram o orador num silêncio prolongado. É assim que o ar interno, comprimido por seu próprio peso nas entranhas da terra, vindo a ser aquecido pelo calor central, empurra para a goela de um vasto vulcão um monte de matérias heterogêneas. Primeiro elas se comprimem reciprocamente, fazem horríveis esforços contra as paredes do vaso imenso, a terra treme; seus habitantes apavorados esperam, num sombrio silêncio, a erupção fatal; por fim, as matérias inflamadas abrem passagem às expensas dos lábios da montanha; a lava inflamada corre como uma torrente, queima, derruba e... Voragine recolheu com muito jeito a mordaça que segurara a torrente de palavras; Lungiet se viu, por sua vez, amordaçado, e o ilustre auditório sentiu-se na obrigação de escutar a erudita réplica.

— Então você acredita, ó Lungiet!, que com o auxílio de uma apologia bordada de sofismas vai nos atrapalhar quanto a nossos princípios? E pensa ter provado que os servos, no tempo da escravidão, eram muito mais felizes que nossos camponeses livres são hoje? Não, não: você está bem longe disso, meu amigo, mas se tivesse provado pela experiência essa proposição incontestável, que poderiam as suas provas contra meus três princípios e meu direito natural? Que poderia opor a uma demonstração geométrica, e contra as verdades eternas que pus em evidência à frente de meu *Journal des Princes*?[18] Vou, portanto, mais uma vez demonstrar *ab ovo*[19] que a servidão é manifestamente contrária à liberdade das ações, à segurança da pessoa e à propriedade dos bens, e, se eu não colocar essas proposições na mais clara evidência, há que se jogar no fogo meu jornal.

— Aguente, que é bem dito. Que homem! É o rei dos filósofos! Ó meu amigo! meu querido mestre, prometo-lhe um acróstico em seu louvor, um acróstico que...[20]

Enquanto o interruptor Séchand dizia essas últimas palavras, a hábil Voragine, que se esgueirara atrás dele, introduzia rapidamente a máquina fatal, e eis meu homem amordaçado.

— Ah, traidor, bajulador, imbecil, então é assim que você interrompe: continue, senhor arengador.

— Ah!, como as senhoras de nossa província, que mantêm círculos de boas inteligências, fariam bem de ter assim penduradas em suas lareiras mordaças à guisa de guarda-fogos. Pelo amor de Deus, meu coração, preciso introduzir esse bom hábito no meu castelo do Cacarejo.* Voragine tem razão; quando os políticos das redondezas se querelarem pela passagem de um rio ou pela demissão de um ministro; quando seu primo, o eleito, disputar por causa da existência de Deus com o frei Nicodême, o grande mendicante, ou quando o conde do Paumole tiver uma briga com o cavaleiro Metenocanto sobre as saliências de uma corça, mandarei amordaçar toda a companhia; talvez então me será mais fácil pôr-me ao corrente da conversa deles. O que diz disso, meu amor?

---

* No original, castelo "de la Piaillerie". Adiante, no mesmo parágrafo, mais duas invenções de Pelleport: o "comte de Vitenflasque" e o "chevalier Tirencoin". (N. T.)

— Como lhe aprouver, meu terno barão; e seguramente, meu coração, seu exemplo logo será seguido, pois você é a pessoa ideal para dar o tom a toda a província e mesmo à corte e à cidade.

Enquanto isso Séché triunfava de antemão; já alinhava suas palavras e suas frases, punha em evidência suas hipóteses, em ordem de batalha o pesado corpo de suas teses, e fazia cerrar a retaguarda com suas conclusões, entre as quais havia algumas capengas, que não marchavam no mesmo ritmo e ficavam para trás, junto com as equipagens. Mas todo esse aparato lhe foi inútil naquele momento: estavam chegando à cruz do Mont-Dieu, e a atmosfera silenciosa da cartuxa mal e mal havia *envolvido* nossos filósofos, quando a vontade de falar deu lugar à de beber; e embora não fosse muito tarde, todos acataram os desejos de Voragine, que propôs pararem ali.

Ela tira a brida de seus pacientes, e o burro, radiante com a esperança de um bom pouso, põe-se a entoar seu hino costumeiro. Os cavalos da abadia lhe responderam com uma voz frágil, e meu amigo, d. Hachette, tendo farejado um gostinho de capuchinho, entrincheirou-se em sua cela e enviou o coadjutor, que lhes gritou num tom entre o barítono e o baixo: "Ao ataque, ao ataque".[21] Um frade levou-os até lá, o burro que Tifarès acabava de desalbardar viu um estábulo entreaberto e ali se meteu como verdadeiro burro de boêmios. O caixote de aveia estava aberto, deixo-lhe imaginar que festa ele fez. Mas, infelizmente, as coisas humanas são tão pouco estáveis! A desgraça sempre persegue de tão perto a felicidade que é muito fácil ver que este nosso mundo não é a pátria nem dos homens nem dos animais. O criado do dom prior, esperto e astuto como um pajem, entrevê o burro, que se fartava à tripa forra. O safado, seja por vontade, seja em consequência de seu temperamento malvado, meteu-se atrás do inocente animal e lhe arriou em cima da nuca a tampa pesada do caixote. O pobre burro ficou preso como um ratinho numa ratoeira, desesperando-se por não poder ao menos engolir seu último bocado antes de morrer, e já pensando tão pouco na salvação de sua alma quanto um velho comissário guloso e bêbado que se sufoca à mesa, de pletora e apoplexia, pensa em testar em favor dos colaterais que ele manteve afastado de si enquanto viveu.

Foi-se o burrico, e Deus sabe o que teria acontecido com sua alma se o Amor, que tem o tempo todo os olhos abertos para o destino dos burros, não tivesse forçado a golpes de dardos Bissot e Félicité a procurarem um abrigo no estábulo onde o burro estava agonizando. Deixo-o pensar se o destino da cavalgadura os comoveu; os amantes têm sempre o coração sensível, as moças sobretudo, como prova a srta. Pérette, que interrompeu seu amante temendo esmagar uma pulga. Mas, ai!, os fracos braços dos dois fizeram vãos esforços para aliviar o animal. Foi preciso recorrer aos braços de bronze de Mordanes. Ele chegou e imediatamente o burro foi solto. Nem bem este se viu em liberdade, demonstrou sua gratidão sacudindo as orelhas e roubou mais um bocado. Os amantes, importunados em sua esperança do prazer, fizeram-se mil juras de se recompensar o mais rápido que lhes fosse possível. Mordanes desconfiou da coisa, e como era igual aos burros e não podia olhar um buraco sem logo meter a cabeça ou a mão ali dentro, jurou, enquanto enchia de aveia um saquinho que sempre levava por precaução, não deixar muito tempo o recém-chegado gozar do direito exclusivo, e que dali a pouco a filha lhe daria as mesmas alegrias que lhe dera a mãe. O Amor o ouviu, e gemendo por não poder realizar os votos de seu favorito, prometeu fazer para ele tudo o que o destino não tornasse muito difícil e foi, enquanto isso, ocupar no meio do grupo seu lugar costumeiro entre Bissot e sua querida amiga.

12. Paralelo entre monges mendicantes e proprietários

— Pois bem! Cozinheiro, você dá jantar a esses padres capuchinhos?

— Quais capuchinhos, dom procurador? Hoje não veio nenhum.

— Você está mentindo, eu os senti; pergunte ao dom coadjutor.

— O senhor se enganou, é um acampamento nômade que vai andando com um burro.

— Um burro, portanto você está vendo muito bem que são capuchinhos. Ah, meu bom Deus, não! Eles têm mulheres consigo: como ele é teimoso; não está vendo que são capuchinhos que raptaram moças?

Meu amigo d. Hachette não disse mais nada, porque pararam de contrariá-lo.[1] Tinha o nariz tão exercitado, seu ódio pelas ordens mendicantes era tão forte que, a menos que os quatro evangelistas viessem em pessoa lhe declarar que os viajantes não eram capuchinhos, ninguém conseguiria demovê-lo de desmentir seu olfato, e ainda assim só acreditaria plenamente nos autores de toda a verdade depois de tê-los confrontado, para estar certo de que não se contradiziam. E teria sido obrigado a submeter sua razão à sua fé. Sobre qualquer outro artigo, dom procurador não era tão incrédulo.

— Você, cavalheiro, a quem já contei o segredo, sabe de onde partia o cheiro capucinal que induzia o venerável religioso em erro. Você só está espantado é de ver um respeitável cartuxo muito fortemente de pé atrás contra os monges, a ponto de farejá-los a um quarto de légua com tanta segurança quanto um excelente chefe de matilha fareja um velho solitário em seu forte. Fiquei tão surpreso como você, conforme testemunhei a meu amigo numa manhã em que ele me mostrava entre seus quadros um são Francisco que ele mesmo tinha pintado. "Sem dúvida", eu lhe disse, "espanto-me que tenha escolhido tal tema, o senhor que não consegue esconder seu ódio pelos filhos dele."

— Seu modo de dizer é hábil — ele me respondeu sorrindo —, você está escandalizado por minha aversão aos mendicantes e gostaria de saber a causa; não lhe recusarei essa satisfação, mas terá de me escutar atentamente e pesar bem minhas razões.

"Vocês, os mundanos, que não olham de tão perto, incluem todos os religiosos sob a denominação de monges: basta que a forma e o hábito de um homem não sejam as suas para que, apesar do velho provérbio, vocês os transformem de imediato num solitário, pois é isso que significa a palavra monge.* Se for preciso absolutamente distinguir todos aqueles que adotaram uma regra e lhes dar um nome comum, empregaremos a palavra *religioso*. Um religioso é um homem que, além de ter feito os três votos, de pobreza, castidade e obediência, vive de acordo com certa regra, certo regime que o distingue das pessoas do século e lhe lembra a todo instante que não deve imitar os costumes desre-

---

* *De monos*, que quer dizer *só*.

gulados dos outros, mas, ao contrário, esforçar-se para trazê-los à virtude por seus exemplos e suas preces. A diferença entre os regulares seria ligeira se todos tivessem entendido da mesma maneira a fórmula de seus votos. Em geral compreenderam, melhor que observaram, a castidade, disputaram-se sobre o alcance da obediência, e acima de tudo diferiram na ideia que ligam à palavra pobreza. Foi dessa diversidade de opiniões que veio a grande divisão dos religiosos em *proprietários* e *mendicantes*.

"Os religiosos proprietários, podemos dividi-los em duas classes, a dos monges propriamente ditos, tais como nós, os padres da Trapa etc., e a dos religiosos vivendo juntos e que também fazem voto de pobreza, como os mendicantes, cinza, pretos, descalços ou calçados, mas eles não o entendem da mesma maneira.

"As ordens proprietárias colocam a pobreza religiosa nos indivíduos que as compõem: é esse o corpo de um contrato passado entre o regular e sua casa; ela se obriga a fornecer-lhe o necessário tal como é definido pela regra, contanto que ele renuncie a toda espécie de propriedade. Ele é pobre, porque não possui nada; seu hábito não é dele; pode usá-lo, não pode vendê-lo. A casa deve abastecê-lo em tudo, enquanto ele cumprir as cláusulas de seu compromisso, jejuar, rezar, trabalhar com suas mãos; em suma, fizer de seu lado o bem da comunidade. A principal das obrigações da comunidade é poupá-lo de toda espécie de preocupação alheia a seu estado, e sobretudo fazer com que ele jamais possa ficar a cargo da sociedade dos mundanos, nem de nenhum deles, seja em caso de doença, de velhice etc. Quando deixa de trabalhar para o Estado, deixa de esperar sua proteção. Assim, a comunidade é soberana sobre os indivíduos que a compõem. Eles não têm nenhuma relação com o magistrado civil: é a comunidade, e não o indivíduo, que se relaciona com o Estado. Ela é a garantia em relação a ele do comportamento de cada um de seus membros; responde pela existência deles, guarda-os em seu seio, e protege os mundanos contra os distúrbios que causaria na família deles o retorno de um religioso. De seu lado, o Estado garante à comunidade a posse de sua propriedade, a conservação de sua existência tanto em si mesma como em cada um de seus membros, enfim garante-lhe a liberdade de suas ações, no círculo traçado pelas leis.

"Os membros das ordens proprietárias jamais podem ficar a cargo do público, pois têm uma hipoteca privilegiada sobre os bens da casa, e seria preciso que esses bens fossem aniquilados, ou penhorados pelo Estado, para que o religioso perdesse seu privilégio. O primeiro caso é impossível na situação atual, porque as comunidades continuam a ser consideradas menores; se o segundo acontecesse, o Estado se poria no lugar da casa, e não poderia se recusar a nos sustentar.

"Não me convém discutir a utilidade de nossas ordens, pois há trinta anos sou afiliado, aí vivi muito tranquilo para ser tentado a satirizá-las; adotei muito bem seu espírito para arriscar a fazer-lhe o panegírico. Mas o interesse da religião, a dignidade do clero e a justiça eterna me fazem pensar de maneira totalmente diferente a respeito das ordens mendicantes.

"Esses recém-chegados transportaram a ideia da pobreza do indivíduo para a própria ordem. Não é mais o religioso que renuncia a possuir, é a própria ordem. Resultou dessa reversão de ideias que não é mais o corpo que é obrigado a nutrir os membros, mas que seus membros é que se comprometeram a nutrir o corpo. Daí resultou a necessidade de se espalharem pelo mundo, de se dobrarem aos caprichos, às fraquezas, às próprias desordens dos mundanos. Estes impuseram a seus dons o preço que quiseram pôr: com frequência não mediram as humilhações com que oprimiram o mendicante, senão pelo grau de fome que observaram em seu rosto. Daí o desprezo pelo mendicante, que, na França, se estendeu até o monge proprietário, do monge ao secular, do secular ao bispo, deste a seu metropolitano, e por fim ao Deus que eles anunciam. O contrato entre o mendicante e sua casa deixou de ter garantia: o Estado não pôde tratar com um corpo vagabundo que em nada se fixa, que, de um instante a outro, pode sacudir a poeira de suas sandálias e desaparecer. O mundo olhou a ordem como um rochedo incessantemente prestes a esmagá-lo em sua queda, e seus membros como uma alcateia de lobos que a fome cruel podia de uma hora para outra tornar raivosos. Aqueles papas que se extraviaram por ideias ambiciosas encontraram nos mendicantes um exército já prontinho. Um regimento era mais favorecido que outro, e via-se nascer a guerra civil, e os mais encrespados, os mais temíveis surgiram em suas celas. Tendo o número de religiosos mendicantes crescido rapidamente, e as esmolas não bastando para mantê-los, foi preciso viver de indústria e traficar coisas santas. Eles foram vistos, com uma bula na mão, expulsando os próprios pastores de seus púlpitos e de seus tribunais, foram vistos atraindo as ovelhas de outros, por uma extrema indulgência nos confessionários, e por expiações que, todas elas, resultavam em benefício do convento. No entanto, espalhando-se entre os laicos, eles encontraram frequentes ocasiões de se dedicar à devassidão; beberam e comeram não de tudo que lhes ofereceram, mas tudo o que lhes ofereceram. As mulheres, mais fracas, mais suaves, mais fáceis de se surpreender pela novidade e pela aparência do que são comumente os homens, prodigalizaram aos mendicantes as suas deferências, e, se quisermos acreditar nos mundanos, chegaram até às carícias. Como é que homens que se expõem a tentações tão fortes não sucumbiriam a elas? O espírito da carne não se faz ouvir às vezes até mesmo na cela do recluso? Assim, não tenho uma elevada ideia dos costumes daqueles que se espalham entre os pecadores.

"Mas se dirá que uma aparência repugnante, a sujeira, esse

cheiro que me revolta tanto que o distingo de longe entre os dos animais mais fétidos é um preservativo! Não contra o desejo de quem o exala. Aliás, as mulheres são tão curiosas... Mas passemos de leve sobre essa ideia.

"Esse aspecto exterior pouco cuidado é mais uma razão que me faz odiar as ordens e os indivíduos mendicantes. Se estamos de acordo sobre a necessidade do esplendor do culto, sobre a do luxo dos prelados, do exterior imponente que a religião deve assumir para se impor aos homens, como não sentir que o aviltamento de seus ministros deve respingar sobre ela? Escutemos as aldeãs mais rudes, elas só falam a seus filhos dos capuchinhos como sendo um bicho feroz. 'Cala a boca, vou te dar ao capuchinho, toma cuidado.' De seu lado, o marido não deixa de exclamar: 'Mulher, nada de padre libertino na minha casa, por favor, não me atraia esses monges horrorosos'. Os homens só se guiam pela opinião: o desprezo ergue-lhes um insuperável obstáculo.

"Enfim, ligando-se a uma ordem que nada pode possuir, a pessoa renuncia ao trabalho das mãos, desobedece aos preceitos do próprio Deus e promete viver às expensas dos outros. O capuchinho precisa comer, como o beneditino ou o cartuxo; portanto, também precisa trabalhar.

"Os que resolvem justificar essas ordens argumentam que elas trabalham, e mais utilmente que nós. O que faz, dizem eles, esse cartuxo em sua cela? Vassouras, rosários, obras inúteis ou orações supérfluas? Esses beneditinos outrora copiavam manuscritos, desde então compilaram enormemente, mas hoje não os vemos se tornarem muito úteis. O capuchinho, ao contrário, é útil o tempo todo e está sempre pronto: um cura envelhece ou fica doente, e o bom padre acorre em seu auxílio; vemo-lo no cadafalso ao lado do criminoso, encontramo-lo no campo de batalha no auge da confusão, exortando os moribundos; ele desafia o furor das ondas, sua voz se faz ouvir nas tempestades, e ele penetra intrepidamente no carbeto dos selvagens. Se tivessem uma propriedade, a abandonariam para ir assim desafiar os acasos? Os monges de vocês, proprietários, trocarão sua vida preguiçosa por essa vida ativa e agitada?

"Bem longe de procurar diminuir a glória do herói do Evangelho, repito seus louvores com o maior prazer: não examinarei se não é preciso uma coragem mais decidida para aguentar a uniformidade da vida claustral do que para levar uma vida variada e talvez agradável. Mas observarei que entre os capelães e os missionários contam-se mais seculares do que regulares. Os vencimentos dos primeiros são uma verdadeira propriedade, e o capuchinho capelão não é mais um mendicante, pois quebrou seu voto; o mesmo acontece com as missões, a regra de são Francisco não tem nada a ver com isso, e não haveria mais razão de glorificá-la do que de acusá-la dos horrores que cometem aqueles de seus filhos que se cobrem assim com suas asas. Resta, portanto, examinar a utilidade do socorro que podem tirar dos claustros os curas das cidades e dos campos.

"Suponhamos que cada uma da metade das cento e quatro mil paróquias da França empregue um mendicante durante uma semana do ano; essa suposição reduzirá o número dos capuchinhos úteis aos curas a mil, já que só há cinquenta e duas mil paróquias que façam uso desse auxílio e que cada uma delas só o empregando durante a quinquagésima segunda parte do ano é como se houvesse cinquenta e duas vezes menos empregados o ano inteiro. Suponhamos que esses capuchinhos fossem substituídos nas diversas dioceses por mil vigários ambulantes com, cada um, quinhentas libras de vencimentos, pagos pela totalidade da Igreja da França; pergunto-lhe se a soma de quinhentas mil libras que essa situação custaria é comparável com o que custa ao reino a manutenção dos mendicantes, de suas casas, de suas igrejas etc. Com isso, os curas ainda ganhariam o que dão em dinheiro a seus auxiliares atuais, as oblações e oferendas que as igrejas religiosas tiram da paróquia, e eles ficariam livres para alimentar e alojar o ambulante durante o tempo que se servissem dele.

"Concluamos, portanto, este longo discurso; ouso crer ter lhe demonstrado que as ordens mendicantes são perigosas para o Estado, inúteis e mesmo nocivas à religião, temerosas por parte dos bispos e as mais cruéis inimigas do resto do clero. É dessa persuasão íntima que nasceram meu ódio por essas próprias ordens, e o pouco-caso que faço dos indivíduos que as compõem."

Eu tinha ouvido esse discurso com muita atenção; confesso que não soube o que responder e fiquei convencido. Transcrevi-o o quanto antes e não estou zangado de tê-lo encontrado, para que pelo menos tudo não seja futilidade nesta excelente obra. Ele não interessará igualmente a todos os meus leitores, sobretudo àqueles que se deliciam com as façanhas de Mordanes e que, como ele, cobiçam os morenos encantos sensuais de Félicité. Aliás, peço a eles que pensem que seu espírito não deve sempre gozar. No entanto, se há entre eles algum que possa dizer, falando toda a verdade, que está sempre disposto aos prazeres do amor, de meu lado me comprometerei a não lhe falar de outra coisa.

Mas voltemos a nossos heróis e saibamos o que fizeram desde a triste aventura do burro.

O animal das orelhas grandes logo esqueceu sua funesta trápola. Inventara uma filosofia bastante sensata, a meu ver: tinha como princípio apagar da memória todos os vestígios do mal passado e, ao contrário, conservar cuidadosamente a reminiscência dos mais leves prazeres. Em espírito, tornou a comer os cardos que achara os melhores, e volta e meia atirava-se sobre a anca das jumentas cujas paixões mais bem haviam secundado a sua. Às vezes, repassava todas elas em revista e assim concentrava inúmeros prazeres no curto espaço de alguns minutos. Os burricos estoicos o criticavam tremendamente: tinham cem boas razões para fazer o elogio da dor; o burro mal se dignava a prestar-lhes a metade de sua atenção. Dizem até que, se por infelicidade o acaso levava o sermão a uma lasciva ouvinte, ele não esperava o fim do discurso e provava que a atração do prazer está bem acima daquela das palavras. Dizem também que os estoicos o olhavam de soslaio, furibundos; que mais de um o teria imitado se não tivesse havido mais testemunha do que vaidade, sua inseparável companheira.

13. Diversos projetos muito importantes para o bem público

Você está impaciente, meu querido leitor: não viu sem desdém cair a espessa tela de um discurso sensato; se eu acreditasse em você, os atores não teriam tempo de retomar o fôlego. Ouço com prazer você ficar batendo os pés de impaciência, as bengalas de seus vizinhos interromperem a orquestra; de todos os lados os provincianos exclamam: *comecem, comecem*. Essa palavra repetida em trinta dialetos ensina-me que todas as paralelas do reino me fornecem leitores, e eu gostaria de poder dizer também compradores; mas há certo número de anos introduziu-se na França um costume pérfido, mediante o qual estes são no máximo a décima parte daqueles. Uma multidão de solteiros faz a leitura de livros que não são deles. Esses senhores vivem do fundo comum, ou melhor, da bolsa dos pobres autores. Um só exemplar basta para toda uma cidade, e até mesmo se os lacaios dos senhores castelães das redondezas encontram por acaso, na antecâmara do generoso bibliotecário de uma cidadezinha, a brochura do ano passado, o malandro o embolsa sem dizer nada, seu patrão a lê num dia de chuva, a senhora baronesa a avalia com ar de desprezo, a senhorita a lê às escondidas com sua camareira, um vizinho desocupado a pega emprestado, e você tem a honra de ser lido, julgado, coberto de porcarias em cem castelos, em cem espeluncas, e por um milhão de espectadores; um só pagou.

Essa horrível injustiça revoltou fortemente o analista do século XVIII; ele até escreveu sobre esse tema uma excelente memória.[1] Não sei por qual fatalidade o governo lhe deu tão pouca atenção: conviremos baixinho, bem baixinho, mas antes falemos dos poderes.

— Jasmin?
— Senhor?
— Abra a janela e enxote as moscas, muito bem: feche a porta. Entre nós, ninguém pode nos ouvir: as pessoas da corte esqueceram a sentença de Carlos V. Esse príncipe dedicava grande estima às pessoas de letras. Um cortesão daquele tempo (esses senhores eram igualmente invejosos, mas mais descarados que os do nosso) lhe fez recriminações. O rei lhe respondeu: "Os sábios têm a sapiência, não é possível honrar-lhes muito, e enquanto a sapiência for honrada neste reino continuará havendo prosperidade, mas, quando ela for rejeitada, ele decairá".[2] Há certo tempo a sapiência foi *rejeitada*, formou-se contra ela uma liga pavorosa; é tempo de pôr ordem nisso; todos nós, homens de letras, estamos interessados.

E nosso corpo inteiro
Em meu favor gritará primeiro.

Ai de mim! Os gritos dos autores produzem pouco, quando se trata de suas bolsas. Um bom decreto do Conselho... por que não? A coisa não é muito difícil, tenho um prontinho em minha pasta. Salvei-o do fogo na casa de um ministro que acabava de recebê-lo de um economista e o condenara sem tê-lo lido. O preâmbulo é digno do primeiro mandarim da China.

Decreto do Conselho de Estado do rei, estabelecendo regulamento sobre o empréstimo de livros no reino.

O rei tendo sido informado, em seu Conselho, pelas memórias de vários autores, livreiros e vendedores, tanto de Paris como das províncias, do abuso que se introduziu em grande detrimento e da perda notória deles, de se emprestarem não somente entre irmãos e irmãs, primos e primas, em graus proibidos, os livros e sobretudo as brochuras novas, mas até de fazerem circular o mesmo exemplar por toda uma cidade; tendo também sido informado que por uma avidez condenável certos livreiros abriram pretensos gabinetes literários nos quais diversos particulares conseguem, mediante uma pequena retribuição anual, o fruto dos trabalhos dos autores; considerando Sua Majestade que as letras formam parte essencial da glória de um reino, são úteis aos costumes, suavizam os espíritos, civilizam os cidadãos, acreditou ver estender sobre os autores sua proteção régia. Sua justiça levou-a facilmente a essa providência: tendo os literatos e todos os que se ocupam da circulação dos conhecimentos, sistemas, projetos, observações, histórias, contos, fábulas, peças de teatros etc., o direito de viver, como todos os nossos outros súditos, e de gozar de seu trabalho, teria resultado do abuso de emprestar-se mutuamente os livros uma perda inapreciável para os ditos autores, livreiros e vendedores. Os autores não teriam mais encontrado um tão bom preço para seus manuscritos, de modo que vários deles teriam contraído dívidas, teriam se visto arrastados para a prisão, alguns teriam até mesmo morrido de fome ou de frio; e um número ainda maior teria abandonado o Parnasso para voltar ao exercício das profissões mecânicas, para grande escândalo dos amantes da literatura. Considerando ainda que, vista a modicidade dos fundos atribuídos à recompensa de seus trabalhos, é apenas possível atribuir pensões a todos os acadêmicos, enciclopedistas e economistas, o que reduz alguns deles, e todos os escritores de outras seitas, ou que não são de nenhuma, a viver de suas obras. Que, por fim, é de interesse do comércio aumentar a venda e a conservação dos livros, e é justiça feita a cada um não se divertir, nem mesmo se aborrecer às expensas de um autor sem lhe pagar certa retribuição.

Ao que, desejando prover, o rei, estando em seu Conselho, por opinião do senhor ministro da Justiça, ordenou e ordena o que segue:

ART. I. Nenhum particular, de qualquer nível e condição que seja, poderá no futuro pegar emprestado nem alugar livros senão na sua família, e esse privilégio só se estenderá em linha direta até a terceira geração, e em linha colateral até o sobrinho, à moda da Bretanha, em outras palavras, oriundo do germano; sob pena de quinhentas libras de multa em proveito do autor do dito livro.

II. Proíbe Sua Majestade a todos os lacaios, camareiras, cocheiros, ajudantes de cozinha, cozinheiros e cozinheiras, emprestarem entre si os livros de seus senhores respectivos, e com mais forte razão levá-los sem nada dizer, de uma casa a outra, e isso sob pena de um ano de seu salário; e os que não puderem pagar essa multa serão marcados na orelha esquerda com três letras, EPL, emprestador de livros, e açoitados em seguida na porta dos principais livreiros da cidade.

III. Permite, no entanto, Sua Majestade a seus súditos apresentarem uma solicitação ao secretário perpétuo de sua Academia para obter dispensa de comprar livros e permissão de ir lê-los nas casas dos particulares; mas não de levá-los para casa: o dito secretário perpétuo lhes conferirá uma bula, por certo número de anos, ou mesmo vitalícia.

IV. O dito secretário perpétuo será autorizado a vender essa bula ao preço da *cruzada*[3] e a excomungar literariamente todos os que não a comprarem uma vez na vida, sem todavia que essa excomunhão possa prejudicar a dos bispos e curas do reino.

v, vi, cem mil etc. À vontade do ministro, ordena Sua Majestade que o presente decreto seja registrado em todas as academias e sociedades literárias das cidades e províncias do reino e afixada em todo lugar onde houver necessidade. Feito no Conselho, em presença de Sua Majestade, reunido em...

À espera de que o governo publique tal decreto, imaginei um meio para sustar a fraude. É fazer encadernar esta obra em couro fulvo, com dourado nas bordas, e proibir meu livreiro de vendê-lo em brochura. Por isso, com minha autoridade, pleno poder e certa ciência, proíbo o dito... de vender em folhas, cartolinas, ou brochado em papel marmorizado, ou mesmo em papel azul, a dita obra; sob pena de ser denunciado como falsificador, ladrão, tanto para a posteridade como para meus contemporâneos, e isso na primeira obra que eu fizer. Ha! Ha!...[4]

Sua impaciência redobra, querido leitor, mas antes de satisfazê-la era justo que eu me ocupasse dos meus interesses, cada um por si; não, não vou, mártir de um ridículo desinteresse, descuidar de meus próprios negócios. Falo um pouco de mim, admito; mas qual é o autor que se esquece de si em seus livros? É a moda hoje. Ainda nada lhe disse de meus negócios de família, não lhe falei de minha genealogia, ainda não o entretive com meu espírito, não se queixe; meu egoísmo até agora ficou circunscrito a justos limites, confesse, a verdadeira causa de sua impaciência é o tipo de meus heróis. Se eu escrevesse a vida dos santos, as digressões não o chocariam, mas o próprio dom coadjutor o imita. A equipagem da pequena trupe, seu ar de liberdade, os olhos das mulheres, tudo o faz partilhar sua impaciência. "Eu preciso vê-los", ele diz, "há alguma coisa aí por baixo disso": o dom procurador tem nariz apurado; não se engana a esse respeito. Volta e meia vemos capuchinhos jogarem a batina às urtigas e percorrer os campos com as moças. Era um homem de bom senso esse dom coadjutor: não o citavam como um dos grandes gênios da ordem, de tal maneira sua aparência era modesta e simples? No entanto, via-se brilhar nele esse espírito natural que, entre os camponeses, causa espanto nas pessoas da sociedade. Ele não tinha ódio do belo sexo; o cuidado com as forjas não o impedia de dar uma olhadela nas mulheres e nas filhas dos ferreiros. Mas era só isso: não duvido nem um pouco da pureza de suas intenções. Os olhos podem ser libertinos e o resto do corpo muito casto. O hábito de são Bruno retira as prerrogativas de estado com que o céu gratifica as pessoas do mundo.[5] Devemos nos abster de confundi-lo com o que há debaixo dos trapos de um carmelita: é todo o contrário. É bem verdade que os médicos garantiram que as pinicadas do cilício, os nós da disciplina... Calúnia pura, senhor doutor, calúnia. Sabe-se muito bem que um cartuxo não bolina seu espírito com assuntos capazes de despertar o demônio da carne, mas hoje reina tão pouca piedade entre os mundanos, os espíritos céticos estragaram tudo. Matam tantas almas quanto os médicos despacham corpos.

— Salve, senhores, boa noite, senhoras.
— Meu reverendo padre, somos seus servidores.
— Meu reverendo padre, somos suas humilíssimas servidoras. "Meu reverendo padre!" Dom procurador tinha razão, poderia muito bem ter algum capuchinho disfarçado no grupo, "meu reverendo padre!", que jamais um cartuxo foi chamado de "meu reverendo padre". Era assim que raciocinava com seus botões o dom coadjutor; e, sem dúvida, ninguém deve se espantar. Abandonaremos o título de *dom, dominus*, monsenhor, para partilhar com os mendicantes o título tão comum de padre? Que nada, seria uma vergonha: o seu a seu dono!

— Mas onde vão assim, meus senhores?
— Em peregrinação a Notre-Dame de Luxembourg — respondeu Séchand, num tom melífluo.

— Não quisemos passar tão perto de sua casa sem vir aqui pedir a bênção e a hospitalidade aos santos que a povoam. Fizemos voto de não dormir sob nenhum teto profano; e há oito dias o observamos rigorosamente: passamos a última noite em orações com os reverendos padres capuchinhos, que vão a Notre-Dame de Avioth.

Dom coadjutor não pôde ouvir sem sorrir estas últimas palavras. Elas lhe lembraram a narina de meu velho amigo e lhe deram a solução do problema que ele se propusera resolver. Temos tanto prazer em resolver um problema, isso é tão lisonjeador para o amor-próprio! A natureza fez bem o que fez, nada de sofrimento sem o atrativo de certo prazer que nos incite a aguentá-lo. Acaso a senhora gostaria de se expor às dores do parto se os prazeres do amor não lhe retirassem a previsão? O mesmo acontece com os sábios: empalidecem oito dias em cima de um problema para se glorificarem no nono por tê-lo resolvido. O cálculo deles terminou? Pois então se sentam perante um tribunal, examinam-se e se julgam. Uma patente de imortalidade, esta é a sentença. Muitas vezes o público recorre, exclama *hoc est cur palles?*,[6] mas é tarde demais: meu homem está em possessão de sua patente. Há treze pontos de lei no tribunal do amor-próprio, e a possessão ali vale doze.

A satisfação que a pessoa tem consigo mesma torna-a mais agradável diante dos outros. Dom coadjutor mal sentiu as primeiras estocadas do prazer, por ter descoberto a causa do erro de seu confrade, e seu rosto tornou-se mais sereno e mais aberto. "Muito bem, os senhores beberão umas garrafas de vinho a mais, comendo uma merenda"; o monge puxou uma sineta e ordenou quatro garrafas de Sillery, néctar delicioso e bem adequado para reanimar a eloquência dos convivas.[7] Uma olhadela para as garrafas, outra para os olhos de Félicité bastaram para inflamar o sangue de Bissot; seus espíritos animais circularam com uma rapidez inabitual; os espectadores perceberam nele uma vontade desmedida de falar, e esperaram com impaciência o que ia sair de sua boca. É assim que as contorções de uma velha devota mantêm em suspenso uma assembleia de quacres, enquanto o espírito de Deus parece ter se metido nos vazios de seu cérebro ressecado.

14. A hospitalidade

— Há três séculos a hospitalidade não tem mais refúgio no mundo, os claustros são os únicos lugares onde essa deusa ainda tem abrigo.[1] Sim, senhor, a sua ordem, esta dos sábios beneditinos, é a única a conservar uma vaga ideia da primeira das virtudes entre os antigos romanos. A Europa está coberta de viajantes e de tabernas. Não é possível percorrê-la se não se tem permanentemente a bolsa à mão, ou então é preciso se decidir acampar ao relento. Os sábios, os filósofos nos dias de hoje não fazem nenhum esforço para trazer de volta à terra essa virtude comunicativa, a asa de uma borboleta, o estame e o pistilo de uma flor os interessam mais que o coração do homem.

"Não duvidem, senhores, as virtudes são mais raras entre os modernos, e seus últimos vestígios apagam-se por graus insensíveis. O homem conseguiu impor-se ao verdadeiro sentido do que delas lhe resta. Esforçou-se em arrancar de seu coração a doce, a amável sensibilidade; acostumou-se a tudo atribuir a um objeto afastado, ao filho de sua imaginação. Dá esmola, mas não é mais para o pobre; faz a guerra, mas não é mais para a pátria;

faz a paz, mas não é mais por amor a seus semelhantes. Assim, a caridade tornou-se humilhante para quem a recebe; o ofício de soldado, vergonhoso para quem o exerce, e a paz já não passa de uma virgem tímida que foge de Estado em Estado, diante da guerra e da discórdia.

"Jamais, é preciso convir, o homem teve um gosto tão marcado pelas viagens, e, no entanto, jamais o viajante encontrou entraves tão humilhantes nas estradas. Soldados o param nas portas das cidades, funcionários o revistam minuciosamente, como se o príncipe suspeitasse que todos os súditos tivessem se tornado ladrões ao se afastarem dos campanários de suas aldeias; nos campos, a gendarmaria o observa com atenção, procura distinguir em seus traços aqueles de algum ladrão assinalado, e ai dele se encontrar alguma semelhança entre sua figura e a do homem que procuram! Ai dele se esqueceu de comprar um passaporte antes de partir! Arrastam-no para uma masmorra, e ninguém o reclamará. Se escapa a todas essas humilhações, não se salvará igualmente das garras afiadas do ávido taberneiro. Recebido na casa da avareza, de modo proporcional ao brilho de suas equipagens, tudo fica a seus pés até que tenha cruzado a soleira da porta. A esperança de esfolá-lo à vontade faz sorrir o malandro taberneiro; sua mulher, se for bonita, dá a seus olhos todo o brilho de um estabelecimento dourado; as criadas se amontoam em torno dele e o levam em triunfo até seu quarto. Enquanto isso, aprontam sua refeição, carnes duras, cozidas às pressas, vinho sofisticado, misturado, agradável e perigosa bebida, lhe dá sede à medida que ele bebe; fazem sua cama, e se ele não tomar cuidado dormirá entre lençóis já amarrotados sob o corpo de outro. Mas se, enervado pela estrada, animado pela perigosa bebida, excitado pela pimenta e pelos temperos trazidos do Oriente para armar ciladas à sua virtude, for demasiado solícito diante das manobras das perigosas sereias que põem lençóis sujos em sua cama dura, deve esperar as consequências mais dolorosas. É o mal do monge superposto ao mal do soldado, enxertado sobre a corrupção do homem da lei, pregado sobre os frutos da intemperança do solteiro corruptor, que vai correr em suas veias. Pare, infeliz, esse beijo que você saboreia, mil antes de você o saborearam. Todos deixaram nesse receptáculo alguns grãos das doenças horríveis que a América devolveu à Europa. Talvez até um imprudente, regressando da China, haja semeado no caminho os terríveis frutos de um passeio pelo rio de Cantão. Desconfie do provérbio *piano è sano*:[2] nada no mundo é tão malsão; entre sozinho em seu receptáculo noturno. Mas se os prazeres e a solicitude assistiram em profusão ao momento em que você foi se deitar, a avareza será o único cortesão que vai abordá-lo no seu despertar. Acaso não está ouvindo a voz da sua anfitriã rabugenta? Os quinze minutos fatais se aproximam, é preciso pagar dez vezes o valor da má refeição e da detestável pousada. As moças mudaram de rosto; veja o jeito como reviram a moeda de seis soldos que você lhes deu. Parece que desconfiam que lhes passou moeda falsa; mas você ainda não está quite, que esteja a pé ou a cavalo o ajudante do estábulo ainda o importunará.

"Não era assim que o viajante costumava ser tratado pelos nossos ancestrais; mal entrava sob o pórtico, escravos se apressavam em lhe lavar os pés, em lhe perfumar a barba; seu anfitrião imolava um vitelo, a dona da casa e suas filhas lhe preparavam pessoalmente uma boa cama; ele se tornava amigo do pai e do filho; e a prole dessa família afável esperava durante séculos os filhos do viajante; guardava seu nome, e se um dia fosse à terra dele tinha certeza de ali encontrar, por sua vez, um asilo decente e uma acolhida afetuosa.

"Mas em que época renunciou-se a esse sábio e admirável costume? Naquela em que era uma necessidade mais urgente. O negociante de Bordeaux não vai mais em busca de pouso na casa daquele de Nantes; o conde de Grandpré não envia à sua cavalariça os cavalos e os empregados do marquês de Rhetel; e o arcebispo de Reims não troca a mais leve bênção em sua passagem pela casa do monsenhor de Soissons.[3]

"As casas religiosas são, portanto, as únicas que praticam a hospitalidade: mas seria por amor a Deus? Façamos distinções!"

— Beba um gole, cavalheiro — diz-lhe dom coadjutor interrompendo-o —, o senhor acaba de produzir um dos belos sermões que ouvi em minha vida: qualquer um juraria que foi padre capuchinho, e até mesmo que pregou mais de uma quaresma.

— O senhor se engana, meu caro dom — retrucou o padre Séchand, fazendo virar suavemente sua cabeça para a primeira vértebra cervical —, é um excelente, excelentíssimo discurso acadêmico.

— Eu juraria que era um sermão.

— É verdade que o barão de Stone, nosso vizinho, nos dizia outro dia que os senhores filósofos não faziam mais do que pregar ou advogar.

— Por isso os advogados e os frades pregadores o detestam — exclamou Séché.

— E os perseguem — retomou Lungiet.

— Inveja de profissão — acrescentou Mordanes.

Se as mulheres não proferiram uma palavra, foi porque tinham ido se deitar desde o começo da arenga; e quanto a Tifarès, estava travando conhecimento com os ajudantes da cozinha e conversando sobre sua arte, ao lado do fogo, na cozinha.

— Mas qual é a profissão dos senhores, por favor — perguntou o monge de branco, depois de um instante de silêncio universal.

— Somos — respondeu Lungiet — filósofos de diferentes seitas; e percorremos o mundo para iluminá-lo. Se estão curiosos para nos ouvirem, fiz um excelente panegírico sobre o clero, ele poderá pagar nossa cota-parte.

— E eu — interrompeu o interruptor Séché — demonstrei geometricamente que Jesus Cristo não veio à Terra senão para ensinar o direito natural.

— Eu sempre tinha ouvido dizer que era para nos salvar — disse humildemente o bom monge.

— É a mesma coisa — disse Séché —, e se o senhor é curioso...

— Sou pouco curioso, mas falarei disso ao dom prior, e quem sabe ele terá vontade de ouvi-lo. Temos um filósofo no claustro, que ensina a arte da disputa a nossos noviços: o senhor poderá fazer um torneio com ele; quanto a mim, não é meu jogo, não me meto senão nas forjas e na adega.

— Aí é que reside a verdadeira filosofia — disse Mordanes.

Eram dez horas, eles se separaram, os viajantes foram se deitar na área dos homens, e dom coadjutor voltou para seu quarto refletindo sobre os efeitos do acaso que reunira tantos filósofos numa abadia de cartuxos no fundo da Champanha.

15. A manhã dos cartuxos

Os sinos da cartuxa anunciaram por suas reiteradas badaladas a multiplicação dos sacrifícios, e cada um dos pequenos altares fora honrado com uma vítima. Era a hora do café da manhã: um cilindrozinho de manteiga, meia garrafa de vinho e um pão provocam em cada casinha o apetite dos sossegados reclusos. Dom prior atravessava o pátio para ir à sua casa, e o coadjutor, calçando botas bem engraxadas, chicote na mão, o hábito galantemente arregaçado, o abordou com ar meio modesto e meio impertinente. Assim que um monge põe um chapéu e prepara-se para uma pequena viagem, ele se apruma, contempla-se e assume ares compassados: ia provocar o riso nos mundanos, apresentando com mau aspecto o granadeiro do Evangelho? Não, não, ele não é tão bobo. Veja como esse mínimo avança pela rua: é apenas um franciscano. Pois bem! Ele levanta o hábito com graça, enrola seus panos: calça de seda, meias de uma brancura resplandecente, fivelas de brilhantes, um cordão de relógio tão longo quanto os que costuram em suas calças os escrivães dos advogados de Paris. E esses gestos de cabeça, sua saudação protetora, Ha! *pater, pater*: se é certo que seu aspecto agrada a Margot, ele provoca, em compensação, feias caretas no pobre Francisco de Paula, seu padroeiro.

O coadjutor tinha o sorriso nos olhos; seu coronel percebeu e lhe deu bom-dia de um jeito que parecia dizer: vamos, coadjutor, faça-me rir, meu amigo, eu consinto; alguma aventura com uma mocinha? Quando um monge ri, a moça está diante de seus olhos ou em seu coração.

— Temos aqui o mais engraçado acampamento nômade: duas mulheres bastante passáveis, um burro ágil e fogoso, e homens que pregam como pregadores de quaresma. D. Hachette os havia confundido com capuchinhos, têm um pouco o cheiro deles, eu os havia tomado por boêmios, mas se dizem filósofos. Um deles gostaria de pronunciar diante de si um panegírico do clero.

— Vou ouvi-lo com prazer — respondeu o prior —; e como hoje é dia de recreação, reunirei nossos religiosos no pequeno capítulo: esse pequeno espetáculo os distrairá, pois a solidão afeta a cabeça deles.

— Não se queixe, nunca houve menos loucos no claustro, o senhor só tem cinco encerrados em trinta, o que é apenas um sexto.

— É verdade — disse o prior. — Depois do jantar, o sermão.

E continuou sua marcha. O coadjutor transmitiu a ordem, e Lungiet se dispôs a comparecer diante do respeitável auditório. Enquanto isso, o prior enviara suas ordens ao claustro, a dom vicário; meu amigo, d. Jean, que estava por acaso na cela deste, ouviu a mensagem e correu depressa para comunicá-la a d. Xavier, seu colega professor:

— Um destacamento da Academia está alojado na casa, depois de comer nos reuniremos no pequeno capítulo e eles lerão suas obras para a comunidade. São os primeiros filósofos da Europa.

— Bem — disse d. Xavier —, eu farei a máscara deles em gesso, e depois os moldes em cera, isso aumentará o número de meus bustos e de minhas medalhas.

D. Michel, que perfurava a embocadura de uma flauta, ouviu esse relato, largou o trabalho assim que possível e correu para contar a notícia a d. Vincent, que enfiava contas de um terço. Em suma, o rumor correu de cela em cela, de casula e capuz, e em menos de quinze minutos o claustro soube da chegada dos apóstolos da filosofia. Nunca o silêncio foi tão mal observado entre os filhos de são Bruno. Indo para o refeitório, diziam:

— Sabem? Filósofos, com toda certeza são da Academia Francesa.

— Pois sim! É um destacamento da Academia de Ciências.

— Nada, são da Academia de Belas-Letras e vêm para examinar nossos estatutos.

— Quando lhes digo que são do *museum* da rua Dauphine.

— Eles têm um burro — diziam os velhos.

— Eles têm moças — diziam os jovens.

Por fim, até as paredes estavam apavoradas com esse murmúrio escandaloso. Eles não comeram, de tanta impaciência, correram em massa para o pequeno claustro; dom prior tomou seu lugar, cada um se meteu numa estala, e finalmente viram entrar o quarteto filosófico. Bissot marchava à frente, e Sérapion[1] lhe seguia, entre Séchand e Séché. Ele subiu com semblante grave ao púlpito das arengas e, quando todos se calaram e olharam para ele com ar atento, começou nos seguintes termos.

16. Panegírico do clero

— Não subi ao púlpito para dar a conhecer a utilidade do clero a que os senhores pertencem;[1] sendo tão necessário como o culto de que é o sustento e a base, ainda não veio à mente de ninguém atacar sua existência: são suas riquezas, seus costumes, seu amor pelo governo, sua tolerância, aquilo que se caluniou; é também a partir disso que proponho justificá-lo.

"Farei ver que na Igreja os excessos de que foi possível com justiça acusar seus ministros nunca foram mais que extravios de particulares: o corpo do clero sempre se mostrou puro, sempre fiel à sua moral, como a seus dogmas, e zelando pela benignidade da política, como pela pureza da fé. Provarei primeiro que a distinção dos dois poderes não é essencial ao cristianismo; que essa ideia nasceu da decadência do trono, que foi adotada pelo clero como uma salvaguarda, e não como justiça. Que nada impede o clero de unir o poder temporal ao espiritual; que não só o padre pode ser magistrado, como também que nada impede que se sente no trono. Enfim, é de convir que só há um remédio para os males da humanidade: que o rei tome a tonsura, ou que elevemos um padre ao trono. Só essa revolução é capaz de destruir os obstáculos que se opõem ao restabelecimento dos verdadeiros princípios: unindo num mesmo tronco esses dois ramos que jamais deveriam ter sido separados um de outro, se poria enfim o homem à sombra pura e salutar que a religião lhe promete, e cujas doçuras as paixões lhe retiram com demasiada frequência.[2*]

"O que é o clero? O que é esse corpo cujos membros passam a vida a aproximar o homem e a Divindade? Para termos uma ideia justa a seu respeito, precisamos necessariamente tomar as coisas em sua origem e procurar nos princípios de nossa santa religião o que o clero devia ser, antes mesmo que houvesse um sacerdote no mundo: não é no Evangelho, não é nos escritos dos padres que devemos esmiuçar. O tipo, o modelo do corpo respeitável de que falamos, encontra-se em textos bem mais respeitáveis, naqueles que o Espírito Santo escreveu com uma pluma arrancada da asa de um anjo. Foi isso que sentiu em todos os tempos o clero romano: foi na tribo de Levi que ele buscou seu modelo; foi a partir do governo teocrático que ele organizou o seu; grandes sacerdotes, pontífices, levitas, são sinônimos de papas, cardeais, bispos, padres. Não há nem mesmo entre os menores monges quem não tenha tido seu modelo nos desertos da Palestina.[3]

"Se detivermos os olhos no primeiro clero do mundo, naquele cujo chefe era Aarão, só veremos entre suas mãos um poder, o de mandar executar as leis de Deus. Jamais esse corpo se arrogou o poder legislativo. Deus dava suas leis no monte Sinai;

---

[*] Os molás da Pérsia afirmam que a realeza não deve ser separada do sacerdócio; que, sendo o Alcorão a única fonte do direito civil, o conhecimento e a interpretação de seus direitos só pertencem aos sacerdotes; que desde Maomé, que era rei e pontífice, a nação só pode ser legitimamente governada por imãs; e que a autoridade secular é uma verdadeira usurpação (Chardin, cap. 16, t. 3.).

Aarão as mandava executar no acampamento; Moisés marchava à frente dos exércitos, seu irmão administrava a justiça entre o povo.

"Esse povo ingrato, cansado da teocracia, pede um senhor: 'Dê-nos', ele exclama, 'um rei que ande à nossa frente'. Mas esse rei não passava de um capitão, e o grande sacerdote era o intérprete supremo das leis. Samuel põe Aquis, apesar do rei Saul. Acaso não foi um sacerdote que recuperou o código no tempo de Esdras, e Caife não julgou Jesus Cristo em primeira instância?[4] Concluamos, pois, que na época da antiga lei o poder temporal estava unido ao espiritual, ou melhor, só havia um poder, e ele estava nas mãos dos sacerdotes. O autor de nossa religião não veio, ele mesmo nos disse, para anular a lei, mas para aperfeiçoá-la: em tudo o que ele não mudou ela deve ser a mesma. Na verdade, pretendeu-se encontrar o fundamento dos dois poderes nessas palavras: 'Deem a César o que é de César, e a Deus o que é de Deus'. Mas é uma explicação forçada e inadmissível. Tratava-se de um príncipe estrangeiro. A pergunta era se havia que lhe pagar o tributo, não era algo a ver com o poder nem com o corpo dos sacerdotes. Não era em nome de César que Caifás fazia a justiça; e não se vê que Jesus o tenha tratado de usurpador. Assim, depois de sua morte, os apóstolos administravam justiça entre os cristãos. Acusavam-no de crime quando eles compareciam perante juízes seculares. Fi... e sua esposa[5] fazem uma falsa declaração de seus bens. Pedro os julga e os executa, pessoalmente, por assim dizer. Não é este um ato formal de alta justiça? Na verdade não vemos que os bispos, na época de Constantino e seus sucessores, tenham promulgado leis nem feito justiça no Império; mas a razão é simples, pois eles não podiam despojar os prestamistas, não eram fortes o suficiente; permitiam-se, no entanto, uma espécie de censura sobre os próprios éditos dos imperadores. Na época de Diocleciano, um dos deles arrancou um de seus éditos em Antióquia, e nenhum mostrou respeito por esse Juliano, a quem chamamos o Apóstata e a quem os enciclopedistas, nossos inimigos comuns, chamaram O FILÓSOFO.[6]

"Examinemos as principais potências do Ocidente; veremos que todas foram fundadas pelo clero; acaso não foi o temor dos *arianos*, o medo de ser despojado do temporal, que levou esse corpo todo-poderoso a favorecer a ambição de Clóvis, a fazer descer, para consagrá-lo, um frasco de óleo celeste, a fazer que mil e uma virgens fiassem uma bandeira, para unir seus soldados?[7] Quem mais, senão um papa, teria crédito suficiente para incitar são Pedro a escrever a carta que deu a coroa imperial a Carlos Magno?[8] Carlos, o Calvo, não recebeu seu reino graças aos bispos? Não tinham eles lhe dito, corporativamente, em Aix-la-Chapelle: 'Receba o reino pela autoridade de Deus e governe-o segundo Sua divina vontade; nós o advertimos, nós o exortamos, nós o ordenamos'?[9]

"Levemos os olhos para tempos mais brilhantes ainda. Hugo Capeto manda o concílio da Basileia depor Arnulfo, arcebispo de Reims, por crime de felonia. O papa João XV desaprova essa iniciativa. 'Enviarei', ele escreve, 'um legado que fará Arnulfo sair da prisão e destituir Gerberto.' Pouco depois, Carlos, o Calvo, e seu irmão esperam apenas a excomunhão lançada contra Lotário para invadir seus Estados, e dos bispos o poder temporal passa ao papa.[10]

"Era, portanto, num costume antigo e respeitável que se baseavam os papas, para mais tarde dispor das coroas. E Inocêncio III, ao declarar que os súditos de João estavam livres do juramento de fidelidade, e ao receber dele a suserania da Inglaterra,[11] apenas seguia o antigo costume: o direito imprescritível dos ministros da religião, direito que deve, assim como a nobreza dos gentis-homens bretões maltratados pela fortuna, brevemente despertar e reaparecer com mais força ainda.

"Não há nenhum eclesiástico que ponha em dúvida, no fundo de seu coração, a soberania eterna, temporal e espiritual da Igreja. Virá um tempo, sem dúvida, em que ela retomará seus direitos usurpados: esse tempo figurado nos textos dos antigos pela celeste Babilônia, e nos dos modernos pelo Juízo Final e pelo vale de Josafá, é, enfim, o único e o verdadeiro direito natural..."[12]

— *Contra quod argumentator et contendo*[13] — exclamou o interruptor Séché, erguendo-se na ponta dos pés, esticando a mão e o pescoço, sacudindo a cabeça, e com os olhos faiscando.

— Mas deixe-o terminar!

— Por que interromper?

— Você falará na sua vez.

Em vão intrometiam-se para dar um jeito no caso: o orador não poderia retomar o fio de seu discurso nem em uma hora se, felizmente, d. Xavier, que é um rapaz cheio de imaginação, não tivesse feito um tampão com a ponta de seu casulo e não o tivesse enfiado na vasta cavidade bucal do contendor. Lungiet retomou o segundo ponto de seu discurso nos seguintes termos:

— Mas se o poder soberano, semelhante a um fogo latente sob a cinza, reside realmente nas mãos dos bispos, o poder de julgar está incontestavelmente e sempre esteve nas mãos dos monges. Em todos os tempos foi nos mosteiros que ficaram presos os reis destronados; foi lá que se reuniram os tribunais que os julgaram; era em Saint-Denis, no tempo do chanceler Suger...

Enquanto Lungiet pronunciava essas palavras, ouviu-se bater vigorosamente à porta, que se abriu de repente, e uma voz alternadamente tenor e grave fez a sala ressoar e dividiu a atenção dos ouvintes. Era o burro: esse animal sociável odiava acima de tudo a solidão; encontrara aberta a porta da igreja, entrara com um passo determinado e, nada tendo encontrado que pudesse diverti-lo no lugar santo, penetrara até a porta do pequeno capítulo. A voz de Lungiet, que lhe era conhecida, penetrou pelo longo tubo de suas orelhas até o sínus de seu cérebro, e ele disse no seu dialeto: "Senhores, abram, estou me aborrecendo, a solidão não é para mim". Ele tinha ouvido pelos campos essa máxima de um antigo: *a gente costuma estar mal acompanhado quando está consigo mesmo*. Ele até tinha lido as cartas de Sêneca sobre os perigos da solidão, e buscava companhia, isso é mais que natural; eu seria incapaz de recriminá-lo, e fiquei sabendo com pesar a acolhida pouco amável que recebeu o comunicativo burrico. Então, onde está Tifarès, que não mantém seus burros nos limites do dever? O que está fazendo Mordanes? Na verdade eu pensava nisso durante todo o discurso, talvez você também pensasse, e talvez você desconfiasse que ele estivesse visitando as celas ou as sacristias; confesso-lhe que por muito tempo fiquei convencido disso, mas, não tendo ouvido falar que alguma coisa tivesse desaparecido dentro da casa, desconfiei de que ele estava ocupado lá fora: consultei, interroguei e finalmente descobri por acaso num maço de papéis no Liceu de Londres[14] um trecho que me pareceu da mão de Claudinette.[15] Apossei-me dele e depois de tê-lo decifrado atentamente li o que você vai ler no capítulo seguinte: é Félicité quem fala.

17. Um rato que só tem um buraco logo é pego[1]

— Nunca os olhos de mamãe tinham me parecido tão estranhos, ela os fixava em Tifarès enquanto eu costurava uma fita branca na barra de minha saia verde. Eles estavam cheios de água, seu fôlego era como que entrecortado.

"'Mamãe', disse-lhe eu, 'não precisa de um pouco de ar? Quer que eu abra a janela?'

"'Não', ela respondeu, 'vou dar um passeio, o cavalheiro me oferecerá o braço. Acabe sua saia.'

"Eu tinha vontade de sair com eles, mas pensei... Não sei que ideias se apresentaram ao meu espírito: levantei-me e, encostando-me na parede, olhei-os subirem por um bosque. E se, pensei, o lobo pegasse mamãe? Enquanto pensava nisso profundamente, senti me pegarem por trás; era Mordanes, que assim que viu mamãe sair deixou seu canto no galinheiro, onde apanhava galinhas com anzol. 'Pare com isso, senhor, por que me meter medo? Achei que era o lobo.' Quando se fala do lobo, como diz o provérbio...* Ai de mim! Não fiquei muito tempo sem sentir a verdade disso.

"'A sua mamãe', ele me disse sentando-me em seus joelhos, 'não está perto de voltar; nossos sábios estão muito ocupados com os monges. Este é um momento demasiado feliz para que eu não o agarre com ardor: faz muito tempo que o desejo", e me roubou um beijo. Suas mãos eram de uma força, de uma dureza, eram como um pedaço de ferro; quis, porém, me defender, mas não conseguia. 'Pare com isso', é tudo o que eu conseguia dizer, e mesmo assim!, pois sua língua logo fechou minha boca. Meu corpo estava debruçado sobre seu braço esquerdo, sua boca colada na minha, e sua mão direita... fico toda envergonhada quando penso nisso. Ele soube encontrar no mesmo instante um lugar tão sensível, tão delicado, é de crer que nada se diz sobre esse lugar nos livros, pois nunca a mão de Bissot soube encontrá-lo. Eu bem que gostaria de não ter sentido prazer, mas não tinha controle, e pensei que isso não era muito importante. Eu não podia gritar e teria ficado felicíssima se ele tivesse se limitado àquilo; a cama estava bem pertinho, ele me levantou como a uma criança e me pôs bem no meio dela. 'Chega, eu vou gritar, vou dizer à mamãe'; e cruzei minhas coxas. Ai de mim! Não foi por muito tempo: logo ele as abriu e me fez sentir que os filósofos não são os homens mais fortes. Seu estômago sobre o meu era um rochedo, ou a montanha que oprime os titãs. No entanto, eu podia estar grávida, e não gostaria de ter dúvida sobre o pai de meu filho: essa ideia me deu coragem, e o amor me inspirou uma artimanha, que o prazer condenava baixinho. À medida que o forte Mordanes fazia um esforço, um gesto leve

---

* Em francês, o provérbio é "*Quand on parle du loup on en voit la queue*". Em tradução literal: "falas do lobo e lhe verás o rabo", implicando que quando se fala alguma coisa ruim ela acontece. (N. T.)

e insensível afastava o objetivo que ele se empenhava em atingir. Sua lança errava o golpe e eu me safava em troca de um machucado; enquanto isso, ele ofegava a ponto de tremer, apoiando-se numa das mãos, ajudando-se com a outra, aproximando-se do objetivo, e confesso que quanto mais ele estava prestes, mais eu precisava de força para resistir. Logo, logo ele descobriu minha artimanha e me apertando com suas duas mãos contra a cama só me deixou um movimento, de cima para baixo. Eu ia sucumbir, com um último esforço me levantei cerca de uma polegada: ele pressionava com força, senti que, favorecendo seu erro, eu podia ser fiel, e breve me senti penetrar por um lugar que eu não reservava ao meu amante. Eu, que antes me sentia incomodada por uma cânula bem lubrificada de manteiga fresca, imagine o que devo ter sofrido: cada investida do búfalo me causava uma dor acompanhada de certo prazer; finalmente um bálsamo suavizante me avisou que eu ia gozar de uma pequena trégua, e me felicitei por ter sido fiel.

"Ele me deixara toda ensanguentada: ocupei-me bem depressa de ajeitar a cama, ele voltou para suas galinhas e mamãe retornou quase em seguida. Ela estava tão vermelha, seu gorro tão desalinhado, e Tifarès tinha uma cara tão desfigurada que não tive dúvida de que ela não havia recorrido à mesma artimanha que eu. Mamãe não prestou atenção na minha desordem, evitei fitá-la, e acho que isso a deixou bem à vontade: ela não ignorava que um dia, em que eu havia dormido a seu lado, acordara com o barulho que Mordanes fazia entre seus braços, mas fiz de conta que não tinha percebido. Séché, Tifarès, não eram grande coisa: mas Mordanes, na verdade, era muito."

18. Como Lungiet foi interrompido por um milagre

É muito duro para um historiador começar um relato com a certeza de que não vão acreditar nele: estivesse eu bem convencido de que a fé teria abandonado por completo a Terra, deixaria aqui uma lacuna. Mas ainda há boas almas neste mundo: não é fé que falta totalmente, é que os prodígios são tão raros que perdemos o hábito de crer neles. No entanto, eles se produzem todos os dias; é pena que os senhores incrédulos da Academia de Ciências não estejam aqui, pois teriam sentido um baita medo.

Acabavam, finalmente, de expulsar o burro, que se metera no capítulo; os monges e os noviços, os filósofos e o orador se preparavam, uns para escutar, outros para falar, quando de repente uma estátua de são Bruno, posta num nicho, levou aos olhos a mão direita que sempre mantivera esticada, na atitude de um santo que dá sua bênção. D. de Scy foi o primeiro a perceber: gritou "milagre", apontando para a estátua, e todo mundo observou com surpresa a mudança de atitude do santo. Todos admitiram o fato, mas começaram a disputar sobre a maneira e sobre a causa; um dizia: "São Bruno se aborreceu ao ver sua cátedra ocupada por um profano!". Outros diziam: "O discurso lhe terá desagradado". "Ei, não! ele teria tapado os ouvidos"; "A chegada do burro terá polu..."; "Por acaso será o primeiro burro que se mete num capítulo?". Quer saber a verdadeira causa desse movimento pudibundo, causa que, sem uma revelação do céu, todos os cartuxos do mundo não conseguiriam adivinhar? Ela não era outra, meu caro leitor, senão a investida terrível que Mordanes dava naquele exato momento à bela Félicité. O instante que lhe deu a esperança de se liberar pareceu ao santo assustado a prova de um gosto desordenado: até ali, ele não tinha dito uma palavra, mas quando viu com seus olhos de santo, que é o mesmo que dizer olhos de lince, o efeito da máquina ejaculatória, exclamou: "Oh! Por uma vez você é um...", e tapou os olhos, por modéstia. A menos que tenha feito seus estudos em Reims ou em Saint-Omer,[1] não há ninguém que tivesse conseguido nada igual; eu não poderia recriminar são Bruno, seria até muito bom que o pudor fizesse um milagre.

Na verdade, nisso não há nada que seja tão difícil de crer; se eu dissesse que santo Inácio de Loyola, ou são Francisco Xavier taparam os olhos por tão pouca coisa, não acharia surpreendente se não acreditassem em mim. Mas são Bruno! Aliás, por que não se fariam milagres? O que se fez há mil anos não pode ser feito ainda hoje? Horácio não nos garante que os encantos de Lídia e de Canídia também provocaram certo movimento na estátua do deus Príapo?[2] São Bruno não valeria o mesmo que um deus pagão? Mas, digamos a verdade, se em nossos dias alimentássemos cinco mil homens com cinco pães e três peixes, nenhum de vocês acreditaria que eles pudessem dispensar o chá em seguida a essa refeição nem que tivessem indigestão.[3] Em 1768 ou 79 não houve um paralítico curado no dia de Corpus Christi? Toda Paris o viu, mas como ele era jansenista, o senhor arcebispo não quis que fosse paralítico. No entanto, lembro-me perfeitamente bem de que o senhor abade Chessimont, doutor pela Sorbonne, me garantiu muito firmemente que era um milagre, tão milagre como jamais houvera outro. A semente era boa, mas a terra estava mal preparada, ninguém acreditou. Ao final de dois dias, ninguém mais falou disso. Não há nenhum de vocês que conheça o bem-aventurado são Labre,[4] natural de Boulogne e mendigo de profissão: morreu recentemente em Roma, em odor de santidade; se tivesse vindo a Paris, os arqueiros que caçavam mendigos não deixariam de levá-lo para o depósito de Saint-Denis, onde o teriam feito bater o cânhamo, de manhã à noite; se tivesse desejado dedicar pelo menos uns quinze minutos a rezar, pregar ou fazer a centésima parte dos milagres de que a Itália foi testemunha, um carcereiro ímpio e talvez imbuído da leitura das obras dos filósofos lhe teria assestado um milhar de chicotadas com nervo de boi. E vocês se queixam da escassez dos milagres! É o governo que devem atacar: por que ele não cria prêmios para os que os fazem? Não seria preferível, no dia da festa de são Luís, coroar dois ou três santos a inúteis fabricantes de enfadonhos elogios e poesias glaciais?[5] Primeiro prêmio para quem tiver transformado um arrecadador de impostos em desinteresseiro; segundo, para o santo que tiver dado ao prelado o gosto pelo estudo e pela humildade; primeiro prêmio de consolação ao santo que tiver tornado conciso um advogado no Parlamento; segundo prêmio de consolação àquele que tiver encontrado um monge continente, sóbrio e sábio. Mas o século só se ocupa de frivolidades.

Dom prior pôs-se devotamente de joelhos, aos pés da estátua. "Ó grande santo", ele lhe disse, "perdoe se tivemos a desgraça de desagradá-lo: somos todos pecadores, eu sei, mas dê a conhecer aquele que o ofusca particularmente, e o banirei de sua presença." Todos escutavam com todos os ouvidos, mas foi em vão, Bruno não falou; um oráculo e um milagre, é demais para um só dia.

Dom prior dissolveu a assembleia e logo fez com que se ordenasse aos filósofos que esvaziassem o convento: o que nos privou do fim do discurso de Lungiet e das belas coisas que Séché não deixaria de proferir sobre o direito natural.

19. Que não será longo

Tendo saído do Mont-Dieu um pouco tarde, nossos filósofos não puderam ir mais longe que a aldeia de Stone, e o dinheiro dos capuchinhos serviu para lhes proporcionar o que essa pobre aldeia tinha de melhor; o jantar foi muito frugal, o vinho, ruim, e tiveram de se arranjar num celeiro de feno, onde pernoitaram. Eu não soube muito bem o que aconteceu durante essa noite. Todos estavam com uma boa dose de mau humor, sobretudo Mordanes, que se vangloriara de sair mais bem abastecido daquela casa hospitaleira e xingava horrivelmente contra os milagres; os espíritos céticos do grupo afirmavam que aquilo não passava de uma ilusão; as mulheres bocejavam diante da repetição de uma profusão de lugares-comuns ditos, durante o jantar, a favor e contra os milagres; Tifarès abria seus grandes olhinhos, recitando as ladainhas de são Bruno, Voragine desejava os encantos de toda a companhia, e Félicité refletia sorrindo sobre a maneira como enganara Mordanes. Dormiram, levantaram-se sem dificuldade no meio da manhã para ir almoçar em Beaumont-le-Vicomte, em cujo nome o senhor das concordâncias trocou o *m* da primeira palavra pelo *c* da terceira, como sabem todos os que leram o excelente livro sobre as miscelâneas do espírito humano.[1] Depois disso continuaram seu caminho rumo à cidadezinha de Stenay, que os antigos monges chamaram Satanilcum, porque ali se adorava Júpiter e se detestavam os monges, no tempo em que Júpiter ainda não tinha cedido o lugar ao padre Eterno.[2]

20. História de um peregrino

O sol tinha quase alcançado a metade de sua corrida; fazia um calor insuportável, o burro carregado de provisões e de manuscritos apenas avançava, ofegante; o pobre vigarista mostrava uma língua de uma vara de comprimento e corria vinte passos com o rabo entre as pernas, depois se deitava esperando seu dono, a quem parecia dizer em seu dialeto: "Vamos parar à sombra dessas belas faias". Quando saíram da floresta nossos viajantes avistaram o magnífico prado regado pelas águas serpenteantes do Mosa. Uma colina coberta por algumas árvores plantadas aqui e ali, em forma de anfiteatro, acima de um riacho claro, convidava os viajantes prostrados a repousar esperando o frescor da tarde e a desfrutar do espetáculo encantador que oferece, na época da ceifa do feno, um prado cujos limites, em sua extensão, só são os da vista e que ocupa o fundo de um vale cercado pelas encostas nas quais se veem uma cidade, mais de vinte aldeias, campos cobertos de espigas douradas, terminados ao longe pela vasta e majestosa floresta das Ardenas. Foi para esse prado que Mordanes conduziu sua tropa, a fim de comer e descansar: chegando à sombra salutar, cada um se joga na relva. O digno Tifarès e o incansável Mordanes são os únicos que não se entregam ao repouso. Este corre ao bosque para apanhar galhos secos, enquanto seu aluno descarrega o burro fiel, prepara as carnes, enfia no espeto, enche de água a marmita e põe o barril para refrescar dentro do riacho.

Mas o descanso foi agradavelmente interrompido pela voz de um jovem viajante que estava vestindo um hábito de peregrino e cantava, acompanhando-se de uma guitarra, as seguintes estrofes:

> *D'une constance vaine,*
> *Liron ton, ton, ton, liron, taine,*
> *D'une constance vaine*
> *Que sert de se parer.* (três vezes)
> *L'amour craint trop la gêne,*
> *Liron ton, ton, ton, liron, taine,*
> *L'amour craint trop la gêne,*
> *Pour longtemps se fixer.*
>
> *Voler de belle en belle,*
> *A l'amour c'est se montrer fidèle;*
> *Voler de belle en belle,*
> *Aux Dieux s'est ressembler.* (três vezes)
> *Dans plus d'une chapelle,*
> *Dans maint coeur enflammé d'un saint zèle;*
> *dans plus d'une chapelle*
> *Ils se font adorer.**

---

* De uma constância vã / Liron, ton, ton, ton, liron, taine,/ De uma constância vã/ De que serve se armar?/ O amor teme demais o constrangimento,/ Liron, ton, ton, ton, liron, taine/ O amor teme demais o desconforto/ Para se fixar por muito tempo.// Voar de bela em bela/ Para o amor é se mostrar fiel;/ É com os

O rapaz escrevia cada estrofe à medida que a cantava e parecia sonhar como um poeta com dificuldade para improvisar. Séchand, que era especialista nos males que precedem os partos do espírito, exclamou no final da quinta estrofe:

— Com os diabos, eis um autor com uma moral bem frouxa!

— Um autor! — disse o rapaz virando a cabeça e depois pondo logo a guitarra a tiracolo. Ele se levantou precipitadamente como um homem tomado de grande pavor: — Um autor? Ó céu!...

— Pois é, senhor — disse num tom maravilhoso o arrulhador Séchand —, e aqui não está sozinho; esses cavalheiros que está vendo também são autores, não tenha o menor pejo em confessar seu ofício, venha para perto de nós e comamos todos juntos.

— Desculpe, senhores, pensei... mas é mesmo verdade que são autores, e não é uma cilada que estão me armando? Não seriam, antes, um destacamento da polícia enviado...

— Ah, não, senhor — disse Séché —, sua desconfiança nos ofende; venha, está vendo essa cesta? Está repleta de manuscritos.

— Já que é assim — disse o peregrino —, aproveitarei a boa companhia, e enquanto vão preparar sua janta, vou lhes cantar a romança que acabo de compor.

— Nós a ouvimos, senhor, e na verdade a achamos de uma moralidade perigosa; mas talvez se trate apenas de um jogo do espírito...

— Desculpe, senhor, não me pareço nada com os pregadores e outros declamadores de todos os tempos, o que canto é a verdade nua e crua: e pus música num volume in-fólio que lhes dará uma ideia de meus sistemas de conduta; era ilustrado com gravuras, mas infelizmente!...

---

deuses se parecer./ Em mais de uma capela/ Em muitos corações inflamados por um santo zelo;/ Em mais de uma capela/ Eles se fazem adorar. (N. T.)

E o peregrino não pôde deixar de derramar umas lágrimas...

— Ei, o que é — continuou Sérapion —, o senhor seria um pobre perseguido, tê-lo-iam proibido de cantar ou de escrever? Riscado do quadro dos músicos? Fale, conte suas desgraças a desafortunados.

— Ó senhores, o relato seria longo e talvez os aborrecesse...

— Nós lhe pedimos, senhor — disse Fanchette —,[1] não acredito que nada do que vem de um cavalheiro tão amável possa nos aborrecer.

— E o senhor dará a todos nós o maior prazer — acrescentou Voragine, cujos olhos fixos e marejados já tinham mil vezes percorrido o peregrino dos pés à cabeça.

Mordanes, que acabava de trazer um feixe de lenha seco e algumas arvorezinhas verdes, juntou suas súplicas às dos companheiros; enquanto Tifarès girava o espeto, o peregrino começou sua história.

HISTÓRIA DO PEREGRINO

— Os senhores e as senhoras não deixaram de notar meu espanto quando me vi sendo tratado de autor pelo cavalheiro; confesso-o e não enrubesço, pertenço de certa maneira à república das letras; mas é uma confissão bem perigosa de se fazer nestes tempos...

— Certamente — interrompeu o interruptor Séché etc.

— Ah! Se você já vai interromper, cuidado com as mordaças; não consegue deixar falar, ouvir e se calar?

— Tentaremos, se o cavalheiro quiser continuar...

— Sim, senhor, nestes tempos é, conforme eu disse, muito perigoso ser autor e confessá-lo; e para lhes dar uma prova, vou lhes contar minha história literária.

"Nasci, senhores, na pequena cidade que estão vendo diante de si; sem lugar a dúvida, é de toda a Europa o solo menos propício a produzir um homem de letras. Seis lustros apenas se passaram desde que os habitantes aprenderam a ler em seus livros de horas, o escrivão é o único que consegue escrever um pouco, e ainda assim não é bastante hábil para ler correntemente sua própria letra, e sempre é preciso adivinhar boa parte dela. Se devemos acreditar nas antigas escrituras conservadas na bola de nosso campanário, que foram decifradas pelos eruditos, entre outros Mabillon, natural da aldeia pela qual os senhores acabam de passar, nossa cidade foi fundada por uma coluna de troianos que faziam parte desse destacamento que Dido encarregou de povoar a Inglaterra[2] e, depois de tomada sua cidade, se estabeleceram na floresta de Ardenas. Essa origem parece tanto mais provável porque desde então nenhum de nossos habitantes aprendeu grego. Todo mundo sabe que nossa cidade foi, porém, muito florescente no tempo do rei Dagoberto;[3] havia até mesmo um palácio onde estão vendo aquela capelinha, e ainda se mostra embaixo o lugar onde ele afogava seus cachorros quando estavam com sarna. Os senhores beneditinos de Moulon, cujo duplo campanário se avista acima desses bosques, indo para a esquerda, demonstraram todas essas verdades em vários volumes que são conhecidos e estimados por todos os sábios, e isso com títulos autênticos e reconhecidos como tais pelo concílio de Donzy, assim como me certificou várias vezes meu sábio compatriota, o padre Creston, um dos maiores especialistas em antiguidade e, de longe, o mais hábil professor de rouxinóis que se possa encontrar no país;[4] pois no que me diz respeito, senhores, não sei todas essas coisas por tradição de meus ancestrais, e é bom que saibam que eles não eram habitantes desta província e que só foi, como dizia meu falecido pai, *pelo acaso das guarnições* que nasci aqui. Mas se minha família não era aborígene, pelo menos era digna de sê-lo. Meu avô alcançou uma das primeiras patentes militares, sem jamais ter sabido assinar o nome; quanto a meu pai, era de fato o gentil-homem mais inimigo das letras que portou armas desde que existem na Terra a nobreza e as armas.

"Em sua juventude tocara violino como a finada santa Cecília, bebia num jantar dez garrafas de vinho de Sillery sem que ninguém notasse; ensinaram-lhe a montar a cavalo, a manejar armas, e entendia muito de caça; aprendera a dançar com Marcel, acompanhara mademoiselle Le Maure, mas jamais consegui encontrar o nome de seu mestre de escrever. E, entre nós, mas que isso não vá adiante, não é muito garantido que soubesse formar mais que as nove letras de seu nome:[5] posso jurar nunca tê-lo visto com um livro na mão; e como não respondia às cartas que eu tinha a honra de lhe escrever, e nas quais lhe pedia dinheiro, não ousaria garantir que as lia.

"Nos últimos anos de sua vida, tomara uma mulher que, em contrapartida, mandava fazer muitos escritos que meu pai assinava sem ler,[6] de modo que os senhores imaginam como é uma vergonha para mim ser chamado de autor. Se minha mãe não fosse a própria virtude, eu acreditaria de boa-fé ser, por pouco que fosse, bastardo; pois meu pai e meu avô foram, sem lugar a dúvida, os dois mais sábios de meus ancestrais, e devo admitir também que meus irmãos herdaram a ignorância da família.

"Louis-Joseph, o mais velho dos dois, nasceu com tamanho horror pelas letras que em sua juventude queimava até os saltérios que nossas criadas levam à igreja à guisa de leque; tendo mesmo observado certas divisas em verso em algumas telas que meu tio, o coronel Bisanus, pegara na guerra passada contra os austríacos, sua insuperável aversão pela arte de Cadmo o levou a arrancar todas e a queimá-las o quanto antes;[7] de modo que em menos de quinze minutos reduziu a cinzas todas as poesias de nossa cidade. Enviaram-no, porém, à escola, de tal forma os costumes já começavam a estar corrompidos, mas ele foi tomado por uma melancolia tão violenta que engoliu um cartucho de tinta com a intenção de se matar. Assim, aos vinte anos tinha esquecido como ler, mas em compensação estava possuído de paixão pelo desenho; de tanto ouvir repetir *musa, dominus, pater*, gravou de tal forma essas ideias na cabeça que se num exercício público lhe perguntavam a primeira declinação ele logo desenhava uma mesa; para a segunda, um padre eterno com a barba grande; para a terceira, um capuchinho; e foi para lhe dar uma ideia das partes do globo que meu amigo Du Manteau,[8] o grande geógrafo, inventou os mapas sem nomes de cidade, e ainda assim era preciso cortar os títulos do interior das legendas. Fale com Louis-Joseph sobre sabedoria, bondade do rei, e ele lhe desenhará no mesmo instante a família D'Argent, ou a expulsão desse desonesto Breteuil...[9] Pergunte-lhe o que são as letras do alfabeto. Uns sinaizinhos feios, ele lhe responderá, que os gravadores põem em suas pranchas depois de lhes ter tirado as melhores provas. Tinham conseguido ensinar-lhe a tocar no violoncelo todas as músicas de igreja e os cânticos de Natal; sua mão, seu movimento com o arco eram razoáveis. Depois da morte do velho Gault, seu professor, falaram-lhe em aprender a ler as notas, e ele logo despedaçou seu violoncelo. Assim, posso lhes garantir que é ignorante como um padre das Ardenas.

"Claude-Agapith, o mais moço, tinha recebido do céu um pouco menos desse horror da família pelas ciências: mas, como eu lhe dissera em sua juventude que ele tinha por natureza espírito e gênio, temeu destruir essa originalidade estudando os pensamentos dos outros; assim, sem uma mudança de guarnição, que o transportou a Estrasburgo, muito longe de uma amante que tinha em Grenoble, jamais teria aprendido ortografia. Eu o aconselhara a ler a história romana; ele a abre e não é que a loba de Rômulo lhe dá um medo terrível? A história da França, assim que ele soube que os antigos materiais eram arrancados dos imundos edifícios erguidos por monges supersticiosos e ignorantes em homenagem a alguns santos imaginários, lhe caiu das mãos. A dos nossos tempos, abriu-a, infelizmente, no artigo sobre as últimas guerras e a fechou bem depressa, com a desculpa de que era só o que ouvia na taberna, da boca dos velhos oficiais de seu regimento. Um tio nosso, que tinha sido jesuíta, acreditou interessá-lo com livros de devoção, tendo em vista que tem o coração muito terno, mas em primeiro lugar pediu ao bom homem o retrato da Virgem, o da Madalena, e o livro que demonstra *a ineternidade do universo*, e a necessidade de Deus. O barão de Pouilli,[10] meu vizinho, que conhece *ex professo* todas as religiões da Europa e que, naquele ano, era calvinista, emprestou-lhe a Bíblia, mas o caos o deteve desde o primeiro versículo, e ele alegou que "o sopro de Deus que nada na superfície do abismo" valeria muito mais para fazer um balão voador do que a fumaça de palha ou o gás inflamável do ácido vitriólico e da limalha de ferro. Um dia emprestei-lhe um romance ao gosto inglês. 'Eu não gosto', ele me disse, 'das banais pinturas de costumes burguesas.' *Cyrus...*[11] o tom preciosista o cansou; vinte outros, e alegou que todos terminavam como a festa de um casamento de aldeia, e que ele só queria a noiva; por fim, senhores, dediquei-lhe meu primeiro almanaque, encadernado de marroquim vermelho e dourado nas bordas; o carrasco me devolveu, mandando-me dizer que todos os dias se parecem e que é completamente inútil numerá-los.

"Quando lhe faço a guerra a respeito dessa mania singular de nada aprender, ele me responde enquanto desenha: 'Ouço dizer que o mundo está formigando de plagiários, quer que eu me torne uma cópia ruim? Mas, diga, *um pastiche* é o termo de arte'. Resta-me falar aos senhores de minhas duas irmãs, mas como estão no convento desde os sete anos de idade e não têm namorado, ainda não sei se sabem escrever.

"Portanto, como podem ver, senhores, sou uma planta exótica, e esse maldito gosto pelas letras me faz, com razão, ser olhado pelos meus como um triste fenômeno, *inde mali labes*:* se bem me lembro, essa funesta tendência me veio no ano da graça de 1759; meu pai, partindo para Hanover, quis antes de mais nada sondar minhas disposições. 'Que alguém vá', disse ele, 'à casa de meu compadre, o escrivão, buscar uma cesta de seu melhor vinho e que lhe peça alguns livros emprestados', porque não havia nenhum em casa. Trazem o vinho e um catecismo de Verdun e, enquanto meu pai abria uma garrafa, minha mãe se benzeu e leu 'Quem os criou e os pôs no mundo?', e eis-me dormindo. Meu pai logo me enfiou entre os lábios meio copo de champanhe e mandou um corneta de seu regimento, que ele trouxera para tornar recruta, tocar o bota-sela. Essa música guerreira me acordou e meu pai partiu convencido de que eu não estava degenerando. Depois disso, vá se fiar no horóscopo dos jovens! As menores causas produzem, no mais das vezes, os maiores efeitos.

"Meu pai, infelizmente para mim, levara para minha mãe uma camareira parisiense, grande leitora de romances; em seu baú, a empregada tinha de contrabando, entre seus enfeites femininos, *Dom Quixote* e as *Fábulas* de La Fontaine. Primeiro ela me recitou algumas, depois veio a me lê-las, em seguida, a trancar-se comigo para me ler a história do cavaleiro da Mancha; por fim, ensinou-me a ler, e em pouco tempo eu a soube de cor.[12] Sabia ler e escrever quando meu pai voltou da maravilhosa cidade de Minden, depois de ter perdido suas equipagens, suas mulas, seus cavalos etc.[13] Primeiro me chamou de criança mimada, de pobre criança, que nunca seria mais que um vagabundo; mas como tinham me ensinado a manejar as armas, um pouco

---

* Daí vêm as desgraças. (N. T.)

a dançar, como eu montava muito bem um cavalinho e ia arregaçando lindamente as anáguas de nossas criadas, logo se fez a paz.[14] Eu havia fabricado para mim um escudo antigo, com um prato de estanho, e uma lança, com um espeto para passarinhos, e até mesmo, certo dia, tendo flagrado a bacia de ferro de um barbeiro da cidade, o bom homem me disse: 'Safadinho, quer me devolver minha bacia?'... E eu lhe gritei: 'Aprenda, seu bronco, que este é o elmo de Mambrino, e, além do mais, tome distância e ponha-se em posição de defesa'.[15] E sem prestar muita atenção ao fato de que ele estava no final da pista assestei-lhe com o espeto um golpe que lhe arrancou sangue. Assim que meu pai foi informado de minhas façanhas, pagou pela bacia e começou a entender que as letras e as armas não são incompatíveis: um primo meu, que estivera umas vezes no teatro, ensinou-lhe que Alexandre, César e alguns outros antigos generais não eram ignorantes nem bobos, e então ele tolerou um preceptor. Pois esse infeliz pedantezinho não resolveu me falar de catecismo? Eu, que tinha do catecismo tanto horror quanto Louis-Joseph tem da escrita, vi meu preceptor como Tristão, o mago, e não parei de bater nele até que se decidiu me explicar as fábulas de Fedro; então se tornou meu amigo. Parapharagaramus[16] e eu fomos os melhores amigos do mundo.

"Mas, ai! Perdi a melhor das mães: meu pai mandou o pobre Parapharagaramus para os carmelitas descalços do Luxemburgo, onde tomou o hábito, e, quanto a mim, fui posto numa famosa escola, onde fiz minhas humanidades com o sábio padre Porcellus, da Academia de Amiens, o mais hábil e mais repugnante de todos os professores do universo.[17]

"Esse padre Porcellus conhecia a antiga Roma tão bem como a rua Saint Jacques; só sonhava com Numa, Bruto e Horácio.[18] Um dia, rezando a missa, imaginou ser o grande sacerdote de Netuno e fez libações em vez de beber sua espécie de vinho; em outra ocasião, em vez de dizer *dominus vobiscum*, exclamou '*age age*, que me tragam depressa essa bezerra branca, pois a imolarei a Netuno'. O falecido sr. Christophe de Beaumont, arcebispo de Paris, duque de Saint-Cloud, par da França, que preferia um pequeno trecho do *Moyen Court*, ou de *La Journée du chrétien*, a toda a latinidade, tendo ouvido falar que o padre Porcellus jamais recitava seu breviário, e que estava em cheiro de paganismo, proferiu contra ele um *suspendatur a sacris*.[19] O padre Porcellus encontrou cinco solecismos e nove barbarismos nessas três palavras; escreveu ao universo para prová-lo; os doutores se zangaram; queriam que o queimassem, mas monsenhor respondeu que era preciso guardar os feixes de lenha para os parlamentos e os jansenistas, e que se o padre fosse apenas pagão, ainda não estava no ponto para ser assado;[20] os pedantes ficaram surpresos mas não se melindraram por tão pouco; vendo que o arcebispo não queria queimar meu professor, acusaram-no perante o governador da escola, velho militar muito teimoso e muito déspota, de ter louvado Bruto e Cássio numa arenga latina; eles lhe explicaram como puderam os sentimentos de Bruto e de Cássio; o bom homem entendeu que eram rebeldes que conspiravam contra o rei, em algum sótão de Paris, informou imediatamente ao senhor tenente-geral da polícia, e pôs meu pobre regente no olho da rua, com todo o latim da casa. O bom homem me deixou, ao partir, Ovídio, Virgílio e Horácio; quando os releio sempre penso em meu velho mestre, e de vez em quando vou espalhar sobre seu túmulo mel e vinho, sacrifício que não pode desagradar a seus manes. A perda de meu querido padre Porcellus me fez achar odioso qualquer militar, e meu pai me mandou estudar filosofia com os capuchinhos de Mouson. Estudei minha lógica com o famoso e muito célebre A. P. Jack-ass,*

---

* Burro, ignorante. (N. T.)

cuja reputação, na época, estendia-se dos barrancos de Sédan às portas de Verdun, ao longo das margens do Mosa.

"Comecei minha teologia quando, por desgraça, conheci o frei Léopold, matemático banal dos mínimos de Stenay: desde então dediquei-me tanto ao estudo das ciências exatas que aí teria feito grandes progressos se um acaso cruel não me tivesse privado de meu mestre.

"Um dia em que o comandante da cidade estava bebendo com amigos, o bom frade foi pedir sua esmola; esses senhores o agarram e o fazem beber vinho um pouco demais; um engraçadinho aproveita a embriaguez do frade e, tendo-o prendido por uma parte muito delicada, passeia com ele nesse estado de nudez em volta de toda a praça: esse escandaloso acontecimento pôs em fuga meu ilustre professor.

"No entanto, nem por isso deixei de seguir minha vocação, e aprendi sozinho bastante astrologia para compreender o almanaque de Liège, fazer previsões e dar conselhos.[21] Por exemplo, previ a uma moça daquele tempo que ela morreria virgem, porque era feia, maçante e rabugenta; ao médico Gillet, que se mataria caso tratasse de si mesmo; a nosso cura, que morreria de tédio se relesse seus sermões; a nosso comandante, que quebraria a cabeça ao cair um dia em que estivesse mais bêbado que de costume. Vinham me consultar de mais de uma légua ao redor; eu anunciava às damas quando era bom cortar as unhas, nenhuma lavaria a ponta dos dedos se eu não tivesse anunciado o signo de Aquário; e mantive mancando um velho capitão dos granadeiros, meu parente materno, durante mais de um mês, por não tê-lo avisado para cortar os calos do pé no ocaso da lua. Mas, senhores, não há talento sem inveja, é um tributo que com absoluta certeza todos pagam à ignorância pública. Um dia, solicitaram-me para ir à reunião dos séculos, que organizam nossas mulheres de escol, a fim de que eu lesse um artigo da necrologia que os senhores chamam *Gazette de France*; li sem titubear, e tão fluentemente que tive muitos invejosos como ouvintes. Um velho marquês me olhou atravessado, uma mulher morena e amarelada ergueu sob suas sobrancelhas pretas dois olhos desvairados e cor de piche, fixando-os em mim; minha prima Mimion me olhou fazendo trejeitos, e para cúmulo da desgraça avistei Louis-Joseph, que com a ponta da bengala desenhava nas cinzas uma prisão. Como Louis-Joseph é meu frango sagrado, saí muito triste e me afligi com tão mau augúrio.[22]

"Uma nova mas funesta experiência logo confirmou esses tristes pressentimentos. Enviaram do tribunal a meu pai noventa e nove acusações, cuja principal era: um jesuíta disfarçado, confessor de religiosas cujo convento os senhores estão vendo, garantia ter ouvido a irmã Louise do Coração de Jesus dizer que fora informada no parlatório de que eu era jansenista. Esse testemunho foi apoiado pelo cura, que, no entanto, dizia que nunca pensaria que eu fosse tão ímpio, embora desde muito tempo desconfiasse que eu fosse ateu e maniqueísta, por ter me flagrado dormindo durante seu sermão; juntavam-se cartas de uma velha que fora apaixonada por mim, nas quais se queixava de eu ter sido impotente, e, atribuindo esse efeito à sua feiura e a algum vício físico, me aconselhava a que eu me submetesse à circuncisão. Uma inteligência da cidade descobriu facilmente o sentido oculto dessas cartas e demonstrou que era uma maneira hábil de me aconselhar a virar judeu, maometano e turco, talvez. Outros me acusavam de molinismo, nadismo, deísmo. Enfim, acrescentava-se acima de tudo isso um caderno grosso de cálculos de tábuas da lua e outro de equações diferenciais, o que provava, evidentemente, que eu era, como o marechal Fabert, de feiticeira memória, muito suspeito de ter me dedicado à magia.[23] Acrescentou-se até que eu tinha previsto que minha madrasta morreria num acesso de raiva... Poupo-lhes, senhores, do resto da acusação para chegar ao julgamento.

"Mal meu pai recebeu essa horrível memória, minha madrasta correu sem fôlego para chegar a esse homem que trazia os mínimos pelo beiço, presos por onde os senhores sabem, em plena praça pública, e que desde então se tornara secretário de um velho Verdun, *fermier général*. O secretário aumentou, bordou, diluiu, como se fosse uma autuação de um empregado; e uma bela manhã, meu pai, munido da pesada pasta, foi encontrar um de meus primos, brigadeiro dos exércitos do rei, o mais corcunda e o mais malvado pequeno brigadeiro de todo o nosso exército, mas o único inteligente entre não sei quantos outros primos que tenho em nossa boa cidade. Esse corcunda não se deu ao trabalho de deixar meu pai ler o in-fólio: 'Dê', ele exclamou, 'assinarei para mandar encerrar todos os seus filhos, suas filhas, a minha e meu genro, e todos os meus parentes e amigos, antes de ler uma página dessas papeladas'. No entanto, resolveram reunir na mesma hora minha família: todos os meus parentes, fora o pequeno brigadeiro corcunda, recusaram-se a assistir ao conselho de guerra, de modo que fizeram como nas bodas do Evangelho: recolheram todos os maltrapilhos da rua.[24] Na época, o brigadeiro corcunda pensava em se casar em segundas núpcias com a filha de um velho oficial inválido, cego, maneta e coxo, chamado senhor de Cinq-Ton;[25] ele o fez presidente da douta assembleia. Via-se entre os juízes um gordo primo em segundo grau paterno, aluno da Escola Militar, parvo, tão parvo, mas tão parvo, que dezesseis professores de matemática haviam se empenhado em vão, durante dez anos, para fazê-lo entender que dois e dois são quatro. Viam-se também o escrivão menos ocupado da França, um rapaz muito bom, marido de uma mulher muito bonita, que era parente em décimo segundo grau da avó de minha madrasta, e o sargento de cavalaria mais imbecil de toda a casa do rei; um asno que só sabia beber e tocar violino, e que também era amigo de meu pai, mas cujo nome esqueci. Esses sete arcontes, sentados à mesa na casa do brigadeiro corcunda, tendo jogado os papéis debaixo da mesa para abrir espaço para as muitas garrafas, começaram a beber corretamente às dez horas da noite; pois meus juízes tinham se reunido em jejum para não deixar de cumprir o regulamento. Quando estavam bem bêbados, o secretário lhes apresentou um parecer dos parentes, que ele tinha já pronto, e que todos assinaram sem ler.

"Infelizmente para mim, havia então um ministro que também não sabia ler, de modo que enviou, sem tê-la lido, uma carta régia com ordem de prisão ao comandante da cidade, a fim de me mandar prender; e considerando que Louis-Joseph tinha feito desenhos com sua bengala nas cinzas e que viajara, seguindo seu costume, com uma mulherzinha e um cachorrinho, fizeram-lhe a honra de incluí-lo na epístola encarceratória. Mas minha ciência, que me atraíra toda essa tempestade, dessa vez me ajudou a desviá-la. Como o comandante não sabia ler mais que o ministro, ele enviou a missiva ao mestre-escola, a fim de que dissesse o conteúdo a seu lacaio. A filha do mestre-escola, a quem eu dizia quando era bom arrancar a grenha e lavar as mãos, me avisou, e fugi para Liège com o pobre Louis-Joseph.

"Lauterberg,[26] sucessor de Mathieu-Lansberg, tendo ouvido falar, elogiosamente, em mais de um lugar de meu saber em astrologia, contratou-me por um ano na qualidade de profeta; travei contato com o reverendo padre de Rose-Croix,[27] ex-franciscano, que voltava de Roma, onde fora secretário do cardeal-amante, o mais jovem e amável do Sacro Colégio. Ele trabalhava então na tradução das obras do dr. Williams; previ uma primavera muito seca, houve chuvas contínuas, e o Reno arrasou um subúrbio de Colônia; é que eu não fazia minhas previsões a posteriori. Com isso, o sr. Lauterberg se zangou e me mandou embora sem me pagar meus vencimentos de profeta, por mais módicos que fossem. Mas tendo ouvido dizer que o príncipe de

Orange mandava procurar por toda parte um astrólogo para a rainha da Inglaterra, apresentei-me em Londres, como pude; ao chegar, encontrei o posto ocupado pelo barometurgo De Luc. Quando eu procurava algum grande senhor que precisasse de um profeta contratado, o que não é fácil de encontrar, tendo em vista a dureza dos tempos para os profetas, vi passar diante do café de Hei-Market um enterro seguido de não sei quantas figuras que tinham ares bem franceses; disseram-me que era um velho Gouix,[28] irmão de Milord Gouix, que acabava de morrer de indigestão e deixava vago um lugar no *Courrier de l'Europe*. Ofereci-me ao sr. De Serres de la Tour, que me contratou para escrever em bom estilo os artigos 'Confeitos La Mecque', 'Elixir de Colombo', 'Paket-boat de Brightem-Stone a Dieppe', 'Hotel do senhor de Saint em Calais', 'Refutação das memórias da Bastilha por Thomas Evans', com a seguinte epígrafe: '*My design is to raise and not to declain*';[29] enfim, achei que minha fortuna estava feita e me vi em possessão de um posto que devia igualar em duração minha vida ou a da gazeta, mas a fortuna ainda não se cansara de me perseguir. Uma assinante nos dirigiu uma carta em que se queixava das baixezas com que madame de Sillery e suas semelhantes infectam a educação das crianças, e da obra de não sei qual sr. Camp, judeu alemão, que demonstra a existência de Deus a seus alunos fazendo um urso dançar. E nossa correspondente dizia ainda em sua epístola que o estilo do sr. Berquin era digno do marquês de Mascarille, que se tornara pastor.[30] Mas eis que, ao mesmo tempo, Deus provocou um não sei qual marquês Du Crest, cuja existência eu ignorava, e que esse marquês Du Crest achou que aquela frase de nossa correspondente se dirigia a ele; queixou-se de que eu desejara insultá-lo não obstante sua qualidade de marquês e autor: seus gritos logo chegaram aos ouvidos do sr. Samuel Swinton, escudeiro que nem em troca de um reino queria que se insultasse em sua gazeta o menor marquês da Europa, e isso quase me custou a demissão.

"Nesse meio-tempo, meu pai veio a falecer;[31] pensei que não podia deixar de logo acorrer, para cuidar de sua sucessão, e agradeci a meu bom amigo, o sr. De Serres de la Tour;[32] foi assim que acabou minha vida literária. Os senhores viram o suficiente, no que acabo de lhes contar, para saber que tenho razão em me apavorar ao ser confundido com um autor; mas isso ainda não passa da menor parte dos males que as letras me fizeram, e o que me resta a lhes contar supera em muito o que acabo de dizer em matéria de perseguição, porque, acima de tudo, há as coisas surpreendentes e verdadeiramente milagrosas que me aconteceram."

— Tivemos, senhor, muita satisfação em ouvir o relato de sua carreira filosófica — disse Mordanes ao peregrino — e prometemos, ainda mais, ficar sabendo do resto de suas aventuras, mas o jantar está pronto, e, por favor, vamos adiar para depois de comer o prazer que o senhor fará o obséquio de nos dar: o senhor deve, pela lembrança de tantos contratempos, ter renovado seus pesares, e o vinho o consolará melhor que cem páginas de Sêneca.

O peregrino seguiu o conselho do boêmio; enquanto jantava, o interrogador Séché lhe dirigia mil perguntas sobre a pequena cidade na qual ele nascera. Indagava sobre a natureza das terras, a liberdade do comércio, a cota do imposto, a população, os costumes dos habitantes, a felicidade do pobre povo.

— Nossas terras — respondeu o literato que fugira — são fracas e naturalmente pouco férteis: produzem um pouco de trigo, vinho e madeira, mas de tudo isso em quantidade muito pequena, porque estão esgotadas e porque faltam aos que as cultivam meios para valorizá-las. Como não temos indústria, como os que cultivam a terra não podem conseguir o pouco de dinheiro de que precisam, senão vendendo parte de seu feno e de sua palha à guarnição, resulta que só têm poucos animais, magros, fracos, famintos, e que apenas podem pagar o pequeno imposto sobre os fundos que a casa de Condé, à qual pertencemos, impôs. Antigamente, ignorávamos o luxo, tudo era barato, nossos ancestrais pegavam nos bosques o que precisavam para alimentar o fogo único em torno do qual se aquecia no inverno toda uma família. Hoje tudo está muito mudado; o príncipe iniciou um processo injusto, que ele ganhou; e nas nossas melhores terras, das quais se apropriou sem nenhum direito, escavou um canal e construiu uma forja perto do moinho no qual nos obriga a moer, em consequência de uma antiga tirania do direito feudal. Essa forja fez a madeira encarecer. É verdade que não temos milícia, mas em compensação nos falta indústria, e a necessidade força nossos jovens rapazes a se alistar ou a se tornar lacaios. Nossas moças não têm marido e se deixam perverter pelos oficiais e soldados, depois do que vão para Reims e Paris dar à luz e quase nunca retornam. O belo rio que estão vendo é navegável, mas não temos nem um barco ali, de tal maneira os senhores arrendatários têm medo do contrabando. Em nossa cidade só contamos com cinco ou seis pobres retalhistas para cada negociante, e assim, tudo calculado, somos pobres e vivemos mal: só nos falta, para sermos florescentes, fundos e inteligência; somos muito bem situados para a comunicação, entre Verdun e Sédan, a Lorena e a Champanha. Deveríamos instalar um entreposto dos vinhos de Bar, de madeiras das Ardenas, ferros que se fabricam nas redondezas; uma manufatura de agulhas, alfinetes e rendas seria perfeitamente bem-sucedida; livrarias tornariam o dinheiro algo comum, e, com o desafogo, espalhariam o amor pela pátria e pela virtude; até agora, não vejo qual é a utilidade de quatro mil pessoas se fecharem dentro de muralhas ruins, em vez de se espalharem igualmente pela superfície desse terreno. Hoje, que todas as pessoas armadas da Europa concordam em respeitar o camponês, que já não se faz guerra tão violenta como com os bárbaros, esses conglomerados pestilentos para os costumes, que se chamam pequenas cidades, não servem para nada. Os lavradores da cidade e das aldeias costumam ser obrigados a andar uma légua até chegar ao campo que devem cultivar; os animais, acabrunhados de cansaço, têm uma légua a percorrer até retornar para os estábulos, e volta e meia outra légua mais para chegarem ao pasto.

"Todas essas causas de pobreza não impedem nossos costumes de ser corrompidos e o luxo, bastante considerável. O preço dos produtos atraiu para cá rentistas de todos os países, alemães, ingleses, velhos criados para quem seus senhores dão pensões vitalícias, oficiais retirados do serviço, chefes a serviço de príncipes da Alemanha. Todas essas pessoas vivem nobremente, isto é, bebem, comem, dormem, jogam e não fazem nada: como não podem consumir toda a sua renda em vitualhas, seguem a moda de Paris, constroem pequenos palácios. O burguês os imita; o comerciante é, portanto, obrigado a vender mais caro seu pano; o magistrado, a aumentar o preço de sua sentença; o procurador, a roubar um pouco mais; um número maior de pessoas se dedica ao contrabando; o povinho, que não pode aumentar o preço de suas jornadas, torna-se mais infeliz, menos bem alimentado, menos bem vestido; e enquanto a senhora do fiscal, a senhora do preboste usam roupas de seda, seus sobrinhos e suas primas pedem esmola de porta em porta. Enquanto isso, a gente de fino trato organiza reuniões de jogo, a guarnição vem zombar no luxo inútil de nossos janotas; pois, os senhores sabem, basta que um homem veja sobre sua lapela um pedacinho de pano de uma cor que se destaca da cor da sua casaca, ele esquece que é francês, que é homem. É assim que esses dogues, treinados para o combate ao touro, mordem e rasgam seus companheiros tão logo são introduzidos na liça. O militar só vê o que ele chama de burguês com um olhar de desprezo: o que ele quer é sua mulher, sua filha, sua mesa e sua bolsa, e com muita frequência todas essas coisas juntas."

— Devagar, devagar, senhor — exclamou Mordanes —, *de milito nihil nisi bonus*.[33]

Ele tinha ouvido essas palavras de um procurador de quem fora amanuense em sua juventude.

— Sei tanto como o senhor — continuou o viajante, sem dar muita atenção ao jeito de matamouro do boêmio — que pode parecer perigoso dizer tão livremente o que se pensa, mas o senhor me pôs em movimento, e uma vez que está na roda do moinho a água gira diabolicamente depressa. Veja, eu gosto dos militares, mas gosto ainda mais da verdade; assim como está me vendo na sua frente, pois bem, saiba que eu a disse algumas vezes a potências. Aliás, senhor, não ignoro que há no conjunto oficiais e até soldados que ainda são homens e franceses, mas infelizmente para a pátria, para a humanidade, é um pequeno número. A ignorância em que se mantêm nossas tropas a respeito de seus deveres mais sagrados deve fazer tremer aqueles que governam. Que freio pode reter um bando de homens sem princípios, mal pagos, mal alimentados, mal recompensados? Uma corporação de homens que, todos, ganhariam mais em cultivar seus patrimônios do que em apavorar o cidadão tranquilo? Na origem das tropas regulares, nossos reis tinham, para se assegurar diante delas, os ministros da religião, mas hoje *nec pueri credunt nisi qui nondum aere lavantur*.[34] Portanto, acredita que seja político ter desarmado o povo e confiado a alguns estipendiários imbecis a defesa do reino? Uma jornada como essa de Malplaquet, e o Estado ficará sem defesa.[35] Não mais reencontraremos, não, não mais reencontraremos essa brava nação que dez séculos de combates haviam aguerrido; e o primeiro bárbaro que conseguir uma vitória porá o reino sob o próprio jugo. É este, senhor, o efeito dessa odiosa e baixa política, que separou os interesses do rei daqueles da nação e que, arruinando a antiga nobreza que unia a cabeça ao resto do corpo, a colocou na necessidade de desarmar seu braço e de confiar sua espada.

— Bravo! Bravo! — gritaram à porfia Bissot e Séché; o cavalheiro falou aí como filósofo, e com toda a honra e respeito ao bravo Mordanes, dessa vez concordaremos com a opinião dele.

— Que seja — disse Sérapion —, mas o senhor não desenvolveu bastante bem de que maneira o governo feudal...

— É, não, senhor, é a liberdade e o pão do pobre povo que...

— Mas paz, paz então — gritou Voragine —, filósofos maçantes, vocês já nos disseram todas essas coisas aí cem vezes; por Deus, não recomecem suas longas homílias e suas tristes disputas, ou, palavra, cuidado com a mordaça. O cavalheiro tem a história dele para terminar, convém escutá-lo.

A curiosidade e as ameaças de Voragine trouxeram enfim o silêncio. Foi assim que, outrora, tendo Éolo, para agradar à ciumenta Juno, enviado seus filhos para fazer sobre a cabeça de Netuno um carrilhão de todos os diabos, o mestre das águas, furioso porque outros que não ele se permitiam criar algazarra em seu império, apareceu de repente ao som dos cornos de carneiro de não sei quantos tritões, junto com o velho Tritão e Ino, a qual, com seus peitos caídos, amamentava seu filho, o pirralho Melicertes. Os ventos, surpresos com essa súbita aparição, apavorados com os terríveis juramentos e com o tridente do grande almirante de Júpiter, se salvaram soprando em seus dedos e se deixaram, como tolos, amontoar-se na prisão de Éolo, o da barba úmida.[36] Enquanto isso, Tifarès, com copos na mão e seguido por Félicité, que levava a garrafa de aguardente, ofereceu-a a toda a companhia, com tanta graça como Ganimedes ou Hebe derramam néctar sobre o Olimpo, e com todos deitados sobre o cotovelo, com o pescoço esticado, dispondo-se a escutar, o estrangeiro prosseguiu sua história, conforme o diremos num outro capítulo.

21. Continuação da história de um peregrino

— Além do cuidado de recolher a herança de meu pai, um dos motivos que me levaram de volta a Paris, assim que recebi a triste notícia da perda que eu acabava de sofrer, foi cuidar pessoalmente que se rezasse um número suficiente de missas, vésperas, pais-nossos, ave-marias e outras orações menores para tirar sua alma do Purgatório, a supor que não tivesse ido diretamente para o Paraíso.[1] Com a condição expressa de que as supracitadas missas, vésperas e outras orações de menor valor fossem aplicáveis à alma de minha avó e, na falta desta, ao espírito mais próximo, em linha direta — com o lado paterno vencendo, em mesmo grau, o materno — que pudesse estar no Purgatório na época do *ite missa est* da última dessas missas, e sem que nenhum habitante do Purgatório pudesse ter ou pretender parte nenhuma, a não ser no caso de ausência dos defuntos supracitados; tudo isso convenientemente estipulado e explicado, a fim de evitar qualquer espécie de procedimento, gritos, clamores, pleitos, despesas e gastos entre as almas acima citadas. Para o pagamento de cujas missas, vésperas e orações de menor valor eu destinaria os primeiros dinheiros que se encontrassem no envelope selado e lacrado na casa de meu dito pai, e isso até o valor de trezentas e sessenta e seis missas, visto que o ano era bissexto, cinquenta e duas vésperas, e a moeda equivalente a dez missas solenes em orações, versículos e outros semelhantes recursos de pouco valor.[2]

"Mas, senhores, considerando que meu dito pai, casado em segundas núpcias, deixara uma filha muito hábil em pilhar, a herança, como me expôs muito eloquentemente Antoine l'Arrivant,[3] burguês de Paris, foi espoliada. Assim, para não faltar com o dever de um bom filho, vi-me obrigado a esvaziar minha bolsa nas mãos dos reverendos padres capuchinhos e retornar a pé para Londres, o que eu teria feito inevitavelmente se, como sei lá qual judeu de antigamente e os cavalos de Netuno, tivesse conhecido o segredo de andar sobre as ondas.[4] Tendo, pois, chegado a Boulogne-sur-Mer na véspera de Natal do ano da graça de 1783, dei-me conta, não sem uma dor sincera, da dificuldade de cruzar o passo de Calais, pois minhas finanças estavam reduzidas à sua menor expressão. Nessa situação extrema, pensei não ter nada melhor a fazer senão ouvir devotamente todas as missas que se rezariam na igreja dos reverendos padres capuchinhos. Como esses bons padres tinham obtido do alto graças suficientes para viver sem trabalhar e sem gastar, pareceu-me que não seria lhes fazer um grande mal pedir-lhes meios a fim de ir para a Inglaterra. Foi, senhores, uma belíssima cerimônia a missa do galo dos capuchinhos de Boulogne: os noviços, vestidos como anjos e como santas, cantaram as músicas natalinas; o padre Anne-Marie fez a santa Virgem, e um honesto cornudo da cidade representou maravilhosamente o papel de são José. Uma criança que, na véspera, se achara milagrosamente na porta do convento estava deitada num presépio, e ao seu redor um irlandês gordo, católico romano, que mora em Boulogne para a comodidade da missa e do vinho, fazia o boi com perfeição, enquanto o professor de filosofia fazia o burro, para grande satisfação de toda a assembleia. Depois de ter participado devotamente da cerimônia, retirei-me rezando para um canto da igreja, e como logo os fiéis e os capuchinhos foram celebrar a festa, vi-me sozinho na igreja, junto com um velho mendigo que rezava com a maior graça do mundo. Mas, senhores, eis-me no ponto mais delicado de meu relato, e se são desses mundanos cuja fé não bastaria para transportar uma colina no tempo em que as montanhas pulavam como cabritos vão pensar que sou um impostor...

— Continue, senhor — exclamou Tifarès —, somos, pela graça de Deus, católicos, apostólicos e romanos, e o que tem a nos dizer não pode ser tão milagroso quanto o que acaba de nos acontecer há no máximo vinte e quatro horas: vejo com prazer que o senhor é bom cristão, pois, para não lhe esconder nada, pela primeira parte de sua história eu o havia tomado por algum incrédulo geômetra, herege, deísta, ateu, ou por algum desses descrentes que hoje são mais que comuns. Eis aqui o sr. Lungiet, que foi crucificado, e que em seu tempo também viu milagres; o sr. Séchand é sacerdote de Deus, o sr. Séché usou o capelo.

— Você vai se calar, maldito tagarela? — disse Mordanes, que via o embaraço do pobre Tifarès a respeito de sua religião. — Alguém o encarregou de fazer aqui nossa profissão de fé? Continue, senhor, e acreditaremos como se o Evangelho fosse a sua boca.

— E bem o farão, senhores, pois isto não é um desses obscuros milagres que se fazem ao pé da lareira; milhares de homens ainda vivos foram sua testemunha, e não duvido que, se ainda fosse moda martirizar as pessoas, milhares de mártires gostariam de sofrer para provar sua verdade.

"O mendigo, vendo que a multidão dos fiéis desaparecera e que estávamos sozinhos na igreja, aproximou-se de mim num tom humilde e doce e pediu-me esmola com uma voz enternecedora. Só me restava um pequeno escudo, mas o bom homem estava tão pálido, tão desmilinguido, e havia, ele dizia, tanto tempo que não comera, tanto tempo, que lhe dei meu escudinho. Logo meus olhos se arregalaram, ele não era mais aquele velho de barba comprida e grisalha, de olhos vermelhos e remelentos, de couro sujo e repugnante, de trapos pendurados e multicoloridos; era, senhores, uma figura radiante de glória, uma coroa de cabelos de um belo ruivo cercava sua cabeça raspada, sua barba perfumada estava envolta num saquinho de tafetá cor-de-rosa, uma levita de pano prateado com um cinto de rosas tão frescas como na festa de Corpus Christi estava coberta por um longo manto forrado de arminho, seus pés lavados com pasta de amêndoas apareciam através de borzeguins vermelhos e brancos, trançados à moda antiga. 'Não tenha medo, meu querido irmão', ele me disse com voz tão doce e harmoniosa como a de uma cantora de ópera, 'estou contente com seu bom coração; embora nele eu leia que dá esmola mais por humanidade que por caridade. É sem dúvida um grande mal aos olhos de Deus, mas esse mal não me livra do agradecimento. Suas dificuldades me são conhecidas e venho socorrê-lo; pegue este pedaço do cordão com que eu cingia meus rins quando ainda estava nesta vida mortal: eis para que ele poderá lhe servir. Outrora eu pedi esmola, e de preferência me dirigia às mulheres de todas as condições. Sempre observei que, ao me darem, elas tinham os olhos fixos no nariz daquele a quem davam. Assim, pedi ao Espírito Santo, com quem estou nos melhores termos deste mundo, a graça de aumentar meu nariz na proporção de minhas necessidades. A pomba que trouxera a Santa Ampola logo me apareceu, trazia no bico o cordão celeste do qual aqui está um pedaço, e que, como eu soube desde então, é feito do pelo da cabra Amalteia.[5] Desde então, longe de me rejeitarem, as mulheres vinham ao meu encontro. Eis como você deve usá-lo. Ponha uma ponta no seu bolsinho do relógio, à medida que quiser aumentar o volume, alongar e endurecer seu nariz, passe um nó entre o cinto de sua calça e a carne, e seu nariz crescerá três polegadas; uma vez retirado o cordão, seu nariz voltará a seu estado natural. Sou o bem-aventurado Labre, vá e prospere.'

"Dizendo essas últimas palavras, o santo foi até um capuchinho que estava de quatro no chão, preso por uma corrente de ouro ao pé de um banco. Duas asas lhe saíam das costas, à guisa de capucha;[6] o fogoso animal raspava impacientemente a terra: logo corri para segurar o estribo do bem-aventurado Labre, que, tendo me dado sua bênção, soltou a brida da divina cavalgadura. De imediato a hipocapucha desprega as asas e, depois de fazer, à guisa de genuflexão, cinco ou seis reverências diante do Santo Sacramento, cruza a abóbada e desaparece de minha vista. Tão logo a santa dupla se perdeu na espessura da muralha e se furtou a meus olhares mortais, ajoelhei-me para fazer uma nova ação de graças, depois do que experimentei meu cordão; pois, fracos mortais que somos, por mais que acreditemos, ainda assim ficamos encantados de ver. Na verdade, minha surpresa aumentou ainda mais quando meu nariz, que é de um tamanho comum, alongou de repente até meus joelhos. 'Ai, senhora', disse a Voragine o peregrino, que via seus olhinhos fixos em seu nariz, 'por que preciso me lembrar de um prazer ao qual não devo mais aspirar, já que meu pobre nariz não mais se sente com a milagrosa proteção? Hoje já não posso apresentá-lo grande, gordo, vermelho, tal como era naqueles felizes instantes. Eu pensava, como os monges do monte Tabor, ficar em êxtase ao fixar a ponta de meu nariz: como ele estava vermelho! Como estava deslumbrante, uma luz celeste o cercava e, num instante, *ter spumam effixam, et rotantia vidimus astra*.[7] E não creia que pendesse de maneira a me tapar a boca e a me cortar a respiração. Não era um desses narizes feios carregados de verrugas e outras excrescências repugnantes; era um nariz muito parecido com um pão de açúcar, ou com um gorro quadrado do qual se tivesse tirado a borla. Um barulhinho que ouvi na igreja me fez temer os invejosos, recoloquei o cordão no meu bolsinho e meu nariz logo retomou sua forma natural. Só que acreditei perceber que ele tinha um pouco mais de propensão a decrescer do que a crescer, e desde então a experiência sempre confirmou essa observação'.

"Assim, regressei ao meu albergue agradecendo a cada passo ao generoso mendigo. Tão logo raiou o dia, informei-me sobre as damas da cidade que tinham fama de gostar dos narizes grandes. 'Todas', respondeu-me minha hospedeira, 'têm mais ou menos paixão por esses objetos encantadores; pois é preciso convir que um nariz grande enfeita muito um homem. Temos, sobretudo, a viúva Des Arches,[8] que é uma grande amadora; mas o que isso lhe importa, senhor? O seu não é, que eu saiba, de tamanho a fixar os olhares das especialistas: ele não merece ter sido trazido de tão longe. Hi! Hi! Hi!' 'Ahn!', disse eu, 'tal como ele é, eu não o trocaria por outro.' E pedi para me mostrarem a casa da viúva Des Arches'.

"Encontrei uma mulher gorda de tez plúmbea, olhos cavados pelos anos, e como que enfiados na órbita a golpes de nariz, mas de um belo preto, e ainda alertas. Embora entre seus cabelos desarrumados eu visse uma boa metade que tivesse tomado as roupas da inocência, meti dois nós para me apresentar decentemente e li em seus olhos uma meiga curiosidade. Um terceiro, e ela me reteve para jantar. Não me fiz de rogado, como os senhores podem acreditar. Durante toda a comida, a mãe Catau des Arches e sua filha quase não fizeram outra coisa senão olhar de soslaio para meu nariz. Uma inglesa, infelizmente muito feia, arregalava uns olhinhos tão horrorosos que, sem o feitiço, meu nariz certamente teria entrado na minha cabeça. Um sobrinhozinho, corcunda e cambeta, dizia bem baixo à prima:

'Que nariz!'. E na sala ao lado as criadas só conversavam sobre meu nariz maravilhoso.

"Depois do almoço, prenderam-me para o chá; depois do chá, para a ceia; e como havia naquela noite o grande baile na cidadezinha de Boulogne-sur-Mer, a moça, o sobrinhozinho cambeta e corcunda, e a inglesa foram para o baile um tanto a contragosto e me deixaram num doce tête-à-tête com a mãe Catau. Assim que me vi a sós com ela, meti mais dois nós; dessa vez, a boa viúva não conseguiu mais se segurar, e seus olhos me demonstraram sua imensa vontade de tocar no meu nariz, mas eu tinha jurado que ela só o apalparia dando provas seguras. Todos esses salamaleques e nada eram a mesma coisa: em vão ela me fez saber que havia trinta anos que analisava os sentimentos. Eu tinha jurado que não analisariam meu nariz por menos de dez luíses de ouro, e não ia violar meu juramento nem por todas as velhas pecadoras de Boulogne-sur-Mer. No entanto, como sou, não é para me gabar, um rapaz bem-educado, sempre previno as damas sobre as coisas que podem lhes ser agradáveis. 'Senhora', disse-lhe então o mais ternamente que se pode dizer a uma velha viúva, 'os momentos são preciosos, devo partir dentro em pouco para Londres, portanto não tenho tempo de arriar um cabo nó a nó; percebo, porém, que a senhora olha para meu nariz com prazer, e a deixarei tocá-lo de bom grado, mas, para ser bem franco, jurei pelas águas dos fundos de são Gregório, nas quais fui batizado, e que valem todas as águas do Estige, não deixar ninguém meter a mão nele a não ser que faça previamente uma oferenda de dez luíses de ouro novos, bem sonantes e de boa lei, ao bem-aventurado são Labre, a quem devo o maravilhoso dom que a encanta, e de quem sou o tesoureiro ambulante. Ninguém até hoje me tocou, juro-lhe, e a senhora será a primeira.' Diante desse discurso, que não era nem um pouco no estilo desses apaixonados meigos, derretidos de doçura, que dão água na boca de uma pobre mulher e a deixam ali plantada com uma boa boca, a mãe Catau respondeu como mulher que tinha analisado o fundo das coisas: 'Uma outra que não eu faria sem dúvida mais cerimônias, mas vou fechar a porta e trataremos de nossos assuntos com mais clareza'. Enquanto ela passava os ferrolhos, meti mais dois nós; meu nariz se apresentou na forma de um grande telescópio, e a carinhosa viúva retomou assim o fio de seu discurso: 'Querido viajante, que feliz estrela o conduziu às nossas praias? Eu achava que meu falecido esposo gozava de um dos mais belos narizes da Europa; mas ai!, que erro!, como me enganei redondamente!'. 'Nada de mão boba, senhora', disse eu ao vê-la esticando a mão para me agarrar; 'meu nariz me dá cócegas, e diacho!…' 'Ah! cruel! Como pode me enlanguescer assim? Manes de meu esposo! Eis finalmente o feliz instante de ver sobre um nariz que o teria honrado esses vastos óculos que tanto o deliciavam! Já não se trata daquele geografozinho de nariz curto acostumado a só usar um estreito monóculo, já não é mais aquele clavecinista fracote cujo nariz vacilante e mole parecia um leve raminho de musgo no meio do vasto oceano. Manes de meu esposo! É honrá-lo o fato de provar aos poderosos da Terra que o nariz dele não estava muito abaixo do eminente mérito daquele que o céu nos envia, e prometo de bom grado dez luíses ao bem-aventurado Labre para ver durante algumas horas os óculos de meu marido sobre o mais maravilhoso dos narizes.' 'Devagarzinho, senhora, segure a brida na mão, por favor, o bem-aventurado Labre trocaria todas as promessas da terra por uma só realidade.'

"E ela me deu dez luíses esse dia. E eu, como comerciante muito honrado, entreguei-lhe de imediato minha mercadoria.

"Assim como no fim da quaresma um padre que compreende bem o sagrado ofício não descobre de repente o crucifixo por muito tempo escondido dos olhos da piedosa assembleia, eu descobri pouco a pouco os antigos óculos do velho Des Arches.

Uma peça de chita preta cobria uma de outra de batista suja, debaixo da qual um pedaço de flanela servia de cobertura a um forro de tecido de cânhamo. Cheguei em seguida aos sagrados óculos. Oh! Poder do milagre, eu os vi, e meu nariz não se aniquilou. Uma velha armação de osso, seca, coberta por um pergaminho amarelo e enrugado, e coroado por uma pele de javali de sedas grisalhas ameaçava os olhos do temerário que ousasse se arriscar na empreitada. 'Coragem', exclamou a viúva, 'coragem, meu filho; não basta ter aparências brilhantes, ainda é preciso honrá-las, nada de recuar, a não ser que seja para melhor atacar. Desde a morte de meu pobre homem elas só serviram a uns vinte curiosos. Veja a bela pele de coelho com que as guarneci para manter o calor das glândulas pineais, é um coelho esplêndido, do mais bonito cinza; coragem, menino.' E eu, sacudindo um pouco os guinéus, animado pela doçura de seu som delicioso, desviando a boca e fechando os olhos, me lancei a corpo perdido sob o jugo que devia suportar:

Ah! miser
Quanta laboras in caribde.[9]

"Por fim, saí-me tão bem que as armações, enfraquecidas pelo uso, se quebraram a ponto de as circunferências tocarem o nariz e de ser preciso recorrer à totalidade do cordão; e para a grande glória do bem-aventurado Labre enchi praticamente toda a vasta e sonora caverna. Se eu tivesse desejado dar ouvidos à boa Catau, jamais teria abandonado seus antigos óculos, de tal maneira, a seu ver, eles me faziam bem; mas, enfim, para meu grande contentamento, soou a hora de me retirar, e meu nariz encolheu tão depressa sobre si mesmo que eu acreditaria ser impossível rever um dia sua ponta sem o poder do bem-aventurado; e se o desejo de provar à criada da posta que sua patroa não passava de uma tola não me levasse, mesmo antes de me deitar, a operar um novo milagre.

"Enquanto isso, a fama embocara sua trombeta, e durante todo o grande baile só se falara do viajante do nariz maravilhoso. 'Como a Des Arches Catau é sortuda!', diziam as damas. 'Na verdade, só a gente do povo é que tem sorte; uma vendedora de garrafas, uma peixeira, possuir o mais bonito nariz de uma cidade! Mas para a nobreza, que vergonha, prima!', diziam à pequena Des Arches as jovens burguesas que a fortuna ali mistura, como em outros lugares, ao sangue dos deuses quando se trata de comer ou dançar. 'Querida prima, mas então nos conte as maravilhas desse nariz grande: você o viu, você o tocou, você o...?' Um velho cego, o são Julião da cidade, gritava arranhando um minueto: 'Façam-no guardá-lo ao menos, que eu não vá arrebentar meu estômago batendo nele, como fiz outro dia com o timão desse carro que deixaram bem no meio da rua'.[10]

"Na manhã seguinte, quando acordei, recebi um cartão com um convite para ir passar o dia, como havia feito na véspera. Ao sair de minha casa, avistei duas ou três camareiras, lavadeiras de escudelas, que as patroas tinham enviado para examinar meu nariz; mas como fazia um frio tremendo, enfiei-o no meu regalo, pelo buraco por onde passo a brida de meu cavalo, de modo que nenhuma pôde se gabar de tê-lo sequer visto.

"Depois do almoço, anunciaram uma velha senhora e duas jovens e muito lindas senhoritas. Ouvi-as dizerem bem baixinho, 'mas é apenas um nariz muito comum', e deslizei dois nós. Elas não terminaram a frase e meti mais um terceiro, e a tia, espanhola das mais conhecedoras, disse entre os dentes: 'De Baiona a Cádix, não se encontraria nenhum parecido, nem sequer o de monsenhor Saint-Christophe, ou de monsenhor o grande Inquisidor'. Alguns minutos depois, vi aparecer uma jovem bretã, bonita, com a beleza de sua província, isto é, alerta e bem-feita:

sua cabeça descabelada estava cingida por uma coroa de rosas artificiais como as de uma sacerdotisa de Flora; um vestido de tafetá com uma cauda que mal a seguia, arrastando majestosamente na lama; mais que tudo isso, o ar de superioridade com que olhava de cima a burguesia reunida, a maneira nobremente desesperada com que se jogou numa poltrona cumprimentando com um gesto de cabeça, tudo isso me informou que essa dama era mulher de alta condição; e meti dois nós em homenagem a seus antepassados; além disso, como só me emburgueso no último extremo, sentei-me ao lado dela e começamos baixinho a dissertar sobre narizes e sobre óculos, como se não tivéssemos exercido outro ofício em toda a nossa vida. Em seguida, jogamos três ou quatro partidas de uíste, muito divertidas, a um vintém as três fichas, ralhamos com os parceiros, seguindo o nobre costume da boa sociedade das cidadezinhas onde se joga uíste, depois passamos meia hora a dividir três soldos; a reunião se desfez, ceamos e depois foi preciso recolocar os óculos. O humor vítreo começava a me faltar, minhas órbitas se achatavam visivelmente, pois, afinal, usar óculos o dia inteiro, não há milagre que aguente. Portanto, foi com grande prazer que fiquei sabendo que o navio do comandante Cornu estava se fazendo ao mar; a mãe Des Arches, cuja guarda de uma filha de dezesseis ou dezessete anos muito incomodava e que tinha em Londres um genro pateta, negociante de roupas e objetos usados, me encarregou de conduzir a esse pateta de genro a quarta de suas filhas, que ela lhe jogava nas costas;[11] e de reimportar a feia inglesa com focinho de corujão. Eis-me, pois, a caminho do porto. Um tratante levava num carrinho de mão as botas e botinas de minhas viajantes, que seguiam atrás, em fila: um urso, um macaco e cachorros que iam dançar em Londres durante as férias da ópera iam logo atrás, e nós fechávamos o cortejo. A mãe Des Arches, com um comprido lenço branco na mão, qual um velho protagonista de tragédia, e eu a arrastando com ar de conquistador que faz sua entrada numa praça desmantelada. Depois das manobras necessárias para subir a bordo as mulheres, um urso, um macaco, e dez a doze cachorros com roupas de hussardos, não sei quantos caixotes, e dois perus destinados ao pateta do genro, para o assado de Natal, o comandante Cornu desfraldou sua mezena e margeamos, a meia vela, o novo quebra-mar que prolonga o porto de Boulogne. Enquanto isso, a dama Catau, tristemente afundada no braço de sua confidente, com roupas compridas de luto e o lenço nos olhos, acompanhava nosso navio, xingando os ventos com queixas injuriosas, e eu, como viajante agradecido, empoleirado no alto do barco, com todos os meus nós arriados, respondia à sua ilustre dor agitando meu nariz com ar de desespero. Finalmente, tendo o comandante Cornu me avisado que eu corria o risco de bater o nariz entre o leme e o cadaste, o jeito foi me retirar: e o fiz num passo tão majestoso quanto pôde me permitir o balanço que já se fazia sentir no barco. De vez em quando, porém, dava uma olhada para os lados da terra; parecia-me que a viúva Catau deveria, segundo as boas regras, se jogar no mar. Além da oportunidade do local, da beleza da ocasião, isso teria tornado ainda mais famoso o milagre do bem-aventurado Labre; e, aliás, muitas mulheres se jogaram, sem que tivessem sofrido perda tão grande.

"Talvez, senhores e senhoras, eu pareça indiscreto e seja recriminado por ter assim revelado o gosto das mulheres de Boulogne pelos belos narizes; mas, se pensarem mais a sério, descobrirão bem depressa que a honra do santo o exige. Aliás, estou zangado por a viúva Des Arches, muito inconvenientemente, não ter se jogado no mar; o tempo, que tudo ceifa, acabou derrubando-a no túmulo. E meu amigo Samuel Swindon Esqr. me comunicou a triste notícia, enviando-me o epitáfio que mandou seu poeta contratado, o ilustre Courier-Cuirassé,[12] compor para ela. Vertamos uma lágrima, senhores, à boa viúva; eis seu epitáfio tal como se lê no monumento que lhe foi erguido em Boulogne, embaixo de seus óculos pintados:

> *Sob este túmulo jaz uma mulher de distinção,*
> *Que teve outrora uma tão grande babaca,*
> *Que com ela se jogava, com balas de canhão,*
> *Partidas de bilhar para entrar em sua caçapa.*

"Foi esse generoso escocês, que às vezes fez uso dos óculos da finada sra. Catau, quem mandou erigir o monumento a seu louvor: assim, eu pude, sem faltar ao dever com seus manes, glorificar o bem-aventurado.

"O mar estava revolto, as ondas, curtas, e o barco do comandante Cornu navegava como todos os diabos, o urso resmungava, os cachorros uivavam, os embaixadores do rei da Sardenha tocavam gaita de foles e batiam tambor, a velha inglesa dormia, nossos marujos grelhavam queijo na lareira de nosso camarote, a pequena Des Arches estava enjoada, e eu também, para acompanhá-la; de maneira que não pensei mais em fazer milagres. Chegamos por volta de meia-noite à entrada do porto de Dover, que vocês chamam de Douvres. Uma chalupa inglesa veio muito educadamente nos oferecer levar-nos a terra *por um guinéu por peça*. O espírito de economia foi mais forte que a dor do enjoo, e sofremos mais três horas por *um guinéu por cabeça*. Finalmente atracamos: pusemos pé em terra no hotel de York, na casa de meu amigo, o sr. Payne, que ainda não é tão insolente como Mariet porque ainda não é tão rico.[13] Depois de me recuperar um pouco do caos, reparei que a criada não era feia, e meti três nós. '*Good, good*', ela exclamou em inglês, '*what a nose.*' E estou convencido de que enquanto servir numa hospedaria terá lembrança do viajante do nariz grande.

"Depois de ter a maior dificuldade para retirar minhas malas e meus pacotes das mãos dos empregados que, seguindo o uso das nações civilizadas da Europa, tinham começado por nos despojar e acabaram por nos extorquir e nos pedir gorjeta para beber, embarcamos numa diligência de três lugares e andamos rumo a essa cidade maldita que queima o papa todos os anos, depois de tê-lo outrora adorado: de tal forma o gênero humano piorou ao envelhecer.

"Durante toda a estrada, a srta. Carabine fazia terríveis esforços para agarrar meu nariz, mas além do fato de que ela é, por natureza, muito feia e rabugenta, e eu pouco sou condescendente com as feias que não têm guinéus, tinha mais vontade de dormir do que de fazer milagres. Tomamos o chá na Cantuária. A hospedeira era bonita, e tenho um fraco natural pelas moças de albergue, embora ninguém melhor que eu para odiá-las, e fiz meio milagre.

"Às seis da manhã, encontrávamo-nos ao pé de Shooters-Hill e vi um gentil-homem, como se diz no nosso país, que vinha ao nosso encontro num trote acelerado e me parecia com ares de um *highwayman*.* Imediatamente abaixo o vidro, recorro ao santo cordão e puxo três ou quatro pés de meu venerável nariz: o gentil-homem o confunde com uma carabina, dá meia-volta e foge a galope, e chegamos a Londres sem maiores tropeços. Depositei o quanto antes minhas fêmeas, a srta. Carabine no coche de High-gate, a srta. Des Arches na casa de seu cunhado pateta, e fui correndo para minha casinha, onde encontrei minha pequena irlandesa. Dois nós: foi o suficiente para lhe ensinar que as viagens formam muito bem um homem.

"Dois ou três dias depois, li no *Morning Houland*:[14] 'Anteontem, às oito horas da manhã, chegou a esta cidade o ilustre viajante do nariz crescente: ele começará suas exibições na

---

* Bandoleiro. (N. T.)

segunda-feira, 4 do corrente; ainda se ignora em que bairro da cidade. As damas desejam que seja na rotunda do Vauxhall para sua maior comodidade, mas a nobreza se vangloria de que ele dará preferência à magnífica sala do sr. Gallini, que a ofereceu gratuitamente, como prova de sua gratidão à nobreza e aos gentis-homens que o honram com seus favores'. Era, senhores, uma pequena patifaria do sr. Gallini, que queria me obrigar a alugar sua sala caríssima e horrorosa para ali fazer minhas exibições; mas julguei mais apropriado não operar em público, só me produzir em privado, seja no gabinete de toalete das damas, seja depois do almoço, quando elas bebem champanhe.

"Nos círculos, nas assembleias do Parlamento, no Conselho, meu nariz maravilhoso era assunto de todas as conversas;[15] Lord March ofereceu apostar, contra quem aparecesse, que em Londres meu nariz não duraria três semanas. O sr. Fox, num discurso muito eloquente, o comparou à prerrogativa real, que, sendo primeiro imperceptível e moderada, cresce, estende-se por engrenagens ocultas e secretas, e logo ameaça e ultrapassa todos os outros poderes. Lord North fez sobre meu nariz mil piadas, das quais duas eram razoáveis. O resto do partido pisou e repisou o discurso dos dois oradores, mas não disse nada novo. Apenas garantiram que o ministro sabia tão pouco onde pegar os fundos para o pagamento da dívida pública quanto sabia explicar a causa do crescimento do meu nariz. Quanto a isso, fizeram ao sr. Pitt várias interpelações, às quais o homem de Estado respondeu que os ministros 'ostensíveis da Coroa não eram obrigados a responder às questões de um membro da Câmara', e, sem se deter no assunto, propôs uma nova taxa. O coronel N. o apoiou com todas as suas forças, mas garantiu que meu nariz não era outra coisa senão a tromba de um elefante do Nabab, que certamente eu o tinha trazido das Índias, que era preciso saber se eu tinha uma licença da Companhia, e se não tivesse que deviam penhorá-lo: a dita penhora em virtude de seu privilégio.[16] Os ânimos se exaltaram, a sessão tornou-se tormentosa e o rei foi obrigado a dissolver seu Parlamento o quanto antes.

"Disseram na Câmara Alta, sobre o mesmo assunto, não sei quantas belas coisas: o chanceler tirou disso grandes consequências em favor do despotismo da Coroa, Lord Stormond alegou que era um sinal da cólera divina contra o atual ministro e que se devia expulsá-lo o quanto antes para colocá-lo no seu devido lugar. Os pares espirituais concordaram com um gesto de cabeça e permaneceram como de costume: *mutum ac turpe pecus*.[17]

"Enquanto o Parlamento levava, assim, meu nariz em consideração, e o rei dissolvia o Parlamento, os jornalistas discorriam sobre ele, cada um mais que o outro.

"O dr. Mathy[18] aventou em sua nova *Review* que não havia razão para pôr toda Londres em polvorosa, que esse nariz grande não era digno dos olhares de ninguém. 'É, de novo', ele exclamou com seu calor habitual, 'uma dessas novidades que tentam corromper cada vez mais o gosto nacional; uma verdadeira importação francesa. Leiam os belos, os grandes modelos da antiguidade, que não tiveram senão narizes muito correntes. Homero, que diz tudo o que se deve dizer, nunca teve a ideia de nos entreter com o nariz de seus heróis, a menos que se tratasse de fazê-los abater a golpe de serrote. Não se encontra um só verso, um só hemistíquio, sobre o nariz de Aquiles, ou de Príamo, não se tem certeza que a máquina tivesse um. Ulisses, que fala do olho de Polifemo, das garras de Cila, do apetite dos lestrigões, da voracidade de Caribdis, não diz uma só palavra do nariz deles. Virgílio, o sábio Virgílio, diz ele uma só palavra do nariz do piedoso Eneias ou do feroz…? Folheiem a sábia *Poliglota* do doutor… as *Hexaplas* de Orígenes, as traduções de Jerônimo; leiam os fragmentos de Sanconíaton, os de Beroso, os mármores de Paro; remexam as ruínas de Palmira, de Herculano; sondem as pirâmides do Egito, decifrem os obeliscos, e sempre verão apenas narizes muito banais.[19] Nos belos séculos da literatura, no tempo do divino Shakespeare, jamais se pensou em falar do nariz de alguém. O rei Lear, o monstro Caliban, o mouro de Veneza, que faziam o animal de duas costas, tiveram apenas narizes ordinários; enfim, o único poeta que cantou os narizes é esse Voltaire, homem sem gosto, sem espírito, sem gênio que celebrou o de seu herói.[20] Um asno, senhores, já que o respeito que devemos à antiguidade não permite de jeito nenhum aos nossos escritores polidos e judiciosos introduzir semelhante elemento em seus escritos. *Ne deus intersit nisi dignus vindici nodus.*'[21]

"Era assim que falava o sábio sr. Mathy no seu jornal de 4 de fevereiro de 1784. Outros escritores, menos fanáticos, admiradores dos antigos, rejeitavam vigorosamente o senhor doutor. 'Se os antigos', diziam eles, 'não falaram de nariz, foi porque não havia nenhum que valesse a pena. No entanto, as damas romanas davam muita importância aos narizes volumosos. Considerem as medalhas que são guardadas pelos senhores; observem o de César: que volume! E Bruto e Lépido! O de Marco Antônio era um pouco achatado, mas era notável por sua largura; Germânico não era escasso na matéria; Tibério devia tê-lo grande e comprido; Calígula, bem arrebitado; Nero, em forma de pepino; e o que não diremos dos de Antonino, de Adriano e de Juliano, a quem os tolos chamam de apóstata e os sábios, de filósofo. O de Gordiano não é indigno de ser observado; Liciniano é o primeiro a quem seu nariz desonra, e desde então o Império apenas decresceu, até esse Augústulo que era totalmente chato.'[22]

"Esses jornalistas não foram os únicos a argumentar sobre meu nariz: o dr. Piesley[23] o colocou entre as causas da corrupção do cristianismo; o dr. William,[24] que na época pregava publicamente o deísmo, dele tirou fortes argumentos contra a providência; um fugido da Provence,[25] que trouxera à luz do dia as obras póstumas de um homem enterrado vivo, e um pequeno libelo cheio de calúnias contra os membros do Conselho do falecido rei, serviu-se do nariz para que o ajudasse a carregar um nome difícil de usar, dizia ele, depois do seu senhor querido pai. Ele pintava meu nariz ora como marca de nobreza, ora como uma ordem de cavalaria; ousou dizer que seria muito apropriado para *empalar* sua majestade e que, se a França não viesse o quanto antes ajudar, era indubitável que eu me serviria dele para perfurar os diques da Zelândia, como fora demonstrado por um famosíssimo geógrafo que ninguém conhecia. Os físicos da Sociedade Real propuseram descobrir como meu nariz era um corolário da lei geral da atração; o sr. Marat,[26] ao contrário, queria que fosse um efeito da eletricidade de minhas glândulas pineais; um alemão chamado Müller anunciou que com ele descobriria o movimento perpétuo; meu amigo, o dr. Remben, escreveu na imprensa que dele já tinha extraído vinte e duas crianças e que tentaria chegar às duas dúzias; por fim, a filha mais velha da Catau des Arches, mulher do belchior Bissoto de Guerreville,[27] que acabava de virar quacre, pegou meu nariz como texto do primeiro discurso que pronunciou perante a trêmula assembleia e rosnou que o espírito estava escondido entre minhas narinas.

"Recebi uma profusão de cartas de todos os cantos da cidade e de Westminster. Era uma jovem herdeira que me enviava sua descrição física para me pedir que me casasse com ela; era uma viúva velha e rica que me prometia uma doação entre vivos, em troca de quinze minutos de confiança. O comerciante J. P. D., que pratica a usura na Great St. Helens,[28] veio me oferecer, a cinco por cento, cem luíses sobre meu nariz, contanto que eu lhe desse garantias colaterais, que poderiam ser diamantes, ou objetos de ouro e de prata sem aliagem, e por um peso que fosse o dobro do dinheiro vivo. Além disso, propôs-me em seguida juntar a isso um soneto de sua lavra, um epigrama contra quem eu quisesse, desde que eu fornecesse o mote, e um pacote de luvas em que se leria:

Belas luvas brancas.
Este pacote contém uma dúzia.

"O belchior Bissoto me propôs que eu deixasse meu nariz ser gravado em todo o seu esplendor, para figurar na galeria *dos homens ilustres vivos*, aos quais conferia presentemente as honras da imortalidade. Um safadinho chamado Thonevet[29] me ameaçou de um libelo de sua lavra, ao gosto antigo, se eu não lhe passasse um décimo de meus lucros, ou se não o encarregasse com exclusividade de exibir meu nariz aos que se abasteciam em sua loja; um padre, que fazia tramoias com as moças da ópera, ofereceu-me, da parte de duas ou três das melhores sirigaitas, cem luíses e entrada livre em troca de meu segredo, que elas destinariam a reanimar cinco ou seis velhos *wabales* que vão borboletear como besouros nos camarins onde se metamorfoseiam em deusas.

"Os charlatães anunciaram-me em seus programas.[30] Ashley, que acabava de surpreender toda Londres com seus balões voadores, mandou escrever em seus cartazes que o sr. Naso, o ilustre viajante, teria a honra de tocar trombeta em seu teatro para acompanhar o sr. Rossignol, que imita todos os pássaros do universo. O dr. Katerfiette prometeu fazer ver em seu microscópio solar o rabo de seu gato preto, vinte vezes mais grosso que meu grande nariz; o que ele já havia mostrado, em privado, ao rei e à família real, que tinham ficado tão encantados que, no dia seguinte, voltaram para surpreendê-lo, mas não conseguiram encontrar lugar, de tal maneira a multidão era grande naquele dia, e isso deixara mais mortificado ainda a ele, coronel Katerfiette, porque seu amigo o rei da Prússia lhe recomendara especialmente a família reinante. O dr. Graham, num discurso ad hoc, pronunciado no templo da saúde, no salão do hímen, perto da cama elétrica, na qual as mulheres estéreis vão para que lhe façam filhos, explicou como narizes semelhantes ao meu seriam infalivelmente úteis à propagação e à saúde das senhoras. Garantiu que, assim, eu só tinha conseguido fazer com meu nariz tudo o que me desse na telha porque o lavava regularmente com água fresca, vivia de vegetais e dormia ao relento, como ele, dr. Graham, aconselhava aos senhores e senhoras fazer; um cirurgião de Londres anunciou em todos os jornais que meu nariz não passava de um pólipo fungoso, que ele acabava de extirpar, e o mostrava empalhado a todo mundo, por um xelim por cabeça; o dr. N... me ofereceu para fazer todos os adiantamentos necessários a meus cartazes, anúncios e exibições, contanto que dividisse ao meio o lucro com ele, conforme costumava fazer com seus autores.

"Enquanto os autores da cidade de Londres e os charlatães, o que é quase a mesma coisa, anunciavam assim um fenômeno cuja causa nenhum deles conhecia, eu fazia tranquilamente meus patês do Périgord com o sr. De S... de la T...,[31] e os comíamos e os regávamos com um excelente borgonha. Propus, em agradecimento à senhora, fazer diante dela minhas experiências nasais, mas ela me pediu encarecidamente que não fizesse nada, considerando que em matéria de nariz só se preocupava com o de seu marido.

"Atribuí essa indiferença pelo nariz volumoso à pequenez de sua boca e de seu pé, tendo sempre observado que as mulheres que têm essas partes miúdas não conseguem suportar objetos grandes demais; a magra e seca Bissoto, a M... dos grandes olhos sem-vergonha, a J... e outras que têm bocas rasgadas como se as tivessem posto em equilíbrio sobre os cavalinhos de madeira dos Invalides são muito mais curiosas.

"Todos os meus amigos solicitavam que tirasse o mais depressa possível proveito de minha felicidade: Piélatin, o excelente violinista, me ofereceu generosamente reger a orquestra em minhas representações e levar os músicos mais hábeis; Desforges,[32] o hábil clavecinista, tão bem-educado, tão prestativo, tão amável, prometeu-me executar uma sonata, composição sua, com sua alma e graça costumeiras. Eu me deixava conquistar, pois é esse meu defeito, deixar-me influenciar, quando recebi a visita do sr. N... Ele vinha incógnito oferecer-me dois mil guinéus da parte dos whigs, contanto que eu não permitisse o uso de meu nariz senão às mulheres e às moças cujos pais e maridos dessem seu voto ao sr. Fox, cabendo a mim, depois da eleição, mostrá-lo a quem quisesse. Como gosto de Fox e da liberdade, fui seduzido muito facilmente, pois as belas mulheres são todas de seu partido. A rainha, que na época cabalava pelo cavaleiro N..., enviou-me o sr. De Luc,[33] seu leitor habitual, para me oferecer um exemplar de suas cartas a uma princesa da Alemanha, se eu quisesse apoiar o partido da corte, e para me ameaçar, caso eu recusasse, de fazer engolir, meu nariz e eu junto, a grande boca da sra. Harbord.[34] Julguem se eu, que tinha visto os óculos da viúva Des Arches, sua grenha grisalha de coelho esplêndido, com as circunstâncias e dependências e todos os locais adjacentes, ia me deixar impor por uma boca inglesa; mantive-me firme na boa causa e alistei-me sob os estandartes da bela duquesa e do príncipe de Gales.[35]

"Uma trupe de infelizes franceses famintos, sem sapatos, que desonram a nação no solo de Londres, tendo sabido que eu tinha uma próxima expectativa de uma grande fortuna, veio me lisonjear, na esperança de tirar uma lasquinha, e todos se esforçaram em me perder, por inveja. O caluniador Thonevet declarou, sob juramento, a um secretário de Estado, que não prestou atenção no assunto, que eu era contratado pela França para medir com meu nariz o calibre de todos os canhões da Inglaterra, e até mesmo que eu era parente, em sexagésimo grau, desse Lamothe[36] que ele mandou enforcar na guerra passada. Por outro lado, ele disse ao carregador de lenha do porteiro do embaixador da França que eu tinha tomado a liberdade de zombar de seu patrão nos jornais, e escreveu ao principal espião do empregado de um inspetor da polícia de Paris que não deixasse de ir dizer ao moço que esfrega o escritório do secretário do chefe dos serviços da polícia que eu tinha extorquido meu nariz de um comerciante que vinha do promontório dos narizes:[37] e ele escreveu um banal e feio libelo contra os palafreneiros de um homem de alto gabarito, a fim de me perder, atribuindo-o a mim.[38]

"O benfeitor e poeta Labou... veio me advertir sobre essas manobras secretas, das quais apenas ri: bebemos juntos vinho do Porto ou de Oporto, e ele me prometeu uma ode em louvor de meu nariz, e no dia seguinte começou um epigrama. Felizmente, embriagou-se no primeiro verso e pegou no sono no segundo. Acordado em sobressalto pelo invejoso Thonevet, contou-lhe que eu era amante de uma duquesa que me dera um cofrezinho cheio de ouro. O mau caráter pegou uma febre que, finalmente, ameaçava fazer justiça quando um acidente fatal fez da minha propriedade o jarro de leite da fábula de Perrette e a carroça do cura.[39]

"No sábado 12 de maio, tendo ido à praça de Covent Garden a fim de começar minhas operações em favor do sr. Fox, eu ia enfiar alguns nós quando um larápio, imaginando que eu escondia o cordão de meu relógio, me roubou habilmente o milagroso cordão. Imaginem minha surpresa, meu desespero; fiquei arrasado, desesperado; mandei anunciarem meu cordão, prometi recompensas, enfim, tudo isso à toa. Voltei para minha casinha, não direi tendo posto o nariz onde não era chamado, pois tanta glória já não me pertencia, mas bem envergonhado, bem triste:

minha pequena governanta me consolou. 'O senhor ainda tem', ela me dizia, 'o suficiente para um homem galante', mas isso num tom desses amigos inconsoláveis que se esforçam para consolar um amigo mais desesperado que eles.

"Nisso eu estava quando eis que a viúva Des Arches, não encontrando mais nariz que conseguisse alcançar em seus óculos as duas beiras ao mesmo tempo, chega a Londres para me obrigar, por bem ou por mal, a usar seus velhos óculos. Os senhores hão de imaginar que no triste estado em que eu me encontrava não pude fazer nada melhor do que fechar minha porta. Em vão ela me enviou Scaramouche, o irmão daquele belchior Bissoto, marido de Pernelle, sua filha mais velha.[40] Entrincheirei-me o melhor que pude; mas, acabrunhado com suas perseguições e apressado para levar a público as obras póstumas de meu finado amigo, o T. R. de Rose-Croix, arranjei-me com Sam... Esqr., que me cedeu o uso de suas prensas de Boulogne. Portanto, cruzei de novo o estreito, felicitando-me por ficar assim livre das perseguições da viúva Des Arches. Mas, ai de mim! Vã esperança, pois o que não ousa empreender uma velha cujos óculos desprezamos! O caluniador Thonevet se atrevera a compor vários libelos atrozes e atribuí-los a mim. Ele se uniu, no objetivo de me perder, à viúva irritada: escreveram ao ministro, e fui sequestrado ao meio-dia na cidade de Boulogne e conduzido à Bastilha. Como nesse momento o belchior Bissoto estava em Paris, a procurar trapos para remendar velhos gibões multicoloridos, que ele destinava aos selvagens da América, suspeitaram que ele é que tinha distribuído esses libelos imaginários e o despacharam para Bicêtre, onde morreu pouco tempo depois de uma desidratação cerebral.

"Quanto a mim, fiquei muito tempo na Bastilha, pois nada é tão difícil destruir como as calúnias dos velhacos que, tendo perdido toda a vergonha, o acusam descaradamente de crimes que nunca foram cometidos. Na Bastilha, não passei um dia sem rezar inutilmente ao bem-aventurado Labre e sentir saudades de meu nariz milagroso. O governador, que por natureza é muito compassivo, me consolava: 'De que lhe serviria aqui um nariz desses? Aliás, não o deixaríamos com ele, não é costume, você poderia usá-lo para perfurar as paredes ou talvez para corromper seu carcereiro'.

"Enfim, tendo se assegurado de que me acusavam injustamente de ter escrito libelos que ninguém nunca tinha visto, o ministro mandou, uma bela manhã, me porem para fora da Bastilha. Enquanto andava ao longo da rua Saint-Antoine, ouvi lerem aos gritos uma pastoral do monsenhor arcebispo, que ordenava a todos os que tinham algum conhecimento de milagres do bem-aventurado Labre que fossem depor em seu provisorado, porque em Roma estavam tratando de canonizá-lo.[41] Acreditei que o reconhecimento me obrigava a ir pessoalmente a Roma, e voltando atrás em meus passos meti-me no bulevar e na porta Saint-Martin, e depois no caminho de minha casa. Aqui passarei uma ou duas semanas com meus irmãos e continuarei minha viagem. Estes são, senhores, os acontecimentos milagrosos que eu tinha para lhes contar: vejam quantos males me causou a triste experiência que fiz da literatura, e como devo estar repugnado dela. Assim, nada, juro-lhes, apavora-me como ouvir ser tratado de autor; parece-me sempre ter em meu encalço um bando desses aguazis que os poderosos colocaram na esquina das ruas e das barreiras para impedir que a razão se introduza de contrabando. Mas o sol está declinando e temos o tempo justo de chegar à cidade. Se estão dispostos a me seguir, vou indicar-lhes nos arredores onde serão bem recebidos, bem acomodados, onde encontrarão bom vinho e uma bonita hospedeira."

Os boêmios e as boêmias levantaram-se, e enquanto se encaminhavam, demonstrando ao peregrino o prazer que tiveram com o relato de sua história, Tifarès e Mordanes albardaram e carregaram o burro e se puseram a caminho, atrás deles; pouco depois do pôr do sol chegaram, todos juntos, às portas de Stenay, à casa do honesto Radet, o melhor taberneiro da Europa;[42] e depois de terem feito o peregrino prometer que ia jantar com eles, deram-lhe a liberdade de ir abraçar seus irmãos, enquanto o jantar se preparava.

Notas

INTRODUÇÃO [PP. 7-58]

1. A edição de 1762 do *Dictionnaire de l'Académie française* dá a seguinte definição: "BOHÈME, BOHÉMIEN, BOHÉMIENNE. São também chamados EGÍPCIOS. Essas palavras não foram colocadas aqui com o objetivo de caracterizar as pessoas daquela parte da Alemanha chamada Boêmia, mas apenas para designar uma variedade de vagabundos que vagam de lugar em lugar, lendo a sorte e furtando coisas com grande destreza. 'Uma trupe de boêmios.' Falando com familiaridade, diz-se de um lar onde não há regras ou ordem, 'É uma casa boêmia'". Entre os muitos estudos da boêmia do século XIX, ver especialmente Jerrold Seigel, *Bohemian Paris: Culture, Politics, and the Boundaries of Bourgeois Life, 1830-1930* (Nova York, 1986) e Cesar Graña, *Bohemian vs. Bourgeois: French Society and the French Man of Letters in the Nineteenth Century* (Nova York, 1964).

2. Numa das primeiras referências a boêmios literários, *Le Chroniqueur desoeuvré, ou l'espion du boulevard du Temple* (Londres, 1783), v. II, 22, há a descrição cáustica de um teatro de bulevar, Les Variétés Amusantes, como "antro de boêmios".

3. Antoine de Rivarol, *Le Petit Almanach de nos grands hommes* (s/p, 1788).

4. Tentei desenvolver esse argumento e fornecer estatísticas sobre os escritores franceses durante o século XVIII em "The Facts of Literary Life in Eighteenth-Century France", em Keith Baker (Org.), *The Political Culture of the Old Regime* (Oxford, 1987), pp. 261-91.

5. Louis Sébastien Mercier, *Tableau de Paris*, reimpressão editada por Jean-Claude Bonnet (Paris, 1994). Ver especialmente os capítulos: "Auteurs", "Des Demi-Auteurs, quarts d'auteur, enfin, métis, quarterons, etc.", "Auteurs nés à Paris", "Apologie des gens de lettres", "Trente écrivains en France, pas davantage", "Les Cent hommes de lettres de l'*Encyclopédie*", "La littérature du Faubourg Saint-Germain, et celle du Faubourg Saint-Honoré", "Misère des auteurs", "Le Musée de Paris" e "Les Grands Comédiens contre les petits".

6. Ver Aleksandr Stroev, *Les Aventuriers des Lumières* (Paris, 1997).

7. Ver Pat Rogers, *Grub Street: Studies in a Subculture* (Londres, 1972); John Brewer, *Party Ideology and Popular Politics at the Ascension of George III* (Cambridge, 1976); Hannah Barker, *Newspapers, Politics, and Public Opinion in Late Eighteenth-Century England* (Oxford, 1998); e Arthur H. Cash, *John Wilkes: The Scandalous Father of Civil Liberty* (New Haven, 2006).

8. A fonte mais rica de informação sobre os expatriados franceses em Londres são os arquivos do Ministério das Relações Exteriores da França no Quai d'Orsay (Correspondance politique: Angleterre, especialmente mss. 540-50). O seguinte relato baseia-se também nos interrogatórios de Jacques-Pierre Brissot na Bastilha, que revelam muita coisa sobre as atividades de Pelleport (Archives Nationales, Fonds Brissot, 446 AP 2). As fontes impressas mais importantes incluem o libelo anônimo e tendencioso, mas muito revelador, de Anne Gédéon Lafitte, marquês de Pelleport, *Le Diable dans un bénitier et la métamorphose du Gazetier cuirassé en mouche* (Londres, 1790); os relatórios policiais publicados por Pierre-Louis Manuel, *La Police de Paris dévoilée* (Paris, 1790), 2 v.; as versões editadas e parafraseadas de Manuel de documentos da Bastilha, *La Bastille dévoilée, ou recueil de pièces authentiques pour servir à son histoire* (Paris, 1789-90), 9 *livraisons* ou volumes, dependendo de como são atados; e a soberba coleção de documentos publicada com extensos comentários de Gunnar e Mavis von Proschwitz, *Beaumarchais et le Courrier de l'Europe* (Oxford, 1990), 2 v. A obra secundária mais importante sobre Charles Thévenau de Morande ainda é a fina e imprecisa biografia de Paul Robiquet, *Thévenau de Morande: Étude sur le XVIIIe siècle* (Paris, 1882). Os outros libelistas londrinos são discutidos em Simon Burrows, *Blackmail, Scandal, and Revolution: London's French libellistes 1758-92* (Manchester, 2006), que discute meus primeiros estudos sobre o tema coletados em *The Literary Underground of the Old Regime* (Cambridge, MA, 1982). Além das fontes acima, o seguinte ensaio baseia-se em outro material referente a Brissot: *J.-P. Brissot: Mémoires* (Paris, 1910), 2 v., Claude Perroud (Org.); *J.-P. Brissot: Correspondance et papiers* (Paris, 1912), Claude Perroud (Org.); e Robert Darnton, *J.-P. Brissot: His Career and Correspondence 1779-1787* (Oxford, 2001), que pode ser consultado on-line no site da Fundação Voltaire: <www.voltaire.ox.ac.uk>.

9. *La Bastille dévoilée*, v. III, p. 66; *La Police de Paris dévoilée*, v. II, pp. 235-6.

10. Paul Lacroix, "Les Bohémiens", *Bulletin du bibliophile* (Paris, 1851), pp. 408-9. Lacroix diz que o livro foi impresso por Charles-Joseph Panckoucke, que então destruiu a maioria dos exemplares depois de descobrir que era caluniado nele. Um impressor chamado Lavillette produziu as páginas de rosto que aparecem nas cópias sobreviventes, segundo relato de Lacroix, que infelizmente não menciona nenhuma fonte.

11. O endereço sugere a casa editorial de Charles-Joseph Panckoucke, também na Rue des Poitevins, no Hôtel de Thou. Segundo o *Almanach de la librairie* (Paris, 1781), Panckoucke era o único livreiro localizado nessa rua de pequena extensão. Pelleport usou endereços falsos como forma de sátira em outras obras e ridicularizou o caráter pretensioso de Panckoucke, bem como seu tratamento arrogante a autores em *Os boêmios* (1790), v. I, pp. 112-3. Conforme mencionado na nota 10, Paul Lacroix acreditava que Panckoucke imprimiu originalmente *Os boêmios*, depois tentou destruir a edição inteira. Não há informação referente ao Hôtel Bouthillier ou a *Os boêmios* em Suzanne Tucoo-Chala, *Charles-Joseph Panckoucke et la librairie française 1736-1798* (Pau e Paris, 1977).

12. É concebível que Pelleport tenha escrito o livro em 1789, mas isso parece improvável, porque é um texto longo e complexo, e Pelleport aparentemente passou grande parte daquele ano entre Stenay e Paris, tentando pôr seus negócios em ordem. Ele foi solto da Bastilha em 3 de outubro de 1788. A única alusão no livro que pode ser datada é uma referência no v. I, p. 113, a *Le Petit Almanach de nos grands hommes*, de Antoine Rivarol, que foi publicado em 1788. Uma referência no v. I, p. 98, implica que a narrativa tenha lugar em 1788. Uma nota de rodapé no v. II, p. 22, refere-se ao ministro principal Loménie de Brienne, que foi demitido em 24 de agosto de 1788, como se tivesse caído recentemente. Algumas poucas alusões vagas ao Terceiro Estado — por exemplo, v. I, p. 11 — sugerem que Pelleport tinha ciência da decisão de Luís XVI, de 8 de agosto de 1788, de convocar os Estados Gerais. Mas Pelleport zomba do governador da Bastilha, Bernard-René, marquês de Launay, como se ele ainda ocupasse sua posição (v. I, p. 9). *Os boêmios* contém muitas descrições de mosteiros, deveres senhoriais, taxas reais e ordem social como se o Antigo Regime ainda estivesse firme no lugar. Nada no livro sugere uma sociedade prestes a eclodir numa revolução ou em qualquer uma das mudanças que ocorreram após 1788. As cópias de *Os boêmios* que pude localizar estão na Bibliothèque Municipale de Rouen, na Bibliothèque du Château d'Oron, na Suíça, na Biblioteca do Congresso, na Biblioteca Pública de Boston, na Taylorean Library da Universidade de Oxford, na Bayerische Staatsbibliothek de Munique e na Biblioteca Nacional da Suécia, em Estocolmo.

13. *La Police de Paris dévoilée*, v. II, pp. 235-6.

14. *La Bastille dévoilée*, v. II, pp. 66-75. Esse relato foi obviamente exacerbado em alguns pontos para efeito dramático, mas não há motivo para duvidar de que fornece informação acurada do dossiê de Pelleport na Bastilha, que desde então desapareceu. Ele concorda com uma descrição semelhante dos primeiros tempos de vida de Pelleport feita por Brissot, que inclui alguns detalhes adicionais sobre sua vida marital em Le Locle (Brissot diz que ele tinha dois filhos; *La Bastille dévoilée* diz que tinha quatro) e suas atividades em Londres; Brissot, *Mémoires*, v. I, pp. 303, 346, 318-21, 395-6; e v. II, p. 8. Pelleport parece ter nascido em Stenay em 1756 e morrido em Paris por volta de 1810. A informação mais reveladora sobre sua carreira após 1789 vem de um relatório da Chefatura de Polícia datada de 10 de novembro de 1802 (Archives Nationales, F73831), publicado em Alphonse Aulard (Org.), *Paris sous Le Consulat: Recueil de documents pour l'histoire de l'esprit public à Paris* (Paris, 1903-9), v. III, p. 386: "O chefe de polícia tinha certo Aimé-Gédéon Lafite de Pelleport [sic] preso por ter feito comentários contra o governo. Pelleport tem 46 anos. Serviu nas ilhas (do oceano Índico); foi mandado para a Bastilha sob acusação de ter produzido libelos contra a rainha. Posteriormente foi empregado como capitão de cavalaria, mas sem estar ligado a nenhum corpo militar. Parece que serviu como espião no Antigo Regime e mais tarde durante a Revolução. Ele concorda que havia emigrado, gaba-se de sua nobreza e não nega os comentários que lhe são atribuídos. Não porta nenhum documento que esteja em ordem. De fato, não parece ter uma fonte sólida de sustento". Pelleport provavelmente atuou como agente secreto para o Ministério das Relações Exteriores francês durante o verão de 1793, segundo um breve ensaio, "Lafitte de Pelleport", assinado por S. Churchill em *L'Intermédiaire des chercheurs et curieux* (30 de outubro de 1904), v. 50, colunas 634-7. Pelleport também aparece como soldado e poeta espirituoso no exército do príncipe de Condé em Steinstadt no verão de 1795 em Gérard de Contades (Org.), *Journal d'un fourrier de l'armée de Condé: Jacques de Thiboult du Puisact, député de l'Orne* (Paris, 1882), pp. 63, 65 e 69. Numa nota na p. 63, Contades afirma que Pelleport deixou o exército em novembro de 1795 para juntar-se a uma irmã na Filadélfia, uma afirmativa duvidosa que não é mencionada na breve notícia sobre ele em *Biographie universelle (Michaud) ancienne et moderne* (Paris, 1843-65), v. XXXII, p. 398, que dá como local de sua morte Paris, em 1810.

15. Além das fontes citadas na nota 4, ver Eloise Ellery, *Brissot de Warville: A Study in the History of the French Revolution* (Nova York, 1915), que ainda é a melhor biografia.

16. Darnton, *J.-P. Brissot*, pp. 63-72. Brissot também indica estreita ami-

zade com Pelleport e sua preocupação referente aos perigos relacionados com as atividades literárias do amigo em cartas que escreveu de Londres para a Société Typographique de Neuchâtel em 7 de outubro, 11 de novembro e 29 de novembro de 1783, pp. 279-85.

17. Ver Claude Perroud (Org.), *J.-P. Brissot: Mémoires* (1754-1793) (Paris, 1910), v. I, pp. 302-97, e v. II, pp. 1-27. Conforme ressalta Perroud em sua introdução, pp. xxv-xxvi, parece provável que Brissot tenha escrito a maior parte de seu texto no verão de 1785, quando estava se defendendo de Desforges d'Hurecourt, patrocinador do seu Lycée em Londres, que o havia processado por apropriação indébita de fundos. O primeiro editor das memórias, François de Montrol, incorporou esse e outro material numa edição que apresentou como autobiografia escrita em 1793 enquanto Brissot estava preso em L'Abbaye aguardando julgamento perante o Tribunal Revolucionário. Na verdade, apenas uma parte das memórias foi composta em tais circunstâncias dramáticas, e Perroud não eliminou tudo que Montrol adicionara de fontes alheias.

18. Brissot, *Mémoires*, v. I, p. 319.

19. Vingtain a Brissot, 3 de abril de 1784, em Brissot, *Correspondance et papiers*, p. 467. Ver também François Dupont a Brissot, 14 de maio de 1783, ibid., p. 54. Bruzard de Mauvelain, um grande amigo de Brissot que vivia de negócios escusos no comércio livreiro clandestino em Troyes, enviou duas cartas para a Société Typographique de Neuchâtel (STN) sobre o *embastillement* de Brissot, o qual atribuiu à comprometedora ligação com Pelleport: "Ele cometeu a asneira de se meter com um imprudente, e outra maior ainda — a de se pôr sob a tutela do ministério da França". Bruzard de Mauvelain para a STN, 20 de agosto de 1784, em Darnton, *J.-P. Brissot*, p. 349. Mauvelain provavelmente tinha informações privilegiadas de Brissot sobre a produção de libelos em Londres, pois pediu à STN que lhe fornecesse diversas das obras mais radicais, inclusive "6 *Passe-temps d'Antoinette* avec figures". Mauvelain a STN, 15 de fevereiro de 1784, Bibliothèque Publique et Universitaire de Neuchâtel, Documentos da STN, ms. 1179.

20. Interrogatório de Brissot na Bastilha, 21 de agosto de 1784, em documentos de Brissot, Archives Nationales, 446 AP2, sem paginação.

21. Ibid.

22. Morande enviara à polícia uma declaração de um impressor londrino certificando que recebera provas de *Le Diable dans un bénitier* corrigidas por Brissot e mandadas pelo irmão dele, Pierre-Louis Brissot de Thivan, que servia como seu assistente no Lycée de Londres. Brissot observou que *Le Diable* fora impresso antes de seu irmão juntar-se a ele em Londres, e Chénon parece ter aceitado o argumento.

23. Os títulos são citados conforme aparecem no manuscrito do interrogatório. Diferentes versões deles podem ser encontradas espalhadas pela correspondência do conde de Vergennes, que como ministro de Relações Exteriores supervisionava as tentativas da polícia de cortar pela raiz a indústria de libelos em Londres: ver nota 8. A maioria desses livros jamais foi publicada. Seus títulos foram provavelmente inventados pelos libelistas para chantagem. Pelleport com certeza escreveu um dos oito, *Les Petits Soupers et les nuits de l'Hôtel Bouillon* (Bouillon, 1784), e possivelmente escreveu outro, *La Gazette noire par un homme qui n'est pas blanc* ("Imprimé à cent lieues de la Bastille, à trois cent lieues des Présides, à cinq cent lieues des Cordons, à mille lieues de la Sibérie", 1784).

24. Vinte das cartas de Larrivée para Brissot estão nos documentos de Brissot nos Archives Nationales, 446 AP1. Escrevendo para Brissot, que estava então em Londres, em 8 de novembro de 1783, Larrivée relata que Pelleport e seus irmãos haviam chegado recentemente a Paris, na esperança de conseguir coletar 20 mil libras como parte do inventário do pai. Embora mais tarde mudasse de ideia, sua primeira impressão de Pelleport foi favorável: "É um homem extremamente amigável, que parece ter uma bela alma [...]. Ele me parece muito ligado a você".

25. Larrivée a Brissot, 15 de dezembro de 1783, ibid. Nessa carta, Larrivée refere-se às "dificuldades levantadas pelos guardiões dos filhos da segunda esposa, que raspou quase tudo em favor destes, dada a ausência dos filhos da primeira esposa e do desgosto do pai em relação a eles".

26. Larrivée mencionou esse projeto em sua carta a Brissot de 16 de novembro de 1783, e Chénon a descreve no interrogatório de 21 de agosto de 1784.

27. Esses foram os termos usados numa furiosa carta a Brissot de seu irmão, datada de 11 de junho de 1784, segundo a descrição feita por Chénon do caso no interrogatório de 22 de agosto de 1784.

28. *Mémoires*, v. II, p. 8.

29. Registros completos dos interrogatórios e acareações desse período estão faltando nos documentos da Bastilha. Num fragmento que sobreviveu, datado de 20 de julho de 1784, um funcionário da prisão comenta: "O oficial Chénon teve uma sessão com Pelleport e levou seu [palavra ilegível]. Aí teve uma sessão no mesmo dia com Brissot d'Warville". Bibliothèque de l'Arsenal, documentos da Bastilha, ms. 12 517. Acareações são mencionadas com bastante frequência nos registros de períodos anteriores, como se fossem um procedimento-padrão. Em um dos raros dossiês dos anos 1780, Pelleport questionava algum testemunho sobre sua atividade como libelista feito por outro prisioneiro, Hypolite de Chamoran, em 1785: "Eu exijo mais uma vez que ele seja ouvi-

do e confrontado comigo". Carta sem data, provavelmente para o governador da Bastilha, documentos da Bastilha, ms. 12 454.

30. O memorial é um documento de nove páginas, não assinado, mas escrito na caligrafia de Brissot. Archives Nationales, 446 AP2, dossiê 6. Ele diz que, após deixar o Exército, Pelleport partiu para a Suíça "sem dinheiro e sem esperança". Fez todo tipo de serviços esquisitos, "chegando ao ponto de se fazer contratar para lavrar a terra". Por fim, encontrou um cargo como tutor em Lausanne, onde desenvolveu uma ligação com uma mulher que fora camareira de madame Du Peyrou em Neuchâtel. "E como a maioria das mulheres suíças lê *L'Héloise* e tem uma mente romântica, ela pensou ter achado um St. Preux. Mas insistiu em casamento." O sr. Du Peyrou, "um dos homens mais filosóficos e austeros que existem", opôs-se, mas finalmente concordou em apoiá-lo e conseguiu para Pelleport o cargo de tutor em Le Locle, onde morou com sua esposa e dois ou três filhos por um ano antes de deserdá-los.

31. Após a tomada da Bastilha, Pierre Manuel, um membro radical da Comuna de Paris, esquadrinhou seus papéis e publicou excertos deles em duas antologias de documentos, *La Bastille dévoilée, ou recueil de pièces authentiques pour servir à son histoire* (Paris, 1789) e *La Police de Paris dévoilée* (Paris, 1790). Ambas contêm informação sobre os libelistas londrinos. Na segunda, v. II, p. 28, Manuel redigiu um esboço biográfico de Pelleport, comparando-o com Brissot: "Brissot de Warville, cujo único erro é o mesmo que o do severo Catão, ou seja, a paixão pela virtude [...] não deveria ser posto na mesma categoria que o marquês de Pelleport, que, embora dotado de inteligência e sentimentos fortes, somente amava mulheres e prazer". Porém esse depoimento não deve ser levado totalmente a sério, porque Manuel foi grande amigo e aliado político de Brissot. Em vez de imprimir o arquivo policial de Brissot com os outros em *La Bastille dévoilée*, ele o entregou a Brissot e o convidou a escrever seu próprio relato do encarceramento. Brissot atendeu com um artigo que repudiava qualquer conexão com os libelistas: "A verdadeira causa da minha detenção foi o zelo com que eu, em todos os tempos e todos os meus escritos, defendi os princípios que hoje são triunfantes". *La Bastille dévoilée*, v. III, p. 78. Ver também Brissot, *Mémoires*, v. II, p. 23. Pelleport recebeu tratamento muito diferente. Ao resumir o caso contra ele em *La Bastille dévoilée*, Manuel fez de Pelleport o principal de todos os libelistas em Londres: "Os vários interrogatórios pelos quais passou poderiam servir como catálogo de todos os panfletos que surgiram durante os últimos seis anos. Ele era suspeito de tê-los composto todos". *La Bastille dévoilée*, v. III, p. 66. *La Police dévoilée* foi ainda mais longe. Reproduziu um relatório policial que descrevia Pelleport como aventureiro imoral, concluindo: "Este La Fitte de Pelleport é o autor do *Petits Soupers de*

l'Hôtel de Bouillon, do *Amusements d'Antoinette* [evidentemente uma referência a *Le Passe-temps d'Antoinette*, um libelo que pode nunca ter sido publicado], do *Diable dans un bénitier* — em suma, de todos os horrores desse gênero". *La Police de Paris dévoilée*, v. II, p. 236.

32. Nota sem data de Pelleport entre várias cartas e bilhetes que pediu aos administradores da Bastilha para transmitir e que, em vez disso, os confiscaram. Bibliothèque de l'Arsenal, documentos, ms. 12454.

33. Registros dessas visitas e outros detalhes referentes ao confinamento de Pelleport aparecem na correspondência administrativa dos funcionários da Bastilha. Documentos da Bastilha, ms. 12517.

34. Nota sem data, documentos da Bastilha, ms. 12454.

35. Pelleport ao barão de Breteuil, 16 de dezembro de 1786, documentos da Bastilha, ms. 12454.

36. Madame Pelleport a L'Osme, 1º de abril [provavelmente de 1788]. Documentos da Bastilha, ms. 12454. Um dos parentes de L'Osme servira no Exército com os irmãos de Pelleport, e L'Osme tratava Pelleport de modo amistoso. Pelleport permaneceu grato a ele e tentou, sem êxito, salvá-lo de linchamento após a tomada da Bastilha. *La Bastille dévoilée*, v. III, pp. 69-70.

37. Pelleport a François de Rivière de Puget, lugar-tenente do rei na Bastilha, 22 de novembro de 1787, documentos da Bastilha, ms. 12454. Numa carta anterior à de Puget, não datada e no mesmo dossiê, Pelleport escreve que, apesar dos reproches de sua esposa, ainda sentia "uma grande amizade por ela".

38. Num bilhete sem data ao governador da Bastilha, o marquês de Launay, De Losne, recomenda atender ao seguinte pedido de Pelleport: "Solicito, senhor, que permita que o senhor de Pelleport escreva, que lhe dê livros, uma pena, tinta e papel". Uma nota no pé da página, datada de 11 de julho de 1784, indica que tal permissão fora dada: "Feito conforme solicitado". Documentos da Bastilha, ms. 12517.

39. Bilhete sem data de Pelleport a uma pessoa não identificada, documentos da Bastilha, ms. 12454.

40. Versos sem data de Pelleport num pedaço de papel com o título "Mes Adieux à Pluton", documentos da Bastilha, ms. 12454.

41. Pelleport publicou um poema satírico de 31 páginas, *Le Boulevard des Chartreux, poème chrétien* (Grenoble: Imprimerie de la Grande Chartreuse, 1779). O poema contém numerosos ataques ao monasticismo escritos de uma perspectiva mundana e celebra as boas coisas da vida secular, especialmente mulheres e liberdade (21): "Liberté, *libertas*, vive la liberté/ Plus de cagoterie e point d'austerité" [Liberdade, *libertas*, viva a liberdade/ Basta de fanatismo e nada de austeridade]. Embora o poema seja anônimo, Pelleport claramente se

identifica como seu autor em duas passagens autobiográficas em *Os boêmios*, v. I, pp. 121 e 123. Ele também o cita no prefácio da sua tradução de um tratado de David Williams, *Lettres sur la liberte politique, adressées à un membre de la Chambre des Communes d'Angleterre, sur son élection au nombre des membres d'une association de Comté; traduites de l'anglais en français par R. P. de Roze-Croix, ex-Cordelier* (2. ed., Liège, SNT, 1783-9). No prefácio ele descreve a si mesmo (o tradutor) como "o reverendo padre de Rose-Croix, autor do 'Bulevar dos cartuxos' e muitas outras obras curtas em verso". O único exemplar do "Bulevar dos cartuxos" que consegui localizar está na Bibliothèque Municipale de Grenoble, seção de estudos e informações, o 8254 Dauphinois.

42. Pelleport a de Launay, carta sem data, documentos da Bastilha, ms. 12 454.

43. Pelleport a L'Osme, 16 de novembro de 1784, documentos da Bastilha, ms. 12 454.

44. Jean-Claude Fini (conhecido como Hypolite Chamoran ou Chamarand) para de Launay, carta sem data (provavelmente meados de 1786), documentos da Bastilha, ms. 12 454. Chamoran ficou detido na Bastilha de 27 de novembro de 1785 até 31 de julho de 1786. Ele e sua suposta esposa, Marie-Barbara Mackai, parecem ter se envolvido com Pelleport na produção de libelos e nas operações de chantagem em Londres; ele negou tudo e denunciou Pelleport veementemente durante sua estada na Bastilha. É brevemente mencionado em *La Bastille dévoilée*, v. III, p. 101, e numa carta de Morande ao ministro das Relações Exteriores, Armand-Marc, conde de Montmorin, 28 de abril de 1788, em Von Proschwitz, *Beaumarchais et Le Courrier de l'Europe*, v. II, p. 1013.

45. Por exemplo, em notas sobre solicitações e permissões especiais concedidas aos prisioneiros, um funcionário registrou que a esposa de Sade lhe enviara um colete e uma vela em 13 de novembro de 1784, e que a esposa de Pelleport o visitara em 19 de novembro de 1784. Documentos da Bastilha, ms. 12 517, ff. 79 e 82. Dois livros recentes na vasta literatura sobre Sade contêm relatos detalhados de sua vida na Bastilha: Laurence L. Bongie, *Sade: A Biographical Essay* (Chicago, 1998) e Francine du Plessix Gray, *At Home with the Marquis de Sade: A Life* (Nova York, 1998). Sobre os escritos de Sade na Bastilha, ver especialmente Jean-Jacques Pauvert, *Sade Vivant* (Paris, 1989).

46. Ver Monique Cottret, *La Bastille à prendre: Histoire et mythe de la forteresse royale* (Paris, 1986), pp. 31-3 e 129; Claude Quétel, *De Par le Roy: Essai sur les lettres de cachet* (Toulouse, 1981), pp. 48-9; e Joseph Delort, *Histoire de la détention des philosophes et des gens de lettres à la Bastille et à Vincennes* (Paris, 1829; reimpressão Genebra, 1967), 3 v.

47. *Os boêmios*, v. I, p. 68.
48. Darnton, *J.-P. Brissot*, p. 257.
49. *Os boêmios*, v. I, p. 82.
50. Ibid., v. I, p. 84.
51. Ibid., v. I, p. 85.
52. *La Police de Paris dévoilée*, v. II, pp. 244-7. Sobre Saint-Flocel e o *Journal des Princes*, ver Jean Sgard (Org.), *Dictionnaire des journalistes* (Oxford, 1999), v. II, p. 899.
53. *Mémoires*, v. I, p. 329 e *La Police de Paris dévoilée*, v. II, pp. 246-7.
54. Ver Darline Gay Levy, *The Ideas and Careers of Simon-Nicolas-Henri Linguet: A Study in Eighteenth-Century French Politics* (Champanha, 1980) e Daniel Baruch, *Simon Nicolas Linguet ou l'Irrécupérable* (Paris, 1991).
55. *La Police de Paris dévoilée*, v. II, pp. 231-69.
56. *Os boêmios*, v. I, p. 88.
57. Ibid., v. I, p. 89.
58. Ibid., v. I, p. 90.
59. Ibid., v. I, p. 92.
60. Ibid., v. I, p. 94. Num aparte posterior para o leitor, o narrador, que pode ser identificado com o autor, parece endossar o hedonismo do jumento (v. II, pp. 190-1).
61. Ibid., v. I, p. 67.
62. Ibid., v. I, p. 91.
63. Ibid., v. I, p. 92.
64. Ibid., v. I, p. 96. Ver também comentários similares em p. 100 e 147.
65. Ibid., v. I, p. 97.
66. Ibid., v. I, p. 105. Uma passagem anterior nesta cena, na página 104, evoca o pai de Pelleport e sua mãe morta. Conforme mencionado, Pelleport tentou obter tratamento favorável na Bastilha citando os seis séculos de serviço militar de sua família para reis franceses.
67. Ibid., v. I, p. 95.
68. Ibid.
69. Ibid., v. I, pp. 93-4. "Nadismo" (*riénisme*) sugere o zero já mencionado que Hypolite Chamoran afirmava ser a "profissão de fé" de Pelleport.
70. Ibid., v. I, p. 87.
71. Ibid., v. I, p. 126.
72. Ibid., v. I, p. 108. Ver também comentários similares em p. 124.
73. Ibid., v. I, p. 126. Ver também p. 123 sobre "doce piedade, essa mãe de todas as virtudes".
74. Ibid., v. II, p. 214. A cena do estupro é relatada com falsa ingenuidade por Félicité numa revista que o narrador alega ter descoberto no "London

Lyceum" — uma referência ao clube filosófico que Brissot tentou criar em Londres segundo o modelo do Musée Parisien de Mamès-Claude Pahin de la Blancherie (v. II, p. 213). Num episódio anterior, o narrador apresenta Félicité como ansiosa para ser estuprada (v. I, p. 136).

75. Pelleport estudara ciência e matemática, e aparentemente lecionou ambas durante o período em que foi tutor em La Locle e Londres. Os boêmios inclui uma longa digressão sobre ciência, inspirada em parte pelos voos de balão e experimentos com eletricidade daquela época, concluindo que "gás inflamável é o princípio universal" (v. I, p. 138). Metáforas sobre o flogístico ou ar inflamável permeiam as descrições feitas por Pelleport da atividade sexual. Daí as referências a "fluido ígneo", v. I, p. 151; "faíscas fosfóricas" e "cama elétrica", v. I, p. 152; v. II, p. 263, respectivamente "chama", v. I, p. 152; e "calor insuportável", v. II, p. 223.

76. Ibid., v. I, p. 155-8.

77. Ibid., v. I, p. 158.

78. Pelleport invoca Dom Quixote no fim da descrição da briga. Os boêmios, v. I, p. 160.

79. "Bulevar dos cartuxos". Ver nota 41.

80. A única informação que pude descobrir sobre Jean Diedey é uma carta que ele escreveu de Le Locle para a Société Typographique de Neuchâtel datada de 29 de julho de 1778. Bibliothèque Publique et Universitaire de Neuchâtel, documentos da Société Typographique, ms. 1142, f. 93. Ela apenas se refere ao pagamento de uma nota promissória.

81. Ao mesmo tempo que mantinha um tom elevado e usava retórica clássica, muitas vezes de forma zombeteira, Pelleport assusta o leitor interrompendo sua narrativa com obscenidades veladas ou piadas sujas, tais como uma brincadeira grosseira no v. II, pp. 221-2.

82. Os boêmios, v. II, p. 224.

83. Ibid., v. II, p. 226.

84. Ibid., v. II, p. 233.

85. Um exemplo das alusões autobiográficas de Pelleport espalhadas pelo texto é a referência de passagem a Edme Mentelle, o professor de geografia na Escola Militar que recebera como amigos a ele e Brissot, como "Manteau" em Os boêmios, v. II, p. 229.

86. Ver a longa declamação contra as injustiças da ordem social no v. II, pp. 239-43, notavelmente a condenação do poeta da "antiga tirania direito feudal", p. 240.

87. Os boêmios, v. II, p. 247.

88. A biografia de Labre escrita logo após sua morte pelo seu confessor,

Giuseppe Loreto Marconi, *Ragguaglio della vita del servo di Dio, Benedetto Labre Francese* (Roma, 1783), foi traduzida para o francês um ano depois pelo padre Elie Hard com o título *Vie de Benoît-Joseph Labre, mort à Rome en odeur de sainteté* (Paris, 1784). Ver o artigo sobre Labre na *New Catholic Encyclopedia* (Nova York, 2003), v. IX, p. 267.

89. Catau des Arches pode ser uma diversão com Catherine Dupont. O texto acumula desprezo em relação a madame Dupont, ressaltando seu corpo horroroso e sua vida sexual frustrada. Afirma que devorou vinte miseráveis amantes enquanto mantinha uma fachada de respeitabilidade burguesa em Boulogne. Evidentemente Pelleport a considerava responsável, com Morande, pela sua prisão. No v. II, p. 266, o poeta se refere à colaboração entre madame Dupont (Catau des Arches) e Morande (Thonevet) na trama que levou à sua prisão em Boulogne.

90. *Os boêmios*, v. II, p. 264.

91. Brissot republicou ensaios de outros numa antologia em dez volumes intitulada *Bibliothèque philosophique du législateur, du politique, du jurisconsulte* (Neuchâtel, 1782-5). Em seu relato da sua viagem a Londres, o poeta diz ter acompanhado a mais nova das quatro filhas de madame Des Arches e a deixado na residência londrina de "um genro pateta, negociante de roupas e objetos usados" (v. II, p. 254), do qual zomba mais tarde como "Bissoto de Guerreville" (v. II, p. 261). Madame Dupont de fato tinha quatro filhas; a mais nova, Nancy, juntou-se aos Brissot em Londres em 1783. Ela pode muito bem ter feito a viagem na companhia de Pelleport, que é mencionado com ela na correspondência entre Brissot e membros da família Dupont. Ver as três cartas do irmão de Nancy, François Dupont, para Brissot, 22 de abril de 1783, 7 de maio de 1783 e 14 de maio de 1783, em Brissot, *Correspondance et papiers*, pp. 52-5. Ver também Brissot, *Mémoires*, v. II, pp. 302 e 338.

92. *Os boêmios*, v. II, p. 264.

93. Ibid.

94. Ibid., v. II, p. 267.

95. Ibid., v. I, p.106. Entre outras coisas, essas referências evocam o Lycée de Londres, de Brissot, e sua jornalística *Correspondance universelle sur ce qui intéressee le bonheur de l'homme et de la société*, bem como seu *Bibliothèque philosophique du législateur, du politique, du jurisconsulte*. Ao mesmo tempo que acertava contas com Brissot, Pelleport o apresentava como o típico escritor sob encomenda lutando para sobreviver nas difíceis condições de Grub Street.

96. A seguinte descrição de um escritor pobre tentando vender seus manuscritos — na verdade, o texto de *Os boêmios* e vários poemas — para editores parisienses oferece um relato extremamente vívido das relações autor-editor

existentes em qualquer parte da literatura na França do século XVIII. Embora obviamente tendencioso, é bastante realista e descreve *libraires* reais ("éditeur", o termo moderno, ainda não tinha entrado em uso geral) em três níveis do mercado, desde o mais rico até o mais marginal. Ao mesmo tempo, expressa uma relação imaginada entre o autor e seu leitor. Pelleport retrata seu leitor como um novo-rico que começou como miserável coletor de impostos (*rat de cave*) no nível mais baixo da administração tributária (*ferme générale*) e subiu para a riqueza por meio de trapaças e peculato. Jogando o leitor nesse papel, Pelleport compra uma briga com ele; e continuará provocando, brigando e inventando o leitor imaginário durante todo o romance.

97. *Os boêmios*, v. I, p. 116.

98. Essa cena, relatada no v. I, pp. 117-8, tem lugar na livraria do editor do *Almanach des muses*, que na época era Nicolas-Augustin Delalain. Mas o texto o identifica como "P..."; logo, posso ter falhado em captar a alusão pretendida por Pelleport.

99. *Os boêmios*, v. I, p. 116-9. Essa longa passagem, repleta de detalhes concretos, demonstra uma meticulosa familiaridade com a vida entre os escritores mercenários de Paris, mas também se encaixa num gênero, os perigos da vida como *littérateur*, que era um dos temas favoritos de escritores bem conhecidos como Voltaire e Linguet.

100. *Os boêmios*, v. II, p. 196.

VOLUME I

1. O LEGISLADOR BISSOT RENUNCIA À CHICANA PELA FILOSOFIA [PP. 67-72]

1. Jacques-Pierre Brissot de Warville (1754-93), literato e futuro chefe dos girondinos, durante a Revolução Francesa. Depois de se formar em direito pela Universidade de Reims, trocou as leis pelas letras e se incorporou às fileiras dos filósofos.

2. Pierre-Louis Brissot de Thivars, irmão caçula de Brissot de Warville. Juntou-se ao irmão em Londres em 1783 e trabalhou como seu assistente.

3. Brissot apresentou vários discursos filosóficos para prêmios de ensaios patrocinados por academias de província com a esperança de obter reconhecimento como *filósofo* (Rousseau fizera isso em 1749). Depois de lhe outorgar um prêmio em 1780, a Academia de Châlons-sur-Marne o escolheu como membro correspondente. Nessa paródia da retórica acadêmica, Pelleport cari-

caturiza Brissot como um vulgar epígono de Rousseau, contrapõe seu filosofar pomposo e pedante à sua condição de miserável escritor e zomba de suas origens modestas (ele era filho de um pasteleiro de Chartres). Como membro da velha nobreza, Pelleport ridiculariza de vez em quando a pobreza dos irmãos Brissot e sua baixa extração social. Ocasionalmente, porém, abandona o tom satírico e critica as injustiças e iniquidades do Antigo Regime de uma perspectiva mais radicalmente rousseauniana que a do próprio Brissot.

4. Clóvis (466-511) governou o reino dos francos e parte da Gália; é considerado o fundador da França.

5. A Universidade de Reims vendia seus títulos de direito depois de organizar alguns exames orais grotescos. Brissot comprou seu diploma de advogado nessa universidade, no inverno de 1781-2, por seiscentas libras (e não trezentas, como indica Pelleport). Um escudo valia três libras. Seja como for, Pelleport conhecia perfeitamente o passado de Brissot e refletiu com rigor sua decisão de abandonar a advocacia para se dedicar à literatura.

6. Alusão à obra *Théorie des lois civiles* (1767), de Simon-Nicolas-Henri Linguet (1736-94) e à de Brissot, *Théorie des lois criminelles* (1780). Linguet, na época advogado em exercício, apresenta em seu trabalho uma defesa da monarquia absoluta. Seus textos filosóficos e jornalísticos se opunham ao pensamento de filósofos como Montesquieu e dos monarquistas constitucionalistas ou liberais. No final da década de 1780, gozava de grande audiência na corte.

7. Ao parodiar os temas do bom selvagem e do retorno à natureza, Pelleport volta a nutrir-se da devoção rousseauniana de Brissot. Um dos primeiros ensaios de Brissot, *Recherches philosophiques sur le droit de la propriété*, publicado em 1781, mas escrito provavelmente em 1774, é muito influenciado pelo *Discurso sobre a origem e os fundamentos da desigualdade entre os homens* (1754), de Rousseau. As referências a escritos de Rousseau acham-se em vários trechos da obra de Brissot, que Pelleport sem dúvida conhecia muito bem.

8. Moisés Mendelssohn (1729-86) foi um filósofo judeu alemão que teve papel decisivo na fundação da ilustração judia, ou *haskalá*. Defendia a compatibilidade da metafísica, incluindo a crença na imortalidade da alma, com a análise racional.

9. Na fábula "O lobo e o cordeiro", de La Fontaine, o lobo não se apieda do cordeiro porque, argumenta, o cordeiro não sente nenhuma compaixão por ele (*Fábulas*, v. I, p. 10).

10. O marquês de Launay, filho de Jourdain, herda a função de governador da Bastilha. É aqui motivo de chacota por suas origens plebeias. De Launay foi assassinado pela multidão durante o ataque à prisão da Bastilha

que Pelleport presenciou, no dia 14 de julho de 1789. O detalhe pode ser de interesse para definir a passagem como pré-revolucionária.

11. A Porta Cerès, de Reims, era um arco romano dedicado à deusa Ceres. Foi construído na época dos antoninos, transformou-se mais tarde numa porta da muralha e foi destruído em 1798. Ceres é a deusa romana da agricultura, e a porta se abria para os campos da Champanha.

12. "E com isso se calou e prosseguiu seu caminho, sem levar outro além daquele que seu cavalo queria, acreditando que naquilo consistia a força das aventuras." *Dom Quixote*, v. I, p. ii.

13. *Sic fata volunt*: assim quis o destino. Diz-se que Isabella Kazimira Jagiello (1519-59), rainha-mãe da Hungria, gravou as iniciais SFV na casca de um carvalho quando se dirigia ao exílio.

2. OS DOIS IRMÃOS SE PERDEM NAS PLANÍCIES DA CHAMPANHA [PP. 73-80]

1. Hoje Pontfavarger-Moronvilliers, na região da Champanha-Ardenas. Pelleport descreve um itinerário muito preciso como ingrediente de seu romance, talvez para dar maior verossimilhança à sátira.

2. Alusão à corveia, trabalho forçado para a construção de estradas e caminhos, e uma das modalidades de carga tributária mais detestadas pelos camponeses no fim do Antigo Regime. Neste capítulo, que contrasta com o tom satírico do anterior, Pelleport mostra-se um crítico eloquente das injustiças da sociedade francesa antes da Revolução.

3. Os franceses eram obrigados a comprar o sal de um monopólio do Estado, que o vendia a preços abusivos e cobrava sobre a mercadoria o imposto da gabela.

4. Ao ver a cidade e a torre de Babel construídas pelos filhos do homem, o Senhor decide "confundir sua língua para que um não possa compreender a fala do outro" (Gênesis 2,7).

5. Zeus mandou harpias aladas para arrebatar o alimento da mesa do oráculo Fíneas, filho de Posêidon, antes que pudesse ingeri-lo. Eneias descreve a invasão das harpias na *Eneida*, III, 294-9.

6. Antoine-Joseph de Serres de la Tour, diretor do jornal francês publicado em Londres, *Le Courrier de l'Europe*. Ávido gourmet e jardineiro, inventou as *dragées* (confeitos) La Mecque, vendidas com sucesso em Londres. Franz Anton Mesmer, pseudomédico e inventor do magnetismo animal ou mesmerismo, estava na moda em Paris em meados dos anos 1780.

7. Talvez se trate de santo Hubert (*c.* 626-727), que caminhando numa

Sexta-Feira Santa pelo bosque viu aparecer uma cruz entre os chifres de um veado.

3. JANTAR MELHOR QUE O ALMOÇO [PP. 81-6]

1. Oficial de polícia encarregado de vigiar e prender certos autores licenciosos, levando-os às vezes para a Bastilha.

2. A teoria da existência do flogístico, uma substância inflamável que ardia ao se expor ao ar, já tinha sido descartada por Antoine-Laurent de Lavoisier (1743-94).

3. Essa arenga é uma paródia do discurso de recepção proferido por Brissot na Academia de Châlons-sur-Marne, em 15 de dezembro de 1780.

4. Alusão de Pelleport à boêmia literária, à atração de Rousseau pelos pequenos escritores, seus supostos sucessores, conhecidos como os "Rousseau *du ruisseau*", ou seja, do riacho.

5. Armand-Jean du Plessis, cardeal e duque de Richelieu (1585-1643), foi um enérgico defensor da monarquia absoluta. Dominou a política francesa durante a regência de Maria de Médicis e o reinado de Luís XIII (1601-43). Richelieu foi o primeiro protetor da Academia Francesa e o primeiro teólogo que escreveu em francês.

6. Pelleport alude ao movimento para promover o poder do Terceiro Estado durante a campanha para as eleições dos Estados Gerais, que deviam se reunir no dia 1º de maio de 1789, de acordo com uma decisão de Luís XVI anunciada em 8 de agosto de 1788. Pelleport foi solto da Bastilha em 3 de outubro de 1788 e passou os meses seguintes em Stenay, tentando pôr ordem em seus negócios. Apesar de ter talvez dado certos retoques a *Os boêmios* nesse período, o mais provável é que tenha escrito o grosso do livro na Bastilha, pois descreve um Antigo Regime firmemente assentado e jamais se refere a um acontecimento posterior ao final de 1788.

7. "Sr. Désaccords" é uma referência a *Les Bigarrures du Seigneur des Accords* (1582), de Étienne Tabourot, conhecido como "Tabourot des Accords" (1547-90). A obra miscelânea de Tabourot incluía poesia e relatos rabelaisianos.

8. Epicteto (55-135) foi um filósofo estoico grego. Um de seus ensinamentos era que o julgamento humano não deve ser afetado por elementos externos como a comida.

9. Ao falar pela voz de um narrador anônimo, Pelleport pretende basear seu romance nas memórias escritas por Félicité Dupont, que se casou com

Brissot no dia 17 de setembro de 1782. Pelleport esteve várias vezes na casa que Brissot alugava, no número 1 da Brompton Row, em Londres, mas Félicité desenvolveu tamanha aversão por ele que se negou a recebê-lo a partir do final de 1783.

4. QUEM ERAM AS PESSOAS QUE CEAVAM ASSIM AO RELENTO NAS PLANÍCIES DA CHAMPANHA [PP. 87-90]

1. Tal como o texto depois esclarece, esse orador é Séchant, ou Séchand, o "presidente" do grupo de boêmios. Séchand é uma versão levemente disfarçada do padre de Séchamp, que tinha sido capelão do príncipe de Zweibrücken, depois de ter fugido de Nantes, onde era suspeito de envolvimento em um caso de roubo e de assassinato. Ele se refugiou em Londres, onde se tornou um dos principais membros da pequena colônia francesa de expatriados, próxima dos libelistas, e colaborou em diversas operações de chantagem feitas por Pelleport. Nas sucessivas passagens repletas de perorações, em que se parodia a oratória da Academia Francesa, Séchand invoca o éthos dos boêmios (devoção à liberdade, busca do prazer à margem da sociedade) e apresenta os líderes de suas três seitas principais. Cada um deles, tal como Brissot, é um escrevinhador com pretensões filosóficas. Os filósofos discutem e se interrompem mutuamente em infinitos debates dogmáticos que conferem a Pelleport a possibilidade de mostrar seu desprezo pelas principais tendências intelectuais da época.

2. *Sub Jove*: ao ar livre.

3. O boêmio Séché corresponde a Saint-Flocel, um obscuro jornalista que trabalhou em *La Gazette des Gazettes*, também conhecida como *Journal de Bouillon*, e buscou refúgio com Séchamp entre os expatriados de Londres. Em 1783, os dois lançaram em Londres uma nova publicação, o *Journal des Princes ou Examen des journaux et autres écrits périodiques relativement au progrès du despotisme*, fortemente influenciado pelas teorias fisiocratas, que defendiam o livre-comércio, em especial dos cereais. Esse jornal teve apenas três números. *Séché* significa "secado" (o nome do presidente, Séchant, significa "secante". Na versão original, de 1790, a grafia é Séchand). O último elemento do absurdo composto *econômico-naturálico-monotônico* sugere a redução de tudo à lei natural.

4. *Secundum artem*: segundo as regras da arte ou do ofício.

5. Lungiet faz uma alusão sexual ao Gênesis, possivelmente para favore-

cer o coito. No Gênesis, Jacó põe as varas de choupo e amendoeira nos bebedouros: "Ademais, sempre que as reses vigorosas deviam conceber, Jacó punha as varas nos canais da água diante dos olhos dos carneiros e das ovelhas, para que elas concebessem olhando para as varas" (30,37-41).

6. Simon-Nicolas-Henri Linguet (1736-94) é autor da enorme e popularíssima obra *Annales politiques, civiles et littéraires du dix-huitième siècle* (1777-82) e também das muito populares *Mémoires sur la Bastille* (1783), em que relata seu encarceramento de 1780 a 1782, e que contribuíram para popularizar a imagem do despotismo da prisão da Bastilha. Depois de solto, Linguet se instalou em Londres, mas se mudou para Bruxelas, com seus *Annales*, em 1784. Era um personagem famoso por apresentar argumentos paradoxais e favorecer o poder ilimitado da monarquia como meio para aliviar o sofrimento dos pobres. Foi expulso da ordem dos advogados. O último elemento do absurdo composto *despótico-contraditório-paradoxal-ladradora* parece se referir tanto aos latidos dos cães como aos falatórios cruéis.

7. Marie-Catherine Dupont, em solteira Cléry, sogra de Brissot, que se casou com sua filha Félicité. Era viúva de um comerciante de Boulogne-sur-Mer, onde Brissot a conheceu, quando trabalhava na edição de Boulogne do *Courrier de l'Europe*. Pelleport tentou aproveitar a riqueza da sra. Dupont para uma importação de champanhe destinada ao comércio de luxo em Londres. A iniciativa acabou num desastre (daí as alusões aos impiedosos credores de Reims, no início do romance), e originou uma briga com a sra. Dupont, a quem Pelleport ridiculariza ao longo de todo o romance. A alusão à "sra. OB" deve ser lida à inglesa: "*obey*" [obedeça], e sublinha seu autoritarismo.

8. Charles-Théveneau ou Thevenot de Morande (1741-1805), autor de *Le Gazetier cuirassé* (1771), foi um dos mais famosos panfletários de Londres. Pelleport o atacou apresentando-o como agente secreto da polícia francesa em *Le Diable dans un bénitier* (1784), e Morande, em represália, ajudou em sua prisão em Boulogne-sur-Mer, que o levou a ser encarcerado na Bastilha.

9. Sacrogorgon é um fanfarrão, mais que um autêntico valente, na peça heroico-burlesca de Voltaire *A pucela de Orléans* (1762).

10. Interesse depredador. O último elemento do composto "comúnico-luxúrico-trambiqueiros" identifica os filósofos como sendo, no original, *fripons*. Também pode ser uma alusão à palavra "fripier", que em francês designa negociante de roupas usadas e da qual Pelleport se serve para qualificar os escrevinhadores.

11. Alusão ao passado do padre de Séchamp como capelão do príncipe de Zweibrücken, cujos território e títulos se estendiam até a cidade de Worms.

5. DESPERTAR. O BANDO SAI A CAMINHO: AVENTURAS QUE NADA TÊM DE EXTRAORDINÁRIO [PP. 91-106]

1. No lidíssimo romance de Rousseau *Julie ou a nova Heloísa* (1761), Julie é a heroína famosa por sua pura, embora erotizada, relação com o preceptor Saint-Preux; esse nome ligaria o fervor da voz narrativa de Pelleport ao apaixonado protesto de Saint-Preux diante dos obstáculos que deve superar sua união por causa das crenças convencionais do pai dela.

2. Esse modo de interpelar o leitor, que retornará muitas vezes no livro, trai a influência crescente de Laurence Sterne (1713-68), cujos romances estavam muito na moda na França da época. Ao provocar o leitor e estimulá-lo para que participe de um jogo de adivinhações, Pelleport faz outra sátira ao pensamento filosófico e religioso contemporâneo. Apesar de se iniciar com uma clara evocação da epistemologia de Locke, o trecho tem uma conclusão cínica e obscena típica da veia libertina de Pelleport.

3. Confusa alusão à *Arte poética* de Horácio (1,5): *"Humano capiti cervicem pictor equinam iungere si velit"* [Se um pintor resolvesse juntar uma cabeça humana com um pescoço equino e pôr plumas multicoloridas aqui e ali nas extremidades, de maneira que o que em cima é uma bonita mulher acabasse embaixo como peixe negro e repugnante, deixariam, amigos, de rir ao contemplar tal figura?].

4. François Garasse, *Rabelais réformé par les ministres* (1619). Na avalanche de alusões que se seguem, Pelleport faz referência ao artigo de D'Alembert sobre Genebra para a *Enciclopédia*, no qual tratava os membros do clero genebrino como socinianos (hereges que negavam a doutrina da Trindade e a divindade de Cristo); às controvérsias entre jansenistas e jesuítas (os primeiros, cujo teólogo de referência era Antoine Arnauld, acusavam os segundos de favorecer uma moral laxista ao abraçar a filosofia do jesuíta espanhol Luis de Molina); à polêmica sobre a eternidade do castigo dos condenados ao Inferno (instigada pelos sermões de Ferdinand Olivier Petitpierre, essa controvérsia causou grande alvoroço entre o clero e o principado de Neuchâtel e Vallingin na época em que Pelleport viveu ali) e à perseguição dos *philosophes* pelo Parlamento de Paris, encabeçada por Antoine Louis Séguier, o procurador do reino, cujos *requisitoires* o transformaram em inimigo conspícuo da ilustração.

5. Primeira alusão autobiográfica colocada por Pelleport em seu relato. Depois de uma referência oblíqua a seu nascimento em uma família da velha nobreza, o autor alude à sua vida como aventureiro errante e invoca Rousseau como fonte de inspiração. Nesse momento seu tom muda. Defende um igua-

litarismo verdadeiro, derivado do *Discurso sobre a origem e os fundamentos da desigualdade entre os homens*, em contraste com o rousseaunismo vulgar e com o resto das filosofias satirizadas previamente por ele. Entra igualmente numa trama de digressões dentro de digressões, que remetem à técnica empregada por Sterne em *Vida e opiniões de Tristram Shandy*. Rabelais e Henri-Joseph Dulaurens, autor de *Le Compère Mathieu ou les Bigarrures de l'esprit humain* (1766), parecem ser outras fontes notáveis de inspiração para Pelleport.

6. Na fábula de La Fontaine "O lobo e o cão", o lobo se sente tentado pela vida fácil de seu primo doméstico, mas a rejeita horrorizado quando vê que a coleira despelou seu pescoço (*Fábulas*, v. 1, p. 5): "E o sr. Lobo se pôs a correr, e correndo continua".

7. Rousseau (1712-78): "O primeiro homem que, depois de cercar um pedaço de terra, resolveu declarar 'isto será meu' e viu que as pessoas eram suficientemente simples para acreditar nele, foi o autêntico criador da sociedade civil?" (*Discurso sobre a origem e os fundamentos da desigualdade entre os homens*). Rousseau exilou-se de Genebra e abandonou sua cidadania depois de seu livro *Émile* (1762) ter sido queimado publicamente.

8. *In sudore vultus tui vesceris pane, donec revertaris in terram de qua sumptus est*: com o suor de teu rosto comerás o pão até que voltes ao solo (Gênesis 3,19).

9. No original, *semence*, que significa semente ou sêmen. A palavra é empregada no segundo sentido tanto por Diderot como por Sade.

10. A tradição de que o imperador da China abrisse um sulco e jogasse cinco sementes a cada primavera para mostrar ao povo sua relação com a natureza era familiar aos contemporâneos de Pelleport. J. Hector St. John de Crèvecoeur a cita em *Letters from an American Farmer* (1782): "O pai que ara desse modo com seu filho, para alimentar sua família, só é inferior ao imperador da China, que ara como exemplo para seu império".

11. Alusão provável a uma rixa que levou à expulsão de Pelleport de um regimento no qual tinha se alistado como pobre subtenente de uma velha família de militares. Segundo sua ficha policial, Pelleport tinha sido expulso de dois regimentos e encarcerado por *lettre de cachet* quatro ou cinco vezes a pedido de sua família por "atrocidades contra a honra".

12. Água lustral para ritos de purificação. A *Eau de Luce* era uma substância muito popular que devia seu nome ao boticário francês Luce e que se empregava como sal aromático (e, na Índia, para curar mordidas de cobra). Continha "espírito de vinho" (etanol), sal amoniacal, sabão e óleo de âmbar. A água de Carmen era um tônico que se vendia numa igreja carmelita parisiense, consumia-se como sedativo ou como elixir da juventude, e ocasionalmente

era associada ao esperma; continha bálsamo de flores, casca de limão, canela, semente de coentro, raiz seca de angélica e licores.

13. O "temor" dos padeiros em não cumprir sua tarefa poderia se referir à escassez de pão decorrente da falta de trigo; o "grande temor" (*grande peur*) do verão de 1789 aumentou com o tempo.

14. Dizia-se que Morande, filho de um magistrado de Arnay-le-Duc, desertara de seu regimento quando era um jovem oficial. Dedicou-se à vida de jogador nas espeluncas de Paris, passou alguns anos na prisão e, depois de ser solto, procurou fortuna em Londres como proxeneta, libelista e chantagista. Charleville, capital do principado de Arches e centro comercial da Champanha, era famosa por seus produtos metálicos.

15. Anaxágoras (c. 500-428 a.C.) baseava seu método filosófico na investigação. Suas controvertidas teorias sugeriam que o cosmo fora originalmente uma mescla de "tudo em tudo" e que a manifestação da mente, ou *"nous"*, tinha gestado o universo tal como o conhecemos. Foi perseguido por impiedade e obrigado a abandonar Atenas.

16. Pelleport costumava se referir com desdém aos ricos burgueses que se incorporavam à nobreza comprando cargos enobrecedores conhecidos como *savonettes à villain*, bocas-ricas. Como marquês da velha *noblesse d'épée* [nobreza de espada], só sentia desprezo pela arrivista *noblesse de robe* [nobreza de toga], por mais que subscrevesse o princípio rousseauniano da igualdade natural entre os homens. O diálogo burlesco, que se desenrola numa diligência, demonstra a experiência de um homem que passou boa parte de sua vida nas estradas, tanto em carruagens como a pé.

17. Na *Odisseia*, para indignação de Ulisses, o gigante Polifemo engole selvagemente seu ágape canibal e seu vinho sem misturá-lo com água.

18. François-Marie Arouet de Voltaire (1694-1778) ficou famoso com suas críticas à Igreja católica, por exemplo em seu *Dictionnaire philosophique* (1764), que teve inúmeros exemplares queimados em praça pública.

19. Aqui Pelleport trata o batido tema da juventude provinciana que busca fortuna em Paris, que assume um aspecto autobiográfico quando ele (como narrador em primeira pessoa) se descreve como jovem marquês que procura proteção em Versalhes.

20. Esses aeróstatas eram o assunto do dia no país em torno de 1789. Atribui-se a Jean-François Pilâtre de Rozier (1754-85), a quem deve seu nome o balão Rozier, a responsabilidade pelo primeiro voo tripulado em 1783. Também em 1783, Marie-Noel Robert (1761-1828) voou no seu "globo aerostático" que ele e o irmão ajudaram Jacques Charles a desenhar. Jean-Pierre Blanchard (1753-1809) inventou a "nave voadora" com remos à guisa de asas; em 1784, foi

atacado por um homem armado que insistia em ocupar um lugar no seu balão. Naquele mesmo ano, John Jeffries, o mecenas norte-americano de Blanchard, ganhou um lugar na primeira travessia do Canal, só depois de invadir à força o acampamento deste em Dover.

21. Quando Pelleport solicitou tratamento preferencial na Bastilha, descreveu-se como membro de uma família que tinha servido aos reis da França durante seis séculos.

22. Hugo de Groot ou Grotius (1583-1645) escreveu *De iure belli ac pacis* (1625), em que relacionava o direito natural com as leis internacionais e o conceito de guerra justa. Samuel Pufendorf (1632-94) desenvolveu as ideias de Grotius e propôs uma teoria do Estado que o apresentava como associação de indivíduos.

23. Os *musées* ou *lycées* eram sociedades literárias muito na moda na Paris dos anos 1780, atraindo uma profusão de homens de letras pouco conhecidos e que não tinham acesso aos grandes salões e academias. No mesmo momento, Brissot tentou fundar em Londres um Lycée, junto com seu próprio jornal, tomando como modelo o Musée Parisien de Mamès-Claude Pahin de La Blancherie.

6. O CANTO DO GALO [PP. 107-27]

1. A nota de Pelleport se refere a Charles Bonnet (1720-93) e a seu *Essai analytique sur les facultés de l'âme* (1760). Bonnet foi um genebrino pré-formacionista cujo trabalho relacionava a memória e a reflexão, o funcionamento da mente e da alma, com os mecanismos ópticos do cérebro.

2. Não é fácil identificar todas as alusões nessa longa digressão sobre um monge errante (que depois se identifica com um dos pseudônimos de Pelleport), o reverendo padre Rose-Croix. Algumas poderiam ser referências a ladrões foragidos instalados entre os expatriados franceses, e possivelmente a d. Louis, um monge afastado do sacerdócio que roubou medalhas de ouro da abadia de Saint-Denis e fugiu para Londres, onde produziu obras contrárias à Igreja e à Coroa da França. Contudo, desde o momento em que o monge entra em Genebra, a história de sua vida corre em paralelo à de Pelleport, e o fio autobiográfico do romance volta a emergir.

3. Mais uma indicação de que Pelleport escreveu este texto ou acrescentou certos retoques a ele em 1788. A catedral de Colônia foi construída em torno de um santuário que guardava as supostas relíquias dos três Reis Magos, relíquias transferidas de Constantinopla para Milão e entregues ao arcebispo

de Colônia pelo imperador do Sacro Império Romano Frederico Barbarossa em 1165; o santuário é um lugar de peregrinação.

4. O condado e depois ducado de Juliers, no Sacro Império Romano. Atualmente, Jülich, na Alemanha.

5. Esse oratório foi erguido em 1712 perto de Arras e destruído em 1794.

6. Moeda de prata de uso corrente nos Estados pontifícios e assim chamada pelo papa Paulo III (1462-1549).

7. *Minima de malis*: dos males, o menor. A ordem dos mínimos, fundada por são Francisco de Paula em 1435, baseava-se originalmente no magistério de são Francisco de Assis, e seus membros se consagravam ao exercício da humildade e à abstinência de carne, ovos, laticínios e peixes. Malines é uma cidade belga.

8. Possivelmente d. Nicolas-Michel-Barthélémy, um erudito beneditino da congregação de Saint-Vanne.

9. A Revolução Americana de 1776-83.

10. Pelleport descreve os três grupos sociais implicados nas lutas renhidas pelo poder que se travaram em Genebra na segunda metade do século XVIII. A elite oligárquica conhecida como "partido dos *négatifs*" dominou a vida civil da república por meio do *Petit Conseil* e do *Conseil des Deux-Cents*, excluindo o partido burguês dos *représentants* no mais democrático *Conseil Général*. Os *représentants* solicitaram a ajuda dos *natifs*, artesãos sem direitos civis, e evocaram as teorias democráticas de seu conterrâneo Rousseau, que os defendeu em suas *Cartas escritas da montanha* (1764). Em abril de 1782, os líderes dos *représentants* enfrentaram o poder numa revolta, mas foram submetidos em julho com a intervenção de um exército composto por tropas de França, Savoia e Berna. Alguns líderes dos *représentants*, incluindo Étienne Clavière, buscaram refúgio em Neuchâtel e ali conheceram Brissot, que tinha ido à cidade, passando por Genebra, para preparar a publicação de suas obras na Société Typographique. A pedido de Clavière, Brissot defendeu sua causa num opúsculo firmemente rousseauniano, *Le Philadelphien à Genève* (1783). Pelleport, que alude a esses fatos nos dois capítulos seguintes, teve oportunidade de conhecer a crise genebrina em primeira mão, provavelmente em algum momento de 1779, quando viajava pela Suíça buscando um posto de preceptor entre as famílias abastadas ou como empregado em alguma gráfica de Genebra, Lausanne, Yverdon ou Neuchâtel. Seu narrador segue esse itinerário no romance e por fim encontra trabalho como preceptor em La Locle, um centro relojoeiro situado nas montanhas do Jura, não longe de Neuchâtel.

11. Charles Gravier, conde de Vergennes, ministro das Relações Exteriores da França que planejou a repressão aos *représentants*.

12. Poderia ser um parente de Simon-André Tissot, famoso médico de Lausanne.

13. Jean-André Deluc (1727-1817), eminente médico genebrino estabelecido na Inglaterra. Deluc aparece no romance outras vezes, sempre com qualificativos burlescos.

14. Nesse momento, Pelleport identifica o monge cuja peregrinação foi relatando como o autêntico reverendo Rose-Croix, pseudônimo adotado por ele quando traduzia um panfleto do radical inglês David Williams, *Lettres sur la liberté politique, adressées à un membre de la Chambre des Comunes d'Angleterre, sur son élection au nombre des membres d'une association de comté; traduites de l'anglais en français par le R. P. de Rose-Croix, ex-Cordelier* (Liège, 1783). Nas notas que acrescentou ao texto, Pelleport incluiu críticas ferozes à monarquia francesa, e em seu prefácio, no qual fala como Rose-Croix, disse que desejava pôr à disposição dos leitores franceses as obras de radicais ingleses a fim de despertar seus concidadãos da apatia que os havia instilado o governo. O prefácio identificava Rose-Croix como o "autor de 'Bulevar dos cartuxos' e de outras obrinhas em verso". Uma cópia de *Le Boulevard des Chartreux, poème chrétien* (Grenoble, Imprimerie de la Grande Chartreuse, 1779) sobreviveu na Biblioteca de Grenoble. O volume contém ataques ao monacato similares aos que se repetem em *Os boêmios* e celebra a liberdade com esse mesmo espírito de *"Liberté, libertas, vive la liberté/ Plus de categorie et point d'austerité"* [Liberdade, *libertas*, viva a liberdade/ Basta de fanatismo e nada de austeridade]. Os motivos pelos quais Pelleport escolheu "Rose-Croix", com sua referência aos rosacrucianistas, não são claros, mas daí em diante o relato adota de novo um tom autobiográfico.

15. Fortuné-Barthélémy de Félice, monge italiano que largou a batina e instalou-se em Yverdun, onde montou uma gráfica para editar uma versão corrigida e expurgada da *Enciclopédia* de Diderot.

16. Jean-Léonard Pellet, importante editor de Genebra. Pellet jamais foi preso na Bastilha, mas três volumes de uma edição in-fólio da *Enciclopédia*, que imprimiu para o editor parisiense Charles-Joseph Panckoucke, foram confiscados pela polícia e retidos na Bastilha como "prisioneiros", segundo o termo empregado na correspondência de Panckoucke. É possível que Pelleport aluda a esse episódio. Evidentemente, escreveu o panegírico depois da morte de Rousseau, em 1778.

17. A seguinte descrição de um escritor pobre tentando vender seus manuscritos — na verdade, o texto de *Os boêmios* e vários poemas — para editores parisienses oferece um relato extremamente vívido das relações autor-editor

existentes em qualquer parte da literatura na França do século XVIII. Embora obviamente tendencioso, é altamente realista e descreve *libraires* reais ("éditeur", o termo moderno, ainda não tinha entrado em uso geral) em três níveis do mercado, desde o mais rico até o mais marginal. Ao mesmo tempo, expressa uma relação imaginada entre o autor e seu leitor. Pelleport retrata seu leitor como um novo-rico que começou como miserável coletor de impostos (*rat de cave*) no nível mais baixo da administração tributária (*ferme générale*) e subiu para a riqueza por meio de trapaças e peculato. Jogando o leitor nesse papel, Pelleport compra uma briga com ele; e continuará provocando, brigando e inventando o leitor imaginário durante todo o romance.

18. Durante o diálogo (que se dá no quartel-general de Panckouke, no palacete de Thou, na Rue de Poitevins), descreve-se o primeiro editor da França dirigindo seu império, que incluía o *Mercure de France* e numerosos negócios com obras de grande tiragem, entre elas a *Encyclopédie méthodique*. Parte do epistolário de Panckoucke, guardado nos arquivos da Société Typographique de Neuchâtel, mostra que ele enviava todo dia montes de cartas para organizar ou desmantelar iniciativas colossais, ou para recrutar os mais famosos autores. A página de créditos de *Os boêmios* indica que o livro foi impresso em "Paris, Rue des Poitevins, hôtel Bouthillier", mas poderia se tratar de um endereço falso para satirizar Panckoucke; Robert Darnton não encontrou traços de outra gráfica instalada na ruela de Poitevins.

19. Aqui Pelleport representa a si mesmo tentando vender a obra como "um romance moral".

20. Talvez fosse o sucessor de Nicolas-Augustin Delalain, que imprimia o *Almanach des muses* desde 1765. Em *Le Petit Almanach de nos grands hommes* (1788), Antoine Rivarol satiriza a pletora de poetastros que tentava abrir caminho na apinhada república das letras. Pelleport, que escreveu prolificamente em verso, incluía-se nesse grupo. Aqui volta a tentar vender *Os boêmios* apresentado como "romance filosófico", e a esposa do editor, furiosa diante da possibilidade de que se publique um romance, ameaça surrá-lo com as cópias de *Los Incas*, de Marmontel, que repousavam nas prateleiras, sem nunca serem vendidas.

21. Jean-François Marmontel (1723-99) é conhecido por seus *Contos morais*, publicados pela primeira vez no *Mercure de France*, do qual o próprio autor era editor. Também escreveu poesias, tragédias e ópera cômica. *Los Incas o la destrucción del Imperio del Perú* (1773) é uma obra filosófica que ataca o fanatismo religioso atribuído aos conquistadores espanhóis. Louis Sébastien Mercier (1740-1814) descreveu a vida política e social de Paris em seu *Tableau*

de Paris (1781-8); também escreveu dramas patrióticos, e já em 1770 propôs reformas utópicas. Barnabé Farmian Durosoy (1745-92) escreveu artigos jornalísticos, ensaios, obras de teatro e romances; em 1789 fundou a *Gazette de Paris*.

22. Edme-Marie-Pierre Desauges, que tinha uma loja atrás do Palácio da Justiça e fora preso duas vezes na Bastilha, deu calote em Brissot, cujos livros vendia em Paris. Poderia muito bem ter sido um agente secreto, tal como aponta Pelleport. A polícia permitia que os livreiros semiclandestinos negociassem obras ilegais contanto que dessem informações sobre autores e fornecedores. Dessa vez Pelleport se refere a *Os boêmios* como livro proibido (*"mon prohibé"*).

23. Henry e Receveur eram dois inspetores de polícia de Paris. Receveur era o agente secreto que Pelleport ridicularizou em *Le Diable dans un bénitier*, e que contribuiu para prendê-lo depois da publicação desse livro.

24. Godefroy Sellius, escritor aventureiro envolvido na preparação da *Enciclopédia*, morreu em Charenton em 1767.

25. Talvez alusão à fábula de La Fontaine "O sol e as rãs", em que Esopo ensina que até as rãs percebem a necessidade de festejar as alegrias dos tiranos (v. IV, p. 12).

26. Ao retomar seu relato e colocar o padre Rose-Croix em Genebra, Pelleport oferece uma visão sardônica de duas fontes potenciais de apoio para escritores indigentes: o mecenato, que leva à humilhação mais que a uma renda substancial, e o panfletismo político (neste caso, para o partido *négatif*).

27. Colin Muset era um trovador medieval cujas canções versavam sobre poesia e amor.

28. Daniel Roguin, cidadão suíço de Yverdun, conheceu Rousseau em Paris em 1742 e lhe deu refúgio em Yverdun quando ele fugia das autoridades francesas e suíças, em 1762. É possível que Pelleport o confundisse com seu sobrinho, o coronel Georges-Auguste Roguin, que também era amigo de Rousseau.

29. Obra licenciosa de Pelleport, "Bulevar dos cartuxos" é um poema de 31 páginas, de 1779. Era anônima, como todas as suas obras, mas pode se determinar a autoria pelas alusões que aparecem em outros textos.

30. A Vénérable Classe des Pasteurs de Neuchâtel costumava pressionar os governantes da cidade, conhecidos como os *quatre ministraux*, para reprimir qualquer ofensa contra a ortodoxia calvinista.

31. Devido à cólera de Hera, Delos foi a única ilha do mar Egeu que permitiu Leto parir Apolo e Ártemis, filhos de Zeus.

32. Uma carta de Jean Diedey à Société Typographique de Neuchâtel sugere que, de fato, era um rico senhor de Le Locle. Parece que, por recomendação de Pierre Alexandre DuPeyrou, o protetor de Rousseau em Neuchâtel,

Diedey empregou Pelleport como preceptor de seu filho. A idílica descrição do lar de Diedey e de Le Locle corresponde a uma época feliz da vida do autor, quando tinha se instalado ali com sua nova esposa, uma antiga criada de madame DuPeyrou, que lhe deu ao menos dois filhos.

33. *Le Boulevard des Chartreux, poème chrétien*, 1779, "Grenoble, de l'imprimerie de la Grande Chartreuse", 34 pp. Bibliothèque Municipale de Grenoble, seção de estudos e informações, o 8254 Dauphinois. É uma sátira da vida monástica.

34. O templo de Ártemis em Éfeso (atual Turquia) foi incendiado em 365 a.C. por Eróstrato, que desejava ser lembrado como um grande piromaníaco (não parece que tivesse outro talento digno de menção).

35. Valeria Mesalina (22-48) foi prostituta antes de se tornar a promíscua terceira esposa do imperador Cláudio.

36. Pelleport expressa várias vezes sua versão hedonista da regra de ouro. Apesar do *riénisme* [nadismo] cético com que ataca os diversos sistemas filosóficos em passagens anteriores, o autor parece subscrever a moral naturalista definida no princípio do cap. 4 pelo presidente dos boêmios: busque o prazer e goze da liberdade ao máximo, sempre que não prejudique o próximo. O lugar da mulher nesse credo resulta problemático, e Pelleport parece não se alarmar com o fato de que os boêmios sobreviveriam graças aos roubos de Mordanes e fossem, portanto, cúmplices desses delitos.

37. O adivinho Tirésias, a quem a mitologia grega concede o dom de compreender o canto das aves, podia interpretar seu voo para prever o futuro. Hera o transformou em mulher por ter interrompido a cópula de duas serpentes: daí a advertência ao leitor do sexo masculino que aprecia sua virilidade.

38. Ao evocar a piedade, o sentimento fundamental sobre o qual se assenta a sociedade segundo Rousseau, Pelleport vincula suas convicções rousseaunianas à sua celebração, em páginas anteriores, de uma força sexual que impregna a natureza e que mais tarde identificará com o elemento básico do fogo, o flogístico. Ao mesmo tempo, transforma Mordanes (Morande) na encarnação do mal, pois este mata as galinhas que copulam e ao fazê-lo anula o impulso piedoso de Tifarès. Uma vez iniciado no mal, Tifarès se torna aprendiz de Mordanes num exercício da imoralidade, que viola tanto a ordem natural quanto a social: alimentam-se roubando aves dos galinheiros ou gado dos camponeses, da mesma maneira que Morande vivia traindo seus colegas e arruinando a reputação de outros com seus libelos.

39. Saint-Côme d'Olt, na região de Armagnac, era considerada um povoado templário.

7. DEPOIS DISSO, DIGA QUE NÃO HÁ ASSOMBRAÇÕES [PP. 128-39]

1. Alusão às viagens de Pelleport a Madagascar e à Índia, durante seu serviço militar, quando saiu de barco de Saint-Malo e cruzou a linha do equador. As alusões autobiográficas na paródia mais abaixo da descrição zoológica (zoólogos e botânicos costumavam acompanhar os comandantes de navio em suas grandes viagens) não podem ser confirmadas com outras provas.

2. George Knox (1765-1827) foi um político irlandês que a partir de 1801 ocupou uma cadeira no Parlamento britânico. São Francisco Xavier (1506-52) fundou missões jesuíticas em Índia, Malásia e Japão. Maurice Benyowsky (1746-86) foi um húngaro que em 1774 chefiou o estabelecimento de uma colônia francesa em Madagascar. Amigo de Washington, Franklin e Pulaski, publicou suas memórias em 1783 e mais tarde foi objeto de uma obra teatral escrita por Kotzebue.

3. Patrice Astruc é o comandante do navio a bordo do qual Pelleport viajou em 1774.

4. A "linha" equivalia a um doze avos de uma polegada.

5. Nicolas Barthélémy (c. 1478-1537), monge beneditino, escreveu idílios, epigramas satíricos e poemas religiosos. O termo "quadratura do círculo" designa o problema (insolúvel) de se encontrar a área de um espaço curvo equivalente à de um quadrado. Pajot d'Osembrai desenvolveu uma teoria de quadrados mágicos para os números pares.

6. Padre Pierre-François Guyot Desfontaines, editor do *Journal des savants*, famoso por suas polêmicas com Voltaire, foi preso por sodomia e morreu em 1745. Ao citar a teoria narrativa de Desfontaines, Pelleport invoca ironicamente um argumento que contradiz sua prática em *Os boêmios*.

7. Esse episódio das "memórias" de Félicité é uma das "fontes" que o narrador afirmará depois ter utilizado como base de seu romance, embora no cap. 9 sugira que a passagem foi "publicada" por Félicité, e não descoberta numa mansarda londrina como fragmento copiado por outra moça.

8. "Então o Senhor abriu a boca da jumenta, que disse a Balaão: 'Que te fiz para que me machuques assim? Esta já é a terceira vez'" (Números 22,28).

9. Os jansenistas parisienses que viviam no bairro pobre ao lado da igreja de Saint-Médard acreditavam que podiam ser milagrosamente curados das doenças se tocassem na sepultura do padre jansenista François Pâris, que morreu em 1727 e foi enterrado no cemitério desse templo. Eram conhecidos como *convulsionnaires*, porque costumavam ter convulsões. Linguet era filho de um eminente jansenista; Lungiet defende aqui as curas como milagres autênticos, embora fossem ridicularizados pelos *philosophes* e outros parisienses ilustrados.

10. O *fier-à-bras* é um fanfarrão. O nome vem de um gigante sarraceno que aparece em várias composições medievais e foi empregado por Cervantes para um bálsamo milagroso no *Dom Quixote*, livro a que Pelleport alude mais tarde.

11. O *Courrier de l'Europe* era uma revista quinzenal publicada em Londres e em Boulogne. A *Gazette d'Amsterdam*, também chamada *Gazette d'Hollande*, era uma das principais fontes de informação política naquela época.

12. O Rubicão é o pequeno rio da Itália setentrional que marcava o limite entre a Gália cisalpina e as províncias romanas; quando César o cruzou com suas tropas em 49 a.C., a guerra civil foi inevitável.

13. Charles-Geneviève-Louis-Auguste-André-Thimothée, cavaleiro D'Éon de Beaumont (1728-1810), aventureiro e agente secreto em Londres, fingia ser uma mulher, espécie de amazona invencível nos duelos.

14. O narrador funde dois episódios. No livro I das *Metamorfoses* de Ovídio, Apolo mata a serpente Píton. No livro III, Cadmo mata um dragão e, seguindo o conselho de Ateneia, semeia seus dentes na terra (não no mar) para colher homens armados.

15. Em *Dom Quixote*, o enamorado Cardênio fica tão aborrecido ao ver seu relato constantemente interrompido por vários ouvintes, e em especial pelas observações de Dom Quixote sobre o adultério ou a fidelidade da rainha Madásima, que "pegou uma pedra que encontrou perto de si e deu com ela nos peitos tal pancada em Dom Quixote que o fez cair de costas". Tal como os boêmios, Cardênio viaja com seus escritos dentro de uma bolsa.

16. O matemático e inventor Héron de Alexandria criou no século I uma máquina que reciclava água.

17. Evangelista Torricelli (1608-47) inventou o barômetro. J. A. Deluc descobriu o processo para medir alturas usando o barômetro e o termômetro de mercúrio. Ver nota 13 do cap. 6.

18. Georges-Louis Leclerc, conde de Buffon (1707-88), conhecido por sua *História natural, geral e particular* (1749-78), sugeriu que as espécies evoluíam com o tempo, e contradisse a versão bíblica sobre a origem e a idade da Terra (*As épocas da natureza*, 1788).

8. O DESFECHO [PP. 140-1]

1. Dizia-se que na igreja de Avioth, aldeia do Luxemburgo francês perto da Bélgica, havia uma estátua da Virgem que fazia milagres.

9. AVENTURAS NOTURNAS, DIGNAS DA LUZ DO SOL E DA PLUMA DE UM ACADÊMICO [PP. 142-61]

1. Trata-se de uma referência à obra de Linguet *Annales politiques, civiles et littéraires du dix-huitième siècle*.
2. Pelleport inspira-se aqui numa descrição detalhada da batalha de Rossbach, no dia 5 de novembro de 1757, entre as tropas prussianas comandadas por Frederico II (Frederico, o Grande, 1712-86) e as do rei da França. Quando esteve na Bastilha, Pelleport costumava consultar uma obra de tática militar. Talvez pretendesse descrever a arte da guerra tal como faz com a zoologia, a química e outras disciplinas, a fim de dar um semblante enciclopédico a seu romance, que é tanto uma coleção de digressões como uma miscelânea de tramas e subtramas.
3. José II da Áustria (1741-90), imperador do Santo Império Romano Germânico, embora em 1757 tivesse apenas dezesseis anos e só fosse receber a coroa com a morte de seu pai, em 1765. "Cã" era sinônimo de "imperador" nos *romans à clef* como *Mémoires secrets pour servir à l'histoire de Perse* (1745).
4. Frederico II da Prússia.
5. Provavelmente o príncipe de Soubise, comandante do Exército francês, general incompetente que não soube impor uma disciplina eficaz entre seus homens. "Borcas" é um anagrama de Rossbach, enclave da vitória prussiana contra Charles de Rohan, príncipe de Soubise (1715-87). Era amigo de infância do rei Luís XV e protegido de sua amante madame Du Barry.
6. Alusão à suposta homossexualidade de Frederico II.
7. Alusão a Frederico II como filho de Frederico Guilherme I.
8. Pelleport expressa o grande ressentimento de sua casta, a velha nobreza feudal, contra os arrivistas da burguesia recentemente enobrecida, em especial os financistas que compravam postos de alto nível no Exército.
9. O príncipe Henrique da Prússia (1726-1802), grande general prussiano. Mas não foi ele, e sim o general Von Seydlitz, quem chefiou o definitivo ataque da cavalaria em Rossbach.
10. Começa a parte mais obscena do romance, versão de uma orgia inspirada supostamente nas memórias de Félicité, mas narrada segundo a clássica maneira burlesca, como se fosse uma batalha épica liderada por duas deidades olímpicas: Amor (Cupido), que favorece diretamente a concupiscência e preside à união de Bissot e Félicité, e Luxúria, que instiga a perversão e a desordem. Outras divindades, sobretudo Ciúmes e Discórdia (Cizânia), entram em cena, o que degenera numa rixa brutal. O outro relato tirado das memórias de Félicité trata de sua violação por Mordanes e dos truques que ela emprega contra ele, ardis que entrariam, talvez, numa categoria não aprovada por Amor.
11. Essa alusão parece ser uma das muitas referências particulares que

Pelleport dispersou pelo texto, talvez para sua distração pessoal. O nome (muito comum) também aparece em *Le Diable dans un bénitier*: uma inglesa chamada Sally, que poderia ter se transformado na amante de um rei, mora em Paris com um protetor e se mantém graças ao jogo e ao dinheiro que lhe entrega a jovem rainha para suborná-la.

12. Ela foi a filha *belle et bonne* adotada por Voltaire. Ele recebia os convidados em seu dormitório da Rue de Beaune. Protetor de Voltaire, tinha fama de mundano, sodomita e glutão. A água açucarada continuava a ser servida com colher de ouro nesse dormitório quando Elizabeth Gaskell visitou a França em meados do século XIX: "Temos uma bandejinha no quarto, onde há uma jarra de cristal da Boêmia, um copo com uma colher de ouro e uma vasilha com açúcar em pó" ("French Life", *Fraser's Magazine*, 1864). A cânula de Pinto é um tubo ou uma seringa usada para injetar fluidos nas cavidades corporais.

13. Luxúria é o nome dado a Vênus na Idade Média.

14. Possível referência a Jacques Callot (1592-1635), artista gráfico cuja renomada série de minuciosas gravuras *As desgraças e os infortúnios da guerra* representava cenas ligadas à Guerra dos Trinta Anos.

15. Dédalo construiu uma vaca artificial em que Pasífae, filha de Hélio e esposa do rei Mino, copulou com um touro enviado por Posêidon. Também desenhou o labirinto onde se encerrou o Minotauro, produto monstruoso dessa união. Ciúmes era uma deusa romana menor.

16. A lanterna e o punhal aparecem no frontispício de *La Police de Paris dévoilée*, de Pierre Manuel.

17. Esse tratado burlesco (e fictício) sobre os direitos ilimitados dos homens sobre as mulheres tipifica o caráter "falocrático" de *Os boêmios*. No entanto, seria um erro concluir que Pelleport subscreve a doutrina, pois a atribui a Séché (Saint-Flocel) e à visão fisiocrática da propriedade, que fica aqui reduzida ao absurdo.

18. F. Becket foi um dos editores londrinos do *Tristram Shandy* de Laurence Sterne. O arcebispo e santo católico Thomas Becket (1118-70) foi assassinado na catedral da Cantuária depois de uma briga com o rei Henrique II.

19. O marechal de Richelieu (1696-1788) era um notório dom Juan que seduzia tanto plebeias como damas de sua própria classe, atividade que é narrada na obra *Vie privée du maréchal de Richelieu* (1791). O cavaleiro Antoine de Bertin ficou famoso por sua dedicação ao culto do amor, depois da publicação de *Les Amours, élégies en trois livres* (1780).

20. Pelleport põe em itálico o vocábulo latino *crater*, "vasilha".

21. Robert Darnton foi incapaz de encontrar uma obra com esse título, mas a anedota de Pelleport, apesar da graça, sugere que os agentes de José II

estavam tão ocupados quanto os parisienses na perseguição aos libelistas londrinos.

22. A eloquência de são Vicente (nascido em Saragoça ou Huesca) durante seu julgamento enfureceu de tal maneira o governador de Diocleciano que, segundo a lenda, este o condenou a morrer num espeto (c. 304); é o primeiro mártir espanhol e padroeiro dos vinicultores.

23. Shakespeare não era muito admirado na França nessa época.

24. Lungiet se baseia em Cervantes ao descrever o bálsamo como se fosse um remédio vendido por certo Ferrabrás: "se eu me lembrasse de fazer uma redoma do bálsamo de Ferrabrás, que com uma só gota se poupassem tempo e remédios" (v. I, cap. 10). O modelo de Lungiet para esse episódio é o alvoroço que se arma na venda de Maritornes depois que o arrieiro desferiu um "terrível soco sobre as estreitas queixadas do enamorado cavaleiro": "dava o arrieiro em Sancho, Sancho na moça, a moça nele, o vendeiro na moça, e todos recomeçavam com tanta pressa que não se davam instante de trégua" (v. I, cap. XVI).

25. Nossa Senhora da Alegria. A basílica de Liesse era um destino de peregrinação pela estátua da Virgem e do Menino, que foi destruída durante a Revolução Francesa.

26. Os condes de Joyeuse eram também condes de Grandpré, na Alsácia. O mosteiro dos premonstratenses, ou cônegos brancos, ficava nas Ardenas, não longe dali. Esses monges recebiam também o nome de norbertinos porque a ordem, dedicada à oração e a tarefas pastorais, foi fundada por são Norberto.

27. O luís de ouro, introduzido em 1640, mostrava um perfil do rei. Com a Revolução, foi substituído pelo franco.

VOLUME II

10. TERRÍVEIS EFEITOS DAS CAUSAS [PP. 165-70]

1. *Remedia Amoris* é o título de um poema de Ovídio (43 a.C.-17 d.C.), em que sugere procedimentos para se livrar do amor e se afastar da pessoa amada.

2. Notre-Dame de Mont-Dieu é um priorado cartuxo das Ardenas.

3. "O Senhor esteja convosco", palavras com que o sacerdote católico inicia a missa depois da primeira invocação e também do rito eucarístico.

4. Possivelmente alusão cômica à ideia de justiça equânime.

5. A frase *lavabo inter innocentes manus meas* [lavarei minhas mãos entre os inocentes] é proferida pelo sacerdote na lavagem ritual das mãos.

6. *Ad usum*: segundo o costume.

7. Durante o século XVIII, os divórcios na Inglaterra eram concedidos pelo Parlamento, mais que pelo arcebispo da Cantuária. Seja como for, muito poucos eram solicitados por mulheres.

8. Pelleport apresenta o arcebispo e santo Thomas Becket (1118-70) como antepassado do impressor de *Counts-monopole*. Ver cap. 9.

9. *Futuum*: latim macarrônico de Susannah ao querer dizer "sêmen", derivado do francês *foutre*.

10. Referência burlesca a Brissot e à Academia de Châlons. Piélatin: no cap. 22, o peregrino se refere a seu amigo, o famoso violinista e compositor Piélatin.

11. Mistura de ácido nítrico com clorídrico.

12. Os trinitários eram monges mendicantes. A Ordem da Santa Trindade foi fundada perto de Paris em 1198.

13. Busíris (rei egípcio associado a Osíris e filho de Posêidon na mitologia grega) sacrificava seres humanos para liberar suas terras das epidemias de fome. Hércules o matou quando era levado ao altar do sacrifício. O narrador de Pelleport o confunde com Procusto, outro filho de Posêidon que amputava ou esticava os viajantes para ajustá-los ao comprimento da cama que lhes oferecia em sua pousada. Foi morto pelo herói Teseu.

14. Deus grego do sarcasmo, da burla e da maledicência. Como filho de Nix (a noite) e de Hipnos (o sono), seu gorro bem pode ser de dormir.

15. Em 1773, o papa Clemente XIV emitiu uma bula que abolia a Companhia de Jesus.

16. Varinha mágica, ver nota 5 do cap. 4.

17. O flogístico é uma substância inflamável.

11. RUDES DISSERTAÇÕES [pp. 171-82]

1. Essa prolongada paródia das visões de Linguet pode parecer exagerada ou deslocada para o leitor atual, mas Linguet constituía um alvo ideal para a sátira de Pelleport. Era a figura de proa dos expatriados franceses em Londres, um dos literatos mais famosos da época, conhecido por suas ideias extravagantes e seus argumentos paradoxais. Numa série de obras históricas iniciadas com *Histoire du siècle d'Alexandre* (1762) justificava a tirania de Nero e de outros governantes como mais proveitosas para o povo do que as matanças originadas pelas guerras. Passou a defender a escravidão e a servidão, porque causavam menos sofrimento entre as massas do que as modalidades modernas de liber-

dade, como o livre-comércio de cereais, medida favorita dos fisiocratas, que podia elevar os preços até extremos insuportáveis. Ao mesmo tempo, Linguet execrava o apego dos franceses ao trigo e ao pão branco, aduzindo que o arroz era mais nutritivo. Defendia um único imposto de propriedade que recairia igualmente sobre todos os proprietários de terras e substituiria o iníquo sistema impositivo que gravava tão onerosamente os pobres. Linguet advogou também o incremento do poder do rei, especialmente mediante a eliminação das atribuições dos parlamentos. E, a fim de reforçar o poder régio, insistiu em que não se devia tolerar outra religião que não fosse a estabelecida pelo Estado. Polemista feroz e melodramático, desprezava os enciclopedistas, os fisiocratas, os parlamentos, os rábulas (foi expulso da Ordem dos Advogados de Paris no auge de sua breve e escandalosa carreira de advogado), a Academia Francesa e os mais eminentes escritores de seu tempo (salvo Voltaire, cujas obras propôs reescrever para purgá-las da irreverência).

2. Marco Cúrcio, cidadão romano, precipitou-se sobre uma fenda aberta no foro (362 a.C.) porque os áugures previam que não se fecharia até que o bem mais precioso de Roma fosse ali jogado. Ele entendeu que esse bem eram a coragem e a força de seus soldados.

3. A família Garlande: Guillaume de Garlande (1055-1120), figura muito popular que foi chanceler da França; seu segundo filho, Étienne de Garlande, arcediago e senescal depois da morte do primogênito Guillaume II, brigou com o rei Luís VI. O padre Suger (1081-1151), conselheiro de Luís VI (1081-1137), considerava o rei protetor da classe média e dos camponeses. Luís VI limitou o poder dos barões e concedeu foros comunais e vantagens fiscais aos burgueses, ao mesmo tempo outorgando autonomia a determinadas cidades.

4. Em 1770, o direito legal do bispo e dos cônegos de Saint-Claude, perto de Besançon, de manter as terras em regime de mão-morta foi impugnado infrutiferamente pelos camponeses locais, que para todos os efeitos eram servos. Sua causa foi defendida por Voltaire e outros filósofos. A servidão não foi completamente extinta na França até 1789. Na Polônia e na Rússia, continuou vigente até o século XIX.

5. O conde de Saint Germain (1707-84?), protegido de Luís XV, foi um aventureiro de estirpe desconhecida, misteriosos talentos e inclinações ocultas, que afirmava ter trezentos anos. Pode ter sido preso em Londres como espião.

6. Linguet defendeu as medidas repressivas de Étienne-Charles Loménie de Brienne, o homem forte do governo francês em 1788. Brienne tentou destruir o poder político do Parlamento, mas deu margem a tamanha oposição que foi obrigado a abandonar o cargo em 25 de agosto de 1788. Os mosqueteiros "vermelhos" eram guardas armados submetidos à casa do rei.

7. Clóvis, já mencionado no cap. I, nota 4, converteu-se ao catolicismo

e regeu o destino dos alemães, borguinhões e visigodos, tal como afirma esse relato burlesco. Entre suas lendas está a dos santos óleos, um frasco de óleo sagrado que o Espírito Santo lhe entregou no dia de sua coroação.

8. *Sabedoria de Salomão* (texto deuterocanônico para o catolicismo e apócrifo para as igrejas protestantes), 2: "a respiração é fumaça em nossos narizes".

9. Pierre-Louis-Claude Gin, autor de várias obras jurídicas e políticas, entre elas *Vrais Principes du gouvernement français démontrés par la raison et par le faits* (1777). A guarda palaciana do papa era formada por mercenários suíços. Santo Estêvão I, que como sumo pontífice (254-7) sancionou a supremacia do papado, manteve correspondência com são Cipriano de Cartago. René-Nicolas Charles Agustin de Maupeou (1714-92), chanceler da França, tentou reformar o sistema de cargos hereditários nos tribunais a fim de aumentar o poder de Luís XV, mas foi destituído por Luís XVI em 1774.

10. Luís, o Piedoso (778-840) foi coroado rei da Aquitânia aos três anos. Reinou como imperador por 26 anos e nomeou arcebispo de Reims o filho de sua ama de leite.

11. O *vilain* era um servo da gleba adscrito à terra e inteiramente submetido a seu senhor.

12. O décimo trabalho de Hércules consistiu em roubar as vacas e os bois do titã Gerião.

13. A *Lex Visigothorum* ou *Liber Judiciorum* foi uma adaptação do direito romano aos territórios do velho Império submetidos ao domínio visigodo. O livro IX, 2 trata dos súditos que se recusam a ir para a guerra.

14. Para Luís VI (conhecido como "o Gordo"), ver nota 3 deste capítulo. Saint-Maur-des-Fossés, originalmente uma abadia, era o castelo onde se promulgou o édito de Saint-Maur (1568), que proibia todas as religiões, menos o catolicismo.

15. *Filii belial guerratores variorum*: filhos do demônio, guerreiros de todas as partes. A expressão latina para essas tropas se associa às "grandes companhias" de soldados procedentes de vários países nas obras *Nouvel Abrégé chronologique de l'histoire de France*, de Charles Jean Hénault, e *Nouvel Abrégé chronologique de l'histoire du droit publique en Allemagne* (1776), de Christian Friedrich Pfeffel. Entre outros nomes desses combatentes filhos do demônio, Pfeffel cita *routiers*, viajantes que, como os boêmios, viviam devastando granjas e povoados.

16. Ver nota 24 do cap. 9.

17. *Bandeville*: alusão ao verbo *bander*, ficar em ereção. *Douxcon*: doce cona. *Si villaneus* [...] *sicut catulos*: "Se um vilão de Nosso Senhor no nosso povoado tivesse filhos com uma ou mais servas de dona Dulce Cona, que o

senhor e a senhora dividam esses filhos entre si como se fossem cachorrinhos".
Guines-la-Putain é uma cidadezinha perto de Paris; *putain* significa "puta".

18. Saint-Flocel publicou, como se viu, três números de seu *Journal des Princes ou Examen des journaux et autres écrits périodiques relativement au progrès du despotisme*, em Londres, em 1783. Aí defendiam-se os princípios abstratos da lei natural e a liberdade, mas não se apresentava o prometido compêndio de imprensa contemporânea.

19. *Ab ovo*: desde o ovo, desde o princípio. Em sua *Arte poética*, Horácio (65 a.C.-8 d.C.) adverte contra a narração iniciada *ab ovo* por alusão ao ovo de Leda, do qual saíram Pólux e Helena.

20. A arte do acróstico era tanto uma prática douta como um jogo de mesa.

21. Com respeito ao comportamento pouco edificante de cartuxos e capuchinhos, na *Histoire impartiale des jésuites*, de Linguet, fala-se das tentativas de assassinar Henrique IV perpetradas por membros dessas ordens. É possível que d. Hachette fosse um amigo de Pelleport que tivesse se tornado um monge cartuxo.

12. PARALELO ENTRE MONGES MENDICANTES E PROPRIETÁRIOS [PP. 183-91]

1. O ensaio que se segue sobre o monacato, tema predileto da época, ecoa muitas questões que aparecem no poema antimonástico de Pelleport, "Bulevar dos cartuxos". As ordens mendicantes eram detestadas pelos mosteiros e assentados.

13. DIVERSOS PROJETOS MUITO IMPORTANTES PARA O BEM PÚBLICO [PP. 192-9]

1. Alusão a Linguet e a seu *Mémoire sur les propriétes et privilèges exclusifs de la librairie présenté en 1774* (1774). Os *Annales* de Linguet foram profusamente pirateados e com frequência seu autor protestou pela incapacidade dos escritores de se protegerem contra o plágio e obter a devida recompensa por sua tarefa. O édito burlesco que se segue mostra a importância que, no final do Antigo Regime, os escritores atribuíam aos benefícios obtidos pelo aumento do público leitor. A referência de Pelleport à propagação dos *cabinets littéraires* confirma a visão segundo a qual estes tinham se tornado instituições importantes já antes do século XIX.

2. A convite do imperador Carlos V (1500-58) e com seu apoio explícito, diversos eruditos católicos condenaram o herege Martinho Lutero na Dieta de

Worms (1521). O imperador continuou dando respaldo ao veredicto desses clérigos na Confutação de 1530. Esse enfrentamento teve consequências políticas e teológicas decisivas (rebelião dos príncipes protestantes, abdicação de Carlos V em 1555 etc.).

3. Com as bulas de cruzada, concedidas pela primeira vez por Urbano II em 1089 aos que guerreavam contra muçulmanos e outros infiéis na Espanha e na Terra Santa, vendiam-se indulgências, revogavam-se certos votos e dava-se autorização para comer carne e ovos em determinadas datas de jejum. Voltaire, que indica a "notável" bula emitida por Júlio II em 1509, aponta nesse contexto que a venda da dita bula ocasionava o perdão por roubo caso não se conhecesse o proprietário dos bens roubados (*Ensaio sobre os costumes*).

4. Esse comentário confirma a ideia de que os livreiros costumavam vender os volumes em folhas soltas para que seus clientes os encadernassem a seu gosto.

5. São Bruno (*c.* 1030-1101), nascido em Colônia e cônego de Reims, foi fundador da ordem cartuxa.

6. *Hoc est quod palles?*: por essa razão empalideces? (Pérsio, *Sátira*, v. III, p. 85).

7. Sillery é uma região da Champanha conhecida por seus vinhos; a cidade fica perto de Reims.

14. A HOSPITALIDADE [PP. 200-4]

1. Hestia (Vesta) era a deusa grega do fogo do lar; também está associada à hospitalidade e aos rituais públicos. A sacerdotisa vestal Rhea Silvia era mãe de Rômulo e Remo.

2. O ditado italiano diz: *chi va piano va sano* (*e va lontano*), ou seja, devagar se vai saudável (e longe).

3. O bispado de Soissons era sufragâneo da diocese de Reims.

15. A MANHÃ DOS CARTUXOS [PP. 205-7]

1. O são Serapião mais conhecido foi patriarca de Antióquia (190-211) e se opôs firmemente a várias heresias. Provavelmente Pelleport deu a Lugiet esse apelido cômico para compará-lo a Séchand e Séché, que formam com ele um trio nessa cena.

16. PANEGÍRICO DO CLERO [PP. 208-13]

1. Esse sermão é uma paródia dos panegíricos habituais de Linguet, dedicados ao predomínio eclesiástico durante a Idade Média, numa atitude análoga à sua apologia anterior à servidão.

2. Jean Chardin, *Voyages de M. le chevalier Chardin en Perse et autres lieux de l'Orient* (Amsterdam, 1711).

3. Os levitas são descendentes de Levi, encarregados do sacerdócio; suas responsabilidades estão descritas em Êxodo, Levítico e Números.

4. Em sua guerra contra Aquis, Saul evoca o falecido Samuel. O rei Ataxerxes instou Ezra a regular "estatutos e julgamentos", magistrados e assuntos financeiros para o povo de Israel. Caife presidiu o primeiro julgamento de Jesus numa assembleia dos "sumos sacerdotes, dos escribas e dos anciãos" (Mateus 26,3).

5. Referência a Ananias e Safira, que esconderam parte do que conseguiram com a venda de suas terras e mentiram à comunidade cristã. O apóstolo Pedro os julgou e Deus os fulminou (Atos dos Apóstolos 5, 1-11).

6. Constantino (280?-337) foi o primeiro imperador cristão. Depois de considerar sua vitória na guerra civil fruto de sua conversão, doou bens para uma catedral ao bispo de Roma e outorgou imunidade financeira e legal ao clero, mas separou igualmente as responsabilidades seculares das clericais. Na época de Diocleciano (244-311), que abdicou em 305, muitos fiéis foram violentamente perseguidos por desacato a éditos anticristãos e financeiros. O sobrinho de Constantino, Juliano (332-63), imperador desde 361, renunciou ao cristianismo em favor do paganismo e foi chamado "o Apóstata" pelos cristãos e "o Heleno" pelos judeus.

7. Clóvis era adepto da heresia ariana antes de sua conversão ao catolicismo. Reconheceu a propriedade e os direitos do clero, que o aconselhava.

8. Carlos Magno (747-814) foi coroado imperador dos romanos no ano 800 pelo papa Leão III, que precisava de sua proteção.

9. O imperador da França Carlos I (823-77), o Calvo, neto de Carlos Magno, foi apoiado tanto em sua ascensão e reinado como na sua guerra contra o imperador Lotário pelo arcebispo Hincmar de Reims (806-82) e outros prelados.

10. Hugo Capeto (938-96), rei desde 987, nomeou Arnulfo arcebispo de Reims em 988, mas três anos depois convocou um sínodo para destituí-lo em favor de Gerberto de Aurillac. Os bispos se negaram a reconsiderar a decisão a pedido do papa João XV. Os semi-irmãos Lotário e Carlos, o Calvo, lutaram pelo controle do Sacro Império Romano Germânico.

11. O papa Inocêncio III (*c.* 1160-1216) desenvolveu uma teoria da mo-

narquia papal que ampliava a autoridade temporal do papado. O rei João da Inglaterra jurou fidelidade ao papa em 1213.

12. O vale de Josafá é mencionado no Livro de Joel.

13. A frase latina significa "contra o qual apresentarei provas e darei argumentos".

14. O Liceu que Brissot tentou fundar em Londres, onde poderia ter recebido alunos e filósofos.

15. Claudinette era o apelido que Brissot dava à sua mulher, Félicité.

17. UM RATO QUE SÓ TEM UM BURACO LOGO É PEGO [PP. 214-6]

1. O *bon mot* aparece em vários romances e libelos libertinos do século XVIII.

18. COMO LUNGIET FOI INTERROMPIDO POR UM MILAGRE [PP. 217-20]

1. Outra alusão à licenciatura em direito de Lungiet.

2. A bruxa Canídia tentou enfeitiçar Príamo, mas um sonoro peido dele a afugentou (Horácio, *Sátiras*, v. I, p. 8).

3. Sobre o milagre dos pães e peixes, os quatro Evangelhos concordam em que Jesus alimentou 5 mil homens, mulheres e crianças com cinco michas e dois peixes (não três).

4. Benoît-Joseph Labre, nascido em Amettes (perto de Boulogne-sur-Mer) em 1748, morreu em Roma depois de viver como um mendigo na pobreza mais extrema. Foi canonizado em 1881, mas já era celebrado como santo desde os anos 1780.

5. Na festa de são Luís, ocasião de sua mais importante cerimônia anual, a Academia Francesa outorgava tradicionalmente galardões para premiar panegíricos de grandes homens.

19. QUE NÃO SERÁ LONGO [PP. 221-2]

1. Referência ao trocadilho obsceno de *Compère Mathieu ou Les Bigarrures de l'esprit humain* (1766) de Henri-Joseph Dulaurens. O jogo de palavras obtido pela troca, *Beaucont-le-Vicomte*, refere-se a *con*, vulva, e *monter*, ficar em ereção.

2. A referência a Stenay, cidade natal de Pelleport, conduz à última parte do romance, que é uma autobiografia romanceada do autor.

20. HISTÓRIA DE UM PEREGRINO [PP. 223-43]

1. Pelleport substitui Félicité por Fanchette, outro apelido que Brissot dava à mulher. A desajuizada filha do livreiro se chamava Fanchette, típico nome de criada. Sérapion é Lungiet.
2. Jean Mabillon (1632-1707), monge beneditino e paleógrafo, era um estudioso de manuscritos medievais e fundador da Académie des Inscriptions et Belles-Lettres. Segundo a lenda medieval a Inglaterra foi colonizada por Bruto, bisneto de Eneias, e por outros descendentes dos troianos.
3. Dagoberto I foi rei dos francos (603-39).
4. Provavelmente um mestre organista; as chaves do órgão "rouxinol" produzem um som parecido com o do canto do pássaro.
5. Outra referência autobiográfica oblíqua: as nove letras do sobrenome Pelleport. Mademoiselle Le Maure foi uma famosa cantora nos primeiros anos do reinado de Luís XV. François Robert Marcel foi um admirado professor de dança do século XVIII.
6. A madrasta de Pelleport, que detestava os filhos do primeiro casamento do marido, conseguiu que ele vendesse um cargo para distribuir o lucro entre seus próprios filhos.
7. Bisanus: de dois anos. Ocasionalmente atribuía-se a Cadmo de Mileto, provável historiador do século VI a.C., a invenção do alfabeto.
8. Alusão a Edme-Jany Mentelle (1730-1816), professor de história e de geografia da Escola Militar, de quem Pelleport foi aluno e amigo. Mentelle era amigo da sra. Dupont e alojou sua filha Félicité em Paris. Foi no círculo literário que se reunia na casa de Mentelle que Pelleport conheceu Brissot.
9. Alusão evidente a Louis-Auguste Le Tonnelier, barão de Breteuil (1730-1807), forçado a pedir demissão do governo em 24 de julho de 1788. Como ministro da casa real, cuja jurisdição incluía o departamento de Paris, tinha autoridade sobre a prisão da Bastilha e rejeitou os pedidos de Pelleport para ser solto.
10. Possivelmente Albert-Louis de Chauffour, barão de Pouilly (1731-95); a baronia de Pouilly ficava perto de Stenay.
11. *Artamène ou le grand Cyrus* é um romance em dez volumes de Madeleine de Scudéry (1607-1701), membro do "precioso" círculo de madame de Rambouillet. É considerado o mais longo romance da literatura francesa e teve considerável sucesso por retratar a nobreza da época.

12. Ao explicar que *Dom Quixote* ocasionou sua iniciação nas letras, Pelleport assinala outro modelo para *Os boêmios*.

13. Minden, cidade episcopal da Westfália, fica perto do enclave onde se produziu a desastrosa derrota das tropas francesas pela infantaria e artilharia inglesa e de Hanover (1759).

14. Tal como Pelleport, o peregrino sabe ler e escrever, mas também está apto para as armas.

15. Dom Quixote luta com o barbeiro e confunde sua bacia com o lendário elmo de Mambrino (v. I, cap. XXI), cuja história Matteo Boiardo relata em *Orlando Innamorato*.

16. A palavra equivale a "abracadabra". Tristão era um cavaleiro; o mago do ciclo arturiano era Merlim.

17. O irônico relato sobre a educação de Pelleport como interno na Academia de Amiens sublinha um amor pelos clássicos revelado por suas frequentes citações latinas e pelo emprego de metáforas homéricas.

18. Numa, segundo rei de Roma, fundou instituições e um calendário religiosos. Marco Junio Bruto (85-42 a.C.), senador e pretor romano, participou do assassinato de Júlio César e lutou contra o próprio sobrinho Otávio. Horácio (65-8 a.C.) escreveu cantos, sátiras, odes e a *Arte Poética* sobre a amizade, a política e a arte da poesia.

19. Jeanne de la Motte-Guyon (1648-1717) foi um quietista encarcerado na Bastilha por sete anos. Seu *Moyen Court*, que pregava a peregrinação mística, figurou no Index do Vaticano como herético e associado ao molinismo. *La Journée du chrétien*, livro de Jean-Claude de Ville, de preces e meditações, teve três edições entre 1778 e 1791. *Suspendatur a sacris* significa ser suspenso dos ritos da consagração.

20. O convento jansenista de Port-Royal des Champs foi fechado e destruído, mas os jansenistas não acabaram na fogueira.

21. O *Almanaque de Liège*, publicado em 1625, supostamente por Matthew Lansberg, continha previsões políticas e pessoais; foi proibido por Luís XIII.

22. Segundo sua ficha policial, Pelleport foi encarcerado várias vezes. O exército romano mantinha um galo sagrado (*pullarius*). A vitória estava prevista caso a ave comesse trigo.

23. Fabert Abraham de Fabert d'Esternay (1599-1662), filho de um impressor que se tornou o primeiro plebeu nomeado marechal da França, distinguiu-se por chefiar o cerco a Stenay em 1654, durante a Guerra dos Trinta Anos. No *Dicionário filosófico* de Voltaire é mencionada a paixão de Faber pela feitiçaria.

24. "Os servos saíram pelos caminhos, reuniram todos os que encontraram, maus e bons, e a sala de bodas encheu-se de comensais" (Mateus 22,10).
25. *Cinq-Ton*: possivelmente "cinco sentidos".
26. O contexto sugere que se tratava do editor de Liège de um almanaque em que Pelleport escreveu as previsões astrológicas para o ano seguinte, um gênero corrente nos almanaques. Este parece ser o início modesto de Pelleport como escritor.
27. Pseudônimo de Pelleport, que ele usa na tradução das *Lettres sur la liberté politique*, de David Williams (1783).
28. John Goy, expatriado francês em Londres que trabalhou no *Courrier de l'Europe* até ser despedido em 1783 por colaborar com Receveur, o agente secreto da polícia francesa. Seu irmão, Pierre, era conhecido pelo apelido de Milord Goy. Pelleport, que havia colaborado com frequência com o *Courrier*, foi provavelmente contratado por seu editor, Antoine-Joseph Serres de la Tour, para assumir o posto de Goy.
29. O Elixir de Colombo era um ingrediente medicinal. Thomas Evans era um advogado inglês que refutou as memórias de Linguet. Para os confeitos La Mecque, ver nota 6 do cap. 2.
30. Pelleport se refere a um protesto do marquês Du Crest, chanceler do duque de Orléans, contra uma carta publicada no *Courrier de l'Europe* que criticava os textos pedagógicos de sua irmã, madame de Sillery, condessa de Genlis (1746-1830). Evidentemente, foi Pelleport quem escreveu a carta e, portanto, quase perdeu seu emprego, pois Du Crest queixou-se a Samuel Swinton, dono de dois terços do *Courrier*. Arnaud Berquin, que também se sentiu insultado pela carta, era conhecido como autor de contos morais para crianças.
31. Depois da morte do pai, Pelleport abandonou Paris, no final de 1783.
32. Antoine-Joseph de Serres de la Tour, antigo redator do *Courrier de l'Europe*, quis fundar uma firma de importação e exportação para a África.
33. A expressão habitual é *de mortuis nihil nisi bonus* (*dicendum*): dos mortos só se dizem coisas boas. Neste caso, dos militares.
34. *Nec pueri credunt nisi qui nondum aere lavantur*: nisso nem mesmo as crianças acreditam, exceto as que ainda não pagaram por seu banho (Juvenal, *Sátiras*, v. II, v. 152). As crianças pequenas não pagavam para ter acesso aos banhos romanos.
35. A batalha de Malplaquet (1709), perto da fronteira belga, foi um cruento banho de sangue durante a Guerra de Sucessão espanhola. Os franceses, que foram derrotados, perderam 11 mil homens, enquanto os aliados chefiados pelo duque de Marlborough perderam quase o dobro.
36. Os filhos do rei Éolo, os ventos, prejudicavam os navios troianos

para agradar Juno, que tinha ciúme de Vênus, mãe de Eneias. Mas Netuno emerge do oceano e os manda de volta à sua caverna (Virgílio, *Eneida*, I, 12-222).

21. CONTINUAÇÃO DA HISTÓRIA DE UM PEREGRINO [PP. 244-68]

1. Em novembro e dezembro de 1783, Pelleport estava em Paris tentando receber sua herança enquanto se escondia da polícia. Numa viagem a Reims comprou 4 mil libras de champanhe, carregamento que pretendia transportar para Londres, calculando poder vendê-lo a Antoine-Joseph Serres de la Tour, que planejava consolidar seu negócio de importação de produtos franceses depois de se retirar do *Courrier de l'Europe*. Mas La Tour não o havia encarregado da compra e se negou a pagá-la. Pelleport também negociou outros produtos franceses (musselina e livros pelo valor de 10 mil libras), que planejava vender a comerciantes londrinos. Como pagamento, assinou promissórias que pretendia liquidar com a herança. Nesse meio-tempo, sua madrasta recorreu a manobras legais para deixar a ele e seus irmãos sem a herança do pai, que ficou com ela e seus próprios filhos. Assim, em 1783, Pelleport se viu incapaz de honrar a promissória de 4 mil libras que havia entregado a La Tour.

2. O ano de 1783 não foi bissexto.

3. Alusão a Larivée, que se encarregava dos negócios de Brissot em Paris e tentou ajudar Pelleport a contornar os obstáculos à herança paterna.

4. Um charlatão espanhol afirmava ter cruzado o Sena a pé em 1785.

5. A ninfa Almateia, uma das mães adotivas de Zeus, pastoreava uma cabra que amamentava Zeus; em certas versões Almateia é a própria cabra.

6. Os capuchinhos são macacos da América, assim chamados porque seu aspecto lembrava o desses monges.

7. O monte Tabor em Israel, enclave de uma série de mosteiros, se identificava ocasionalmente com "a afastada montanha" onde um Jesus transfigurado apareceu a três discípulos (Mateus 17,1-2). O peregrino cita a *Eneida* (III, 567).

8. Trata-se da sra. Dupont, sogra de Brissot, já presente no romance com o nome de Voragine, e que reaparece aqui como a viúva Catau des Arches, nome de família de seu marido falecido, de uma rica linhagem de comerciantes de Boulogne-sur-Mer. Oriunda de uma família burguesa da mesma cidade, a sra. Dupont prosseguiu a carreira comercial do marido depois da morte dele. Emprestara a Pelleport dinheiro, que ele não conseguiu

devolver, e isso originou uma séria desavença. Mais tarde apoiou Brissot contra Pelleport atribuindo a este a responsabilidade pelos libelos. Tudo isso pode explicar a animosidade com que ela e as pessoas de seu círculo são tratadas em Os boêmios.

9. Horácio, Odes, I, 27.

10. O lendário são Julião Hospitaleiro é o santo padroeiro dos viajantes.

11. Esse genro representa Brissot, que agora reaparece como negociante de roupas e objetos usados, em alusão aos panfletos e à "má literatura" que praticava com obras de outros escritores. A sra. Dupont teve quatro filhas. Pelleport se refere à menor, Marie-Thérèse, que aparentemente o acompanhou a Londres e depois passou a morar na casa de Brissot com sua irmã mais velha, Nancy.

12. Outra referência a Morande. Le Gazetier Cuirassé foi um libelo de Théveneau de Morande, que também escrevia no Le Courrier de l'Europe para o editor Swinton depois de 1783.

13. Payn era o nome dos proprietários do hotel York em Dover.

14. Talvez um jornal imaginário.

15. Nessa versão burlesca de um debate parlamentar, o autor menciona os principais políticos ingleses do momento: Charles Gordon Lennox, Lord March; Charles James Fox; Frederick, Lord North; William Pitt, o Jovem; David Murria, Lord Stormont.

16. As relações entre o Parlamento e a Companhia das Índias Orientais, que funcionava como agência governamental e ao mesmo tempo como monopólio comercial, estavam sujeitas ao decreto regulador de 1773 e ao decreto da Índia promulgado por Pitt em 1784.

17. Horácio, Sátiras (I, 3, 300): bestas mudas e asquerosas.

18. O dr. Matthew Maty (1718-76) fundou o Journal Britannique, em 1750, sucessor da publicação Bibliothèque Britannique que resenhava livros ingleses para o público europeu. Morreu antes desse "artigo" de 1784.

19. O debate satírico sobre os narizes se funda numa tradição que vai de Rabelais a Tristram Shandy, de Sterne. Aqui as referências clássicas são a Ilíada, a Odisseia e a Eneida. As obras shakespearianas são Rei Lear, A tempestade e Otelo. Orígenes (c. 185-254) foi um pensador e exegeta bíblico grego de tendência neoplatônica. São Jerônimo (347-420) foi um erudito anacoreta que traduziu a Bíblia do hebraico para o latim (Vulgata). Sanconíaton, que, dizia-se, era um antigo escritor especialista em cosmogonia fenícia, era conhecido por fragmentos citados por Filo. Beroso era autor de uma obra cosmográfica reimpressa em 1536 com o "planisfério" de Ptolomeu.

20. No episódio do nariz, Zadig, o herói de Voltaire, põe à prova a fide-

lidade de sua prometida fazendo-a crer que está morto e que seu novo pretendente, que jaz doente, precisa de seu nariz como remédio.

21. Horácio, *Arte poética* (191).

22. O catálogo jornalístico de romanos comemorados em medalhas incluía Júlio César; Bruto, que conspirou para assassiná-lo; os generais Lépido e Marco Antônio; o líder militar Germânico e seu tio, o imperador Tibério; seu filho Calígula e seu neto Nero; os imperadores antoninos Antonino Pio e Marco Aurélio; o imperador Adriano e Juliano, o Apóstata. Gordiano II era conhecido como "o Africano". Licínio, primeiro perseguiu os cristãos, mas mediante o Édito de Milão (313), promulgado na época de Constantino, permitiu a tolerância religiosa. A deposição de Rômulo Augústulo (476) marca o fim do Império Romano do Ocidente.

23. Joseph Priestley (1733-1804), filósofo, cientista e autor de *An History of the Corruption of Christianity* (1782)

24. David William (1783-1816), político radical, favorável à Revolução Francesa, renomado deísta e autor de *Letters on Political Liberty*.

25. O liberal Honoré Riqueti de Mirabeau (1749-91), cuja fazenda familiar ficava na Provence, tentava encontrar trabalho como jornalista em meados dos anos 1780. Mirabeau escreveu contra o uso arbitrário do poder por parte do rei Luís XV e se viu envolvido em várias disputas relativas à ideia de autoria. Cartógrafo francês emigrado, o sr. De la Rochette apoiou a causa de Mirabeau numa controvérsia com o imperador austríaco José II. Linguet tomou o partido oposto.

26. Jean-Paul Marat (1743-93) fez parte dos escritores franceses instalados em Londres nos anos 1770, quando escreveu *Les Chaînes de l'esclavage*. Voltou para a França em 1777. É possível que Pelleport o tenha conhecido por intermédio de Brissot.

27. "Guerreville": Brissot de Warville. Ele e Félicité eram partidários dos quacres.

28. Em Great St. Helens, ou Helene Street, no distrito financeiro do leste de Londres, havia uma sinagoga.

29. Alusão à denúncia de Théveneau de Morande contra Pelleport como autor de *Le Diable dans un bénitier*.

30. Referência a conhecidos charlatães: o dr. James Graham afirmava que podia ajudar a gravidez por meio de sua cama elétrica de fertilidade. "Naso" é o substantivo latino para "narigão", mas também parte do nome de Ovídio: P. Ovidius Naso. "Katerfiette" pode ser uma transcrição de "*catfight*", briga de gatos em inglês.

31. De Serres de La Tour, redator do *Courrier de l'Europe*, que tinha mais apego à jardinagem e à cozinha do que ao jornalismo.

32. Desforges d'Hurecourt, músico, que foi quem sustentou financeiramente o Lycée de Brissot em Londres.

33. Jean-André Deluc, médico genebrino, emigrado em Londres, que se transformou em leitor da rainha em 1773.

34. Mary Assheton, Lady Harbord (1741-1823), era esposa de um ex-membro do Parlamento, Sir Harbord, que se tornaria Lord Suffield em 1786.

35. A bela Georgiana, duquesa de Devonshire (1757-1806), uma poderosa anfitriã política, chefiava um círculo whig do qual participava o príncipe de Gales, futuro Jorge IV.

36. François Henry la Motte, espião francês em Londres, foi enforcado na cidade em julho de 1781.

37. Os cabos Gris-Nez e Blanc-Nez, perto da cidade de Calais, formam um promontório rochoso à beira do canal da Mancha, a pouco mais de trinta quilômetros de Dover.

38. Outra alusão à denúncia que Morande fez à polícia francesa contra Pelleport.

39. Essas duas alusões do peregrino sugerem o desespero pela perda de sua fortuna e a ignomínia causada pela malevolência dos outros. Perrette, leiteira de uma fábula de La Fontaine, faz planos de enriquecer com seu rebanho, mas perde a esperança quando quebra o jarro de leite que transporta na cabeça (*Fábulas*, v. VII, p. 10). Dom Quixote, numa de suas aventuras, fica enjaulado numa carroça e o cura atribui essa desgraça à inveja.

40. Ao chegar ao desfecho da autobiografia do peregrino, Pelleport reúne seus inimigos: a sra. Dupont (Catau des Arches), Brissot (Bissoto), o irmão de Brissot, Thivars (Scaramouche), Félicité (Pernelle), Samuel Swinton e Théveneau ou Thévenot de Morande (Thonevet) e procede a uma detalhada descrição dos acontecimentos que levaram a seu encarceramento na Bastilha.

41. O processo de canonização de Labre começou em 1783, quando seus defensores em Roma compilaram uma lista de seus milagres, mas a canonização só ocorreu em 1881.

42. Em *La Police de Paris dévoilée* (v. II, p. 23), diz-se que o pai de Pelleport se casou mais tarde com *"la fille d'un aubergiste de Stenay nommé Givry, fille de la mère du sieur à Némery"*. Pelleport tinha brigado com sua madrasta, de modo que talvez lance aqui um sinal de simpatia a seu rival.

ESTA OBRA FOI COMPOSTA PELO GRUPO DE CRIAÇÃO EM ELECTRA E
IMPRESSA PELA GEOGRÁFICA EM OFSETE SOBRE PAPEL PÓLEN SOFT
DA SUZANO PAPEL E CELULOSE PARA A EDITORA SCHWARCZ
EM MAIO DE 2015